KB151994

카렐 차페크 평전

카렐 차페크 평전

초판 1쇄 펴낸 날 / 2014년 7월 30일

지은이 • 김규진 | 펴낸이 • 임형욱 | 디자인 • AM | 영업 • 이다윗
펴낸곳 • 행복한책읽기 | 주소 • 서울시 종로구 창신6나길 17-4
전화 • 02-2277-9216,7 | 팩스 • 02-2277-8283 | E-mail • happysf@naver.com
CTP출력 • 동양인쇄주식회사 | 인쇄 제본 • 동양인쇄주식회사 | 배본처 • 뱅크북(031-977-5953)
등록 • 2001년 2월 5일 제30-2014-27호 | ISBN 978-89-89571-84-1 03800 값 • 18,000원

• The Publication of this book was supported by the Institiute of Czech Literature, AS CR
  이 책은 체코 과학아카데미 체코문학연구원의 지원을 받아 출간되었습니다.
• 이 책은 2014년도 한국외국어대학교 학술연구비 지원을 받아 출간되었습니다.

Karel Čapek

카렐 차페크 평전

김규진 지음

행복한책읽기

머리말

막상 글을 써놓고 책으로 출판하려 하니 두렵고 부끄럽기까지 하지만 그래도 성취감으로 행복하다. 미국 미시간대학과 시카고대학에서 체코어를 배우기 시작한 지가 이미 삼십여 년 전이다. 당시 공산주의 블록에 속해 있던 체코는 우리에게 금단의 나라였다. 그러나 1989년 말 벨벳 혁명에 의해 사회주의 체제가 무너지고 난 후 체코는 유럽 어느 나라 못지않게 자유로운 분위기를 가진, 우리와 가까운 나라가 되었다. 사회적 변화와 함께 체코문학도 정상적인 발전의 궤도에 진입하였다.

체코가 낳은 위대한 작가 카렐 차페크(Karel Čapek, 1890-1938)는 전쟁의 부조리와 무의미성을 고발한 해학 풍자소설인 『착한 병사 슈베이크의 세계대전 중의 모험』의 작가 야로슬라프 하셰크와 『농담』, 『참을 수 없는 존재의 가벼움』의 작가 밀란 쿤데라와 함께 해외에서 가장 많이 알려져 있으며 체코인들의 가장 많은 사랑과 존경을 받고 있다. 그는 소설, 드라마, 비평, 저널리즘 등 다방면에 걸쳐 왕성한 활동을 전개하여 현대 체코문학에 큰 발자취를 남겼다. 무엇보다도 『R.U.R.』(로숨의 유니버설 로봇), 『크라카티트』, 『도롱뇽과의 전쟁』 등을 통해 20세기 과학소설과 유토피아희곡을 개척한 대표적인 작가 중의 한 사람이 되었다. 또한 그는 실용주의 철학의 상대주의와 깊은 휴머니즘에 바탕을 둔 작품들로 세계적인 명성을 얻었다.

차페크는 체코는 물론이고 일본 등 동서양에서 가장 잘 알려진 체코 작가 중의 한 사람이다. '로봇'이란 단어가 탄생했고 로봇들의 반란문제를 다룬 대표 희곡『R.U.R.』, 인간 세상의 탐욕을 풍자한 알레고리 철학 풍자극『곤충 극장』을 비롯하여 그의 대표 삼부작『호르두발』,『별똥별』그리고『평범한 인생』, 그의 소설 중에서 가장 판타스틱하고 재미있는『도롱뇽과의 전쟁』그리고 주옥같은 단편집『두 호주머니 이야기』와 그의 동화집들이 한국어로 번역되었다. 이처럼 차페크는 이제 한국 독자들에게 친숙하고 인기 있는 체코 작가다.

차페크는 양차대전 사이 자본주의 시대의 세태를 예견하고 날카롭게 통찰하고 유럽과 세계가 직면한 전쟁의 위협에 처한 인간 실존의 문제와 인간 삶의 문제를 철학적으로 심도 있게 다루어서 독자들에게 논쟁거리와 의문을 던져준 작가이다. 1980년대 초, 미국에서 차페크를 처음 접했을 때 나는 충격을 받았다. 중부 유럽의 소국 체코에 이처럼 철학적 문제를 깊이 다룬 위대한 작가가 있었다는 점에 놀라지 않을 수 없었다.

1948년부터 1960년대 초반까지 공산주의 정권의 탄압 아래 잊혔던 카프카의 재발견은 체코문화와 문학에 새로운 활기를 열어주기 시작하였다. 차페크도 이 시대에 와서야 보다 본질적으로 국내외에 연구되기 시작하였다.

이번에 지난 20여 년 간 그의 작품과 그에 대한 글을 읽고, 쓴 것들을 정리하고 수정하여 한 권의 책으로 내놓게 되었다. 또 한국외대 체코·슬로바키아어과 대학생 및 대학원생들에게 '차페크 연구'와 '체코현대문학 강좌'를 가르치고 그들과 함께 토론하면서 많은 영감도 얻었다. 이 책에서는 차페크의 대표적인 산문 6편과 희곡 5편을 집중적으로 분석하여 한국에 본격적으로 연구되지 않은 차페크 문학의 이해를 돕고자 한다.

　체코문학의 연구가 시작 단계인 우리나라에서 이 책이 차페크의 문학을 이해하는 데 도움이 되고 한국의 체코문학 연구를 진일보시킬 수 있다면 필자로서는 만족이다.

　독자 여러분들의 넓은 아량으로 여러 부족한 점들을 이해해주시길 기대한다. 이 책의 출판에 도움을 준 출판사 '행복한책읽기' 관계자 여러분에게 감사를 드린다. 또 체코에서 자료 수집 및 집필 등 편의를 제공해 준 체코공화국 과학아카데미 체코문학연구원(UČL AV ČR)의 지원에 힘입어 이 책을 쓸 수 있었다. 특히 체코어 자료수집 및 까다로운 표현 부분들의 해석에 도움을 준 paní Blanka Ferklová, paní Gabriela Matulová 그리고 pan Milan Oralek님들께도 감사를 드린다. 특히 체코어 교정을 봐주신 주한체코대사관의 대리대사 paní Jana Chaloupková 님께 감사를 드린다. 또 자료 정리와 교정 및 도움을 준 제자 및 동료 교수님들께도 감사를 드린다.

— 2014년 한국외국어대학교 왕산 글로벌캠퍼스 연구실에서 필자

차 례

1. 카렐 차페크의 생애와 문학

　카렐 차페크(Karel Čapek, 1890.1.9.-1938.12.25.)는 20세기 체코가 낳은 가장 위대한 작가로 평가 받을 뿐만 아니라 체코문학사 천년 동안에 체코인들의 가장 많은 사랑과 존경을 받고 있다. 그는 또 20세기 세계문학사에도 두드러진 공헌을 한 작가로 널리 평가 받고 있다. 차페크는 체코의 북부 크라코노셰(Krakonoše)지역의 말레 스바토뇨비체(Malé Svatoňovice)의 시골 의사인 아버지와 예술적 취향이 강한 어머니 사이에서 태어났다.

　차페크가 태어난 크라코노셰 지역은 문학과 전설이 전통적으로 풍부한 지역이다. 이 지역에서 19세기 낭만주의 시대의 위대한 여류 작가 보제나 넴초바(B. Němcová)와 역사 소설가 알로이스 이라셰크(A. Jirásek)가 태어났다. 오늘날도 이 지역에 가면 토박이들이 전설적인 크라코노셰에 대해 사람들을 매혹시키는 이야기를 하는 것을 들을 수 있다고 한다.

　카렐의 어머니는 매우 감수성이 강했고, 지적이었으나 신경과민 등으로 요절했다. 그녀는 집에 수많은 문학과 문화에 관한 도서들과 잡지들을 수집했고 책들을 즐겨 읽었다. 그녀는 민속학에 관심이 많아서 에르벤(Erben)의 낭만적인 발라드를 좋아했고 민요, 전설, 속담과 경구들을 수집 정리하였다. 시골 농민 이야기꾼들이 그녀의 부엌에 모여서 즐겨 이야기를 읊었다. 이러한 분위기가 카렐과 그의 형 요세프에게 큰 영향을 끼쳤다. 차페크 형제는 소설보다는 이 당시 귀동냥으로 들은 민속 이야기들과 동화들을 좋아했다. 훗날 그의 작품들에 자주 등장하는 구어체 체코어와 대중적인 표현들은 어릴 때 이러한 경험에서 비롯된다.

병약한 어머니는 아들인 차페크도 자기처럼 신경과민 같은 불안한 증세가 올까봐 무척 두려워했다고 한다. 그의 어머니는 아주 신앙심이 깊었고 지역의 성모마리아 성지를 자주 찾아가서 아들 카렐의 연약한 심장의 건강을 위해 자주 기도를 하곤 했다.

차페크의 어머니는 아이들을 키울 때 병적으로 카렐을 편애했다. "엄마는 가족들 중에서 하녀와 카렐하고만 주로 이야기를 나누었다. 그는 엄마의 말을 우리 모두에게 심지어 아버지에게도 전했다."[1]

차페크의 아버지는 지방 의사로서 바쁜 일정으로 아이들과 많은 시간을 보내지 못했다. 차페크 형제는 아버지의 책상 위에 있는 죽음의 상징 해골을 보고 예민하게 느꼈고 가난한 광부들이 진료 받으러 오는 것을 목격하고 이들에게 동정심을 가졌다. 의사인 아버지는 아주 학식이 풍부하였으며, 아마추어 극단의 단장이었고 대중 앞에서 연설을 할 정도로 지식인이었다. 그는 지역 박물관에도 관여하였으며 시도 쓰고 그림도 그렸다. 아버지의 이러한 활동은 두 아들이 작가와 화가로 성장하는 데 큰 영향을 끼쳤다. 또한 정원 가꾸는 아버지의 취미도 두 아들에게 좋은 영향을 끼쳤다. 차페크는 훗날 정원 가꾸는 방법을 책, 『크라코노셰 정원』(Krakonošova zahrada, 1918)으로 쓸 정도로 여러 식물들 특히 선인장 가꾸는 것을 즐겼다. 그는 차페크의 어머니와는 달리 신앙심이 없었지만 매우 실용적이고 합리적인 사고방식을 가졌다.

이야기꾼 외할머니의 영향

차페크의 창작 생활에 가장 큰 영향을 준 식구는 외할머니였다. 그는 당시 세계문학사에 나타난 위대한 작가들의 어린 시절에서 흔히 볼 수 있듯이 특히 어린 시절 흘러간 옛 이야기를 많이 알고 있는 외할머니 덕택에 문학적인 풍토에서 자랄 수 있었다. 이 지역 사람들의 사투리에 능숙했던 외할머니는 전형적인 지혜로운 시골 할머니답게 속담, 경구, 상투적인 말들, 운율이 있는 관용구 구사에 능숙한 이야기꾼이었다. "이러한 것들이 카렐의 작품에 나오는 풍부하고, 간결한 표현과 동시에 구어체 형성에 큰 영향을 끼쳤다."고 형 요세프는 말했다. 카렐 차페크는 할머니의 용기, 상식과 그리고 제한된 시골 세계에도 불구하고 그녀의 여러 경험에 대한 예민한 반응에 대해 찬사를 보냈다.[2]

형 요세프는 그의 작품집 『절름발이 순례자』(Kulhavý poutník, 1936)에서 외할머니가 읊조리던 농민의 지혜가 닮긴 말을 언급하고 있다. "엉덩이, 이마, 이는 하나의 육체다."(Zadnice a čelo, to je jedno tělo). 외할머니는 방앗간지기의 딸이었고 그녀의 남편도 방앗간지기로 미남이며 호색가였다. 그녀는 이러한 남편의 바람둥이 짓에 무척 고통을 받

차페크의 가족들: 왼쪽 위부터 시계방향으로 카렐, 요세프, 헬레나, 어머니, 아버지, 외할머니

았다. 심지어 그녀의 남편은 술만 취하면 그녀를 학대하고 머리채를 잡아당겼다고 한다.

하지만 차페크의 작품에 이러한 고통을 감내하고 사는 강렬한 인격의 소유자인 외할머니의 형상이 많이 등장하지는 않는다. 로봇을 다룬 희비극 『R.U.R.』(로숨의 유니버설 로봇)에 나오는 인자한 나나(Nana)의 성격이 외할머니를 좀 닮았다고 할 수 있다. 특히 자서전적인 요소가 강한 『평범한 인생』에도 아버지, 어머니, 형제자매들을 닮은 인물들이 등장하지만 할머니를 닮은 인물은 없다. 이는 아마 이 소설을 쓸 당시 부모는 저 세상에 갔지만 할머니는 아직 살아 있는 인물이어서 그런지도 모른다고 하킨스는 주장한다.[3]

차페크의 형제자매는 3남매였다. 누나 헬레나는 1886년에 태어났고 작가로 활동하기도 했다. 그녀는 어린시절을 형상화한 『작은 소녀』(1920)를 출판하였다. 헬레나는 같은 이름으로 『R.U.R.』에 나오는 감수성이 강하고 인본주의자인 주인공 헬레나를 연상시킨다.

형 요세프는 1887년 생으로 카렐 차페크보다 3살 많이다. 그들은 '차페크 형제들' (Bratři Čapkové)이란 이름으로 공동 집필도 하는 등 생애에서 가장 친한 친구 겸 가족이었다. 요세프는 매우 천재적인 화가이자 작가였으며 카렐의 여러 책에 직접 삽화를 그렸다. 그는 20세기 초 유행한 체코 입체주의 화가(Kubista) 대표자의 하나였다. 육체적으로 더 강했던 형 요세프는 늘 카렐을 도와주며 자랐다. 그의 어머니는 요세프에게 "동생 카렐을 잘 돌봐줘. 카렐은 민감하고, 연약해 그리고 저렇게 재주 있는 아이들은 일찍 죽기도하지."라고 말하며 꼭 카렐의 보호자로 늘 보살피라고 했다.[4]

삼남매는 다정하게 자라났으며 형 요세프는 카렐이 야외 생활을 즐기는 데 적극적으로 도와주었다. 두 형제는 자기들만의 속어와 은어를 사용하고 문학적인 말장난과 익살들을 즐겨 사용하였다.

그들이 성장하면서 떨어져 살 때 카렐은 매우 고독감에 젖곤 하였다고 한다. 1925년부터 다시 프라하에서 함께 살았지만 각자 결혼하자 이러한 행복한 생활도 중단되었다.

카렐 차페크는 8살 때부터 글을 쓰기 시작하였다. 그는 아버지의 생일을 맞이하여 시를 써 바치기도 하였고 초등학교 2학년 때는 숙제를 시로 쓰는 연습도 하였다. 그 당시 아버지 권유대로 자라면 의사가 되고 싶기도 했지만 13살부터 글 쓰는 작가가 되기로 마음을 먹었다.

1901년 11살에 체코 동쪽 지방 흐라데츠 크랄로베(Hrádec Kralové)에서 중학교에 다니기 시작하였고 13살에 첫사랑을 경험하였다. 그는 한 소녀에게 시를 써 바치고 또 그녀가 모르는 남자들의 세계에 대한 이야기를 쓴 연애편지를 보내기도 하였다. 14살 때인 1904년 카렐은 지방 신문에 처음으로 "단순한 테마"란 시를 발표하였다. 이 시는 감상적인 시로 19세기 위대한 시인이며 작가인 얀 네루다(Jan Neruda)의 비슷한 제목에서 모방한 듯 했다. 그는 훗날 네루다의 신문 문예 에세이(fejeton) 쓰기 등을 계승 발전시켰다. 한 달 후 카렐은 동화인 「포하트카」(Pohádka)를 같은 신문에 발표하였다. 그는 그 이후 학교 신문에 정기적으로 기고하였다.

차페크는 훗날 자서전적인 요소가 강한 『크라코노셰 정원』의 서문에서 무정부주의자 단체의 일원으로 밝혀져 흐라데츠 크랄로베를 떠나서 모라비아의 수도 브르노로 가야했다고 썼다. 당시 이러한 정치적 단체는 오스트리아 정부에 의해 허가되지 않았지만 학생들 사이에서는 유행했다. 아마도 카렐은 이러한 이유로 학교에서 제적당했을 것이다. 1905년에서 1907년 동안 그는 브르노에서 결혼생활을 하던 누나 헬레나의 집에서 함께 살며 고등학교를 다녔다. 1907년 카렐의 아버지가 은퇴하고 자녀들의 교육을 위해 프라하로 이사를 왔고 1909년 프라하에서 고등학교를 마쳤다. 그리고 프라하 카렐대학교 철학부에서 철학을 전공하기 시작하였다. 요세프는 부모가 원하던 직조 공장의 매니저 역할을 그만두고 미술을 공부하러 프라하로 왔다. 두 형제는 1907년부터 함께 문학창작 수업을 하였다. 그들은 함께 처음으로 「예언자 헤르모티노스의 귀환」이란 단편을 1908년 〈리도베노비니〉(Lidové noviny) 1월 18일자에 실었다. 그 이후 그들은 단편, 콩트, 아포리즘, 수필, 책과 그림에 대한 비평문 등을 프라하 여러 신문 잡지에 기고하기 시작했다.

이 당시 즉 1905-1910년대 체코문단은 다이내믹하고 역동적이었다. 유럽의 사조가 물밀듯이 들어왔다. 소설에서는 프랑스와 러시아의 리얼리즘이, 오타카르 브르제지나(Otakar Březina)와 안토닌 소바(Antonín Sova) 같은 시에서는 프랑스의 상징주의가 유행하였고, 이르지 카라세크(Jiří Karásek) 등은 모데르니레비(Moderní revue)를 중심으로 데모니즘과 데카당스를 실험했다. 그러나 젊은 세대는 벌써 이러한 상징주의도 데카당스도 부정하기 시작하였다. 그들은 유럽과 미국의 새로운 풍조를 받아들이고 있었다. 이러한 세대를 '실용주의 세대' 또는 '차페크 세대' 라고 불렀다.

두 형제는 창이 넓은 밀짚모자를 쓰고, 겹여밈 재킷을 입고 미국식 신사화를 신고 프라하 거리들을 활보하며 멋쟁이 신사 흉내를 내곤 하였다. 카렐은 지팡이를 짚고 다녔다. 그들은 문인들이 자주 다니던 유니온 카페, 보헤미아 카페에 일주일에 두 번씩 정기적으로 나타났고 거기서 젊은 작가들 프란티세크 랑게르(F. Langer), 페트르 크르지츠카(P. Křicka) 그리고 에두아르드 바스(E. Bass) 등을 만났다.

그 두 형제는 서로 갈라놓을 수가 없었다. 그리고 그들은 자주 자기들만의 특수 은어로 의사소통하는 것으로 다른 주위 사람들을 놀라게 하기도 했다. 그들은 실생활에서의 경험은 부족했어도 문학적 교양은 이상하게도 매우 높았다. 그래서 그들은 복잡한 재치와 편협한 천진난만함을 섞어놓은 듯한 모습이었다. 요세프 차페크는 자기들의 문학적 명성보다 소녀들에게 관심이 더 많았고, 무도회에서 만난 젊은 숙녀들이 자기들을 냉소적이고 야한 잡담(수필)의 작가들로 알까봐 두려워했다는 걸 말한 적이 있었다. 다행히도 이런 일은 일어나지 않았다.

1910년 여름, 요세프 차페크는 미술 공부를 계속하기 위해서 파리로 떠나갔고, 그해 가을에 카렐은 대학에 다니기 위해 베를린으로 갔다. 그 결과 그들의 협력관계도 끝나게 되었다. 비록 다음 해에 짧은 시간 동안 재개되기도 했었으나, 대부분 차후의 글쓰기 작업은 독립적으로 했다.

1911년 카렐은 프랑스로 가서 요세프와 함께 마르세유와 파리에서 여름을 보냈다. 샤울리악(Chauliac)이라는 한 프랑스 화가가 그들에게 자주 파리의 카바레를 소개해주었다. 차페크는 그 후에 베를린에서는 대학교만 다녔지만 파리에서는 화려한 밤의 삶도 경험했기 때문에 파리가 베를린 보다 그에게 더 영향을 주었다고 말했다. 파리에서 카렐은 베르그송(Bergson)의 철학에 대해 심취하게 되었다. 베르그송은 미국의 실용주의자들과 더불어서 그의 사상에 있어서 주요한 영향을 주었다. 또한 그는 이때부터 프랑스 아방가르드문학과 그림들에 대해서도 엄청난 관심을 가지기 시작했다.

형제들은 1911년 가을에 프라하로 돌아왔고 카렐은 카렐대학에서 학업을 계속해 나갔다. 1915년에 그는 "심미주의에 관한 객관적 관점"에 대한 논문으로 박사학위를 받았다. 또 1년에 2,000코루나(당시 미국 돈으로 약 500달러)의 유산은 그들 형제들이 문학으로 버는 궁핍한 수입에 큰 도움이 되었다. 그 와중에 카렐의 문학 작업은 계속되었지만, 이 동안 작품을 많이 출판하지는 못했다. 1916년 차페크 형제는 첫 번째 공동 단행본 『빛나는 심연』(Zářivé hlubiny)을 출판했다. 이는 1910년부터 1912년까지의 다양한 잡지에 실은 이야기들의 모음집이다.

차페크 형제는 프랑스에서의 경험을 통하여 입체주의 경향을 받아들였다. 형 요세프는 회화에, 카렐은 소설과 드라마 속에 이를 형상화하였다. 훗날 차페크는 이러한 경향을 가장 선명하게 보여주는 소설 『별똥별』(1932)을 발표하였다.

차페크는 건강이 좋지 않아서 일차세계대전 기간 동안(1914-1918) 병역을 면제받았다. 그는 어린 시절 성홍열을 앓고 나서 척추에 상처를 입었다. 이로 인해서 그는 그의 머리를 돌리기도 힘들게 되었고, 그 후 지팡이에 의존하여 걸어 다녔다. 그 고통은 매우 컸지만 그의 아내는 훗날 그가 이로 인한 다른 사람들의 동정을 거부했고 불평도 거의 안 했다고 말했다.

한때 그는 의과대학의 한 학생을 만나서 그의 병이 매우 희귀하다는 것을 듣고 매우 놀랐다고 한다. 프라하 의과대학에서는 그 질병을 '차페크의 병'이라고 명명했다.

일차세계대전은 체코의 문학 발전에 새로운 장애가 되었고 긍정적인 실용주의 세대도 체코 판 '잃어버린 세대'(lost genration)로 전락하였다. 이 와중에 차페크 형제와 랑게르(F. Langer) 등 체코 희곡계에 독일의 표현주의 경향이 나타났다. 이탈리아로부터는 미래주의, 프랑스로부터는 일체주의(unanimismus) 등이 나타났다.

당시 체코에서는 활력 넘치는 활력주의(vitalismus)가 유행하였다. 이들은 인간 삶의 즐거움, 성적인 사랑, 삶의 열정을 찬양하였다. 이는 물론 철학적으로 프랑스 베르그송의 'elan vital'의 신조에서 영향을 받았다. 차페크 형제의 1911-1912년도 작품에 이러한 경향이 뚜렷이 나타난다. 그러나 그들의 작품 『빛나는 심연』에서는 인간 실존의 비극문제를 다루기 시작한다. 1913년 체코 젊은 작가들은 『1914년 연감』을 통해서 문학에 데뷔하기 시작하였고 차페크도 이에 공헌하였으며 활력주의가 바로 이 연감의 새로운 경향이었다.

이 당시 차페크는 프랑스 근대시들을 체코어로 번역 출판하기 시작하여 체코 시단에 새로운 경향을 불러 일으켰다.

세계대전 동안 차페크는 연합군의 공동 사명의 열렬한 지지자였다. 한때 그는 농담으로 권총을 사서 오스트리아의 중요 인사를 암살하는 것을 생각해본 적이 있다고 말한 적도 있었다. 해외에서 체코의 독립을 위해 일하는 것을 지지했고, 그는 피레네 지방의 독특한 건축 양식을 공부하기 위해 스페인으로 가기 위한 승인을 요청했다. 그의 프랑스 생활에 관한 여러 가지 사항에 대한 경찰의 오랫동안의 취조 후에, 그의 요청은 거부되었다. 1917년 미국이 전쟁에 참전했을 때, 그는 미국에 대한 찬성의 제스처로 실용주의에 관한 논문을 다시 쓰기 시작하였다.

차페크는 건강이 악화되어 실용주의에 대한 논문 쓰는 작업을 멈추어야 했다. 그러나 그는 창작만큼은 계속하고자 했다. 1916년 그는 서쪽 보헤미아의 즐루티체(Zlutice) 가까이 있는 대 영주 블라디미르 라쟌스키(V. Lažánský) 백작의 아들을 가르치는 가정교사직을 받아들였다. 그 나이 많은 백작은 그의 소작농들에게 아주 친절하게 대했다. 비록 그는 그의 모국어가 독일어였고 체코어는 잘 못했지만 그는 오스트리아의 통치를 달가워하지 않았다. 심지어 그는 보헤미아 왕조의 부활을 꿈꾸기도 했다. 그는 그의 영지와 대저택에서는 체코어만을 말하도록 했다. 그러나 그 백작은 스스로 자신의 규칙을 어기고 독일인을 고용할 수 있도록 허가하였다. 전쟁 동안 그는 체코를 지지하고 오스트리아에 반대하기를 서슴지 않았고 어떤 때는 프라하의 한 호텔에서 소란을 피워서 거의 체포될 뻔 했었다. 오케스트라가 오스트리아 공사관들을 위해서 독일민족들의 애국가 "라인강의 보초"(Wacht am Rhein)를 연주할 때, 그는 그것을 체코어로 불렀던 것이다.

이 백작의 영지에서의 생활은 어려운 전쟁기간 동안 카렐에게 충분한 양식을 제공한 셈이다. 그러나 그는 여기서 채 일 년도 머물지 않고 1917년 〈나로드니리스티〉(Národní listy) 기자로서의 삶을 시작하였다. 이 신문은 그해 칼 황제의 대관식 날 특사로 풀려난 체코민족주의당 지도자 카렐 크라마르스(Karel Kramář)가 재개하였던 것이다. 그는 이 신문의 문학과 예술 편집장을 맡았다. 1917년 카렐은 처음으로 단편집 『길가 십자가』(Boží muka)를 출판하였다.

전쟁이 끝나고 1920년에 차페크는 그동안 번역해오던 『프랑스 근대 시집』을 출판하였다. 여기에는 보들레르부터 아폴리네르까지 52명의 시인들의 92개의 시를 실었다. 이 시들은 당시 체코 시단에 새로운 경향을 소개했고 20세기 체코 현대시의 발달에 큰 영향을 끼쳤다.

여배우 올가 샤인플루고바와의 만남

1920년 3월 20일 그는 첫 희곡 『무법자』를 프라하 '민족극장'에서 초연했다. 이때부터 차페크는 일생의 동반자가 된 여배우 올가 샤인플루고바(Olga Scheinpflugová)와 사귀기 시작하였고 건강상의 이유로 결혼을 미루다가 1935년에서야 결혼하였다. 1920년 당시 그녀는 차페크보다 12년 연하로 프라하 극장가의 무명 배우였다. 차페크는 그녀의 아버지를 알고 있어 그녀와 사귀기 위하여 자신의 『무법자』를 낭독하도록 하였다. 이 연극이 재연될 때 미미 역할을 맡은 이래 둘 사이는 희곡 작가와 연극배우로서 급속하게 친해졌다. 물론 차페크에게는 또 다른 사랑을 느낀 여자가 있었다. 올가를 알게 된 후 약 6개월 후인 1920년 12월 그는 한 교수의 딸 베라 흐루조바(Věra Hrůzová)를 알게 되었다. 그들은 그 당시 유명한 문학 살롱 라우에르만노바(A. Lauermannová)에서 자주 만났고 둘은 사랑에 빠졌다. 그들은 그 후 11년간 연애편지를 주고받았다. 1922-1923년 동안에 그들의 관계는 절정에 달했으나 차페크는 자신의 건강 때문에 사랑을 고백하지는 않았다. 차페크는 베라의 성적인 매력을 작품 『크라카티트』(Krakátit, 1924)에 나오는 여주인공 윌레 공주로 묘사하고 있다. 그녀는 곧 다른 남자와 결혼했고 차페크는 다시 올가에 몰두하기 시작했다.[5]

차페크는 무엇보다도 자신의 드라마 『R.U.R.』(Rossum's Universal Robots, 1921), 『크라카티트』를 통해 20세기 과학소설과 유토피아소설 및 희곡을 개척한 대표적인 작가 중의 한 사람이 되었으며, 실용주의 철학의 상대주의와 깊은 휴머니즘에 바탕을 둔 작품들로 세계적인 명성을 얻었다. 차페크는 상대주의는 인본주의에 대한 믿음이 무너질지라도 그에게 있어서 인간을 이해하는 유일한 길이라고 썼다.[6] 차페크는 집단적인 희곡 외에도 훗날 그의 대표작으로 간주된 삼부작 『호르두발』, 『별똥별』, 『평범한 인생』에서 결국 어느 누구도 다른 사람의 인생의 진실을 알 수 없다는 것을 보여줌과 동시에, 진실에 대한 상대주의 철학의 입장을 표명하고 있다. 그는 한때 그의 창작에서 이를 다루지 않았지만 말년에 드라마에서 다시 이 주제로 돌아왔다.

차페크는 또한 전통적인 사실주의에 입각하면서도 유토피아적이고 SF적인 요소와 탐정소설과 대중소설의 기법을 가미하여 독창적인 작품 세계를 구축하였다. 『R.U.R.』은 1921년 1월 25일 프라하 민족극장에서 초연되었고 곧 전 세계 주요도시에서 공연되어 호평을 받았다. 이후 차페크는 체코를 대표하는 극작가로 국제적 명성을 얻었다. 그러나 몇몇 체코 비평가들은 차페크가 민족주의 정신을 잃고 국제주의에 치우친다고 혹평을 하기도 했다. 당시의 체코 젊은 아방가르드 시인들은 『R.U.R.』이 체코 희곡으로서는 당시 유행하던 표현주의 기법을 보여주고 있다는 점은 인정하면서도 저널리즘적인 대중적인 경향에 기우는 창작태도에 대해서는 비난하였다.

일찍이 현대사회의 병폐에 눈을 돌렸던 그는, 희곡 『R.U.R.』과 『곤충극장』(Ze života hmyzu, 1921)을 통해서 통렬하게 사회적 병폐를 풍자하였다. 『R.U.R.』은 로봇 즉 인조인간이 인간의 노동을 대신해 준다는 내용의 극단적인 기계화를 희비극적으로 그리면서 기술의 발달이 거꾸로 인간을 멸망시킬지도 모른다는 점을 경고한 SF 드라마다. 오늘날 우리가 사용하는 '로봇'이라는 말은 이 작품에서 유래된 것이다. 원래 이 단어는 형 요세프의 아이디어였다. 로봇이란 체코어 '로보타'(robota)에서 따온 말이며 robota는 체코어로 중노동, 부역노동이라는 뜻이다.

『R.U.R.』로 큰 성공을 거두자 자신감을 얻은 카렐 차페크는 1921년 『곤충 극장』, 1922년 『마크로풀로스의 비밀』(Věc Makropulos) 등의 작품을 발표하였다. 『곤충 극장』은 각종 곤충들의 삶에 빗대어 인간의 향락주의(나비), 탐욕주의(개미), 이기주의(쇠똥구리), 군국주의 집단정신을 풍자했다. 이 연극의 기법은 표현주의적인 알레고리 드라마로써 당시 유럽에서 큰 호평을 받았다. 이처럼 그는 인기 있고 성공한 극작가로 인정받아 1921년부터 1923년까지 당시 프라하시 비노흐라디극장의 연출가이자 드라마 작가직을 맡았고 이 시기 동안 자신의 『곤충 극장』의 초연과 몰리에르와 셸리의 작품 등 국내외 희곡 13개를 무대에 성공적으로 올렸다. 당시 연극 비평가들은 차페크가 프랑스의 채플린 스타일의 연출을 성공적으로 하였고 차페크의 걸음걸이도 채플린을 닮았다고 하였다. 차페크가 상대적으로 작은 키에 지팡이를 늘 집고 다녔기 때문일 것이다. 이때부터 체코의 코미디는 채플린식을 많이 상기시킨다.

『마크로풀로스의 비밀』은 영원히 살고 싶어 하는 인간의 욕망을 풍자한 작품으로 300여 년 간 비밀리에 살아온 16세기 루돌프 황제의 궁정의사의 딸을 소재로 한 비극적 코미디이다. 체코의 유명한 작곡가 야나체크가 이 환상적인 SF 드라마 『마크로풀로스의 비밀』을 오페라로 각색하면서 이 작품은 오늘날 연극과 오페라로 체코인들의 사랑을 받고 있다.

1927년 형 요세프와 함께 쓴 『창조자 아담』(Adam Stvořitel)에서는 너무 많은 모순이 존재하는 현실은 파괴하고 새롭고 보다 나은 이상적인 세계의 창조를 시도하지만 뜻대로 되지 않는다. 작가의 이러한 관점은 그의 상대주의 철학에서 비롯된다고 하겠다. 즉 작가는 우리가 사는 현실 세계를 인위적 혁명으로 변화시키지 않아도 괜찮을 만큼 살만한 세상이라는 것을 말해주는 것 같다. 1920년대 내내 전 유럽에서 그의 희곡 상연이 하루도 멈추어진 날이 없을 정도로 큰 인기를 끌었다. 그러나 차페크는 이 『창조자 아담』을 무대에 올리고 나서 성공을 거두지 못하자, 희곡은 무대에 올리기 위한 연출가(무대 감독)와 배우에게 의존하여야 하기 때문이라고 하면서 희곡을 쓰는 것을 그만두었다. 그가 다시 희곡에 몰두하게 된 것은 10여 년이 지나서였다.

1921년 두 형제는 신문 〈나로드니리스티〉(Národní listy)를 떠나 그들의 친구이며 작가인 에두아르드 바스(Eduard Bass)가 편집장으로 있는 중도 우파의 〈리도베노비니〉(Lidové noviny)로 자리를 옮겼다. 이후 차페크는 생애 내내 〈리도베노비니〉에 칼럼을 기고했다.

차페크는 늘 신문사에서 칼럼과 기사를 쓰면서 여러 장르를 실험했다. 차페크는 모든 장르를 통해 수많은 작품을 쓰려고 노력한 작가다. 그는 언젠가 일생 동안 100여 편의 책을 쓰고 싶다는 강렬한 의지를 보여준 적이 있지만 48세에 요절하여 뜻을 이루지 못했다. 비록 그가 남달리 재능 있는 작가였지만 그에게서도 글쓰기가 그렇게 쉬운 것만은 아니었다. 그는 이렇게 고백한 적이 있다.

"나는 상대적으로 어려움과 노력을 통해서 쓴다. 확실한 것은 내 침이 무엇이든지 내 혀에 가져오는 것을 쓴다(체코어 속담). 그러나 나는 가능한 그것을 분명하게 말하고자 한다. 사실이 표현되었을 때 그것은 즉각 좋든지 나쁘든지 판가름 난다. 나는 쓰는 것을 좋아한 적이 없다. 그러나 나는 화를 느끼고 고집스러워서 철필 손잡이를 입으로 물어뜯곤 한다. 나는 어떤 작가가 타이피스트를 박살내거나 타이프라이터를 물어뜯지 않고 그녀(타이피스트)에게 구술하는 것을 이해할 수 없다."[7]

또 차페크는 이렇게 덧붙였다. "대부분 나는 큰 소리로 쓴다. 나는 문장이 어떻게 들리는지 알아야 한다."[8] 올가 샤인플루고바는 차페크가 소설이나 희곡을 쓸 때는 그는 오직 영어나 프랑스어로만 탐정소설을 읽었다고 한다. 그래서 그는 그가 읽고 있는 책의 스타일에 의해서 영향을 받지 않으려고 했다.

차페크는 자신의 창작에 대해서 이렇게 쓰고 있다.

"나는 소설이나 희곡에 대해 특별한 즐거움을 느끼지 않는다. 그러나 논픽션은 매우 좋아한다. 연극은 아주 특별한 경우만 본다."[9] "무엇을 이해한다는 것은 나의 가장 위대하고 억제할 수 없는 열정이다. 나는 내가 창작을 하는 이유는 이해하기 위함이라고 감히 말하고 싶다. 〈중략〉 이해하는 것은 나의 한 마니아고, 표현한다는 것은 또 다른 마니아다. 내 자신을 표현하는 게 아니라 어떤 것들을 표현하는 것, 나는 많은 것들을 간단하게 그리고 거의 정확하게 성공적으로 표현했다고 생각한다. 나는 나의 희곡들에서 결코 문어체가 아니라 진정한 일상의 대화체를 찾는 데 성공적이었다. 읽을거리를 제공하는 것은 작가의 비즈니스이고 그 대가로 그는 돈을 받는다. 그러나 생생한 대화체를 만든다는 것은, 말을 완전하게 한다는 것은, 인간의 말에 풍부한 가치를 준다는 것은 아주 특별한 민족적인 사회적인 미션이다. 거기에서 작가는 숨겨진 신비한 수학을 거둘 수 있다."[10]

차페크는 "누구에게 영향을 받았는가?"라는 질문은 늘 그를 당황하게 한다고 한다. "문학적으로 내가 가장 영향을 받은 것은 어린 시절의 독서, 민중의 이야기와 라틴어 산문이었다는 것을 인정하고 싶다. 그 외에는 좋든 나쁘든 내가 읽은 모든 것들이다. 서너 명의 작가들을 빼고는 내 손에 들어온 모든 작품들로부터 나는 배웠다."[11]

차페크 형제는 1925년 경 중상류층 계급들이 사는 비노흐라디 지역 우스카 거리(현재는 카렐 차페크 형제 거리)에 집을 짓고 1935년부터 올가와 결혼생활을 하였다. 집 내부는 입체주의와 표현주의 그림을 그린 형 요세프의 그림들과 동시대 체코 화가들의 그림들로 장식하였다. 넓은 정원 덕분에 차페크는 일찍부터 좋아하던 정원 가꾸기를 즐겼다. 그는 희귀종 식물, 선인장, 알프스 꽃들을 심었고 스스로 사진을 찍어 신문 〈프라게르 프레세〉(Prager Presse)에 투고하기도 했다. 이 당시부터 차페크는 사진 찍기를 아주 좋아했다. 자신이 기르던 애완용 고양이와 강아지들 사진도 다양하게 존재한다. 그는 『다셴카, 또는 강아지의 생활』이라는 동화책에 자신의 사진을 삽화로 넣었다. 그의 사진은 예술적이기보다는 상당히 기술면에서 빼어나다고 평가받았다. 그는 특히 무엇인가를 관찰하는 데 놀라울 정도로 집중하였다고 한다. 그의 취미도 다양해서 정원 가꾸기와 사진 찍기 외에 야생화, 나비와 새들에도 큰 관심을 가졌고, 민요 등의 세계 음악음반을 수집하였다. 그의 아내 올가에 의하면 차페크가 쿠바 등 중남미 이야기가 많이 나오는 『별똥별』을 쓸 때 늘 쿠바 음악을 듣곤 했다고 한다.

그는 특히 여행을 좋아해서 1923년 이탈리아, 1924년 영국, 1930년 스페인, 1932년 네덜란드, 1936년 스칸디나비아를 방문하였고 슬로바키아를 여러 번 방문하였다. 미국과 남미여행을 생각했으나 실행에는 옮기지 못했다. 그의 해외여행시 늘 스케치를 하여 기행문 책을 낼 때 삽화로 사용하였다.

1922년 『압솔루트노 공장』(Továrna na absolutno)을 시작으로 장편소설에도 손을 대기 시작한 그는 1924년 『크라카티트』, 1936년 『도롱뇽과의 전쟁』(Válka s mloky) 등 일련의 빼어난 SF를 써내면서 SF 문학의 선구자가 되었다. 『압솔루트노 공장』은 작가가 소설에서 SF의 테마를 시도한 첫 작품이다. 큰 에너지 소모 없이 단순히 원자의 핵 분해에 의해서 무한한 힘을 발휘하는 '압솔루트노' 라는 기계를 발명함으로써 인류가 겪게 되는 갈등, 전쟁과 파괴를 다루고 있다. 이는 동시에 당시의 극단적인 교권주의, 국수주의적인 민족주의, 군국주의 등의 정치적인 상황에 대한 경고를 담은 작품이기도 하다. 원자물리학의 발달로 생겨난 폭탄의 쟁탈전을 묘사한 『크라카티트』는 오늘날의 원자로 문제와 원자탄에 의한 전쟁위협 등을 예견하였다고도 할 수 있다. 『도롱뇽과의 전쟁』에서 차페크는 로봇의 메커니즘으로 전환한 도롱뇽들의 인류에 대한 위협을 파시즘의 위협과 빗대면서 당시 유럽에 전쟁위협이 고조되어 가는 것을 미리 경고하고 있다. 자본가에 의하여 양식된 도롱뇽이 진화하여 도구를 사용하는 등 인간화하여 대량으로 증식되고 마침내 인간 세계를 정복하게 된다는 『도롱뇽과의 전쟁』은 명백한 독일 파시즘에 대한 경종이었다.

그의 작품들의 철학적인 초점은 상대주의로써, 절대자는 인간의 세계밖에 존재함으로 인간은 자신의 세계 내에서 최대한의 지혜로 삶의 만족을 찾아야 한다는 주장이다. 그는 이러한 긍정적인 입장에서 일상에서 따온 테마를 중심으로 재미있는 단편 이야기를 발표한다. 그는 범죄 추리 소설과 철학 소설을 종합하였다고 할 수 있는 그의 단편집 『첫 번째 호주머니 이야기』(Povídky z jedné kapsy, 1929) 12편과 『두 번째 호주머니 이야기』(Povídky z druhé kapsy, 1929) 12편에서 이야기꾼으로서의 재능을 발휘한다. 인간 생활에서 일어나는 여러 사건들을 픽션화하면서 작가는 인간의 초능력, 인생의 신비스러운 것들을 다루면서 불가사의한 인생의 심층을 들추어내고 있지 정답을 제시하지는 않는다.

단편집 『두 번째 호주머니 이야기』에는 동양의 양탄자를 주제로 다룬 작품이 두 개나 있다. 또한 이 소설집의 작품들 중에서 한 작품에서는 한 선인장 수집광의 광적인 모습을 다루고 있는데, 그 선인장 수집광이 유명한 선인장 정원에서 희귀한 표본들을 훔쳐다가 돌려주는 재미있는 내용을 담고 있다. 요세프 차페크는 그의 개성적이고 재치 있는 스타일로 카렐의 작품들과 취미서적들에 삽화를 그려 넣었다. 그러나 카렐도 이미 단순한 삽화들을 그리기 시작하였다.

그리고 차페크는 『열 개의 이야기』라는 동화집에 주옥같은 현대 동화를 담았다. 여기에는 고양이, 강아지, 새, 도적, 물귀신, 떠돌이, 경찰 아저씨, 의사 등 우리 주변에서 볼 수 있는 친숙한 사람들과 동물들이 주인공으로 등장한 동화들로 어린이뿐만 아니라 누구나 즐길 수 있는 불멸의 작품들이다. 카렐 차페크는 체코슬로바키아 독립의 아버지로 불리는 마사리크(Tomáš Garigue Masaryk, 1850 - 1937) 대통령과도 각별한 관계를 유지하는 등 양차대전 사이 기간 동안 사실상 체코인들의 정신적 지주 역할을 하였다.

1924년 차페크는 작가, 예술가, 정치가, 학술위원들로 구성된 비공식 모임을 만들었는데 그 모임은 '금요일회원' (Pátečnítci)이라고 불린다. 그들은 매주 금요일 저녁에 차페크의 집에서 모였다. 처음에는 예술적인 토론회를 하기위해 그 모임을 만들었지만, 그 모임은 점차적으로 다양한 관심을 포괄하는 사회조직이 되었으며, 그 모임은 어렴풋하게나마 민주정치를 지향하는 모임으로 확장되어 나갔다. 그 모임의 회원은 형 요세프 차페크, 작가 프란티세크 랑게르(František Langer), 역사학자 요세프 슈스타(Josef Šusta), 정치부 기자 페로우트카(Ferdinand Peroutka)를 포함하여 25명이었다. 그들의 모임은 차페크의 훌륭한 대화에 대한 욕구를 충족시켜주었고, 차페크는 그의 손님들의 의견을 이끌어내는 데에 있어서 전문가다운 면모를 보였다. 그는 모든 회원 한 명한 명을 상징하는 자작나무를 마당에 심었다. 나무들은 대부분 오늘날까지 살아있다. 에드바르드 베네쉬(Edvard Beneš) 뿐만 아니라 후에 대통령 마사리크도 이 모임에 합류하였다. 올가 샤인플루고바는 그 모임에서 마사리크가 생동감 넘치는 토론에 대한 욕구를 느꼈고, 대통령궁의 생활이 지루하고 제한된 것임을 확실히 깨달았다고 말한다. 마사리크의 우정은 차페크로 하여금 우파 좌파 모두로부터 공격을 받게 되는 계기가 되었다. 마사리크는 그의 훌륭한 지도자임에도 불구하고, 많은 정적들을 가지고 있었다. 그 정적들은 공개된 자리에서 그를 공격하지는 않았지만 그의 친구들에게 자신들의 악의를 표명하였다. 하지만 마사리크는 이들의 행동에 대하여 너그러이 대했고, 이러한 대통령의 호의로 언론들은 '차페크의 파티'에 대한 비난도 거리낌 없이 할 수 있었다. 그리고 그 안에는 수많은 악의 섞인 가십거리가 있었으며, 그것들 중 몇몇은 출판되기까지 하였다. 비록 차페크는 그를 따르는 국민 대다수의 사랑과 지지를 지켜냈지만, 언론사들과는 좋은 관계를 맺지 못했다. 국내 언론사는 부실한 명예훼손 법규를 이용하여 그의 명예를 계속해서 실추시켰다.

1927년 문제들이 수면 위로 떠올랐다. 섣달 그믐날에 차페크는 마사리크가 참여하는 파티를 열었다. 차페크에 의해서 크리스마스캐럴이 연주되었는데, 이는 세 현자에 대한 성경이야기를 가장한 풍자였다. 이 경우에서 현자들은 실제로 총리 슈베흘라(Švehla, 그는 나중에 차페크의 좋은 친구가 된다.) 민주당의 대표 크라마르스(Kramář), 그리고 슬로바키아 부총리 흘린카(Hlinka)였다. 민주당 신문 〈나로드〉(Národ)는 그 공연이 정치적인 공격이었으며 마사리크의 참석에 대한 공격이라며 비난하였다. 반면 마사리크는 그 공연을 굉장히 즐겼다고 한다. 차페크는 이것은 그저 악의 없는 공연이었다고 주장하였다. 마사리크에 대한 공격을 끝내기 위해(이것은 사실 마사리크에 대한 은근한 공격이었다), 차페크는 〈나로드〉지가 더 이상의 비난을 하지 말아주기를 요구했다. 그 신문사가 그의 요구를 거절하였을 때 그는 〈나로드〉를 고소하였고, 소송에서 그는 이겼다. 이 사건으로 그는 정치적인 풍자의 글 『요세프 홀로우셰크(Josef Holoušek)의 스캔들』(1927)을 쓰게 되었는데, 그 글에서 그는 체코 신문의 근거 없는 낭설 양산에 대해 비난하였다.

마사리크와의 우정은 차페크에게 『T. G. 마사리크와의 대화』(1928-

35) 라는 세 권짜리의 책을 내도록 하였고, 마사리크가 죽은 후에는 『T. G. 마사리크의 침묵』(1935)이란 수필로 내용을 보충하였다. 수필집 『T. G. 마사리크와의 대화』는 긴 인터뷰에 기반을 두고 있다. 그의 『마사리크와의 대화』(1935)는 제1공화국 시절 매주 대통령인 마사리크와의 만남과 대화를 통해 차페크가 수집한 마사리크의 정치적 이상을 기록한 것이다.

그리고 차페크는 마사리크와의 담화 속에서 마사리크의 구어체 어조를 보존하려고 상당한 주의를 기울였다. 그는 그 인터뷰에서 일부러 겸손하게 자신을 낮췄으며, 마사리크의 생각 중 그의 의구심을 불러일으키는 것들에 대하여 질문한 것 역시 거의 없었다. 또한 그나마 있는 것들 중의 질문들은 간단명료하였다. 그는 그 책을 공동저자의 작품으로 출판하기를 원하였고, 또한 책의 저작권료의 반은 마사리크에게로 가야한다고 주장하였다. 결국 출판사는 이에 동의하였고 첫 번째 출간 물은 오직 차페크의 이니셜 'K. Č.' 로만 서명된 채 출판되었다.

차페크는 프라하 펜클럽에서 핵심적인 인물이었다. 그리고 그는 1925년에 클럽 회장으로 선출되었다. 그는 또한 슬로바키아의 펜클럽이 만들어지는 데 큰 영향을 주기도 하였다. 그러나 그에 대한 대중의 비난은 결국 그를 클럽의 회장직에서 물러나게 하였다. 클럽의 회장으로서, 그는 체코문학의 공식적인 대변인으로 비춰졌는데, 그가 원한 것은 이것이 아니었다. 차페크는 그의 사퇴를 반대했던 마사리크에게 보내는 편지에서 자신은 집단에서뿐만 아니라 독립된 개체로서, 그의 조국을 위해 더욱 더 가치 있는 사람이 될 수 있다고 주장하였다. 1935년에 웰즈(H. G. Wells)는 그의 뒤를 이어 차페크가 국제 펜클럽 회장을 맡아주었으면 하는 희망을 표현했다. 그리고 차페크는 결국 그것을 수락하였다. 그러나 시간의 부족과 부담으로 인한 엄청난 긴장감으로 인해 결국 그는 그 해 부에노스 아이레스에서 열리는 펜클럽의 세계대회에 참가하지 못하게 되었다. 그리고 그 불참으로, 그는 클럽회장에 선출되지 못했다.

그의 천부적인 면모는 대표작이라고 할 수 있는 3부작 소설인 『호르두발』(Hordubal, 1933), 『별똥별』(Povětroň, 1934), 『평범한 인생』(Obyčejný život, 1934)에서 절정에 도달하였다. 이러한 소설들은 한 사건을 풀어나가는 데 있어 여러 직업의 주인공들을 통해 각기 다른 관점에서 관찰하면서 궁극적인 초점을 진실의 문제에 모으고 있다. 철학의 인식론 문제와 현상학적 관점을 소설로 다루고 있다. 특히 진리의 절대성보다 상대성에 깊은 신뢰를 소설적인 상황에서 보여주고 있다. 체코 출신의 세계적인 문학 이론가이자 비평가인 르네 웰렉(René Wellek, 1903~1995)의 말을 빌면 세계의 모든 언어권에서 씌어진 철학 소설의 시도 중에서 가장 성공적인 작품의 하나로 간주되고 있다.

1937년에 발표한 『제1구조대』(První parta)에서는 이미 파시즘의 위협에 대한 강한 저항 정신을 나타내고 있다.

말년에 반파시즘을 호소한 희곡 『하얀 역병』(Bílá nemoc, 1937)과 『어머니』(Matka, 1938)를 무대에 올렸다. 전자에서는 군비경쟁의 정지를 호소하고, 후자에서는 나치의 체코슬로바키아 침입을 앞두고 침략자와의 싸움을 호소한 것이다. 『하얀 역병』은 분명히 파시즘의 팽창주의와 무력으로 전쟁을 꿈꾸는 독재자에 대한 강한 경고를 담고 있다. 마침내 독재자 사령관도 전염병인 하얀 역병에 걸려서 의사에게 치료를 부탁할 때 의사는 전쟁을 포기하면 병을 치료하겠다는 조건을 거는 것이 재미있다. 여기서 작가의 반전쟁 인도주의 사상을 엿볼 수 있다. 이는 임박한 나치의 전쟁도발을 예고한 작품으로도 유명하다.

차페크의 최후의 희곡 『어머니』는 한 가족의 생존뿐 아니라 인류 전체의 생존 문제에 직면한 주인공인 어머니가 자신을 제외한 가족 중 최후의 생존자인 막내아들에게 총을 주면서 나가 싸울 것을 허락한다. 희곡 『어머니』에서 차페크는 전쟁의 무의미함과 부조리함을 극적으로 보여주고 다가오는 나치 독일의 공격에 대한 체코슬로바키아의 방어능력을 강화하려고 한 것이 분명하다. 작가는 주인공 쌍둥이에게서 보여주는 과격한 이념을 상징적으로 대립시켜 〈삼부작〉 등에서 다루었던 상대주의 철학의 경향을 보여주고 있다. 그는 이 작품에서 아무도 절대적 진리를 주장할 수 없고 그래서 아무도 자기가 옳다고 생각하는 것을 다른 사람에게 강제적으로 강요할 권리가 없다는 것을 주장하고 싶었다. 동시에 그는 자기 조국이나 민족이 위협받을 경우 국민들에게 최후의 수단으로 싸우도록 부탁하고 싶었다.

노벨문학상 수상 제의의 거절

일설에 의하면 그는 그의 뛰어난 문학적 작품들로 인하여 노벨문학상의 유력한 후보로 여러 번 거론되었으나 당시 유럽을 영향권 아래에 두고 있던 아돌프 히틀러의 나치의 간섭에 의해 반(反) 나치주의자였던 차페크의 노벨문학상 수상은 무위로 돌아갔다고 한다. 차페크의 미망인의 증언에 따르면 히틀러의 눈치를 보던 스웨덴 한림원이 차페크로 하여금 파시즘을 비난하는 모티프가 있는 『도롱뇽과의 전쟁』 대신 정치적으로 중립적인 작품을 다시 쓰면 노벨상을 고려해 보겠다고 하였지만 그는 벌써 박사 논문을 제출했으니 더 이상 하고 싶지 않다고 단호히 거절하였다고 한다.

그는 자신의 일생을 통해서 인간에 대한 사랑과 현대사회와 기계문명의 병폐에 대한 아픔을 작품화한 문학적 재능과 열정으로 인하여 사람들에게 지금까지도 깊이 기억되고 있다. 영국, 프랑스, 독일 삼국에 의해 체코슬로바키아를 독일 나치에게 넘겨주게 되는 뮌헨협정(1938년 9월)의 체결로 조국이 풍전등화의 위기에 빠진 1938년 크리스마스에 48세의 나이로 요절하였다.

당시 민족극장은 유명한 문화 인사들의 장례식을 주도했는데, 나치의 눈치를 보던 체코슬로바키아 정부는 민족극장으로 하여금 차페크의 장례식을 공식적으로 치르지 못하도록 했다. 그래서 장례의식은 은밀히 거행되었다. 그리고 차페크는 체코 불멸의 안식처인 국립묘지 비셰흐라드에 묻혔다. 여기에는 음악가 스메타나, 드보르자크, 시인 마하, 사이페르트, 성악가 데스티노바 등 위대한 예술가들과 작가들의 묘지가 있다. 공식적인 거리의 장례행렬 허가를 요청한 학생과 노동자 그룹의 신청도 거부되었다.

하지만 공식적인 집회 불가의 위협에도 불구하고, 그를 사랑했던 사람들의 행렬은 거리를 가득 메웠다. 차페크에 대한 애도의 글 중 영국의 버나드 쇼의 것이 아주 인상적이다. "그것은 너무도 불합리하다. 이번엔 내 차례가 되었야 했는데. 그는 또 다른 40여 년 동안 세계문학을 위해 공헌할 수 있을 텐데. 그의 희곡들은 그가 얼마나 왕성하고 훌륭한 극작가인지를 증명하고 있다." [12]

버나드 쇼가 아쉬워했듯이 카렐은 너무나 일찍 죽었다. 그는 40여 년 생애 동안 세계 문학사에 큰 공헌을 하였다. 1939년 3월 15일 나치 군대들이 프라하로 들어왔다. 그들은 나치에 반대하는 체코 지식인들의 정치적인 견해를 조사하기 위해 호별 방문을 하기 시작하였다. 차페크의 미망인은 다른 사람들의 이름이 포함되어 있을지 모르는 그의 많은 서신들을 불살랐다. 그녀는 어떤 편지가 혐의를 받지 않고 무해한 것인지 분리할 시간적 여유가 없었다. 그러나 석 달 전에 죽은 차페크의 죽음을 알지 못하는 게슈타포 군대는 그를 체포하기 위해 그의 집에 들이닥쳤다.

한편 지인들이 해외로 망명갈 것을 간청했으나 이를 거절한 형 요세프 차페크는 곧 체포되었고 강제수용소에 이송되었다. 그는 1945년 전쟁이 끝나기 몇 주 전에 독일 베르겐-벨겐(Bergen-Belgen) 수용소에서 죽었다.

2. 두 호주머니 이야기
— 탐정소설의 백미, 차페크 산문문학의 길잡이

호주머니 이야기 - 창작의 길잡이

『길가 십자가』(Boží muka, 1917)는 차페크의 최초의 단독 작품집이
다.[1] 차페크는 일찍이 신문에 콩트나 단편소설들을 연재함으로써 문학
에 본격적으로 데뷔하였다. 그는 전통적인 사실주의에 입각하면서도
유토피아적이고 SF적인 요소와 탐정소설과 대중소설의 기법을 가미하
여 독창적인 작품세계를 구축하였다.

그의 작품들의 철학적인 초점은 상대주의(Relativismus)로서, 절대자
는 인간의 세계 밖에 존재하므로 인간은 자신의 세계 내에서 최대한의
지혜로 삶의 만족을 찾아야 한다는 주장이다. 그는 단편 「최후의 심판」
에서 이 문제를 다루고 있다. 그는 이러한 긍정적인 입장에서 일상에서
따온 테마를 중심으로 재미있고 긴장감이 도는 단편 이야기를 발표한
다. 범죄 추리소설과 인식론 철학소설을 종합하였다고 할 수 있는 그의
단편집 『첫 번째 호주머니 이야기』(Povídky z jedné kapsy, 1929) 12편
과 『두 번째 호주머니 이야기』(Povídky z druhé kapsy, 1929) 12편에서
그는 이야기꾼으로서의 재능을 발휘한다. 인간 생활에서 일어나는 여
러 사건들을 픽션화하면서 작가는 인간의 초능력, 인생의 신비스러운
것들을 다루면서 불가사의한 인생의 문제를 독자들 앞에 제시하지 판
단을 하지는 않는다.

그는 이러한 단편집에서 다루었던 주제들을 발전시켜 훗날 대표작이라고 할 수 있는 3부작 소설들에서 더욱 심도있게 다룬다.

차페크는 자신의 단편 소설의 대표작인 〈두 호주머니 이야기〉로 알려진 『첫 번째 호주머니 이야기』와 『두 번째 호주머니 이야기』를 쓰기전에 『길가 십자가』라는 단편집을 일차대전 중에 발표하였다. 이 작품도 그의 신문 기자로서의 경험과 전쟁에 의한 무의미한 인간의 희생에 자극받은 것이 많이 반영되었지만 당시 신문에 기고하던 이야기들보다는 더 철학적인 요소를 띄고 있다.[2]

차페크가 두 호주머니 이야기를 발표할 무렵 그는 벌써 위대한 기자요, 소설가와 드라마 작가로 세계적인 명성을 얻었다. 차페크에 의하면 이러한 단편들은 기자 생활을 하면서 경험한 사실적인 사실에 기반을 두고 있다.[3] 그는 나날이 사건들을 취재하고 편집국으로 가는 중에 대충의 사건과 아이디어를 메모하고 하루 한 편 꼴로 글을 썼다.

차페크는 당시 일반적으로 무시당하고 있던 단편의 가치를 높이 평가받기 위해 단편들에 몰두하였다. 러시아의 천재적인 단편작가 체호프도 "천재는 짧게 쓴다"고 하였듯이 그는 자신의 이 주머니 이야기 시리즈를 그의 소설이나 드라마와 동일하게 높이 평가한다. "우리는 단편 소설이 어떻게 만들어져야 하는지 중요성을 고려하지 않고 있다. 형식적으로 8-10쪽의 이야기를 쓰는 것은 소네트나 다른 정교한 시적 형식을 쓰는 것처럼 작가에게 기쁨을 준다. 나는 영어로 쓰는 작가들의 이러한 단편들을 쓰는 데서 위대한 기술을 배웠다. 이 분야에서 그들은 샛길로 빠지지 않은 위대한 원칙을 발견하였다."[4]

본문에서는 차페크의 두 호주머니 이야기에 나오는 여러 주제와 모티프를 분석하고 차페크의 문체도 살펴보고자 한다.

범죄이야기와 탐정의 주제

1929년 1월 『첫 번째 호주머니 이야기』가 출판되었다. 여기에 나오는 작품들은 「최후의 심판」을 제외하고 1928년 잡지에 발표한 것들이다. 「최후의 심판」은 1919년 잡지 『네보이사』(Nebojsa)에 발표하였다. 1929년 12월 『두 번째 호주머니 이야기』 또한 이 잡지에 출판되었다.

차페크는 이론적인 분야에서 범죄 이야기에 호기심을 갖기 시작하였다. 1919년 차페크는 잡지 『길』(Cesta, vol. 61, n. 35-38)에 "홀메시아나"(Holmesianna) 또는 "범죄론"을 발표하였고, 나중에 이 글을 출판한 책 『마르시아스』(Marsyas, 1931)에 포함시켰다. 그는 여기서 범죄 이야기를 높이 평가하고 있다. 다른 무엇보다도 그는 "독자들이 이러한 장르에 대단한 관심을 가지는 것은 그러한 이야기들의 문학적인 매력보다는 일반적인 가능성"[5]이라고 특징지었다. "나는 범죄 이야기를 읽는 데 대한 우리들의 목적은 범죄에 대한 우리들의 잠재적인 성향(性向) 외에 정의에 대한 잠재적이고 지독한 기호(嗜好) 때문이라고 생각한다."[6]

차페크에 의하면 범죄 이야기들에 대한 정의는 지적인 힘과 인간적인 품위의 방법으로서만 승리한다. "그것은 실제로 매우 아름답고 매우 오래된 전통이다. 이는 세속적인 현명함, 합리주의, 실질적인 경험 그리고 형이상학적인 간섭 없는 관찰의 전통이다. …… 미스터리를 풀어가는 거칠고 고통스러운 지적인 열정, 의문 덩어리인 단단한 견과류의 껍질을 깨뜨리는 두뇌의 열정적인 필요"[7]가 있기 때문이다. 위에서 언급한 독자들의 범죄 이야기에 대한 인기는 범죄와 정의 모티프 외에 또한 미스터리의 모티프다.

성취감의 모티프 또한 매우 중요하다. "나는 범죄 이야기는 미스터리를 푸는 것에 깊이 관여한다고 말해왔다. 범죄 이야기는 실제로 서사적인 구성이며 그 주제는 독특한 개인적인 성취이다."[8]

차페크의 단편들에 나오는 탐정은 주요 인물이며 사냥꾼이고 추적자다. 그러나 또한 그는 바로 탐정의 먹이인 도둑처럼 서사적인 개인주의자다. 그는 대개 경찰과 같은 집단적인 기구를 싫어하고 자신의 손으로 해결하고자 한다. 탐정과 잘 조직된 사회 기구를 대표하는 경찰 사이에는 아주 긴장감 넘치는 적대감과 심지어 갈등이 존재한다. 탐정은 언제나 경찰보다 뭔가를 먼저 행동에 옮긴다. 그는 혼자 있는 것이 즐겁다. 심지어 이 집단적인 세상에서 좀 이상하고 내성적인 고독자다.

차페크는 범죄 이야기에 대한 자신의 관심은 현실을 어떻게 인식하고 발견하는가 하는 순수이성론의 문제로부터 유래하였다고 한다. "내가 범죄의 세계에 몰두하자마자 나는 나도 모르게 정의 문제에 관심을 두게 되었다. 여러분들은 단편집 중간에서 그러한 전환점을 발견할 것이다. 어떻게 인식해야 하는지에 대한 문제 대신 어떻게 벌해야 하는 것이 지배적이 된다. 그래서 『첫 번째 호주머니 이야기』는 순수이성론적이며 재판과 관계 되는 이야기들이다. 재판과 관계 되는 것이 아마 더 좋을 것이다."[9]

차페크는 두 단편집이 미완성 단편들이 아니고 다른 작품들처럼 중요하다고 한다. 그렇기 때문에 『첫 번째 호주머니 이야기』와 『두 번째 호주머니 이야기』를 우리는 뭔가 주변적이거나 느슨하거나 상업적인 것으로 보지 않는다. 이러한 단편들의 예술적인 가치는 차페크의 다른 작품들과 마찬가지로 중요하다. 차페크는 이러한 전통적인 장르를 독창적이고 특이한 체코적인 것으로 바꾸었다. 그는 『첫 번째 호주머니 이야기』에서 인식론의 문제를 풀고자했다. 그는 안다는 것은 위대하고 탐욕스러운 열정이며 지식을 알기 위해 쓰고 있다고 한다.

나중에 이러한 인간 인식의 문제, 그 가능성과 여러 가지 개념은 차페크의 대표작으로 평가받고 있는 삼부작 전체를 아우르고 있다. 그러나 바로 이 문제가 그것이 문학적이든지 저널리스틱하든지 그의 모든 작품들에 반영되고 있다. 이는 차페크의 대학에서 수학한 철학교육에 그 근거를 두고 있다. 그의 인식론의 동기는 『두 번째 호주머니 이야기』에도 나타난다. 차페크의 『두 번째 호주머니 이야기』의 특징인 사투리의 사용이라는 언어 문제도 벌써 『첫 번째 호주머니 이야기』 이야기에도 나타났다.

두 호주머니 이야기에서 차페크는 인식론의 문제에 대한 자신의 관심으로부터 유래된 탐정의 주제에 사로잡혔다. 그러나 범죄의 주제들은 그를 정의의 문제로 인도하였다. 단편집 『길가 십자가』의 한 이야기인 「산」에 나오는 차페크가 결코 포기하지 않은 테마인 범죄가 형이상학적인 문제로 취급되었다면 두 호주머니 이야기에서는 윤리적인 요소가 지배적이다. 범죄는 기성의 질서에 대한 일탈이며 이는 형벌에 의해서 교정될 수 있다. 체코의 문학비평가 체르니(Václav Černý)는 주머니 이야기들을 "영혼 속에, 개인의 생활 속에 그리고 사회 속에 있는 질서의 찬양"[10]이라고 평가한다.

초기 단편집 『길가 십자가』와 두 호주머니 이야기를 연결시켜주는 고리는 「발자국들」(Slépěje)이다. 『길가 십자가』에는 「발자국」(Slépěj)이라는 단수로 나오지만 두 이야기는 유사성이 깊다. 「발자국들」에서 한밤중 아무도 도달하지 않은 눈 위에 발자국들이 발견된다. 이에 대한 화자의 지적인 관심은 사실만 다루는 단순한 경찰의 실제적인 이성에 의해서 조절된다. 경찰은 결국 아무 일도 없다는 듯이 발자국들을 지워버림으로써 혼란에 빠지고 의혹에 잠긴 화자의 정신을 평화롭게 한다.

"오직 어떤 것은 미스터리가 아닙니다. 질서는 미스터리가 아닙니다. 정의는 미스터리가 아닙니다. 경찰도 미스터리가 아닙니다. 그러나 거리를 걸어 다니는 모든 사람은 미스터리입니다. 선생, 왜냐하면 우리는 그를 알 수 없기 때문입니다. 그가 소매치기를 하자마자 그는 더 이상 미스터리가 아닙니다. 왜냐하면 우리는 그를 체포하기 때문입니다…….

모든 범죄는 분명합니다. 선생님, 적어도 거기에 속한 실마리 같은 것은 밝혀집니다. 하지만, 고양이가 생각하고 있는 것, 당신의 하녀가 생각하고 있는 것, 당신의 부인이 생각에 잠겨 창문을 바라보는 것은 미스터리입니다. 선생, 범죄사건 외에 모든 것은 미스터리입니다. 그러한 범죄 사건은 명백히 진술된 우리들이 밝힐 수 있는 진실의 한 부분입니다…….

경찰, 특히 형사들은 미스터리에 아주 관심이 많다는 이상한 주장이 있습니다. 하지만 우리는 미스터리에는 조금도 개의치 않습니다. 우리의 관심을 유발하는 것은 위법행위입니다. 선생, 그것이 미스터리이기 때문이 아니라 금지되어 있기 때문에 우리는 범죄에 관심을 가집니다. 우리는 지적인 호기심 때문에 악당을 쫓지 않습니다. 우리는 법의 이름으로 그를 체포하기 위하여 쫓습니다."[11]

이는 『길가 십자가』의 「발자국」보다 인간적인 면과 작가의 의도를 보여준다. 여기서는 절대적인 진리는 변화될 수 없고 오직 상대적인 것만 추구되고 얻어질 수 있다. 하킨스(W. E. Harkins)는 이 차이점을 잘 지적하고 있다. 두 호주머니 이야기 시리즈에 나오는 「발자국들」은 더 가볍고 더 장난기가 있다. 신과 절대자에 대한 탐구라는 형이상학적인 주제는 한발 물러나 있다. 「발자국」에 나오는 단 하나의 발자국은 경외의 상징이다. 「발자국들」에는 눈 위에 수많은 발자국들이 나타난다. 여기서 이러한 불가사의(不可思議)한 것은 외경스럽기보다는 우스꽝스럽다. 그러나 후자의 이야기가 더 가볍다면 그 효과는 더 강하다. 여기에는 전자의 이야기의 무형식이 결여되어있지만 생생한 대화체 언어가 살아 있다. 결국 두 번째 「발자국들」은 전자의 심각한 주제보다는 가벼운 게 사실이다."[12]

정의문제와 인식론의 주제의 결합은 이 시리즈를 특징 지워주고 전통적인 탐정 이야기와 구별시켜 준다. 범인은 잡을 수 있다. 그러나 이야기는 대개 또 다른 더 중요한 관점을 가지고 있다.

두 단편 「메이즐릭 박사의 경우」(Případ Dra Mejzlíka)와 「야닉 씨의 경우」(Případy pana Janíka)에서는 비록 프로는 아니지만 직관력이 뛰어난 탐정과 경찰은 중요한 역할을 한다.[13] 차페크의 탐정들은 신뢰할 수 있는 상황에서 행동하고 보다 더 실제 상황 같다. 당시 아직도 체코 문학에서 완전히 확립되지는 않았지만 차페크의 구어체 언어는 이야기의 생동감과 가독성을 증폭시켰다.

차페크는 단편소설의 영감을 대부분 신문기사를 쓰면서 얻었지만 이야기들은 실제로 일상생활에 일어날 수 있는 것들이었다. 예컨대, 빈의 체코슬로바키아 대사관 도난사건은 1928년에 쓴 『두 번째 호주머니 이야기』에 나오는 「도난 문서 139/VII」의 현실화 같다. 형사 피슈토라는 기민한 스파이들한테가 아니라 식료품 창고 전문털이범들인 좀도둑들 가운데서 특급 기밀문서 도난범을 발견한다.[14]

풍자의 대상

이 두 권의 단편 시리즈에 나오는 다양한 주제들과 모티프들은 이야기들을 어떤 특정한 그룹으로 분리하기에 어려운 점을 야기시킨다. 일반적으로 정의 문제 외에 범죄와 처벌, 인간 성격의 결점들이 차페크의 풍자 대상들이다.

전문 정원사를 뺨치는 수준의 정원 가꾸기의 달인 차페크는 단편 「푸른 국화」(Modrá chrysantéma)에서 독특한 푸른 국화를 수집하려고 발버둥치는 희귀종 식물 수집가의 어려움을 잘 알고 있다. 그러나 이 푸른 국화를 매일 꺾어 오는 바보이며 벙어리인 소녀 클라라는 이 수집가가 어디서 구해오는지 요구하나 그의 말을 제대로 이해 못한다. 그러나 이 미궁의 이야기는 글을 읽지 못하는 바보 소녀가 "외부인 출입금지"라는 팻말이 붙여진 철길 옆 일반인 통행금지 구역에서 글자를 모르는 상태에서 자유롭게 드나들면서 꺾어오고 했던 것이 드러난다. 진기한 꽃에 대한 편집적인 수색, 탐정의 상황에서 사람들의 주 관심은 수집가의 수집행위를 괴팍하고 우스꽝스러운 관점으로 몰고 가면서 그의 열정에만 몰두하였던 것이다.

같은 관점에서 「도둑맞은 선인장」(Ukradený kaktus)에서는 또 다른 수집광을 통하여 우스꽝스러운 상황이 연출된다. 이 수집광은 노파를 가장해서 개인 화원에서 값비싼 희귀종 선인장을 훔쳐 가슴 속에 넣어 가지고 나온다. 탐정은 신문을 통해 책략을 사용하여 범인을 잡는다. 즉 이 개인화원에서 사라진 것을 포함하여 선인장 전염병이 퍼지고 있으며 특별한 처치를 해야 된다고 하니 범인은 자신의 수집 선인장들이 전염병에 걸릴까 봐 자기가 훔쳤다고 고백을 한다.

단편 「전보」(Telegram)와 「아이의 사건」(Případ s dítětem)에서 난처한 입장에 빠진 사람들의 잘못된 판단이 유쾌한 플롯을 만든다. 「하블레나의 판결」(Soud pana Havleny)과 「서정적인 도둑」(O lyrickém zloději)에서는 색다른 것이 되고자 하는 인간의 야망이 재미있는 요소를 제공한다. 「하블레나의 판결」에서 법대 중퇴생이 신문에다가 기발한 아이디어인 상상의 재판사건을 제공한다. 그중 한 사건이 법적으로 불가능하다고 비판받자 그는 그 사건의 가능성을 증명하려고 한다. 그는 앵무새를 사서 이웃 노파를 모욕하도록 말을 가르친다. 노파는 앵무 새가 귀엽다고 하고 하블레나를 고소하도록 꼬임을 받는다. 그러나 그 앵무새가 재판정에서 노파 대신 대법관을 모욕하자 하블레나는 이 재 판에서 패자가 되고 더 이상 가상의 재판 이야기를 쓰지 않는다. 「서정 적인 도둑」에서 시인을 가장 한 도둑은 가게를 털고 그 자리에 시를 남 기고 그 시가 지상에 보도되는 것을 즐긴다. 스스로 문단에 데뷔한 것 같은 착각을 즐긴다. 그러나 더 이상 신문에 그의 시가 기사거리가 되지 않자 그는 불평을 하게 되고 이것이 계기가 되어 그는 함정에 빠진다. 차페크는 도둑의 허영과 예술적인 야망을 비웃는다.

　「시인」(Basník)과 「지휘자 칼린의 이야기」(Historie dirigenta Kaliny) 는 수사와 탐정에 절대적인 실마리를 제공하는 예술가들에 대한 이야 기다. 「시인」에서 자동차 사건을 목격한 시인이 사고 차량의 번호판을 기억하지 못하는 것에 대한 냉철한 탐정의 분노는 시인의 상상력과 맞 서게 된다. 사건을 목격한 후 써놓은 시로부터 사고 차량의 번호가 재구 성된다. 「지휘자 칼린의 이야기」는 차페크의 언어에 대한 관심뿐만 아 니라 야나체크의 그 유명한 억양에 대한 관심과 차페크와의 관계를 반 영하고 있다.[15] 런던의 길모퉁이에서 영어를 모르는 체코 오케스트라 지휘자가 리듬과 억양으로만 영어로 이야기하는 범죄자들의 살인음모 를 유추한다.

　「배우 벤다의 실종」(Zmizení herce Bendy)과 「우체국에서의 범죄」 (Zločin na poště)는 진리를 추구하는 시민들에 의해 수행된 정의의 문 제와 관련이 있다. 그들은 긍정적인 증명이 더 이상 법적인 효력을 받지 못하자 자신들 스스로 법의 문제를 인간 양심에 호소한다. 「배우 벤다 의 실종」에서 차페크는 비록 끼가 있는 배우가 부도덕한 삶을 살았지만 살해당한 그를 동정하게 된다. 배우의 친구가 범인을 추적해 내지만 거 의 완전 범죄에 가까워 절대적인 증거를 찾지 못하자 돈 많은 범인에게 일생동안 그 살인사건을 상기시킬 거라고 선언한다. 「우체국의 범죄」에서는 젊은 부부가 간접적으로 착한 우체국 직원을 자살로 내몬다. 그러나 그들은 자신들의 이기적인 이익을 위해 음모를 꾸민 것을 알아낸 한 시민에 의해서 양심의 가책을 받게 된다.

세 이야기 「현기증」(Závrat'), 「마음에 들지 않는 사람」(Muž, který se nelibil) 그리고 「잃어버린 다리 이야기」(Povídka o ztracené noze)는 선량한 의식과 책임 문제를 찬양하는 이야기들이다. 차페크는 명백한 의식을 가장 좋은 예방조처라고 강조하고 있다. 만일 삶들이 정당하다면 아마도 그들은 심지어 죽을 필요가 없다. 이 책에서 정의감과 선한 의식은 차페크의 삶의 질에 대한 도덕적 가치들과 그것들의 영향에 대한 관심에 의해서 표현되고 있다. 그러나 차페크는 계속해서 때때로 진리와 정의의 불가사의에 대한 형이상학(形而上學)적인 심사숙고에 대해 언급한다. 특히 「농가의 범죄」(Zločin v chalupě)에서 판사의 농촌생활의 배경 때문에 판사는 농부의 예민한 심리를 이해하고 있다. 판사는 무모하게 농장을 경영하여 사위로 하여금 살인을 하고도 죄책감을 느끼지 않게 하는 원인을 제공한 장인을 살해한 사위를 판결하는 데 어려움을 겪는다. 이 살인이 범죄행위일지라도 거기에는 뭔가 합리적이고 심지어 도덕적인 정당성이 있다.

「유라이 추프의 발라드」(Balada o Juraji Čupovi)에서 주인공 추프는 눈보라치는 밤에 상상을 초월하는 산길을 여행하며 자신이 누이를 살해한 것을 경찰에 신고한다. 왜냐하면 그는 하나님의 명령에 의하여 누이를 살해했기 때문이라고 한다. 여기서 우리는 원시적이고 근본적인 정신 가운데 있는 운명의 기운을 강렬하게 감지할 수 있다.

절대적인 진리 그리고 결과적으로 절대적인 정의 탐구의 불가능은 차페크로 하여금 이러한 이야기들에 나오는 범죄자들과 살인자들을 포함하여 모든 사람들에 대한 관용의 태도를 갖게 한다. 가장 감동적인 이야기인 「최후의 심판」(Poslední soud)에서 인간에게는 누구나 뭔가 좋은 것이 있다고 주장한다. 악명 높은 살인자가 자신의 죽음 후에 자신의 죄에 대해 심판을 받는다. 그러나 여기서 주인공은 신에 의해서 최후의 심판을 받기를 원하지만 놀랍게도 신은 전지전능함에도 불구하고 인간을 위한 정의의 심판관 역할을 하지 않는다. 신은 주요한 증인으로 행동하고 살인자는 인간들에 의해서 심판을 받는다. 왜냐하면 사람들은 인간다운 정의보다 더 이상 보상받을 가치가 있는 것이 아니기 때문이다. 인간은 불완전하고 제한되어 있고, 오직 전지전능한 증인만 그 죄악과 저주를 완화할 수 있다. 그러나 차페크는 "피고는 관대하고 자주 이웃을 도왔네. 그는 여자들에게 친절하였고 동물들을 사랑하였고 약속을 지켰네. 그의 선행을 말하는 것은 어떠하겠나?"[16]라고 범인도 한 친절한 인간이었다는 것을 상기시키면서 진리의 상대성을 암시한다.

「셀빈 사건」(Případ Selvinův), 「백작 아가씨」(Grofínka), 「완벽한 증거」(Naprostý důkaz) 그리고 「야니크씨의 경우」(Případ pana Janíka)들도 역설적으로 끝난다. 「야니크씨의 경우」에서는 아마추어 탐정이 단순한 직감에 의해서 몇몇 범죄를 해결하자 경찰이 그를 명탐정으로 생각하고 경찰서에 근무하기를 제의한다. 그러나 바로 그때 그는 여러 해 동안 자신의 비서가 자기를 속이고 돈을 착복한 것을 모르고 있었다는 사실을 발견하고는 프로탐정이 되는 것을 포기해 한다. 단편 「쿠폰」(Kupon)도 흥미롭다. 이는 가장 전통적인 탐정소설에 가깝다. 살인자의 탐색을 사랑에 빠진 한 쌍에게 묘사한다. 그들의 역할이 이 추잡한 사건의 주위에 인간적인 틀을 형성하고 있기 때문이다. 하킨스에 의하면 차페크는 전통적인 탐정 이야기의 형식을 바꾸었다. 왜냐하면 그는 그것을 인간적인 것으로 만들기 때문이다.[17]

『첫 번째 호주머니 이야기』에 나오는 단편들의 주제들은 범죄와 탐정의 특성을 가지고 있다. 이반 클리마도 지적하듯이 장르적인 측면에서 볼 때 전통적인 탐정소설들과는 매우 다르다. 그들의 주인공들은 개인 탐정들이거나 탐정의 명사수들이 아니고 일반적인 평범한 형사들이거나 매우 보수적이며 보잘것없는 경찰 관리들이다.[18]

브리아네크(Briánek)가 지적하듯이 탐정소설에서는 목표달성의 모티프가 중요한 요소다. "범죄 이야기는 미스터리를 푸는 데 관여한다. 그러나 범죄 이야기는 실제로 서사적인 구성을 하고 있고 그 논제는 특별한 개인적 성취이다."[19]

차페크의 두 호주머니 이야기는 현실과 합리적인 인식의 토양에 머물고 있다. 무카르조프스키(Jan Mukařovský)가 이에 대해 언급하고 있다.

가장 미스터리한 사건들도 여기서는 이야기 전개의 동기나 그것들이 설명되는 방식에 의해서 쉽게 일상생활의 방식으로 결론난다. 도적도 탐정도 전통적인 범죄 이야기의 특징인 영광의 흔적도 취하지 않는다. 차페크는 근원적인 인식 불가능이란 자신의 이전의 주장에 반하여 현실은 인식할 수 있다는 인식론의 이론을 세운다.[20]

그래서 우연이나 형이상학 이론으로부터가 아니라 차페크의 이야기에서 미스터리는 언제나 인식할 수 있고 현실로부터 설명되어질 수 있다. 「야니크씨의 경우」는 희극적으로 고안되었다. 만일 우리가 차페크의 『첫 번째 호주머니 이야기』를 인식론으로 해석하는 것을 받아들인다고 하더라도 우리는 그의 이 단편들을 철학적이라고 정의한다는 것을 의미하지는 않는다. 그 단편 소설들은 언제나 독특한 경우들과 특별한 특징들을 지향한다. 그것들은 예술적인 픽션들이다.

차페크의 두 호주머니 이야기들은 미스터리한 범죄 사건들의 진부한 타입의 해결에 관심이 있는 것이 아니다. 가지각색의 방법들이 적용된다. 특히 「메이즐리크 박사의 경우」에서 때로는 논리가 옳을 때도 있고 때로는 직관, 때로는 경험, 때로는 인내심 있는 질서 정연함, 때로는 과학적인 절차나 때로는 우연이 맞을 때도 있다.

그것은 각각의 사건에 딸려있다. 즉 「로우스 교수의 실험」에서 억압받은 상상력과 함께 심리분석적인 방법이 살인자를 밝혀내는 데 성공하는 반면에 저널리스트적인 문구들에 의해서 변형된 저널리스트의 경우에는 실패한다. 재판 모티프와 관련해서 지식이 판단의 가능성을 물리치는 차페크의 이론은 여러 이야기에서 나온다. 「최후의 심판」에서 신은 도적이 왜 자신을 재판하지 않고 오직 증언만 하는지에 대한 대답을 한다.

"왜냐하면 나는 모든 것을 알고 있기 때문이야. 만일 판사들이 모든 것을 진짜로 안다면 그들도 역시 재판을 하지 못할 거야. 그들은 모든 것을 이해하고 있고 그들의 양심은 바로 그것 때문에 상처를 입을 거야. 그러니 내가 어떻게 당신을 심판하겠어? 판사는 오직 당신의 범죄행위만을 알고 있지만 나는 당신에 대해 모든 것을 알고 있어. 모든 것을, 쿠글레르. 바로 그 이유 때문에 난 당신을 재판할 수 없는 거야."[21]

이렇기 때문에 차페크는 사람들이 판결을 하고 벌을 내려야 한다고 주장한다. 왜냐하면 그들의 인식(지식)은 제한되었기 때문이다. "사람들은 인간의 정의 외에 다른 어떤 정의도 가질 수 없어." 이 모티프는 또한 「우체국에서의 범죄」 이야기를 지배하고 있다.

무카르조프스키에 의하면 『두 번째 호주머니 이야기』에서는 화자가 "호기심 있는 이야기들로부터 단순한 즐거움"을 추구하는 것을 볼 수 있다는 점에서 『두 번째 호주머니 이야기』는 『첫 번째 호주머니 이야기』와 다르다. 특히 「도둑맞은 선인장」, 「아이의 사건」, 「지휘자 칼린의 이야기」에서 이러한 것을 분명하게 찾아볼 수 있다.

이야기꾼의 역할

차페크의 문체는 특이하다. 차페크는 화자의 이야기를 주인공들의 대화와 뒤섞는다. 차페크의 이러한 기법의 최종 결과는 구어체 언어가 지배적인 작품이다. 이러한 구어체 언어가 지배적인 작품은 자발적이며 입에서 입으로 전하는 이야기 같은 인상을 준다. 차페크의 이러한 이야기 문체는 그 자신이 민담에 대해 언급한 원초적인 구전 이야기 상황을 특징짓는 데서 찾아 볼 수 있다. "진정한 민담은 민속이야기의 수집가에 의해서 기록된 것에 기원을 두지 않고, 할머니에 의해서 손자들에게, 또는 요루바(Yoruba) 족들 중 한 사람에 의해서 다른 요루바에게, 또는 아랍 카페에서 전문이야기꾼에 의해서 전해진 이야기에 기원을 두고 있다. 진정한 민담 즉 진정한 기능으로서의 민담은 원을 그리고 앉아 있는 청자들에게 들려주는 이야기다. 필기와 인쇄술의 발달은 이러한 원초적인 옛날식의 듣는 기쁨을 우리들로부터 빼앗아 갔다. 우리는 더 이상 전문 이야기꾼의 입술을 바라보며 둘러앉지 않는다. 이처럼 진정한 민담은 기록한 언어가 아직 어린이들과 원시적인 사람들에게 지배적이 아닐 때에만 살아 있었다.[22]

빙 둘러 앉은 청자들에게 들려주는 원초적인 이야기하기의 기쁨을 창조하는 것이 차페크의 야망이다. 이러한 양식의 이야기를 위해서는 구어체 언어가 가장 적당한 기반이고 일인칭 화자가 가장 잘 어울린다. 담화형식의 고안이 '가상'의 청자와의 직접적인 연결고리를 형성한다.

이러한 예의 전형적인 것은 차페크의 주 장르가 아닌 단편들, 민담, 여행기, 에세이, 문예잡기 등에서 찾아볼 수 있다. 그 중에서도 본문에서 다루고 있는 『두 번째 호주머니 이야기』가 원초적인 이야기하기(prime story-telling) 상황을 재창조하려는 노력에서 가장 시종일관하고 있다하겠다.[23]

차페크의 스타일은 매우 현대적이고 다양한 현대 체코 구어체의 여러 요소들을 재주껏 사용하고 있다. 차페크는 오늘날의 구어체 언어의 체계에서 전문적인 언어와 슬랭들의 지배적인 입장을 잘 알고 있다. 그래서 그는 전문적인 나(Ich)라는 화술의 법위를 창조하면서 주인공들 직업의 전형적인 표현들에 의해서 그의 특별한 화자들, 여러 종류의 직업을 가진 사람들을 구별하고 있다. 한 음악가에 의해서 이야기된 예를 들어보자.

그런데 두 사람이 내 쪽으로 왔다. 남자와 여자였는데 그들은 나를 보지 못했다. 그들은 나에게 등을 돌리고 앉아 낮은 목소리로 얘기하기 시작했다. 내가 만약 영어를 안다면 그들에게 헛기침이라도 했으리라. 하지만 나는 호텔이나 실링이라는 화폐 단위밖에 몰랐으므로 잠자코 있었다.

처음에 그들은 스타카토로 얘기했다. 그 다음에는 남자가 무언가를 천천히 조용히 설명했다. 마치 말이 새어 나갈까 봐 두려워하는 것 같았다. 그리고 마침내 그는 마구 말을 쏟아 붓기 시작했다. 여자는 무서워서 소리쳤으며 무언가 강하게 항변했다. 그러자 그는 그녀의 손을 잡아 쥐었고 여자는 흐느껴 울기 시작했다. 그는 여자를 몰아붙였다. 그것은 사랑에 넘친 대화가 아니었다. 음악가는 알아차릴 수 있었다. 연인들의 완력은 다른 리듬이며 그렇게 긴장된 소리가 나지 않는다. 연인들의 대화는 깊은 음의 첼로이다. 하지만 지금 이 소리는 프레스토로 연주되는 팽팽한 더블 베이스이다. 남자는 같은 구절을 계속 반복하는 것 같았다. 나는 서서히 긴장했다. 남자가 제의하는 것은 무언가 무서운 것이었다. 여자는 목소리를 낮추어 흐느껴 울기 시작했다. 그에게 반항하며 몇 번 소리치기도 했다. 여자의 목소리는 클라리넷 같았다. 하지만 목관의 울림이 그다지 앳되지는 않았다. 남자의 목소리는 여자를 협박하고 명령하는 듯, 점점 더 거칠어졌다.[24][25]

이 예에서 볼 때 차페크의 단편들에 나오는 전문적인 언어는 이야기하는 말투 수준의 그 이상이다. 이는 타고난 전문적인 편견과 함께 이야기된 사건들을 전하는 주관적 화자의 직접적이고 가장 적절한 표현이다. 음악적인 용어와 화법이 화자의 어투로 바뀌고 그것은 은유, 별명, 비교의 기반이 된다. "그들은 바로 스타카토로 이야기했다. 사랑의 이야기는 깊은 첼로다. 그녀의 목소리는 클라리넷처럼 가늘었고 피리 소리 같았다, 등등." 이는 보통의 화술 수준 이상이다. 이는 소설적인 현실의, 이야기된 사건의 전문적인 관점이다.

구어체 이야기하기와 긴밀한 관계에 의해서 '나'(Ich) 화술은 차페크로 하여금 구어체의 담화 수준을 완벽하게 제시하는 데 최고의 기회를 제공한다. 구어체 언어를 위한 똑같은 경향이 또한 차페크의 '그'(Er) 화술에서도 강하다. 두 호주머니 이야기에서 차페크의 화술은 단어, 구문론 그리고 억양에서 현대 구어체 체코어를 지향하고 있다.[26]

인본주의 정신을 기반으로 한 범죄이야기

위에서 언급한 주요한 테마들이나 모티프들 외에도 두 호주머니 이야기는 사건들, 주제들 그리고 아이디어가 풍부하다. 위에서 다룬 단편들에서 볼 때 차페크가 인식의 과정에 대한 보수적인 태도를 지지했다는 것을 알 수 있다. 그는 자신에게 나타난 모든 것들이 단지 피상적으로 유행하고 속물적인 것이라며 거부감을 보여주었다. 작가로서 그는 인생의 역설적인 현상과 그가 독자들을 놀라게 하거나 심지어 혼란에 빠뜨린 기대치 않던 관점들에 의해서 매력을 느꼈다.[27]

문체 면에서도 차페크의 두 호주머니 이야기는 특이하다. 차페크는 단편 소설이 필요로 하는 간결성과 표현의 직접성이 그의 문체에 잘 표현되고 있다. 역설의 사용 외에도 대비 또한 다른 문체적인 고안이다. 대비는 차페크의 전망주의적인 관점과 상황에 대한 상대주의적인 개념에서 유래한다. 그는 고발자나 고발당한 자들 모두를 위해서 정의를 모색한다. 여러 경우에 간교한 자들이나 착취당한 자들 모두 웃음꺼리와 동정의 대상이 된다. 「배우 벤다의 실종」에서처럼 도덕주의자는 만일 불한당이 예술가라면 그를 두둔하기도 한다. 「오플라트카의 최후」에서는 살인자에 의해 그들의 동료들이 많이 희생되자 화가 난 경찰들의 무리는 마침내 살인자를 궁지에 몰아 사살한다. 그러나 그들은 그 지독한 살인자의 보잘 것 없는 연약한 육체에 직면했을 때 당황하고 치욕감을 느낀다. "이 작은 희생물이 땅바닥에 나둥그러진다. 딱딱해지고 구겨진, 병든 까마귀가 총에 맞아 떨어졌고 수많은 사냥꾼들이 여기에 ― '제기럴' 서장은 이빨을 악물고 말했다. '어디 자루 같은 거 없어? 시신을 덮어!'"[28]

두 호주머니 이야기의 구성에서 대조적인 원칙을 통하여 차페크는 일상의 삶이 얼마나 독특하고 이상할 수 있는지, 그리고 가장 별난 사건들이 하찮고 진부한지를 보여 준다. 차페크의 이야기들을 읽는 당시의 비평가들은 차페크의 범죄 이야기를 너무 심각하게 생각하기보다 그의 천재적인 유머를 찬양하였다. 이야기들의 자발성은 차페크가 얼마나 그러한 이야기 쓰기를 좋아했는지 보여주고 있고 단편 소설의 간결함이 그에게 매력을 느끼게 했다는 것을 보여준다. 차페크는 「푸른 국화」에서 "말들은 비지땀을 흘리고, 클라라는 깔깔거리고, 백작은 저주를 퍼붓고, 마부는 부끄러움으로 거의 울먹거리고 있고, 나는 푸른 국화의 흔적을 찾을 계획을 짜고 있었다."[29]라고 묘사하면서 줄거리의 상당한 부분을 압축할 수 있었다. 이러한 서술 기법은 이 단편집에 활기를 불어넣어준다.

차페크의 호주머니 이야기 시리즈는 일반적인 탐정소설로 분류해서는 안 된다. 왜냐하면 이 이야기들은 범죄와 탐정 외에 주로 인본주의, 정의 그리고 진리에 대한 광범위한 주제를 다루고 있기 때문이다.

두 권 다 범죄 이야기뿐만 아니라 다른 면에서도 공통되는 것이 있다. 차페크는 이러한 이야기들에서 범죄의 미스터리를 풀어나가는 것을 고려하지만 사람들과의 관계의 발견과 지식을 더 고려한다. 사람들의 심리와 도덕에 더 관심을 가진다. 바로 이 점이 차페크 단편들의 핵심이다.

차페크는 "홀메시아나"에서 "작가가 도적의 영혼에 집중하는 순간 그는 범죄 이야기의 토양으로부터 떠난다."[30]고 기술하고 있다. 그러나 비록 강력한 작가의 심리적인 관심에도 불구하고 차페크의 이야기들은 아주 훌륭하고 매력적인 범죄 이야기들이다. 그의 단편들은 빼어난 예술작품들이다.

3. 도롱뇽과의 전쟁
— 지상의 또 다른 지능동물에 대한 판타지

지상에서 새로운 동물 세계의 가능성

차페크는 1936년 『도롱뇽과의 전쟁』(Válka s mloky)를 포함하여 일련의 빼어난 SF를 써내면서 SF 문학의 선구자가 되었다. 『도롱뇽과의 전쟁』에서 차페크는 로봇의 메커니즘으로 전환한 도롱뇽들의 인류에 대한 위협을 파시즘의 위협과 빗대면서 당시 유럽에 전쟁위협이 고조되어 가는 것을 미리 경고하고 있다. 자본가에 의하여 양식된 도롱뇽이 진화하여 대량으로 증식되고 인간들에 의해 착취당하나, 마침내 인간 세계를 정복하게 된다는 『도롱뇽과의 전쟁』은 명백한 독일 파시즘에 대한 경종이었다.

비평가 괴쯔(Goetz)가 지적했듯이 차페크의 삼부작 소설처럼 『도롱뇽과의 전쟁』은 유토피아 소설로의 회기를 대표한다. 괴쯔의 아이디어에서는 삼부작의 세계와 유토피아의 세계 사이에는 근본적인 차이가 없다. "『도롱뇽과의 전쟁』이 환상적이듯이 차페크의 삼부작의 세계는 환상적이다. 차페크의 대표작 『별똥별』은 인간 영혼의 비밀을 경탄시킨 환상적인 정신의 작품이다." [1]

소설 『도롱뇽과의 전쟁』, 『압솔루트노 공장』, 『크라카티트』, 『R.U.R.』 그리고 『곤충 극장』 덕택에 차페크는 유토피아 소설가 및 드라마 작가로 평가받았다. 제2차 세계대전 후 SF소설의 유행이 미국, 서

유럽 그리고 일본 등지에서 차페크에 대한 관심을 불러일으켰다.

SF는 공산주의 시기 동안 체코슬로바키아를 비롯하여 소련 블록에서 하나의 유행이 되었고 창작방법의 탈출구가 되었다. 이는 사회주의 리얼리즘의 도그마에서 어느 정도 자유로운 장르였기 때문이다.

많은 미국 우주 SF영화들이 차페크의 로봇 개념을 원용하고 있다. 예컨대 최근 우주 SF영화 〈트랜스포머〉 또한 차페크의 로봇 개념을 채택하고 있다.

미국의 차페크 전문연구가 윌리엄 하킨스(William Harkins) 교수는 "SF 소재를 다룬 차페크의 소설과 희곡은 정말로 중차대하고 현대 무기, 기술문명 그리고 독재주의의 위협에 대한 예언적인 경고를 울리고 있다. 차페크는 자신의 창작에서 핵폭탄을 위한 폭발적인 에너지의 원천으로써 핵분열 사용의 가능성을 예견했다."[2]고 말하였다.

차페크는 아이러니, 풍자, 지성과 유머를 사용하면서 SF소설과 희곡을 썼다. 그의 작품들은 과학적인 상상뿐만 아니라 세계 현실 상황에 대한 날카로운 묘사로 알려져 있다. 차페크는 또한 그의 저널리즘적인 작품과 소설 작품에서 구어체와 문어체 체코어의 대가로 잘 알려져 있다. 차페크는 SF소설 장르가 광범위하게 잘 알려지기 전인 20세기 초에 아마 가장 잘 알려진 SF소설가였을 것이다.[3]

차페크는 아마도 전통적인 유럽 SF소설가들인 쥘 베른[4]과 웰즈[5] 세대와 미국의 신 SF 세대 즉 SF의 황금세기의 작가들인 아이작 아시모프[6]와 스타니스와프 렘[7] 등의 세대 중간 쯤 위치하고 있다. 이런 점에서 차페크는 우주여행 같은 발달된 기술 이야기보다는 지구에서 가능한 미래 또는 대체할 수 있는 사회와 인간의 진화에 초점을 둔 전통적인 SF소설 창시자들 중 한 사람이다. 그러나 그의 창작방식을 딴 그의 후대의 작가들인 휴머니스트요 평화주의자인 올더스 헉슬리(Aldous Huxley)[8]와 작가이며 저널리스트인 조지 오웰(George Orwell)[9] 같은 부류로 분류하는 것이 올바를 것이다.

차페크의 작품은 양차대전 사이 윤리적인 문제와 혁명적인 발명의 현상을 다루고 있다. 『압솔루트노 공장』에서의 대량생산, 『크라카티트』의 핵무기, 『R.U.R.』의 로봇 같은 인간 후 세대의 지능동물이나 『도룡뇽과의 전쟁』에 나오는 지능을 가진 도룡뇽 등이 이를 증명하고 있다.

이러한 주제들을 다루면서 차페크는 다가오는 사회의 재난, 독재, 폭력과 단체의 무한한 권력을 표현하고 있다. 그러나 동시에 그는 이러한 와중에서도 인간을 위한 희망을 모색하고 있다. 이 장에서는 소설의 구성, 주제와 모티프를 다루고자 한다.

반 토흐 선장이 만들어낸 아이디어

『도룡뇽과의 전쟁』은 1935년 9월 21일부터 1936년 1월 12일까지 자신이 편집인으로 근무하던 진보적인 신문 〈리도베 노비니〉(Lidové noviny)에 연재하였고 1936년 2월에 책으로 출판하였다.

브라드브루크(B. Bradbrook)가 지적하듯이 그는 이 소설을 삼부작처럼 3부로 구성하고 있다. 제1부는 주인공 반 토흐의 모험담을, 그리고 제2부는 문명의 사다리를, 제3부는 클라이맥스인 도룡뇽과의 전쟁을 다루고 있다.[10]

제1부 「안드리아스 스케우크제리」는 12개의 장과 "도룡뇽의 성생활"이라는 부록을 달고 있어 독자들의 흥미를 유발하고 있다. 제2부 「문명의 사다리를 오르다」는 3개의 장을 가지고 있고 제3부 「도룡뇽과의 전쟁」은 11개의 장들을 가지고 있다. 모두 26개의 장으로 구성된 소

설이다. 그러나 오직 마지막 4장만이 제목과 일치하는 도롱뇽과의 전쟁을 다루고 있다. 나머지 앞부분들은 도롱뇽의 발견, 도롱뇽에 대한 독자들의 호기심, 도롱뇽의 착취와 도롱뇽의 진화문제, 마침내 비참한 전쟁으로 치닫는 인간과 도롱뇽과의 긴장의 확대를 다루고 있다.

제1부 「안드리아스 스케우크제리」의 제1장은 주인공 반 토흐 선장이 수마트라 해안 가까운 작은 섬에서 도롱뇽을 발견하고 진주잡이에 그들을 착취하는 단계가 묘사된다. 이어서 대양 여기저기 도롱뇽들의 확산과 그들의 간단한 인간언어 습득과 간단한 도구사용 및 인간문명의 답습을 다루고 있다.

소설 속에서 시골마을에서의 유대인 식품가게의 아들에 대한 유년시절의 기억이 거대한 기업가요 사업가인 본디씨의 성격을 묘사하고 있다. 반 토흐가 묘사한 그에 대한 것을 보자. "그렇게 연약했던 유대인 꼬마가 지금은 G. H. 본디 회장이라니."[11]

제1부는 본디씨에 의해서 사양 산업인 진주채취 사업에서 도롱뇽의 노동을 거대한 건설 사업으로 전환하는 야심찬 계획인 도롱뇽 신디케이트의 설립으로 끝을 맺는다. 비록 이것이 제1부에서 이야기 전개의 끝이지만 부록으로 "도롱뇽의 성생활"과 학문적인 모방에서 재생산의 과정이라는 흥미로운 이야기가 독자들의 관심을 불러일으킨다.

제2부인 「문명의 사다리를 오르다」는 도롱뇽 신디게이트의 설립으로부터 도롱뇽과 인간의 첫 대결이 시작되기까지의 도롱뇽의 발전단계를 다룬다. 제2부는 오직 3장으로 되어 있다. 제1장에서 본디씨의 수위인 포본드라가 도롱뇽에 대한 신문기사 수집을 다루면서 도롱뇽들의 진화단계를 보여준다. 긴 두 번째 장은 미래의 어떤 시대에 대한 역사적인 논문의 형태를 띠고 있다.

이러한 논문은 역사적인 증거로서 포본드라의 신문기사를 인용한다. 즉 이 기사 스크랩으로부터 논문의 각주와 인용을 쓴다. 제3장은 제

1장의 사건 이후 여러 해 후에 포본드라의 가정을 다루고 초기 도롱뇽과 인간의 갈등을 다룬다.

제3부 「도롱뇽과의 전쟁」은 소설의 제목과 일치하며 소설의 절정을 보여준다. 도롱뇽들은 사람들로부터 기술을 터득하고 나쁜 관습도 함께 배운다. 마지막으로 그들은 인간들과 무역거래를 하고 대량으로 번식하는 반면에 인간의 수는 줄어든다. 이는 차페크의 SF 드라마 『R.U.R.』의 절정을 연상시킨다.

인간의 악, 전쟁, 민족주의와 권력 추구도 또한 이 소설의 절정에 이른다. 그것은 도롱뇽과 인간 사이에 크고 작은 여러 갈등을 유발하고, 도롱뇽들이 자기들이 삶의 터전을 확장하기 위해 대륙을 파괴하여 얕은 만을 더 만든다고 선언함으로써 드디어 전쟁의 발달로 이어진다.

마지막 장인 "작가, 혼잣말을 하다"는 메타픽션 같은 전환을 보여준다. 도롱뇽들은 오직 대륙만을 파괴하고 자신들의 공장에서 일할 사람들만 남겨둔다. 이 또한 『R.U.R.』의 마지막 장면을 상기시킨다. 결국 그들은 독립적인 국가들을 만들고 인간처럼 똑같은 바보짓으로 자신들을 멸망시킨다.

『도롱뇽과의 전쟁』 친필 원고

이러한 논쟁들은 당시 세계 정치에 대해, 역사의 어두운 면에 대해, 국제정치에 대해, 사회생활의 철학적인 문제와 인류의 발전에 대한 작가의 사상을 말해주고 있다.

『도롱뇽과의 전쟁』은 단순한 SF소설이 아니라 전 인류의 운명과 우리들 시대에서 흥미로운 사건을 형성하고 있는 역사의 운명을 풀고자 하는 세계적인 논제를 다룬 문학 중에서 가장 위대한 작품 중 하나다.[12]

마투슈카(A. Matuška)가 지적하듯이 "차페크는 유토피아소설들과 드라마들을 통해서 개인적인 문제들과 개개인들 대신에, 통합, 전 세계, 전 인류의 문제를 제시하고자 한다."[13] 소설의 이야기 전개는 인류의 독특한 특징들이 반복될 수도 있다는 것을 보여주는 도롱뇽들의 닫힌 세계에서만 일어나지 않고 전 인류문명의 위기의식을 보여주는 것으로 확대된다.[14]

러시아 차페크 전문가 니콜스키(S. V. Nikolskij)는 『도롱뇽과의 전쟁』을 차페크의 소설 가운데 대표작으로 찬양하고 있다[15] 『카렐 차페크를 위한 투쟁』(Boje o Karla Čapka)에서 쿠델카는 베른슈테이노바의 『도롱뇽과의 전쟁』에 대한 비평을 높이 평가하고 있다. "차페크의 소설은 완벽하게 독창적인 구성을 가지고 있다. 그러한 구성을 위하여 저자는 모험과 SF소설의 방법을 재평가하고 또한 도스 패소스(Dos Passos)[16] 타입의 르포르타주소설(reportážní román-roman feuilleton) 장르를 재평가하고 있다. 그 결과로 멋진 풍자 알레고리 작품이 나왔다."[17]

이기적인 인간 세계의 프리즘으로써의 도롱뇽의 세계

도롱뇽의 주제는 특별한 지적인 실험의 영향하에 발전되었다. 여기에는 두 개의 풍자가 있다. 첫 번째는 인간의 생활이 도롱뇽의 생활에서 되풀이된 상황에서 생겨났고 두 번째는 현대 사회의 결점에 대한 풍자가 인류의 국제적인 생활의 예술적인 그림 속에 반영되었다. 그것은 바로 경쟁적인 도롱뇽 세계의 창조가 인간 세계의 도덕적인 문제의 실험이다. 도롱뇽의 세계는 인간 사회의 갈등과 결점을 설명해주는 프리즘으로 작용한다.

이 작품의 구성은 과학소설, 풍자, 철학 그리고 다른 형태의 장르의 사용에 의해서 영향을 받았다. 여러 가지의 예술적 그리고 장르적 전통과 경향들이 이 소설 속에서 만나고 합쳐진다. 동시에 주제의 발전도 장르 구성의 변화에 의해서 함께 진행된다.[18]

저자는 이 소설을 쓸 때 작가로서 인간 세계의 위험한 상황을 매우 심려해 왔다고 한다. 그는 한 작가가 인간문명을 위협하는 요소들을 제거할 수는 없다 해도, 그러한 것들에 관한 생각이라도 해야만 했다고 한다. 그는 1935년경 정치적·경제적으로 어려운 때에 "우리의 삶이 시작될 수 있었던 지구의 발달이 유일무이한 진화적인 선택이었다고 생각해서는 안 된다."[19]는 생각에서 『도롱뇽과의 전쟁』을 집필하게 되었다고 한다.

이어서 그는 "적합한 생물학적 조건만 갖췄더라면 깊은 물속에서도 인간 못지 않은 문명이 발달할 수도 있다고 가정했고 인간과 다른 종족이 인간문명과 비슷한 발달을 이룩했다면 그들 또한 인간처럼 전쟁같은 터무니없는 짓을 저질렀을까?"[20] 하는 주제 하에 이 소설을 썼다고 한다.

차페크는 적어도 반 토흐, 본디와 포본드라 이 세 사람들을 매우 개인적인 인물들로 창조하였다. 그들은 모두 활력이 넘치고, 그들을 통하여 일상에서 획기적인 사건과 세계를 뒤흔들 사건을 만든다.[21] 비록 반 토흐 선장, 본디씨와 포본드라씨가 주인공들이지만 소설의 인물로서 충분히 묘사되지 않는 것이 특이하다. 본디 회장의 수위인 포본드라씨는 소설이 진행되게 하는 연결로써의 역할을 할 뿐이다.

두 기자인 골롬베크씨와 발렌타씨도 같은 역할을 한다. 그들은 차페크와 동시대적인 인물로 그 당시 체코 독자들에게 진정한 읽을거리를 만들고자 동분서주한다. 그들은 그 순간에 이국적인 이야기를 제공할 체코 출신 반 토흐 선장을 만난다. 그 두 기자는 뜨거운 여름에 지루한 일상을 보내는 독자들에게 특종감인 선풍적인 인기 이야기를 낚고자 한다. 차페크는 이러한 묘사를 통하여 언론의 선정주의를 풍자한다.

차페크는 도롱뇽 이야기와 그들과 반 토흐 선장과의 관계를 발전시키면서 이야기 전개를 여러 장소로 옮겨간다. 마르세유에서 두 순진한 선원들이 선장이 아마도 영혼을 악마에게 팔아버렸다고 단정하고 그의 영혼을 구제하기 위하여 미사 준비를 하기 위하여 돈을 모으나 결국 미사 대신 술 마시는 데 돈을 탕진한다. 이러한 묘사를 통해 저자는 기독교를 풍자한다.

이야기 전개가 발전되면서 더 다양한 인물들이 나타난다. 해변가에서 휴가를 즐기는 조금 바보같은 젊은 미국 배우지망생들을 묘사하면서 차페크는 선정주의 할리우드 영화산업을 풍자한다.

광범위하고 믿을 만한 지식을 바탕으로 차페크는 과학자들과 또는 가짜 과학자들이 학술대회와 강연 등에서 제시한 도롱뇽들의 종류에 대한 라틴어 이름들을 사용하여, 도롱뇽에 대한 여러 묘사에서 애매한 과학적인 증명으로 독자들을 우롱하는 것 같다. 물론 이러한 것 모두 차페크의 창안이고 의도이다. 특히 도롱뇽 역사상 최초의 회의를 그럴듯하게 일종의 취재기 형식으로 소설 속에 삽입한다. 또 소설 곳곳에 도롱뇽을 대상으로 한 흥미진진하고 선정적인 광고문구와 구호, 포고문이 나온다. 또 저자는 재미있는 게임이라도 하듯이 작품 속에 일종의 트릭을 숨겨 놓기도 한다. 해독불가해한 외국어로 쓰인 기사 등등, 이 모든 장치들은 온전히 작품의 주제라고 할 수 있는 각국 간의 대립과 분쟁을 나타내기 위해서다.

각 나라 간의 분쟁의 상징인 독일 도롱뇽 같은 각 나라의 초특급 왕 도롱뇽[22]에 대한 과학적인 논쟁이 활발히 전개된다. 그러나 이러한 논쟁들은 과학적으로 올바르게 해결되지 않는다. 마치 전쟁이 각 나라 간의 분쟁을 명쾌하게 해결하지 않듯이, 가장 풍자적인 장면의 하나는 런던 동물원의 영리한 도롱뇽에 대한 묘사이다. 여기에 있는 왕 도롱뇽은 앵무새같이 자기가 듣는 것을 따라 말한다. "저것 봐, 엄마" ("Koukej, mami."), 저거 못생기지 않았어?("ten je ošklivý?") 엄마, 저놈은 무엇을 먹고 살지?("Mami, co žere?").[23]

또 다른 예를 보자. 동물원장 찰스 위캄 경이 동물원의 우리들이 질서 정연한지를 보기 위하여 시찰하고 있었다. 그가 도롱뇽들이 있는 지역을 지나는데 갑자기 물을 튀기며 이상한 소리가 들려왔다. "안녕하세요, 선생님" ("Dobrý večer, pane.").[24]

저자는 제2부에서 도롱뇽들이 그들의 능력과 유용성에 의해서 등급이 맺어지게 함으로써 옛 노예무역을 공격하여 인간의 위선을 풍자하고 있다. 앞에서 언급한 차페크의 과학소설들과 드라마에서 즐겨 다룬 전쟁 또한 『도롱뇽과의 전쟁』의 제목에 걸맞게 가장 중요한 주요 주제이다. 이 작품을 집필할 당시 유럽에서는 국가 간의 갈등 조짐이 보였고 주변국들에서는 정치적 상황이 악화되었다. 독일에서는 히틀러가 통치를 강화하였고 이탈리아에서는 파시즘이 팽배하였다. 아시아에서도 일본은 한반도 지배를 강화하고 만주를 넘보며 팍스 자포니카(Fax

Japonica)를 갈망하고 있었다.[25] 저널리스트 작가로서 어느 누구보다도 차페크는 이러한 세계 정치 상황을 잘 파악하고 있었다. 그는 왕 도롱뇽 들을 등장시킨 것은 인간사를 묘사하기 위한 도구일 뿐이었고 작품을 써내려가면서 도롱뇽의 입장에서 현실 인간문제를 바라보는 것은 간담 이 서늘해지는 경험이었고 동시에 인간의 입장 또한 생생하게 와 닿는 마술적이며 두려운 경험이었다고 한다.[26]

물론 차페크의 전쟁을 주제로 한 다른 소설이나 드라마처럼 소설의 결말은 약간 모호하나 그러한 전쟁의 와중에서도 인류가 가까스로 자 연스럽게 생존하는 가능성을 제시한다. 혼돈을 거치고 나타나는 새로 운 희망 또한 차페크 소설의 주요 주제의 하나다.

차페크는 우리 인간의 자만을 비판하기 위해 도롱뇽을 등장시켜 무 시무시한 세계 종말의 가능성을 설득력 있게 스케치했다. 앞을 내다보 는 지혜의 작가, 재미있는 이야기거리를 만들 줄 아는 작가, 그리고 또 중요한 블랙유머 작가 차페크는 소설의 줄거리와 우연히 만나는 모든 것을 주제로 삼아 재미있고 뜻 깊은 소설을 썼다.

끝없는 탐욕의 자본주의

차페크는 이 소설 속에서 여러 가지 모티프들을 사용하고 있다. 태평 양 수출회사 회장 G.H. 본디 회장이 도롱뇽 신디케이트 설립을 위한 개 막 연설문에서는 낭만적이고 감동적인 장면이 연출되었다. 즈데넥 코 즈민(Zdeněk Kožmín)이 지적하듯이 대기업가 본디씨가 고 반 토흐 선 장을 위한 감동적인 고별사를 하고 새로운 사업의 개념을 위한 청사진 을 제시하였다.[27] 이는 차페크 소설 속에서 끝날 줄 모르는 자본주의 팽창의 모티프이다.

"저는 새로운 사업 수단이라고 말씀드렸습니다. 절친했던 반 토흐 선장이 살아있는 한, 우리 사업에 소위 '반 토흐 방식'과 다른 방식을 도입한다는 건 상상조차 할 수 없습니다. (왜 안 된단 말입니까?) 왜냐하면 저는 워낙 취향이 까다로운 사람이라 서로 다른 방식을 뒤섞지 않기 때문입니다. 반 토흐 방식은, 뭐랄까요, 모험 소설의 문체였습니다. 잭 런던이라든가 조셉 콘라드, 기타 작가들의 문체 말입니다. 예스럽고, 이국적이고, 식민지적이며, 거의 영웅적인 문체 말이지요. 그 나름대로 저를 매혹시켰다는 사실은 부인할 수 없습니다. 그러나 반 토흐 선장의 죽음 이후에도 그런 모험적인, 아니 청소년 같은 서사시를 계속 써나갈 권리가 우리에겐 없습니다. 신사 여러분.— 신사 여러분, 아쉬운 마음으로 저는 이번 장을 마무리 지으려고 합니다. 저는 이 장을 '반 토흐 장'이라고 부르고 싶습니다. 우리 마음속에 숨어 있던 젊음과 모험심을 삶에서 표출할 수 있게 해주었지요. 그러나 진주와 산호초로 가득한 동화에 종지부를 찍을 때가 왔습니다."[28]

"하지만 이게 다가 아닙니다. 신사 여러분, 이 정도에서 도롱뇽 신디게이트 과업이 고갈될 리는 없습니다. 신디게이트는 전 세계에 걸쳐 수백만 도롱뇽들의 일자리를 모색할 것입니다. 대양을 통제하는 아이디어와 계획을 낼 것입니다. 유토피아를, 창대한 꿈을 널리 알릴 것입니다. 새로운 해안과 운하, 대륙을 연결하는 둑길, 사슬처럼 연결될 인공 섬들, 대륙 간 비행기 편, 대양에 건설될 신대륙을 위한 기획들을 제시할 것입니다. 바로 여기에 인류의 미래가 있습니다. 신사 여러분, 지표면의 5분의 4가 바다로 덮여 있습니다. 말할 여지없이 과도한 양입니다. 세계의 표면, 대양과 육지의 지도는 수정되어야 합니다. 우리는 바다의 노동력을 세계에 선사할 것입니다. 더 이상 반토흐 방식은 쓰지 않겠습니다. 우리는 진주의 모험 대신 환희에 찬 노동의 찬가를 부를 것입니다."[29]

앞에서 언급했듯이 미국 할리우드 영화산업에 대한 날카로운 풍자와 더불어 낭만주의 모티프가 강하게 나타나 있다. 이반 클리마가 지적하듯이 아름다운 영화배우가 도롱뇽을 만난다. 그녀는 그들을 두려워하고 그들은 그녀에게 적대적이지만 그녀는 영화를 갈망하는 나머지 도롱뇽과의 사랑에 빠지고 도롱뇽들이 그녀를 바다 밑 왕국으로 데려가는 낭만적인 상상을 한다.[30]

"특별판." 에이브가 소리쳤다. "여배우, 바다의 괴물한테 공격받다! 신세대의 섹스어필이 선사시대의 도롱뇽을 정복하다! 화석파충류들이 금발을 선호하다!'

"에이브." 연인 리가 불쑥 끼어들었다. "나, 좋은 생각이 있어."

"무슨 생각이냐?

"영화 말이야. 정말 환상적인 것이 될 거야. 에이브, 내가 바다가에서 목욕을 하고 있는 걸 상상해 봐."

"리, 그 수영복 정말 네게 잘 어울리는데." 에이브는 재빨리 말했다.

"그래? 그리고 그 트리톤들이 나한테 사랑에 빠지는 거야, 그리고 날 바다 밑으로 데려가는 거야. 난 그들의 여왕이 되고."

"바다 밑에서?'

"그래, 물속에서. 그들의 신비로운 제국에서. 알겠어? 그들은 거기에 도시들과 모든 것을 다 가지고 있는 거야."[31]

이 소설은 나치즘의 알레고리뿐만 아니라 현대 문명의 알레고리이다. 체코슬로바키아, 서유럽 그리고 미국의 자본주의뿐만 아니라 민족주의적 사회주의와 공산주의 모두 차페크의 풍자의 대상이다. 왜냐하면 그것들 또한 그 자체로 절대주의며 반항심의 형태이기 때문이다. 왜냐하면 그것들은 인간 문화의 핵심인 자유의 상실과 개인 간의 다양성의 상실을 가져오기 때문이다.[32]

『도롱뇽과의 전쟁』은 기계인간에 대한 그의 강박관념과 찬란한 공상을 다룬 소설들의 결정판이다. 소설전체를 통해서 서체 바꾸기, 각주 달기, 선정적인 신문제목 읽기, 가짜 학술문서 등 문체적인 책략 하에 차페크가 진정으로 경멸하는 것은 현대의 상업주의와 자본주의이다.

"작가, 혼잣말을 하다"라는 마지막 장에서 차페크는 재난의 위험을 경고한다. 파국이 다가오지만 근시안적인 자본가들은 전쟁을 준비하면서 계속 돈을 벌려고 한다. 이반 클리마는 이 메시지를 이렇게 해석한다. "화산 아래서는 불을 붙이지 마라. 그러나 그들은 그렇게 했고 화산을 폭발했다."[33]

"차페크의 오랜 신문기자 경험과 문학기법 그리고 그의 다양한 언어가 이 작품을 풍부하게하고, 지적인 과학소설 독자들은 그의 재치 있는 풍자를 즐길 수 있다. 재치와 문체적인 장난질은 유머와 풍자, 때로는 간접적으로 그러나 불길하게도 다가오는 비극의 전조를 반영하는 사회적인 문제를 다룬 줄거리의 심각한 배경에 대조되어 매우 효과적이다"[34]고 평가한 브리아넥은 정확히 소설의 핵심을 꿰뚫고 있다.

브라드 브루크가 지적하듯이『도롱뇽과의 전쟁』은 차페크의 첫 반파시즘 소설이다. 그가 창조한 그로테스크한 노르드몰흐(Nordmolch, 북방의 도롱뇽) 또는 에델몰흐(Edelmolch, 귀족 도롱뇽)은 반유대인 선전과 또 다른 프로파간다 선전에 사용되었다. 이는 직접적으로 나치의 인

종차별을 공격하고 있다.[35]

동시에 소설 속에 나오는 안드리아스 스케우크제리는 일차대전 당시 중령이었던 안드레아스 슐츠(Andreas Schultze)를 암시한다. 이 도롱뇽 대장이 소설 속에서 고함치고 경고하는 모습은 히틀러를 암시하고 있다는 것을 알 수 있다. 이반 클리마가 지적하듯이 차페크가 수많은 문학 장르와 저널리즘 장르를 풍자하고 비아냥거린 언어적, 문체적 기법은 놀랄만하다.[36]

비평가 요셉 브란조프스키는 『카렐 차페크, 세계의 견해와 예술』이라는 저서에서 차페크는 자신의 소설 속에서 부르조아 자본주의 관점에서 도롱뇽을 착취의 대상으로, 기계화와 영혼 없는 삶의 모습으로, 파시스트의 공격 직전의 경고로 그리고 있다고 주장한다.[37] 헤르베르트 이글 교수는 자마틴의 디스토피아소설 『우리들』, 차페크의 『R.U.R.』과 그의 세 과학 소설 『압솔루트노 공장』, 『크라카티트』 그리고 『도롱뇽과의 전쟁』을 과학발명과 산업생산을 위한 합리적인 계획에 기반을 두고 있지만 이 모든 경우 이러한 발명과 계획이 모두 파국으로 치닫는다고 평가하고 있다.[38]

인간 문명의 풍자

위에서 논한대로 차페크는 그의 소설에서 과학, 종교, 민족주의, 인종 차별주의, 언어학, 공산주의, 자본주의, 기업가 그리고 지식인들을 풍자하고 있다. 특히 차페크가 심지어 스스로 도롱뇽이 일으킨 전쟁으로 인류가 패망하게 된 것은 자신이 반 토흐 선장을 자기 주인인 대기업가 본디 회장님과 면담을 주선한 결과 때문이라며 이 모든 것이 자기 책임이라고 하는 본디씨의 수위이며 일반 소시민인 포본드라씨를 풍자한 것은 아이러니다.

『도롱뇽과의 전쟁』은 에세이, 신문기사, 광고, 회상록, 가짜 학술논문, 연설문 그리고 선언문 등 여러 가지 글들을 저자가 써서 모자이크형식으로 짜깁기한 특이한 소설이다. 소설 속에는 물론 여러 비현실적인 주제들이 있는데 이러한 것들은 독자들에게 아무런 부담을 주지 않는다. 왜냐하면 이러한 다양하고 느슨한 구성이 바로 르포르타주소설(roman feuilleton)의 전형이고 색다른 읽는 재미를 주기 때문이다.

하킨스는 차페크의 『도롱뇽과의 전쟁』이 주는 인상은 웰스(Wells)보다는 스위프트(Swift)에 가깝고 『R.U.R.』에 없던 풍자적인 논조를 띄고 있고, 멜로드라마 요소가 훨씬 적은 면에서 볼 때 유토피아소설 장르에서 위대한 작품이라고 평가한다. 이는 이전의 작품 『압솔루트노 공장』처럼 르포르타주소설이다. 이러한 르포르타주 기법의 소설 형식이 차페크로 하여금 풍자와 패러디를 위해 자유로운 글쓰기를 허용하고 있다.[39]

이 소설 직후 차페크는 보다 더 직접적으로 반나치즘과 반파시즘 경향의 작품을 쓰기 시작하였다. 알다시피 30년대 중반 이후 유럽에서 정치적 상황이 점점 더 위기에 다가가고 있었다. 그러나 이 작품을 자세히 살펴 보면 소설이 당시 시대를 비판할 뿐 아니라 오늘날의 인간문명에 대한 비판이라는 것을 알 수 있다.

거듭 강조하지만 차페크는 이 소설 속에 유머색조와 일반적인 세계 문제에 대한 강한 비판과 동시에 구체적이고 설득력 있는 형태로 여러 가지 문학 장르를 사용하였다. 비꼼과 풍자가 강하게 나타나 있는 그의 저널리즘 스타일의 언어는 매우 흥미롭고 동시에 매우 예술적이다.

「문명의 사다리를 오르다」라는 장에서 차페크는 국제과학과 국제저널리즘의 선정주의에 대한 사정없는 풍자를 스스로 즐기는 것 같다. 소설의 말미에서 작가는 자기 자신도 앞으로 소설 속에서 무엇이 일어날지 모른다는 비밀을 독자들과 공유하는 어조를 띄는 것은 퍽 흥미롭고 매우 현대적이다. 이 소설 속에는 차페크의 다양한 면모, 즉 소설가, 철학가, 저널리스트, 여행기 작가, 풍부한 공상을 현실감 있게 묘사하는 풍자작가의 성격을 여실히 보여주고 있다. 비록 스웨덴 한림원이 시대적 상황 때문에 차페크를 7번이나 노벨 문학상 후보로 다루면서 상을 수여하지는 않았지만 『도롱뇽과의 전쟁』을 "현재에 대한 문학적 풍자"라고 높이 평가한 것은 이 작품의 중요성을 말해준다.

4. 호르두발

— 3부작 철학소설의 시발점

명제(teze)-진실에 대한 상대주의철학의 입장을 표명하고 있다.

소설 속에 묘사된 진리의 상대성

차페크는 비록 길지 않은 인생을 살았지만 20세기 체코가 낳은 가장 위대한 작가 가운데 한 사람이다. 그가 소설 속에서 다룬 철학적인 명제는 세계 문학사에서 독특한 위치를 점하고 있다. 하킨스는 "그의 고국의 비극과 그의 때 이른 사망[1]이 위대한 작가, 심원한 사상가 그리고 위대한 인본주의 정신의 철학적이고 창조적인 발전의 단계를 단축하였다"[2]고 한다.

차페크의 대표작으로 간주되는 삼부작 소설 『호르두발』, 『별똥별』 그리고 『평범한 인생』은 다루는 주제들, 주인공들, 배경, 심지어 문체와 이야기의 전개 관점에서 서로 다르지만 철학적인 논지에서는 통일성을 이루고 있다.

이러한 소설들은 한 사건을 풀어나가는 데 있어 여러 직업의 주인공들을 통해 각기 다른 관점에서 관찰하면서 궁극적인 초점을 진실의 문제에 집중하며 철학의 인식론 문제와 현상학적 관점을 소설로 다루고 있다. 특히 진리의 절대성보다 상대성의 깊은 신뢰를 소설적인 상황에서 보여주고 있다. 체코 출신의 세계적인 문학 이론가이자 비평가인 르네 웰렉(René Wellek, 1903-1995)의 말에 의하면 "세계의 모든 언어권에서 쓰여진 철학 소설의 시도 중에서 가장 성공적인 작품의 하나"[3]로 평가 받고 있다.

삼부작 소설은 또 헤겔 철학의 정, 반, 합의 변증법에 바탕을 두고 있는 인식론을 다룬 철학적인 소설이다. 『호르두발』과 『별똥별』은 인간에 대한 인식의 상대성을 주제로 다룬다. 그 반면에 『평범한 인생』에서는 명상을 통해 자신을 주관적으로 이해하는 능력을 발견함으로서 작가의 '인식론적 회의주의' 를 마침내 극복하게 되는 것을 다룬다.

『호르두발』은 명제(teze)이다. 모든 사람은 분리되어 있고 독특하다. 이 소설은 결국 어느 누구도 다른 사람의 인생의 진실을 알 수 없다는 것을 보여줌과 동시에[4] 진실에 대한 상대주의 철학의 입장을 표명하고 있다.

특히 제1부에서 이러한 내적인 독백을 통해서 고독한 주인공 호르두발의 감성과 이미지를 잘 묘사한다. 이는 독자들로 하여금 주인공에게 불쌍한 감정을 갖게 한다. 이러한 수법은 20세기 초 카프카가 그의 작품 『변신』에서 사용하였다. 제1부에서는 호르두발 자신이 내적 고백을 통해 자신에 대한 진실을 탐구한다면, 제2부에서는 두 명의 형사가 주인공의 살해에 대한 진실을 탐구한다. 그리고 제3부에서는 재판부가 호르두발 사건에 대한 진실을 규명하고자 하지만 절대적인 진실 규명에는 실패한다. 이와 같이 여러 관점에서 관찰해도 주인공 호르두발의 정체성에 대한 진실이 없다는 명제가 성립한다.[5]

각각의 소설은 차페크의 이전 작품들에 나오는 독특한 전통으로부터 기원한다. 물론 호르두발의 원형은 범죄와 경찰이야기를 주로 다룬 단편집 『첫 번째 호주머니 이야기』에 나오는 「유라이 추프(Juraj Čup)의 발라드」에서 찾아 볼 수 있다. 두 이야기 모두 배경은 체코슬로바키아와 우크라이나 국경지대인 포트카르파트스키 루스(Podkarpatsky Rus) 산간지역이다. 두 이야기에 나오는 주인공들은 모두 비슷한 이중성격을 띠고 있다. 보편적인 관점에서 볼 때 그들은 투박하고 어리석은 농부이고 바보이다. 유라이 추프는 '하나님의 명령'이라며 자기 누이를 살해한다. 유라이 호르두발은 아내의 부정과 배반에 대해 절대적인 사랑과 헌신으로 보답한다. 이런 점에서 볼 때 둘 다 서양문학의 전통에 나오는 '성스러운 바보' 또는 체코 문학에 자주 나오는 바보 '혼자(Honza)'의 한 유형이다. 호르두발은 용서하는 사랑의 높은 도덕적인 기준으로 순교한다. 반면에 추프는 하나님의 도움으로 상상을 초월하는 눈보라 속에서 강행군을 감행하고 경찰에 자수한다.[6]

비평가 샬다(F. X. Šalda)는 호르두발을 올브라흐트(Ivan Olbracht)의 소설 『산적, 니콜라이 슈하이』(Nikolaj Suhaj Loupeznik, 1933)와 관련하여 '산문으로 써진 아름다운 발라드'라고 찬양하고 있다.[7] 호르두발은 1930년대 체코슬로바키아의 산간지역 농촌마을에서 일어난 살인사건을 배경으로 한 소설이다. 이 소설의 스토리 전개는 강한 힘을 가지고 있고 뇌리를 떠나지 않는 비극적인 작품이다. 일자무식의 농부가 돈을 벌기 위해 미국 탄광촌에서 8년이란 세월 동안 조국에 있는 아내와 딸을 위해 일하다가 몸이 상한 채, 조국 체코슬로바키아의 가족에게로 돌아오나 그의 아내도 아이도 그를 싸늘하게 대하는 현실에 직면한다.

귀국 후 그는 몇 주일 내에 집안에서 살해된다. 형사들은 그의 연약한 부인과 이 집의 머슴이며 부인의 정부인 헝가리인 마냐를 살인자로 의심한다. 호르두발은 표면적으로는 범죄 이야기이다. 살인사건을 조사하고 심리하는 과정에서도 혼란이 있고 사건을 명확히 규명하지 못한다. 여기에서는 어떤 사건이나 진실도 보는 관점에 따라서 다를 수도 있다는 차페크의 상대주의 철학의 입장을 보여준다. 주로 호르두발의 내적 독백과 작가의 관점에서 관찰되고 묘사되는 제1부에서는 비유적인 표현과 서정적인 묘사가 풍부하다.

형사들의 조사가 나오는 제2부와 재판 과정이 나오는 제3부는 제1부와는 여러 면에서 다르다. 제1부에서 사용된 내적 독백과 풍부한 비유적인 표현 그리고 상징은 존재하지 않고, 무미건조하고 사무적인 묘사가 지배적이다. 소설을 이야기하는 관점이나 억양도 이러한 상황에 맞게 진행된다. 이런 면에서 소설 묘사의 통일성이 결여된다고 하겠다. 그러나 이러한 통일성의 결여는 호르두발의 죽음을 통한 슬픔을 강조하는 강한 풍자로 해석할 수 있다. 소설의 철학적인 논점은 계속 유지된다. 즉 애절한 호르두발의 사랑과 헌신을 다른 사람들은 이해하지 못하는 것을 말해준다. 형사와 판사는 호르두발의 생각으로 결코 들어갈 수 없기 때문에 내적 독백의 흐름은 멈춘다.

소설의 제2부는 살인자를 조사하는 두 형사와 의사의 성격을 보여준다. 각자 자신들의 경험이나 직업에 따라 다르다는 것이다. 농부들의 삶을 잘 알고 있는 나이 많고 경험 많은 형사는 호르두발의 죽음을 자연적인 원인이라며 의사를 설득하려고 한다. 즉 사건을 단순하고 쉽게 처리하고자 한 것이다. 왜냐하면 호르두발이 폐렴으로 죽었는지 혹은 송곳에 찔려 죽었는지 확실하지 않기 때문이다. 패기 넘치는 젊은 형사는 자신의 영리함을 나타내기 위하여 선배 형사의 그러한 타협적인 제의에 분개한다. 하지만 의사는 별로 신경을 쓰지 않는 것 같다. 그는 의학적 관점에서 살인이 보다 흥미로운 가능성이라고 느낀다. 왜냐하면 호르두발의 심장을 찌른 작은 물체의 특성을 확신하지 못하기 때문이다.

본문에서는 차페크의 소설 『호르두발』에서 사용하고 있는 표현 기법, 모티프들, 철학적 아이디어와 소설의 구성을 중심으로 분석하고자 한다.

내적 독백의 기법과 비유적인 표현

주인공 호르두발은 오랜 세월동안 고향과 가족을 떠나 있다가 고향에 돌아왔으나 잃어버린 영혼을 가진 그런 인물이 된다. 그의 고향 사람들도, 그의 아내도 딸 아이 하피에도 이제 모두 그에게 낯설기만 하며 그 자신도 그들에게 이방인이 된다.

작가는 독특한 묘사방법, 즉 주인공 호르두발을 묘사함에 있어 전통적인 심리묘사에 의지 않고 내적 독백(vnitřní monology)과 내적 대화(vnitřní dialogy)란 모더니즘 방법을 쓴다. 이는 말이 주인공의 입에서 나오는 것이 아니라 생각 속에 있는 것이다. 그래서 독자들도 어느덧 주인공의 내적인 세계로 빨려 들어가게 된다. 그리고 작가는 문학기법 역시 독특한 간접화법(oznámený rozhovor)이라는 수단을 사용하며 화자의 말이 전달되는 것이 아니라 화자의 생각이 전달되도록 하고 있다.[8]

이는 마치 자신이 스스로 말하는 것 같은 환상을 창조하는 표현을 통하여 주인공의 성격과 감정의 억양을 성공적으로 묘사한다. 이처럼 소설은 실제로는 입 밖으로 말해지지 않은 간접화법 즉 내적 독백으로 충만해 있다. 이러한 내적 독백은 짧게는 한 두 마디, 길게는 여러 문장으로 여러 곳에 사용되고 있다. 그리하여 독자들로 하여금 은연중에 주인공을 동정하는 심정을 갖게 한다. 이러한 내적 독백은 때로는 자기가 곧 만나고 싶어하는 상대를 대상으로 일어나기도 하고, 자신의 분신과 또는 분명하지는 않지만 화자-작가와의 대화의 형태로 나타나기도 한다. 예컨대,

"벌써 우리는 마을에 당도하였네. 유라이 호르두발, 무사히 그리고 아무 탈도 없이." "이봐요, 낯선 양반. 무슨 볼일이 있다고 여기서

그렇게 서성거리시오? 안녕하세요? 주인장. 폴라나 호르두발 로바라는 사람이 여기에 살지 않았는지요? 아아, 죄송하군요. 주인장. 제 눈에 헛것이 씌어도 단단히 씌었던 모양입니다.”[9]

여기서 호르두발 자신과 다른 사람(화자)과의 상상의 대화가 묘사되고 있다. 이어서 곧 “현관에 폴라나가 모습을 드러내니 망부석처럼 서버린다. 동그랗게 놀란 눈을 하고 두 손을 가슴으로 꼭 누르고서는 가쁜 숨을 몰아쉰다.”[10]라는 대목에서는 화자가 묘사한다.

차페크가 여기에서 사용하는 묘사기법은 호르두발이 실제로 말해야 할 것을 말하지 않고 그의 말은 내적인 독백으로 대체된다. 다른 예를 보면, 그가 마을에 도착하여 선술집에 들렀을 때 옛 친구가 인사를 하자, 그는 이에 실제로 대답하는 대신 내적인 독백으로 중얼거린다.

“유라이는 두 눈을 껌벅거린다. 유태인은 시선을 돌린다. 그는 카운터 위에 있는 잔들을 정돈하느라 여념이 없다. 그런데 자네 프요사, 왜 자네는 그렇게 시선을 아래로만 향하고 있는가? 내가 자네 이름을 불러야하나? 그렇지, 인간은 말을 잃을 수도 있지. 입은 나무처럼 단단하게 굳어버리게 되고, 하지만… 그래, 말도 소도 인간의 말을 듣기를 원하지. 사실 폴라나는 언제나 말이 없이 조용하였어. 8년이라는 세월이 말하기에 보탬이 된 것도 아니고, 고독이 말하기를 가르쳐주는 것도 아니고. 그리고 나 자신은 말을 어떻게 시작하여야 할지 모르고. 그녀는 묻지 않고. ─ 나는 말하지 않고. 그녀는 대답하지 않고 ─ 나도 묻고 싶지 않고.”[11]

이러한 긴 내적 독백 속에서 우리는 호르두발이 고향에 돌아왔지만 집안 식구들은 물론이요 주위 사람들과 어울리기 힘든 고독한 초상이라는 사실을 알 수 있다. 차페크는 세상 사람들로부터의 소외된 주인공의 모습을 내적 독백이란 기법으로 표현함으로써 더욱 강렬한 이미지를 심어준다.

"나는 말하지 않고, 그녀는 대답하지 않고, 나도 묻고 싶지 않고…"[12] 에서처럼 나와 타인과의 언어소통의 문제가 대두된다. 나중에 철학적인 아이디어에서 자세히 다루겠지만, 이는 나와 타인의 관계에서 각자는 이방인일 수밖에 없는 현대인의 한 형상을 나타낸 것이라 할 수 있다.

이러한 방법에 의해서 전개되는 이야기의 언어와 문체 등은 그러한 혼란스런 상황을 잘 묘사하고 있다. 또 이러한 묘사기법이 주인공의 혼란스런 생각과 마음의 동요에 일익을 담당하고 있다. 이러한 기법은 20세기 초 카프카 등에 의해서 시도된 바 있다. 소설의 대부분을 차지하고 있는 제1부는 이러한 호르두발의 내적 독백으로 전개된다.

소설의 제2부와 제3부에서 다루는 범죄와 탐정 그리고 재판이야기는 위에서 언급했듯이 단편집 『두 호주머니 이야기』를 상기시킨다. 즉 『호르두발』의 후반부는 그런 면에서 같은 장르의 연속선상에 있다 하겠다. 소설의 이 두 부분은 분명히 『두 호주머니 이야기』에 나타나는 원형의 모습을 가지고 있다. 이 두 부분의 주제는 또한 전형적이다. 즉 경찰과 검찰은 살인자들을 고발할 수 있지만, 그들은 증거도 제대로 찾지 못하고 애수어린 호르두발의 인생을 이해할 수 없어 다음과 같이 결론을 내린다. "호르두발은 단지 사람들을 회피했을 뿐이에요. 그는 비탄에 젖어 촛불처럼 쓰러져갔지요."[13]

소설 전체의 3분의 2에 해당하는 제1부는 새롭고 인상적이다. 차페크는 당시 신문에 난 살인사건을 재구성하였으며 전체적으로 감정적인 분위기를 바꾸어 감동적인 호르두발의 헌신과 자기희생이라는 초상을 창조하였다.[14] 『호르두발』에서 주인공 호르두발은 미국에서 광부로 일하며 아내에게 매년 돈을 송금하다가 글을 쓸 줄 아는 동료가 죽자 마지막 몇 년간은 돈도 보내지 못하고 소식도 전하지 못하다가 8년 만에 귀향한다. 그가 고향에 돌아와 보니 아내가 말들을 사기 위해 소들을 팔아 버렸다는 사실을 발견한다. 그리고 헝가리계의 젊고 피부가 거무스레한 머슴 슈테판 마냐가 이 말들을 길들이고 있다는 사실을 알게 된다. 호르두발은 또 자기에게 어색하게 대하는 아내의 태도에 대해 직감적으로 마냐를 의심하지만 자기와 잠자리를 같이하고 싶어하지 않는 아내 폴라나의 죄를 인정하고 싶지 않아 한다. 그러나 마을 선술집에서 농부들이 그녀를 경멸하는 소리를 듣자, 그는 그것을 부정하며 오직 아내의 명예만을 고려한다. 소문들을 잠재우기 위해 그는 마냐를 내쫓는다. 그러자 폴라나는 방구석에 틀어박혀 침묵한 채 말이 없다.

어느 날 마냐가 권총을 차고 돌아오자 호르두발은 어쩔 수 없는 상황을 인식하고 굴복의 상징으로 칼을 땅바닥에 버린다. 여기서와 마찬가지로 여러 장면에서 화자의 묘사와 주인공 호르두발의 내적 독백이 뒤섞여 있다. "그리고 호주머니 속에 박힌 그의 손아귀에는 유라이의 복부를 향해 뭔가 툭 불거져 나와 있다. 호르두발은 얼굴을 찌푸린다. 이봐, 나는 아메리카에서 권총 쏘는 법도 배운 사람이야. 자네 이게 뭔가. 그는 호주머니에서 접칼을 끄집어내어 땅바닥에 집어던진다."[15] 여기서 던져버린 접칼과 같이 그리고 이야기 시작에 아메리카에서 돌아왔을 때 자기 가족 외에 예기치 않던 머슴이 집안에 있어 그에게 자기의 접칼과 파이프를 선물하는 것들 모두 호르두발의 거세에 대한 상징적인 비유의 표현이다.[16]

이 소설에는 비유적 표현이 매우 풍부하다. 소설 제1부의 기본구조는 소를 키우며 농사짓는 토착민인 슬라브계 목가적인 주인공 호르두발과 헝가리계 유목민 출신으로 말을 잘 다루는 머슴인 마냐 사이의 대립구조로 되어 있다. 마냐는 거무스레하고, 거칠고, 열정적이고, 말을 잘 다룬다. 마냐를 묘사할 때 자주 이빨을 사납게 드러낸다고 한다. 그는 평원의 초원을 사랑하고, 반면에 호르두발은 평화롭고 헌신적이며 산골짜기의 땅과 동물을 사랑하는 농부이다. 이와 같이 역사적, 문화적으로 대립되는 구조에서 볼 때, 헌신과 자기희생의 높은 법칙은 거칠고 열정적인 마냐보다 문화적으로 보다 더 진보된 것을 의미한다.[17] 또한 카르파티아 지역에 함께 살지만 이곳에 먼저 정착한 슬라브인들과 나중에 이곳을 점령한 헝가리인들 간의 갈등관계도 분명히 보여주고 있다.

지금은 농사를 짓지만 유목민을 조상으로 둔 마냐와 목동과 농사꾼으로서의 호르두발의 기본적인 상징은 계속적으로 나타나는 말과 소의 비유적인 표현에 반영되고 있다. 예컨대 마냐의 말들은 마냐처럼 검은 색이며 사납다. 그리고 머리를 꼿꼿이 쳐들고 다니는 말들의 난폭함은 성적인 열정의 상징으로 나타난다. 반면에 호르두발의 소들은 인생의 짐과 고통을 함축하고 있는 면에서 평화와 인내의 상징이다. 소에 대해 반복되는 언급은 노련하고 섬세하게 다루어지고 있다. 또한 호르두발과 마냐의 대화에서는 극명하게 비유적인 표현이 대립된다. 마냐는 말에 대한 장점을 부각시키고 옥수수와 사탕무가 자라는 평원을 이야기하는 반면에 호르두발은 소, 염소와 양 같은 동물, 산협의 자갈밭에서 자라는 감자, 호밀을 이야기한다. 심지어 그에게 있어 초원의 풀은 껄껄하고 시큼한 반면에, 고원의 풀은 향긋하고 싸한 냄새가 난다며 친근감을 표현한다. 또 고원에서 자라는 마가목과 노간주 나무와는 달리 평원의 아카시아 나무는 무질서의 상징이다. 평원은 인간을 집어삼킬 듯이 위협적이고 산은 오를수록 대지와 친근감을 느낄 수 있다.[18]

『호르두발』에서 성적 체념은 극단적으로 치닫는다. 주인마님과의 간통으로 치닫는 마냐의 성적인 열정은 악으로 표현되고 심신이 지친 호르두발의 성적인 열정으로부터의 자유는 이상화된다.[19]

철학적 아이디어

『호르두발』에서 차페크의 주요한 관심사는 '나와 타인'의 또는 '우리와 타인들'의 관계이다. 호르두발은 차페크의 친숙한 상대주의 철학의 새로운 표현이다. 여기서 상대주의는 더 이상 낙관주의 입장이 아니다. 즉 차페크는 그의 철학이 인간의 소외와 대화소통의 불가능을 의미한다는 것을 깨닫고 있다. 이러한 인식은 비극적인 긴장을 가져오며 그의 이전 작품에서는 나타나지 않던 현상이다. 볼리코바가 지적하듯이 『호르두발』에서 차페크의 관심사는 한 사건에 대한 인간의 전망들이 다수라는 것을 보여주는 것이다. 호르두발이라는 한 인물에 세 사람이 관여한다. 그는 개개인의 통찰력이 얼마나 주관적이며 그러한 것으로 이끌어내는 것이 얼마나 피상적인가 하는 사실을 보여준다. 그는 사인을 조사하는 동안에 호르두발의 심장은 훼손된 채 분실되고, 결국 그의 정체성은 인정받지 못한 채 남겨졌다고 말하면서 향수 어린 언급 속에 소설을 끝맺는다.[20]

제3부의 재판과정에서 차페크는 독자들이 이미 알고 있는 사실들과 법정에서 벌어진 법률적인 문구들과 논쟁에 의해 왜곡된 구성 사이의 대립을 강조한다. 이러한 두 형사의 대립되는 주장들이나 법정의 검사와 변호사의 상반된 주장들을 통해서 차페크는 이전에 주머니 이야기 시리즈에서 다루었던 상대주의 철학의 문제를 제시한다. 즉 진실이란 절대적일 수 없다는 것을 이러한 사건을 통해서 보여주고 있는 것이다.

소설의 결론은 다시 한 번 호르두발의 고독한 면의 상징성을 부각시키면서 끝을 맺는다. 경찰은 확실하게 죽음의 원인을 밝히기 위해 호르두발의 심장을 정밀 검사하도록 전문가에게 보낸다. 도중에 심장의 상태는 훼손된다. 그러나 다른 전문의는 이 훼손된 심장을 바탕으로 터무니없는 피상적 결론을 내린다. 이 결정은 호르두발의 죽음을 더욱 미스터리로 몰고 간다. 그런 와중에 훗날 그의 심장은 사라진다. 소설은 독립된 한 문장으로 끝난다.

    유라이 호르두발의 심장은 어딘가에 분실되었고 영원히 매장되지 않았다.[21)]

『호르두발』에서 차페크는 독자들을 먼저 부정적인 견해로부터 '다른 자아, 즉 타인의 지배'의 문제를 간파하도록 한다. 그는 한 인간이 비인도적으로 취급되는 이야기와 '자아'가 '타인'이 되는 것에 대해 말하고 있다. 그리고 어떻게 '자아'가 자신의 목소리를 빼앗기고 자신의 존엄을 완전히 빼앗긴 어떤 사람처럼 그의 인격이 외부에 의해서 구성되어 지는 가를 이야기한다.

    "저기 저 창가에서 두 번째, 옷이 구겨진 채로 앉아있는 저 사람, 저 사람을 누가 미국에서 온 사람이라고 하겠는가?"[22)]

호르두발은 내적 독백으로 갑자기 독자들을 사건의 한가운데로 몰고 간다. 그러나 이 첫 번째 내적 독백은 누구의 독백인지 모호하다.
    이와 비슷하게 열차의 맞은편 칸에 앉아 있는 사람들과 실제로 대화를 하는 듯한 분위기를 풍기지만, 이는 모두 호르두발과 작가의 내적 독백 또는 누구의 것인지 분명하지 않은 독백들로 이루어져 있다. 이 짧지만 복잡한 내적 독백 속에서 우리는 이야기 실마리를 짐작하게 된다. 그와 비슷하게 제2장도 호르두발의 귀향을 관찰하는 어떤 농부와의 간접

대화를 통해서 묘사된다.

"저기 가는 저 사람은 누구일까, 저기 저 골짜기의 맞은편을 따라 길을 가고 있는 저 사람은 누구일까? 보아하니, 부츠를 신은 신사라, 아마도 수리공, 아니면 비슷한 사람으로 보이는데, 검은 옷가방을 들고 언덕을 터벅터벅 올라가고 있는 신사라, 만일 그가 그토록 멀리 떨어져 있지 않다면 두 손을 입에다 대고 이렇게 큰소리로 불러볼 텐데. '예수님에게 영광을, 실례지만 지금 몇 시나 되었는지요? 두시 하고도 2분이라네. 목동, 자네가 그렇게 멀리 떨어져 있지 않다면 나도 자네를 큰 소리로 불러서 누구의 소들을 돌보고 있는 중인지 묻고 싶다네. 그러면 자네는 필시 손으로 소들을 가리키면서 이렇게 대답하겠지……' [23]

유라이 호르두발의 이야기는 아무도 원하지 않는 다른 사람의 이야기처럼 묘사되고 있다. 미국에서 귀향하나 오직 자신의 모든 것 — 돈, 가족(그의 아내 폴라나는 머슴과 살고 있다), 이웃들과의 친구관계, 마지막으로 자신의 생명까지 박탈당한다. 차페크는 또 마지막 에필로그에서 그의 내적 정체성을 강조하고 있다.

"그의 진정한 그리고 가혹한 시련은 그의 죽음 이후에 그에게 나타난다. 그의 이야기는 다른 사람들의 손에서 거칠게 다루어진다. 그가 자신의 내적인 법칙에 따라 어떻게 그의 삶을 살았는가를 다시 이야기한다. 이러한 그의 내적 법칙은 경찰이 그들의 객관적인 탐정에 의해 그러한 것들을 재구성할 때 분명하지 않다. 그의 내적 법칙들은 사라지고 다른 절망적인 추한 삶의 모습으로 왜곡되어 버린다." [24]

저자는 호르두발뿐만 아니라 폴라나와 슈테판 마냐의 이야기를 다른 관점들로부터 이야기한다.

차페크에 의하면 살인자나 간통자와 마찬가지로 농부 호르두발에게도 똑같은 견해를 가지고 있다. 그들도 모두 우리 개개인의 유형이다. 또한 그들 속에서 그들을 좀 더 올바르게 알고 또는 적어도 우리가 그들에 대해 모르는 것을 존중하고 노력하기 위해 숨겨진 진정한 인간성과 그의 내적 삶을 깨달을 필요가 있다.[25]

차페크는 이러한 자유를 이야기하면서 형이상학적인 것이나 초월적인 범주의 도움을 받아들이지 않는다. 그 대신 그는 인간의 숨겨진 진실과 내적인 삶에 대해 이야기한다. 우리는 시간적 여유를 가지고, 비인도적인 것이 인도적인 것이 되도록 존중을 가지고 이러한 숨겨진 것에 접근해야 한다. 물론 이는 범죄를 규명하지 않는다거나 범죄자를 벌하지 말아야 한다는 것을, 우리가 할 수 있는 정의를 위해 노력하지 말아야 하는 것을 의미하지는 않는다. 이러한 종류의 정의는 포괄적이라는 것을 의미할 뿐이다. 무엇보다도 다른 사람들에 의해 제시된 사실들은 다르게 나타난다. 각자는 나름대로 다른 사람에 대한 지식을 "우리가 그들을 우리들의 삶의 제도의 탓으로 돌리는 곳으로" 제한하는 경향이 있다.

차페크는 폴라나가 "귀부인처럼 아름다운지" 아니면 "시골농부처럼 피로에 지쳤는지" 또는 슈테판 마냐가 사랑 때문인지 아니면 돈 때문에 살해하는지의 차이점에 독자의 주의를 환기시킨다. 이러한 문제들에 대한 대답들이 이 이야기의 의미의 나머지에 영향을 끼친다. 그러나 해답은 주어지지 않는다. 모두 다른 목소리들을 조화롭게 하는 메타-서술은 그들 각자에게 무엇이 진실이고 무엇이 거짓인지를 결정하는 위치를 정해준다. 이러한 진실과 거짓문제를 차페크는 제시하지 않는다. 그는 '범죄보다 더 무거운 어떤 것'을 판단할 수 있다는 것을, 또는 진정 다른 사람의 '죄를 판단하는 것'을 생각하는 이상한 민족에 대해 말한다. 이러한 시도, 즉 우리가 우리들 손에 잡고 있는 완전한 전망에 대한 바램은 비인간화를 심화시킬 뿐이다. 이것은 혼란에 대한, 타인에 대한, 그리고 그의 선행과 진실에 대한 진정한 관심이 없는 세계에 대한 해결책이 아니다

화자와 주인공의 이야기가 주는 묘미

차페크는 소설 속 인간의 문제를 다루면서 인식론적인 태도(noetický postoj)를 가질 뿐만 아니라 작품의 구조를 특이하게 유지한다. 차페크는 특히 삼부작의 첫 작품인 『호르두발』에서 삼각구조를 사용한다. 즉 이 작품은 차페크가 책(knihy)이라고 하는 세 부분으로 이루어져 있다. 각 부는 각각 다른 관점으로 이야기가 전개된다.

첫 부분은 호르두발과 작가-화자의 관점으로 이야기되고 두 번째 부분은 경찰의 관점에서, 세 번째 부분은 법정과 대중의 관점에서 이야기된다.[26] 소설의 제1부는 가장 규모가 크고 호르두발 외의 다른 관점에서도 이야기되지만, 호르두발이 차지하는 부분이 절대적이다. 무카르조프스키가 주장하듯이 "호르두발에서 이야기의 상당한 부분이 주인공의 내적인 독백, 즉 마치 그 주인공이 자기 자신과의 또는 다른 사람들과 대화하는 것처럼 발화하지 않은 독백으로 이루어져있다."[27]

소설의 세 부분에서 주인공들의 이야기는 달리 묘사된다. 예컨대 1부, 2부, 3부에 나오는 폴라나의 겉모습에 대한 묘사에서 이러한 현격한

차이를 발견할 수 있다. 제1부에서 폴라나는 "아름답다, 그녀는 귀족부인 같다.(Je jako zemanka)"라고 호르두발은 폴라나를 생각한다. 반면에 제2부에서 경찰관 비글은 그녀에 대해 완전히 다른 태도로 말한다. "그녀는 아름답지 않고 뼈가 앙상하고 늙은 아줌마 같다.(Je to nehezká, kostnatá teta a stará)," 마지막 부 재판 받을 때의 모습도 비슷하다. "그녀는 뼈가 앙상하고, 꼴사납고, 뻣뻣하다.(Je kostnatá, nevzhledná, toporná.)"

세 부분의 양도 현저한 차이를 보이며 점점 더 적어진다. 첫 부는 24장으로 되어 있고, 제2부는 6장으로, 제3부는 단 1장으로 되어져 있다. 점점 더 적어지는 피라미드 반대 형태의 구성은 그리 중요한 것은 아니다. 인식론 문제에서는 그 반대다. 왜냐하면 경찰들과 판사는 주인공들과 그들의 행위에 대해 점점 더 멀어져 가고 있기 때문이다. "그의 진짜 그리고 가장 혹독한 운명은 그의 죽음 뒤에 일어나는 사건과 함께 온다."[28]라고 차페크는 『호르두발』과 관련하여 삼부작의 에필로그에서 언급하고 있다.

돌레젤이 지적하듯이 차페크는 반추라처럼 화자의 이야기와 주인공의 이야기의 전통적인 발화 수준의 차이를 거부한다. 차페크는 화자의 이야기와 주인공의 이야기를 융합시킨다. 차페크의 작품은 자발적으로 이야기 하는 인상을 주면서 구어체 언어가 지배적인 픽션이다.[29]

구어체 체코어의 사회적인 차이와 좀 더 적은 정도지만 지방적인 차이를 이용하면서 차페크는 대부분 작품에서 발화의 특성화를 유지하고 있다. 그는 일인칭 화자처럼 그의 주인공들이 그들의 발화 특이성에 의해서 그들의 사회적인, 직업적인, 지역적인 유래와 개인적인 역사를 명백히 한다. 호르두발의 아메리카니즘이 그 한 예이다. 차페크의 작품에서 구어체 체코어는 그 자체의 이야기체의 고안과 효과를 발전시키는 새로운 담화체 이야기 양식의 기반이 된다.

귀향의 모티프와 죽음

소설 속에는 주인공의 죽음을 암시하는 송곳 모티프가 가장 강렬하게 나타나고 그 외 소떼의 귀향 모티프, 죽음의 모티프, 집시 모티프와 유대인 모티프 등 여러 모티프가 나온다. 송곳 모티프는 소설이 진행되면서 변형된 비유적인 의미를 띤다는 것이 독특하다.

유라이 호르두발은 바구니 만드는 송곳으로 살해되었다. 이 송곳 모티프는 소설 여러 곳에서 나온다. 맨 먼저 제1부 17장에서 호르두발이 마냐의 늙은 아버지와 슈테판과 자기 딸 하피에 대해 혼사를 이야기하려고 리바르를 방문했을 때 문설주에 기다란 송곳 바늘 하나가 박혀 있는 것을 발견한다.

송곳의 첫 모티프의 변형은 명백하게 교육적인 특징을 가지고 있다. 슈테판이 호르두발에게 설명한다. "이것은 송곳 바늘이에요. 주인어른. 바구니를 만들 때 쓰는 거죠."[30] 두 번째 변형부터는 송곳의 실용적인 면이 부각된다. 동시에 그 실용적인 면은 실제적이거나 비유적이다. 두 번째 변형에서 송곳은 실제적으로 활동의 형태를 띤다. 이어서 17장에는 방안에서 호르두발과 아버지가 혼사를 이야기할 때 무료하고 성마른 슈테판이 그의 동생 듈라와 문설주에 밝혀있는 바구니용 송곳을 뽑고 꽂는 장면이 또 나온다.[31]

세 번째 변형(21장)에서 송곳은 비유적인 특성을 가진다. 호르두발은 언덕 위 숲 가장자리에 앉아서 두 사람(아마도 폴라나와 마냐)이 하나가 되는 것을 관찰한다. 호르두발은 아내의 부정을 부정하려고 애쓰는 착한 어쩌면 바보스런 인물이다.

호르두발은 다시 일어나 숲을 따라 뛰기 시작한다. 벌판의 오솔길을 달리고, 마을을 향해 달린다. 아야. 뭔가 옆구리를 쑤신다. 누군가 바늘로, 송곳 바늘로 쑤시는 것 같다.[32]

이 세 번째 변형에서 호르두발은 마치 누군가가 송곳으로 찌르는 듯이 아픈 옆구리를 잡고 뛰어가는 상황 즉 달리기와 옆구리의 통증은 22장, 23장 등 이어서 되풀이된다. 그러나 아무도 바구니의 송곳에 대한 생각은 하지 않는다. 이제 어느덧 독자들은 자동적으로 호르두발과 송곳은 서로서로 잘 어울리는 것처럼 생각한다.

바구니용 송곳은 기호(signální)의 모티프이다. 이 기호의 모티프는 소설의 결말 부분에서는 복잡해진다. 살인의 장면이 포착되지 않아서 살해 장면과 그 도구도 제시되지 않는다. 이제 더 이상 변형된 모습으로 묘사되지 않고 다만 자주 암시될 뿐이다.[33]

바구니용 송곳 모티프 외에 이 소설의 더 두드러진 모티프는 저녁 소떼 귀향의 모티프이다. 맨 먼저 이는 제4장에서 나타난다. 이는 호르두발을 상징하는 모티프이다. 왜냐하면 차페크가 소설의 에필로그에서 삼부작에 대해 언급했을 때, 주인공을 '소의 사람' (kravský člověk)[34]이라고 했기 때문이다. 이러한 모티프는 제1부 4장, 9장, 10장, 22장, 24장에 연속적으로 나온다. 소떼의 귀향시간은 호르두발 인생의 정기적인 항로를 가리키는 일시적인 경계석이다. 그것은 주인공을 매일 따라다니는 일시적인 요소이다.

제1부 마지막 장인 24장에 나오는 소떼들의 귀향 모티프는 풍경(작은 종) 소리로 대체되는 것이 특이하다. 처음부터 종소리는 소뿐만 아니라 '소의 사람' 에게도 울린다. 즉 이는 인간 존재의 최후를 상징하는 종소리이다. 압도적으로 특징적인 기능을 가지고 있는 저녁 소떼들의

귀향 모티프는 징후적인 모티프로 변형된다. 극적인 행위의 관점에서 볼 때 중립적인 그 모티프는 최후의 단계에서는 징후적인 모티프로 변형된다. 이 경우 바구니용 송곳과 비슷하다. 즉 그것은 독특한 징후적인 모티프의 변형인 것이다.

가장 강력하게 인상을 주는 저녁 소떼들의 귀향 모티프의 마지막 대체인 종소리뿐만 아니라 가장 가까운 주위 환경이다. 왜냐하면 차페크는 호르두발의 죽음을 상징하는 직접적인 기대를 제23장에 넣었기 때문이다. 또 직접적인 기대와 같은 것을 의미하는 징후적인 모티프의 최후의 대체를 제24장에 넣었다. 그리고 이 제24장 바로 다음인 제2부 1장의 첫 문장에서 작가는 독자들에게 호르두발이 살해되었다고 선언한다. 무엇보다도 제23장은 그것을 예상하는 것으로 흥미롭고, 제24장은 두 번째의 징후적인 모티프를 종결시킴으로써 흥미롭고 그리고 제2부 1장은 두 징후적인 모티프들을 실현시킴으로써 흥미롭다. 왜냐하면 그것들은 똑같은 목표를 지향하고 있고 직접적인 기대(예상)와 두 징후적인 모티프들은 서로서로 밀접히 연관되어있기 때문이다.[35]

호르두발은 고향으로 돌아온 후 가정에서나 마을에서 외톨이가 되어 방황하다가 마음의 안식처를 찾기 위해 고원에 사는 미샤를 두 번이나 찾아간다(제10장과 23장에서). 미샤는 정신적으로나 정서적으로 가장 친한 사람이다. 그는 그에게 뭔가 예견하는 인물이다. 그는 동시에 저 산 위 고원에서, 구름과 안개 위에서 살고 신과 하늘나라에 가까운 뭔가 조금은 세속을 벗어난 존재이다. 제10장 첫 방문에서 호르두발은 그에게 자기가 곧 죽을지를 묻는다. 미샤는 대답을 회피하며 아직 때가 성숙되지 않았다고 한다. 그러나 두 번째 만남에서는 좀 더 구체적으로 언급한다.

두 연인의 만남을 인식한 호르두발은 폴라나의 사랑을 되찾을 수 없다는 것을 깨닫는다. 화병과 마음의 상처 때문에, 그리고 단지 사람과

말을 하고 싶어서 호르두발은 안개가 자욱한 어느 날 아침 또 다시 고원에 사는 미샤를 찾는다.

"미샤,"

그가 쉰 소리로 말한다. "사람이 자기 목숨을 자기 손으로 거둘 수가 있을까?"

"뭐라고?"

"사람이 자기 목숨을 자기 손으로 거둘 수가 있을까?"

"아니, 왜?"

"생각들을 없애려고. 생각들이 그렇게 많다니까. 미샤, 이들은 말이지, 자네하고는 전혀 상관이 없는 것들이라서. 자네 생각은… 이를테면 말이지… 그녀가 거짓말을 했다고 한다면… 그녀가 이웃집에 가지 않았다고 한다면…." 유라이의 입이 뒤틀린다. "미샤" 그의 목소리가 신음소리로 변한다. "그런 생각들을 어떻게 하면 없앨 수 있을까?"

미샤는 생각에 잠겨 눈을 깜벅거린다. "그래, 그건 어려운 일이지, 하지만 끝까지 생각해봐."

"그런데 어떨까, 끝에는 단지… 단지 끝만이 있다고 한다면? 사람이 자기 손으로 자기를 끝장낼 수 있을까?"

"그럴 필요가 없지." 미샤가 천천히 말한다. "그건 해서 뭐하려고? 어차피 자네는 죽을 텐데."

"그러면—곧?"

"자네가 알고 싶다면—곧."

미샤는 일어나서 밖으로 나간다. "이제 잠이나 좀 자게." 문지방을 넘으면서 몸을 돌려 이렇게 말하고 나서 그는 사라진다. 마치 구름 속으로 들어가듯이.[36]

얼마 후에 호르두발은 떠나는데 미샤처럼 비슷하고 신비롭게 구름 속으로 사라진다.

유라이는 비틀거리면서 밖으로 나와, 안개 속으로 사라진다. 아무 것도 보이지 않는다. 단지 소떼들의 방울 소리만 들려올 뿐이다."[37]

무카르조프스키가 제시하듯이 호르두발이 구름 속으로 신비하게 사라지는 이미저리는 초월적인 의미를 띄고 있다.[38] 이러한 장면은 호르두발의 정신적인 죽음 즉 영혼이 하늘나라로 사라지는 것을 상징한다. 그는 산정에서 완전한 죽음을 추구한다. 사실 호르두발은 광산에서 돌아온 후 거의 초죽음 상태였다. 또한 훗날 그를 부검한 의사도 그가 병 때문에 죽었는지 마냐의 송곳으로 죽었는지 명확히 규명하지 못한다.

첫 번째 만남에서 고원의 풀은 보드랍고 매끄러우며 그 위를 걸으면 카펫 위를 걷는 것 같다. 그리고 숨이 벅찰 정도로 행복하다. 그는 외톨이로 고독한 초상이지만 아직도 살맛이 나는 것을 느낀다. 즈데넥 코즈민이 언급했듯이 두 번째의 만남에서는 풍경이 바뀌었다. 더 이상 여름의 뭉게구름도 없다. 더 이상 산딸기도 달콤하지 않고 구름과 안개는 산협과 호르두발 인생의 고통스런 의식을 적신다. 그는 답답함을 느낀다. 여름은 오래 전에 지나갔고 무자비하고, 차갑고, 습기 찬 가을이 시작된다. 호르두발의 죽음을 상징하는 음산한 풍경이 준비되었다.[39] 여름은 호르두발에게 있어 삶이고 가을은 죽음을 의미한다.

23장에 나오는 두 번째 방문에서 이러한 똑같은 질문에 그는 단호하게 "자네가 알고 싶다면—곧"이라고 대답한다. 제1부 끝 두 번째 장에서 미샤는 그에게 예언한다. 그는 곧 죽게 될 거라고. 그리고 즉시 제2부 첫 장 첫 문장은 "유라이 호르두발이 살해되었어요!(Juraje

Hordubala zabili!)"로 시작된다. 이 두 번째의 예언은 직접적인 예언이 된 셈이다.

고독한 초상 호르두발의 인간소외

차페크는 『호르두발』의 제1부에서 전통적인 심리소설 기법이 아니라 독특한 내적 독백이란 기법에 의해 주인공 호르두발의 고독한 초상을 묘사하고 있다. 내적 독백이란 묘사방법에 의해서 전개되고 있는 차페크의 소설에서 이야기의 언어와 문체 등은 주인공의 마음의 갈등과 혼란스런 상황을 잘 표현하고 있다. 다른 작가들과는 달리, 그는 그러한 묘사방식으로 독자들을 '호르두발의 내적 세계'로 이끌어간다.

그러나 제2부와 3부는 완전히 다른 분위기에서 소설의 결말을 이끌어간다. 소설의 구성면에서 볼 때 독자들에게 좀 생경하다. 그러나 차페크 소설의 그러한 생경함은 어떤 사건을 다룰 때 여러 관점에서 사건을 바라보는 상대주의 철학을 소설 속에서 보여주기 위함이라 할 수 있다.

소설의 또 다른 특징으로, 제1부에서는 다양하고 풍부한 이미저리를 사용하고 있어 서정미가 넘친다는 측면을 꼽을 수 있다. 문체라는 측면에서 차페크는 구어체를 자주 사용하고 완전한 문장보다는 의식의 흐름이나 순간 순간의 생각을 표현하듯 또는 때때로 마치 꿈을 꾸는 듯한 분위기를 연출하듯, 한 단어로 된 문장이나 잦은 쉼표, 콜론, 세미콜론 그리고 대시(―) 등을 사용한다.

매닝이 "인본주의 철학과 이해, 있는 그대로의 인간의 삶에 대한 동정과 20세기의 근심 걱정의 날카로운 분석을 통합하고 있는 작가로 간주한다."[40]며 차페크를 설명하고 있듯이, 차페크는 『호르두발』을 통해서 '인간의 소외' 라는 문제를 극명하게 잘 보여주고 있다. 즉 '인생이란 자기가 생각하는 것과 상대방이 생각하는 것이 완연히 다를 수도 있다.' 라는 명제를 문학작품으로 승화시키고 있는 작가로 정의할 수 있다는 것이다.

주인공 호르두발의 죽음과 마냐의 살인과 관계있는 바구니용 송곳 모티프 이외에, 이 소설은 '소떼의 저녁귀향' 이라는 모티프에 의해 특징지어진다. 이는 호르두발의 운명을 상징하는 모티프들이다.

성스러운 바보처럼 우직한 모습의 호르두발은 광산의 굴속이나 고향의 적대적인 선술집 그 어디에서도 죽음을 두려워하거나 거부하는 일 없이 자신이 옳다고 생각하면 행하는 인물의 전형이다. 아내에 대한 마을 사람들의 조롱 혹은 이장의 충고에도 아랑곳 없이, 그는 이상과 사랑을 위해 순교자의 길을 간다. 그러한 호르두발의 기품으로 볼 때, 그는 성자의 성격을 지닌 인간의 전형으로 소설 속에서 묘사되고 있다고 할 수 있다.

더불어 탐욕과 욕망의 상징인 마냐와 체념과 금욕적인 태도와 헌신의 상징인 호르두발의 소설 속 대립구조가 특이하다. 비록 죽어서도 자신의 희생의 의미에 대한 대가를 받지 못하지만(그의 심장은 매장조차 되지 못하고 어딘가에 버려졌다), 작가 차페크는 그의 강렬한 초상을 생생하게 작품 속에서 그리고 있다.

5. 별똥별

반명제(antiteze) – 각자는 자신의 지식을 통해서
다른 사람을 알 수 있는 가능성을 가지고 있다.

잃어버린 인간 정체성의 탐구

삼부작 소설 중 『호르두발』이 명제(teze)에 해당된다면 두 번째 작품
『별똥별』은 반명제(antiteze)이다. 모든 사람은 그들의 공통의 본질에
관련되어 있다. 각자는 자신의 지식을 통해서 다른 사람을 알 수 있는
가능성을 가지고 있다.[1] 추락한 비행기에서 살아남은 의식불명의 병원
환자 X에 대해서 상이한 직업을 가진 세 사람이 다른 관점에서 그의 인
생을 추론한다.

차페크는 제1부에서 간호사인 자비로운 수녀의 꿈을 통해서 이야기
를 이끌어간다.[2] 제2부에서는 천리안의 환상이라는 수단을 통해서, 세
번째 마지막으로 보다 완전하게 시인은 예술적으로 이야기를 재구성
한다. 이러한 이야기로 작가는 주인공의 진실에 대한 반명제를 제공한
다. 세 사람 모두 각자의 개성과 사건의 수용 수단에 따라 제한된 접근
방식을 가지고 있다.[3]

세 번째 작품 『평범한 인생』은 합명제(syntéza)이다. 인간의 본질에
는 통일성과 다양성이 있다. 내적으로 개개인 속에 외적으로 인간의 사
회성 속에, 그러나 그것은 다양성 속에서의 통일성이다. 즉 우리의 내부
에 있는 사람들의 다양성은 다른 사람들과의 관계를 가능하게 한다. 여

기에서 차페크는 현대인의 개인주의 소외의 감옥으로부터 탈출을 찾는 가능성을 지적하고 있다.

『평범한 인생』의 주인공인 은퇴한 한 평범한 철도원은 다른 주인공들의 조명을 거치지 않고 자신의 내면 속에 들어있는 다양한 분신들의 모습을 통해 자신의 정체성에 대한 진실을 찾는다. 이리하여 인간은 자신 속에 있는 또 다른 여러 자아를(druhé já)를 통해 자신뿐만 아니라 타인도 알 수 있다는 합명제가 추론된다.[4] 이 장에서는 『별똥별』의 철학적 아이디어와 소설의 구성을 중심으로 분석 해보고자 한다.

철학적 아이디어, 예술적 서사

『별똥별』은 유성으로서 밤하늘에 순식간에 불꽃을 남기고 사라지는 것을 상징한다. 이 작품은 1934년 1월 단행본으로 프라하의 Fr. 보로비사에서 발행되었다.[5] 차페크의 삼부작 중 가장 뛰어나다고 평가받는 『별똥별』은 추락한 비행기 사고로 죽어가는 미지의 사나이의 인생을 재구성하는 이야기다. 유럽의 어느 곳(아마도 체코 국내를 상정한 것일 것이다)에서 굉장한 강풍이 몰아치는 날에 비행기 추락사고가 나서 조종사는 즉사하고 중상으로 의식불명이 된 남자 승객이 가까운 병원에 운반된다. 신원을 증명할 만한 것은 일체 없고 이름도 모르는 이 인물은 '환자 X' 로 등록된다.

이 환자의 육체를 유일한 실마리로 하여 외과의와 내과의가 꽤 객관성이 있는 진단을 내린다. 병원에 입원해 있는 환자 X에 대해서 상이한 직업을 가진 두 사람과 간호사, 이 세 사람이 다른 관점에서 그의 인생을 추론한다. 마침 병원에 있었던 수녀 간호사는 자신이 본 신비한 꿈을 기초로 하여 환자 X의 사랑과 죄의식을 중심으로 사랑과 삶과 죽음의 통합을 추구하는 인간의 노력에 관한 로맨스를 이야기한다.[6]

천리안을 가진 초능력자는 텔레파시적인 정신 감응력을 가지고 있어 정신을 집중하여 환자 X의 실체에 다가가려 한다. 그는 환자 X의 동일한 증후와 생활의 기억을 가지게 되어 무의식적으로 스페인어를 말하기도 한다. 그 결과 반항과 고독이 환자 X의 로맨틱한 방랑의 원동력이며 필연적으로 마치 '별똥별 같이', '자신의 뒤에 불꽃을 한줄기 남겨 놓고' 고향으로 귀환하는 운명이었다고 판단한다.[7]

시인은 자신의 창작 비밀마저도 털어놓는 형태로 이야기를 이끌어간다. 그는 소설을 만드는 것은 건축보다도 수렵(사냥)에 가깝다고 주장한다.

> "저를 믿으십시오. 소설 쓰기가 이미 준비된 설계도에 따라 성당을 짓는 것보다는 사냥과 비슷하다는 것을, 마지막 순간까지 우리는 우리가 만나는 것들에 계속 놀랍니다. 우리는 예기치 못한 상황에 빠집니다. 왜냐하면 단지 우리가 바보같이 고집스럽게 우리 자신의 살아 있는 어떤 흔적을 쫓기 때문입니다. 우리는 하얀 수사슴을 쫓고 있고, 그렇게 하는 동안에 거의 우연히 세상의 새로운 장소들을 발견합니다. 쓰는 것은 하나의 모험이고, 저는 그 직업을 칭찬하는 말을 더 이상 안할 것입니다."[8]

작가는 순수한 상상과 직감에 따라 이야기를 쓰고 환자 X의 육체와 우연성, 필연성의 뒤얽힘을 데이터로 삼아 사랑과 파란으로 가득한 모험담을 구성한다. 의사들의 과학적인 진찰과는 다르지만 세 사람의 이야기에는 공통점들이 있다.

환자 X가 부유한 가정에 태어났다는 것, 일찍이 어머니를 여의었다는 것, 아버지에게 반항하고 불행한 소년시절을 보냈다는 것, 유럽을 떠나서 각지를 방랑하고 최종적으로는 카리브 해의 여러 섬들, 서인도 제도에서 생활했었다는 것, 어떤 이유로 광기와 같이 귀국을 서두르고 있었다는 것 등이다. 그리고 이 작품 전체는 전통적인 장편소설의 형식에 속한다. 그렇지만 각각의 부분에서 이루어지는 논의는 인간의 본성과 그 행동의 동기, 인간 그 자체와 인생의 가치에 관한 인식론으로 발전한다.[9] 차페크의 작품이 갖는 철학성이 이 작품 속에서는 정체불명의 인물을 둘러싸고 전개되어 아주 높은 수준에 이르고 있다고 말할 수 있다.[10]

여기에서 작가는 궁극적인 상대주의적 암시를 통해 어떤 진리도 절대적일 수 없다는 것을 보여준다. 만일 하나의 진정한 진리가 없다면 진리는 있을 수 없고, 우리가 목적 없이 방황하는 다르고 복잡한 진리들의 숲만이 있다. 그러나 철학자 가세트(Jose Ortega y Gasset)[11]와 만하임(Karl Mannheim)[12]은 1930년대에 이러한 모순으로부터의 탈출 가능성을 지적하였다. 만하임은 이를 '전망주의'(perspectivism)[13]라고 명명했다. 모든 진리들은 다른 전망들의 생산물이다. 그러나 이러한 다른 전망들에 의해서 만들어진 관찰들은 응집되고 시종일관된 진리에 보태어질뿐, 모순에 보태어지는 것이 아니다.[14]

그리고 사실 환자 X에 대한 이야기인 『별똥별』 안에서 논의 된 세 이야기는 전반적으로 모순되는 것이 아니다. 그러나 이야기들은 서로 중복되고 다소간에 일사 분란하고 조화로운 전체 속으로 모아진다. 지각(vnímání)의 전망적인 구조는 물체의 3차원적인 관점을 가장하려는 경향이 있는 입체파 그림(kubistický umění)과 관련된 뒤틀림을 상기시킬지도 모른다.[15] 카렐 차페크의 소설 『별똥별』에서는 이러한 입체파의 관념이 충분히 실현되었다는 것을 알 수 있다. 앞에서 살펴 보았듯이 상이한 직업의 세 사람이 서로 다른 관점에서 세 이야기를 하고 이를 바탕으로 전체 소설을 구성하고 있어 마치 입체주의적인 그림을 보는 듯하기 때문이다.

『별똥별』은 삼부작의 안티테제를 구성하고 있다. 인간의 생애에 대한 전망들은 참으로 많다. 그러므로 사람은 알 수 없는 존재이다. 차페크는 삼부작을 통해서 개인의 정체성을 탐구하고자하지만, 호르두발에서 이러한 문제는 본론에서 약간 벗어나는 것 같다. 『별똥별』에는 그것이 무대의 중앙에 온다. 삼부작의 마지막 작품 『평범한 인생』에서 그것은 보다 초점에 맞추어진다. 왜냐하면 우리들이 그 주요 인물에 어떠한 가라는 문제에 관심 있을 뿐 만 아니라, 자기의 정체성을 찾아 나서는 자는 그 주인공 자체이기 때문이다.[16]

『별똥별』은 강풍이 거칠게 부는 병원 뜰을 관찰하며 머릿속에서 에피소드를 그리는 시인의 모습으로 시작되고, 환자 X의 죽음과 두 의사의 대화로 끝난다. 이 작품은 천리안에 대한 적대의식을 갖는 시인과 천리안 사이의 긴장감, 문자 그대로 자비심에 충만한 수녀 간호사의 헌신적인 간호, 일견 무미건조한 외과의사와 경험이 풍부하고 지도력을 발휘하고 싶어 하는 내과의사 사이의 미묘한 회화 등을 일종의 배경으로 한다. 또 이국적인 남해의 여러 섬에서의 다채로운 에피소드가 담겨져 있다.[17]

이반 클리마(Klíma)와 브란조프스키(Branžovský)가 지적하듯이 차페크는 열대지방의 환상적이고 이국적인 분위기를 소설의 배경으로 묘사할 뿐 아니라 체코 문학에 'compris, senotrita, adios' 등 특별한 용어들도 소개하고 있다.[18]

특히 작자의 명확한 분신인 시인[19]의 이야기 속에는 식민지에서의 구체적인 정황, 식민지적 착취, 백인과 유색인의 차별이 그려져, 작자의 인간에 대한 기본적 태도를 보여준다. 수녀 간호사의 다소 몽환적인 상상, 천리안의 비꼬는 듯한 분석에 비해서 시인의 이야기는 쿠바인이나

그 딸 등 등장인물이나 세부에 관한 신뢰성과 설득성이 높다고 생각된다.[20]

이 작품을 전체적으로 깊이 이해하기 위해서는 물론 철학 3부작의 내부적 관계가 중요한 참고사항이 된다. 차페크의 작품 속에서 철학 3부작이 대표작으로 차지하는 위치는 거의 정착된 상태인 '진실이란 무엇인가' 라는 질문에 근거한 '개인의 운명과 내면생활의 문제' 의 추구를 주요 테마로 한 작품 군에 속한다.

이룰 수 없었던 수녀의 사랑이야기

환자 X를 동정하고 사랑하기조차 하는 자비로운 수녀-간호사는 꿈에서 본 환자 X의 과거를 정리하고 합성해서 이야기한다. 자비로운 수녀의 이야기 속에 즉 수녀는 꿈속에서 환자 X의 고백을 듣는다. 모든 것은 별로 중요하지 않고 우연적이라고 하는 환자 X의 말. 환자 X는 어머니에 대한 기억은 없고 사이가 좋지 않았던 아버지와의 관계를 이야기하고 이어서 한 소녀와 사랑에 빠졌지만 그녀를 남기고 모험을 떠났던 이야기를 털어놓는다. 젊은이의 열정과 유혹으로 그 소녀를 정복하고 싶은 욕망, 사랑의 승리를 맛보고자 하는 야만성을 후회하듯 이야기한다. 그러나 뜻밖에도 잠자리를 같이 하고 등을 돌린 그에게 그녀는 "저는 이제 당신 거예요!" 라고 고백하자 공포에 사로 잡혔던 섬세한 감정을 이야기한다. 그리고 그는 사랑의 경직성과 의무감에 의해 겁을 냈던 아직 인생의 진로가 결정되지 않는 젊은 시절 자신의 자유의지를 설명한다.[21]

더 많은 것을 본 지금의 나는 그때와는 다른 각도로 봅니다. 그녀는 나보다 더 앞서갔고, 그녀에게는 모든 것이 결정되었고, 저는 아무것도 결정되지 않았으며, 그녀는 성숙된 반면 나는 아직도 혼란스러웠고, 사춘기였고, 무책임한 소년이었어요. 내 자신이 얽히고 설키는 것에 대해 반항심이 든 것은 그녀 인생의 우월성에 대한 두려움과 그러한 확실성에 대한 공포였어요. 누군가에게 소속되어야 한다는 미덕은 나에게 주어지지 않았어요. 그래서 나는 다음과 같이 말할 수 없었어요. 나도 당신 거예요. 당신이 나에게서 보듯이 변함없고, 완전하고, 그리고 최종적이라는 것을…[22]

수녀 간호사의 이야기에는 인간의 정체성이 사랑, 즉 다른 사람과의 일체성으로 나타난다. 두 번째 이야기에서 인간의 정체성은 자기 성취이다. 그리고 마지막 이야기에서 기억상실은 인간이 자기 자신을 찾고 자기의 정체성을 결정하는 데 절대적으로 필요한 상징으로 등장한다. 세 이야기 모두 다른 철학적 관점을 표현한다. 수녀의 관점은 윤리적이다. 그녀의 꿈에 나타난 이야기에 있어서 사랑의 관심은 물론 그녀 자신의 인생에 결핍된 사랑에 대한 보상이다. 그러나 여기서 중대한 것은 사랑 자체가 아니고 두 사람 사이의 공통의 책임으로서 사랑의 윤리적 개념이다. 수녀가 꿈속에서 들은 이야기를 보자.

"나는 그녀가 확신과 기쁨에 차서 누운 채 조용히 말하는 것을 또다시 보았어요: 자, 이제 저는 당신 거예요. 그리고 나는 또다시 죽어야 할 결정 앞에서 우스꽝스럽게 안절부절했던 것처럼 작고 초라한 모습으로 서서 살아야 할 용기 앞에서 부끄러움을 느꼈습니다. 그리고 나는 죽음과 같은 삶이 영원성의 요소를 갖고 있고 그런 식으로,

그리고 삶 자체의 그런 작은 방식으로 그것은 영원히 지속하고자 하는 의지와 용기를 갖고 있다는 것을 이해하기 시작했습니다. 그리고 그것이 서로 서로를 완성시키고 결속시키는 두 개의 절반입니다. 예, 사실은 이렇습니다: 사실 단편적이고 평범한 삶은 죽음에 의해서 삼켜지는 반면에 완벽하고 실제적인 삶은 죽음에 의해 완성되지요. 영원 속으로 결속되는 두 개의 절반. 나는 정신착란 상태에 있었기 때문에 그것은 마치 둘이 서로 결속하기 위해 서로에게 속해야하는 두 개의 속이 텅빈 반구(半球) 같았어요. 그러나 하나는 닳아빠지고 구부러지고 평범한 사금파리였어요. 나는 엄청나게 노력했지만, 그것은 그렇게 완벽하고 부드러운 다른 하나인 죽음에 어울리지 않았어요. 나는 그것을 고쳐야 했어요. 나는 내 자신에게 줄곧 말했지요. 그래야 둘은 서로 결속할 수 있으니까: 자, 이제 저는 당신 거예요."[23]

수녀 간호사는 인간 정체성의 윤리적 성질을 그녀가 "사실 단편적이고 평범한 삶은 죽음에 의해서 삼켜지는 반면에 완벽하고 실제적인 삶은 죽음에 의해 완성되지요."[24]라고 말할 때 정의한다. 그와 같이 우연은 제외된다. 즉 생의 의미는 그 자체의 충만과 완성 속에 있다. 어떠한 우연도 그것을 파괴할 수 없다.

텔레파시로 인간 정체성을 탐구하는 천리안 이야기

이어서 천리안이 감지한 환자 X의 이야기가 전개된다. 천리안은 환자 X의 이야기에 앞서 인간의 정신감응(텔레파시)과 예감, 꿈, 환영, 환상들이 있다는 것을 강조한다. 그는 어느 정도 집중을 하면 한 순간의 인상을 객관적이고 일시적인 결론으로 분석하는 것이 가능하다고 한다. 천리안은 환자 X의 혼수상태, 열, 육체적 고통을 느낀다고 한다. 그에 의하면 정신감응은 멀리로부터의 인식이 아니고, 가까이로부터, 가장 가까운 것과 얻기 가장 힘든, 즉 자기 자신으로부터의 인식이라고 한다. 환자 X는 강했지만 참을성이 없고 의지할 것, 잡을 것이 없어서 고독을 찾았다고 한다. 특히 권위주의자인 아버지에게 반감을 가진 아이로 성장해서 이러한 고독과 반항심이 그의 전 인생을 지배했다. 환자 X는 하나님이 허락하고 기회가 이끄는 대로 한 장소에서 다른 장소로, 이 섬에서 저 섬으로 방황한다. 나태와 게으름, 목적 없는 고독 찾기와 몽롱한 꿈을 찾아가는 도피 때문에 그렇게 행동하면서 대부분의 인생을 마치 꿈속에서처럼 살았다.

환자 X의 내부에는 많은 바다와 여러 장소, 갈색 들판 위에서 떨고 있는 열기 깊고 영원한 윙윙거림과 깨지는 소리, 목구멍의 거품소리와 웃을 때와 토할 때 나는 외침소리가 있다. 혼수상태와 열광적인 흥분으로 만들어진 나라들, 인광을 발하는 바다, 뜨거운 목재, 타르와 초콜릿 냄새 등으로 유추해 볼 때 스페인의 감정이 뒤섞인 중남미 지역에서 있었다는 것을 알아낸다.[25]

천리안은 형이상학자이다. 차페크는 『첫 번째 호주머니 이야기』에 나오는 초기 단편소설 「필체의 신비」가 제시하듯이 틀림없이 천리안의 존재의 가능성에 의해 매혹되었을 것이다. 그러나 그는 천리안을 진리 자체에 대한 접근으로서가 아니라 직관적 지식의 상징으로서 사용한다. 천리안은 타인의 과거를 상상할 수 있다. 그는 인간으로서 그 사람의 본질을 공유하기 때문이다. 즉 타인에게 일어난 것은 어떤 사람에게도 일어날 수 있기 때문이다. 비록 우연은 최후의 결과로 방해받을지라도 중요한 것은 모든 사람은 똑같은 운명을 겪으며, 똑같은 물결의 일부분이 된다는 것이다. 천리안은 다른 사람들이 다양한 형태와 가능한 운

명들을 비교한다. 그러한 다양한 형태 속에서 물은 사실 일정한 순환으로서 나타난다. [26]

만일 당신이 한 강을, 한 완전한 강을 지도 위에 굽이쳐 흐르는 선으로서가 아니라 간략하게, 그리고 완전하게 두 개의 뚝 사이로 흘러간 모든 물로서 상상한다면, 당신의 상상은 흘러가는 강과 바다를, 이 세상의 모든 바다를, 구름들을, 눈을, 그리고 물거품을, 죽은 자의 숨을, 하늘의 무지개를 포함할 것이고, 그러한 모든 것, 이 세상의 모든 물의 순환이 그 강이 될 것입니다. 그것은 얼마나 멋진 것인가. [27]

천리안은 우연이란 것은 없다고 한다. 환자 X가 그렇게 빨리 비행기로 여행해야 했던 것은 미리 운명지워졌던 것이다. 그는 유성 같이 불타는 꼬리를 뒤에 남겼다. 그리고 그는 충돌을 무릅쓰고 고향으로 급히 돌아왔던 것이다. 자기를 기다리는 여인에게 가기 전에 아버지에게 먼저 들르기 위해. 아마 이 여인에 대한 강렬하고 책임 있는 사랑을 이처럼 극적으로 다룬 작품은 차페크의 작품에서 더 이상 나오지 않았다. 이처럼 거대한 낭만적인 사랑의 모티프 또한 중요하다. 또 여기서 코즈민이 지적하듯이 귀향의 모티프를 찾아 볼 수 있다. 이 귀향의 모티프는 정도의 차이는 있지만 삼부작 모두에 나타난다. 『별똥별』에서는 세 사람의 이야기 속에 모두 나타난다. [28] 또한 브란조프스키가 지적하듯이 차페크는 여기서 성경에 나오는 탕아의 귀향의 모티프를 예술적으로 잘 형상화하고 있다. [29]

시인도 또한 부분적으로 형이상학자이고, 자신의 대상과 이러한 일체감을 느낀다. 그러나 그는 무엇보다도 진리의 해명자로서 그의 예술가의 역할을 정당화하기 위해 노력하는 미학자이다. 그리고 그 후 시인은 문학의 상징을 '우연과 필연으로 이루어진' 것으로 특징짓고 있다.

시인은 근본적으로 두 개의 요소인 우연과 필연으로 미지의 환자 X의 실마리를 풀어간다.

자유와 모험을 의미하는 단순한 사고, 헤아릴 수 없는 장난기 어린 우연, 가능성의 가장 자리와 마법의 양탄자. 그것은 얼마나 무게와 반복이 없는 변하기 쉽고 꿈같은 재료입니까. 늘어날 수 있는, 비밀 속의 타래 속에 모아진, 무엇이든지 할 수 있는 재료. 우리를 어디든 지 데려갈 수 있는 날개, 우연보다 더 시적인 것은 무엇인가요? 그 반 대는 필연입니다. 숨겨진 요정들의 공원, 영원하고 변치 않는 힘. 질 서와 제도인 필요. 대리석 기둥같이 아름답고 법률적인 요지부동인 필연.[30]

차페크에게 있어서 우연은 언제나 신비와 연관이 있다. "피티아가 앉아 있는 삼각대의 두 다리인 필연과 우연, 그리고 세 번째는 신비입니 다(Nutnost a náhoda, dvě nohy třínožky, na niž usedá Pytie, třetí je tajem-ství)".[31] 저자 차페크는 시인의 직관을 보다 중요시 여긴다. 그는 일찍 이 단편집 『첫 번째 호주머니 이야기』에 나오는 「시인」에서 이러한 비 전과 인식을 통해서 사건의 실마리를 푸는 이야기를 썼다.

문학의 큐비즘

『별똥별』은 특이한 구성을 가지고 있다. 『별똥별』은 분량 면에서 볼 때 각 장간의 관계가 특이하다. 모두 39장으로 되어 있다. 프롤로그는 1-5장으로 되어 있고 자비로운 수녀의 이야기가 6-10장으로 모두 5장이고 11-12장에서는 간호사 수녀와 의사 그리고 천리안이 등장하여 이야기를 나눈다. 이어서 천리안의 이야기가 13-18장로 모두 6장이다. 19장에서는 다시 의사들이 등장하는데 마지막 부분에서 시인의 이야기가 담긴 편지를 의사에게 전해지는 것이 묘사되어 있다. 편지형식으로 된 시인의 이야기가 거의 절반인 20-38장인 19장으로 되어 있고 마지막 39장은 가장 짧은 장으로 대미를 이루고 있고 여기에서도 죽은 환자를 그저 쿠바인이라고만 기록하고 있다. 엄밀한 의미에서는 전체 이야기 속에 수녀, 천리안 그리고 시인의 세 이야기가 들어 있다. 전통적으로 볼 때 3개의 액자 소설 형식을 띄고 있는데 세 이야기의 대상-주인공은 모두 환자 X이다. 프롤로그는 5장이지만 수녀의 이야기는 벌써 5장의 가운데서 시작하여 10장에서 끝나고 11, 12장에서는 다시 의사와의 대화가 시작된다. 물론 시인의 이야기가 제일 중요하듯이(소설에서 제일 많은 분량을 차지함) 시인은 프롤로그에 의사와의 대화로 사건의 전체를 조망한다.[32]

각기 다른 세 사람의 이야기 또한 다른 방식으로 특징을 띄고 있다. 자비로운 수녀의 이야기는 일관성이 있고 오직 저자의 텍스트에 의해서 약간의 방해를 받을 뿐 이야기에 대한 다른 인물의 반박이 없다. 반면에 천리안의 이야기는 의사들과 시인에 관한 질문에 의해서 여러 번 방해를 받으며 종종 의사나 시인에게 반박을 받는다. 그의 이야기는 고독과 갈등의 대립 위에 구성되어 있다. 시인의 이야기도 반박을 받고 우연과 필요성의 갈등 위에 구성되어 있다.[33]

작가는 이러한 주인공들의 갈등과 대립을 통해서 한 사건을 여러 사람이 보는 관점으로 구성한 것은 음악의 다성악적인 구성과 흡사하다. 본 이야기 속에 다른 이야기, 또 그 다른 이야기 속에 또 다른 이야기가 아무런 따옴표 없이 구성되어 있다. 회상, 독백 이야기 속의 한 인물들의 독백 등이 섞여 있다. 마치 입체파 그림을 연상시킨다. 모더니즘 시대의 소설답게 구성도 다각적이고 사건을 대하는 주인공들의 관점도 다양하다. 한 사건을 관점에 따라서 이렇게 볼 수도 있고 저렇게 볼 수도 있다는 것은 작가 차페크의 진리의 절대성보다 진리의 상대성을 예술적으로 표현한 것에 기인한다.

이 작품의 문체는 전체적으로 꽤 복잡하다. 본문과 작중인물의 마음의 움직임이나 발언 등이 명확히 구별되지 않는 부분도 있고 인용부호의 사용도 복잡하다. 더욱이 의학중심의 전문용어, 고전의 인용, 스페인어를 비롯한 외국어의 혼재 등 체코문학의 지평을 넓혀주고 있다.

이런 점들 중에서 주의해야 할 한 가지는 제30장에 있는 A. 랭보의 시의 수정 인용이다.[34]

우리가 외부사건들을 고려치 않는다면 그의 삶은 권태와 중독이란 이중적 삶의 연장선입니다, 더한 것도, 다른 것도 없습니다. 단지 권태는 중독으로 중독은 권태로 이끕니다. 권태, 그 가장 끔찍한, 가장 추악한 산문. 어떠한 악취와 부패도 내버려두지 않는, 빈대와 썩은 물, 천장의 은밀히 갈라진 틈 혹은 인생의 무상과 역겨움의 길을 따르는 역겹고 단조로우며 삭막하고 절망적인 모든 것을 유유히 뜯고 자라는 권태, 그리고 중독. 중독이 럼주로 인한 것이든 권태든 육욕이든 뜨거움이든 몽땅 그것들을 섞어버리고 오감이 새로 드나들도록 하십시오. 우리를 광란의 열정이 주도토록 하십시오.[35]

원시와는 많이 다르지만 이미지에는 공통성이 있고 『별똥별』의 작가는 관찰자로서의 랭보에게 공감을 안고 있었을 가능성이 있다. 왜냐하면 관찰자는 천리안과 통하는 존재이기 때문이다. 이 작가에게는 비교적 적은 관능적인 묘사가 이 작품에는 풍부하다는 점도 주목할 만하다. 또 하나 덧붙여둘 점은, 이 작품에서 차페크는 스페인계 문화의 여러 모

티프를 사용하고 있다는 것이다.[36]

우연히 지상에 떨어진 수수께끼 같은 운석의 유래를 파헤치는 듯한 이 작품은 결국은 인생의 수수께끼를 푸는데 연결되는 요소를 가지고 있어서 흥미가 사라지지 않는다. 전술한 작자 자신의 후기 속에서 표현을 빌리면 "하늘에서 떨어진 남자는 더욱 새로운, 새로운 이야기를 경험할 것이다."[37] 이러한 감상은 상대주의자 차페크의 문학적 큐비즘의 수법에 따른 이 작품에 어울린다. 카렐 차페크는 형 요세프 차페크와 더불어 『빛나는 심연』에서 처음으로 '문학의 큐비즘'을 시도하였다. 체코 비평가 미로슬라프 루테(Miroslav Rutte)는 이러한 새로운 큐비즘 스타일을 다음과 같이 정의하고 있다.

문학의 큐비즘은 사건을 드러내고 현상을 잘 짜여진 계획으로 분류한다. 그래서 그것은 운명의 매카니즘과 사건의 순서를 들추어낸다. 구체적인 형식의 분석을 통해서 그것은 시간과 장소에 있어서 형이상학적인 형식의 본질에 이르고, 그것은 의식적인 분석을 통해 잠재의식에 도달한다. 그것은 정돈하고, 분류하고 그리고 계산하여 감춰진 것을 판단해낼 수 있다.[38]

그리고 차페크는 삼부작의 에필로그에서 이렇게 언급한다. "우리가 무엇을 바라보든지 그것은 사물 자체이며 동시에 우리들의 그 무엇이며, 우리들의 그리고 개인적인 그 무엇이다. 세계와 인간에 대한 우리들의 인식은 무언가 우리들 자신의 고백 같은 것이다."[39]

세 사람의 추리는 자신의 인생관을 반영한다.

　　20세기 체코문학을 대표했던 차페크는 여러 장르에서 성공적인 작품을 써 체코문학의 위상을 높였다. 차페크는 그의 대표작으로 간주되는 삼부작을 통하여 개인의 정체성 문제를 다루었다. 『호르두발』은 어느 누구도 다른 사람의 인생의 진실을 알 수 없다는 것을 보여주지만 『별똥별』에서는 이에 대해 집중적으로 논쟁을 벌인다. 그리고 삼부작의 마지막 소설 『평범한 인생』에서는 또 다른 자아를 통하여 이것에 보다 초점을 맞춘다. 왜냐하면 여기서 우리가 주인공이 어떠한가에 관심을 가질 뿐 아니라 주인공 자신이 본인의 정체성을 탐구하기 때문이다.

　　소설의 일반적인 특성이라고 간주되는 고정되고 일관된 플롯이 『별똥별』에서는 해체되어 나타난다. 다양한 관점의 사용은 체코 산문문학에서 볼 때 뭔가 특별한 것이었다. 이러한 다양한 현실 대결구도의 철학적 배경은 여러 사람들에 의해 받아 들여졌고 그의 인식론적 활동은 오랫동안 비평가들과 독자들에게 알려지지 않았다. 『별똥별』은 비행기 사고로 인해 빈사상태의 중상을 입은 정체불명의 남자를 대상으로 여러 가지 추리가 벌어지는 모습을 그리고 있어 환상성과 철학성이 섞인 작품이다. 한편으로는 먼 나라들, 바다 그리고 섬들의 이국적인 배경에서 그리고 다른 한편으로 인간 영혼의 저 깊숙한 내면에서 일어나는 눈부신 이야기 전개는 인상적이다. 『별똥별』은 낭만적인 서사시의 협주곡이며 심리적인 현실이다. 이는 이야기꾼 차페크의 시적 견해와 판타지의 놀라운 증거이다.

　　세 화자의 이야기는 모두 그 이야기를 창조한 자의 인간성을 반영하고 있다. 수녀의 이야기는 자신이 해결할 수 없는 본질적으로 다른 로망스와 도덕성의 혼합이고 천리안의 이야기는 지적이고 추상적이며 시인의 이야기는 상상적이고 활달하다.

그러나 이 세 이야기에는 소설의 맨 끝에 오는 피상적인 확증에서뿐만 아니라 공통분모가 있다. 왜냐하면 임의적인 사실들은 차페크의 관심 분야가 아니기 때문이다. 오히려 그를 사로잡는 것은 인간의 자기 정체성과 자아 발견의 문제이다. 세 화자 모두 비행기에서 추락한 자에게 사로잡혀 있다. 그들은 모두 그의 본질과 그들의 본질 사이에서 일체감을 느끼며, 그와 그들은 적어도 가능성에서는 똑같기 때문이다. 그의 신비는 그들 자신의 신비이다.

차페크의 이야기는 대체로 인본주의와 인간의 미래에 대한 날카로운 관심으로 찬양받는다. 매닝은 차페크를 "깊은 인간적인 철학과 이해, 20세기 불안의 요소에 대한 날카로운 분석을 가지고 있는 그대로의 인간에 대한 동정이 한데 어울려져 있는 작가"라고 평하고 있다.

이 작품은 도입부와 세 이야기 등 구성도 특이하다. 작가는 서로 상이한 직업을 가진 주인공들의 갈등과 대립을 통해서 한 사건을 여러 사람이 보는 관점으로 구성하고 있다. 본 이야기 속에 다른 여러 이야기들이 있고 회상, 독백 등이 섞여 있다. 마치 입체파 그림을 연상시킨다. 한 사건을 관점에 따라서 이렇게 볼 수도 있고 저렇게 볼 수도 있다는 것은 작가 차페크의 진리의 상대성을 예술적으로 표현한 것이다.

6. 평범한 인생

합명제(syntéza)-인간의 본질에는 통일성과 다양성이 있다

인생에 대한 지식인의 관점을 소설로 표현

차페크 연구가 윌리엄 하킨스는 "그의 조국의 비극과 그의 때이른 사망은 위대한 작가, 심원한 사상가 그리고 위대한 인본주의 정신의 철학적이고 창조적인 발달에 종지부를 찍었다."[1]고 한다. 그가 소설 속에서 다룬 철학적인 명제는 세계문학사에서 독특한 위치를 점하고 있다. 체코 출신의 세계적인 문학 이론가이자 비평가인 르네 웰렉의 말에 의하면 "세계의 모든 언어권에서 쓰여진 철학 소설의 시도 중에서 가장 성공적인 작품의 하나"[2]로 평가 받고 있다. 그러나 차페크에 대한 비판적인 입장을 취한 비평가 살다는 차페크의 소설 『평범한 인생』을 철학적인 소설로 보기보다는 당시 사유하는 지식인의 관점을 소설로 표현했다고 보고 있다. 그럼에도 불구하고 브리아네크와 F.X. 살다는 소설 『평범한 인생』의 시적인 본질과 가치를 파악했다고 평가했다.

"차페크의 시적인 공헌은 그가 한 사람과 다른 사람들 사이의 내적인 관계와 연합이 얼마나 많은가를 발견하고 또한 그가 한 인간에서 다른 인간으로 가는 길과 방법이 얼마나 많은 지를 발견하는 것이다. 차페크에게 있어서 그것은 철학적인 테마가 아니라 매우 친절하고 그리고 매우 날카롭고 주의 깊은 눈을 통해 보여진 인생이다. 그 눈은 지식인의 멜랑콜리라고 부를 수 있는 것에 의해서 단지 잠시 감추어지곤 했다."[3]

샬다는 또 이 작품이 자기에게는 아이러니로 보여진다고 한다.[4]

차페크의 대표작으로 간주되는 삼부작 소설 『호르두발』, 『별똥별』 그리고 『평범한 인생』은 다루는 주제들, 주인공들, 배경, 심지어 문체와 이야기의 전개 관점에서 서로 다르지만 철학적인 논지와 진실 규명이라는 주제에서는 통일성을 이루고 있다. 이는 또 헤겔의 정, 반, 합의 변증법에 바탕을 두고 있는 인식론을 다룬 철학적인 테마라는 점에서 공통점을 가지고 있다. 각각의 소설은 차페크의 이전 작품들에 나오는 독특한 전통으로부터 기원한다. 물론 『호르두발』의 원형은 범죄와 경찰 이야기를 주로 다룬 단편집 『첫 번째 호주머니 이야기』에 나오는 「유라이 추프(Juraj Čup)의 발라드」에서 찾아볼 수 있다. 차페크의 『별똥별』, 『평범한 인생』과 『첫 번째 호주머니 이야기』에 들어있는 「시인」에서 공통적으로 시인의 모티프를 찾을 수 있다.

『평범한 인생』은 『호르두발』과 『별똥별』에서 제기한 인식론 문제를 계속해서 다루는데 이는 철학 3부작의 대단원이라 할 수 있다. 이 작품은 신문에 연재하던 것을 1934년에 단행본으로 발표하였다. 『호르두발』과 『별똥별』은 인간에 대한 모든 인식의 상대성을 주제로 다룬 반면에 『평범한 인생』에서는 저자 차페크의 '인식론적 회의주의'를 개인의 사고 영역에 적용시키다가 명상을 통해 자신을 주관적으로 이해하는 능력을 발견함으로써 마침내 회의주의를 극복하게 된다. 비평가 체르니가 주장하듯이 차페크는 인간 개인으로부터 전체에 도달하고 여러 관점으로부터 하나의 진리에 도달한다.[5]

차페크가 이 삼부작을 집필할 당시 유럽의 문학은 제임스 조이스, 버지니아 울프, 올더스 헉슬리, 마르셀 프루스트와 앙드레 지드 같은 작가들처럼 모더니즘이 활개를 칠 때이고 새로운 형식을 모색할 때였다. 차페크도 이러한 경향을 잘 알고 있었으나 그는 그 자신의 길을 모색하고 있었다.[6]

본문에서는 차페크의 소설 『평범한 인생』의 구조를 알아보고, 또한 이 작품에서 사용하고 있는 철학적 아이디어와 모티프들을 중심으로 한 주제 연구와 소설의 표현기법과 형식을 중심으로 분석하고자 한다.

독백체 자서전 이야기

이 작품은 회상 형식으로 씌어졌으며, 전체 회상은 독백체로서 34개의 장으로 구성되어 있다. 앞과 뒤에 의사와 주인공 평범한 사람의 친구인 포펠씨가 등장한다. 『별똥별』에서처럼 이름없는 주인공의 주치의는 주인공이 죽을 때 자기에게 남긴 한 평범한 사람의 전기를 포펠씨에게 전해주면서 읽어보라고 한다. 소설의 끝에서는 포펠씨가 다 읽고 의사에게 되돌려주는 형식을 취하고 있다. 이는 19세기부터 유행했던 이야기 속의 이야기 형식을 띠고 있으나 액자소설과는 구별된다. 이러한 구성을 이용한 차페크는 아마도 한 사람의 자서전이지만 이는 한 인간에게만 국한되는 것이 아니라 좀 더 보편적인 의미를 띠고 있다는 것을 은연중에 나타내고자 하는 것이다. 두 사람이 이 자서전을 주고받는 배경은 정원인데 이는 인생무상의 변화와 의미를 자연(정원)의 현상에 비유하려는 차페크의 의도를 반영하고 있다.[7]

늙은 신사 포펠은 의사로부터 그의 옛 친구가 이러한 자서전을 남기었다는 이야기를 듣는다. 그리고 이 자서전을 통해서 이름 없는 주인공은 그의 평범한 삶을 이야기한다. 주인공은 그다지 특별하지도 않고 뛰어난 업적을 이룬 위인도 아닌 그저 평범한 인물의 인생에서도 기록으로 남길 만한 무엇인가가 있는가라는 물음으로 이 소설은 전개된다. 물론 주인공의 이러한 스스로의 물음에 대하여 어떠한 답이 나오기도 전에 이 자서전을 쓸 것을 확신한다. 이것은 평범한 인생이라 할지라도 평범할 수 없고 그 속에는 어떠한 의미를 지니고 있다는 것을 말하고자 하는 작가의 철학소설의 의미로 받아들여진다.

평범한 한 인간의 생의 기록은 아주 매끄럽게 진행되지만 소설의 제2부에 해당되는 20장부터는 또 다른 나의 자아가 등장하면서 평범해 보이던 이야기는 갑자기 복잡해진다. 여기서는 가능한 여러 존재들이 주인공의 삶에 큰 영향을 끼친다.

자서전을 통해 주인공은 자신의 평범한 인생을 시간적 흐름에 따라 재구성한다. 그 시작은 그의 유년기로부터 출발한다. 유년기의 그는 항상 강인한 이미지로 굳어져 있는 아버지와 그에 대한 애정이 가득하여 항상 그의 안위를 걱정하는 그의 어머니를 비롯해 그를 항상 목덜미 위에 올려놓고 놀아주었던 아버지의 소목장에서 일하는 힘이 센 일꾼 프란츠 등을 회상한다. 이반 클리마나 브라드부르크 등이 지적하듯이 차페크의 『평범한 인생』의 이러한 유년 시절 이야기는 매우 자서전적이다.[8] 유년기 시절의 그와 마찬가지로 다른 동년배의 어린이들의 존재는 아버지의 직업에 의해서 결정되었다. 옹기장이의 아들, 소목장의 아들, 미장이의 아들, 이런 식으로 아이들은 그 아버지의 직업에 따라서 존재의 의미가 결정된다. 그리고 이 시기에 어린아이들이 흔히 자신만의 비밀 공간을 만들고 그것으로 인하여 행복감을 느끼듯이 주인공 또한 그의 비밀공간을 만들고, 그 속에서 작은 돌들을 이용한 자신만의 세계를 만든다. 그는 어렸을 적의 아이들의 놀이 세계를 구분하고, 자신이 소유한 권력—시소놀이—으로 자신보다 뛰어나다고 믿는 아이들의 우두머리 격인 미장이 아들로부터 차이를 둔다. 미장이 아들은 그에게 있어서 질투와 시기의 대상이기도 했지만, 동시에 그의 우상이기도 했다. 이는 그와 어울리고 싶다는 소망을 간접적으로 표출한 것이며, 이로 인해 미장이 아들은 그의 시소놀이에 초대받지 못하였다.

학창 시절: 각자의 이름에 의거한 정체성

그리고 그는 이후 학교에 입학하게 된다. 학교란 곳은 유년기 시절의 세계와는 완전히 다른 곳이었다. 그 곳에서는 아버지의 직업에 따라 아이들이 분류되는 것이 아니라, 각각의 개인으로 구분 짓는다. 그곳에서는 누구누구의 아들이라는 호칭대신 각자의 이름으로 존재의 의미를 부여받는다. 그리고 이 시기에 이제까지의 그의 인생에서의 최대 사건이 발생한다. 철도의 건설이다. 그는 철도의 건설에 굉장한 인상을 받았으며, 그 곳 인부 중 한 명의 딸인 어린 소녀에게 묘한 감정을 느낀다. 그 소녀는 그보다 나이가 조금 더 많았고, 다른 언어를 썼으나 이런 것들은 문제되지 않았다. 그 소녀는 그에게 있어서 마치 어머니같이, 여자 친구같이, 오누이같이 행동했으며 그는 그 소녀를 만나기 위한 모험—다리를 건너서 건넛마을로 가는 것—도 마다하지 않는다.

그는 또래 아이들과 잘 어울리지 못했던 유년기를 거쳐 학교에서 자신의 존재 의미의 특별함을 보여주기 위해서, 다른 아이들과의 확연한 차이점을 부여하기 위해 독서와 학업에 열중한다. 그리하여 그는 항상 학교에서 '수'가 가득한 성적표를 받으며, 이에 그의 아버지는 굉장한 기쁨을 나타내고 좀 더 높은 신분 상승—사회적 지위상승—를 위해서 그를 김나지움에 진학시킨다. 김나지움에서도 그는 많은 독서와 공부로 인하여 뛰어난 성적을 보여준다. 하지만 이는 다른 학생들에게 동경의 대상이 되지 못하고 다른 급우들 사이에서 경원시되는 존재가 된다. 그는 이곳에서 사랑을 만난다. 그녀는 그의 학교 동창생의 동생이다. 그는 그녀를 만나기 위해 어렸을 적처럼 모험을 마다하지 않는다. 창녀들이 즐비한 매춘 거리를 지나서 그녀의 집으로 가는 것이 그것이다. 하지만 이러한 사랑은 그의 학우의 유치한 놀림거리가 될 것이라는 두려움에 그는 곧 포기하게 된다. 김나지움에서 그는 늘 성적이 뛰어났고 졸업 후 대학에 진학하게 된다.

이 대학 생활 중 같은 숙소에서 지내는 한 뚱뚱한 시인을 만나게 된다. 이 시인은 비관적이며 냉소적인 성격의 인물로 그는 이내 이 시인과 그의 패거리들과 어울려 최초의 방황을 한다. 대학 생활 중 그는 시 쓰기로 시간을 보내며, 점차 학업을 중단한다. 이에 그의 아버지는 불같이 화를 내며 그를 나무란다. 그리고 그가 계속 이런 식으로 생활하면 생활비를 보내지 않겠다는 말을 하자, 이에 대한 반발심으로 대학을 그만두고 직업을 구한다.

성년: 평범한 철도 공무원 생활

그는 철도의 하급공무원으로 사회에서의 첫 발을 내딛으며 일을 시작한다. 그 곳에서 그는 인생에 있어서 가장 행복한 시간을 맞는다. 어렸을 적부터 동년배들과 쉽게 친해지지 못하여 무리에 들지 못하고, 늘 함께 놀기를 그리워했던 그의 과거는 이곳에서 다른 철도 공무원들과의 유치한 장난 같은 놀이로 보상을 받는다. 우표 모으기라는 취미를 창피하게 생각하는 그의 동료와 그를 위해 희귀한 우표를 우연을 가장하여 그에게 전달하는 놀이이다. 그리고 그는 이 곳에서 그의 마지막 사랑인 여자를 만난다. 그녀는 그 역의 역장의 딸인 동시에 이 기차역에 오직 한 명 뿐인 여자다. 그들은 결혼을 하고, 그는 좀 더 좋은 역으로 전근을 간다. 그는 역장으로 임명되기에는 아직 젊었지만 이곳에 역장으로 부임하게 되며, 그의 역을 아름답게 꾸미려는 욕망으로 인하여 과다한 업무를 수행한다. 그의 아내는 이런 그에게 일을 너무 많이 하는 것은 좋지 않다고 충고하나 그는 이를 무시한 채 일에 몰두한다. 그리고 전쟁이 터진다. 이러한 전쟁 와중에 체코민족의 승리를 위해 그는 정보를 빼돌리는 위험한 행동을 한다. 그리고 전쟁이 끝난 후 그는 그의 풍부한 철도 경험과 지식을 높이 산 정부에 의해서 고위 공무직에 오르게 된다. 그는 이곳에 부정부패가 만연하며, 자신도 마음만 먹으면 언제든지 가능하다는 생각을 하기도 한다. 하지만 실행에 옮기지 않고 청렴결백을 유지한다.

分身-인격의 이중성

평범한 사람인 주인공은 자서전을 쓰면서 내면의 또 다른 자아가 생겨나서 그를 끊임없이 추궁한다. 그의 삶은 그의 말대로 그저 평범한 인생인가, 아니면 더 나아가서 이러한 평범으로 인하여 행복한 인생인가. 아니면 이와는 반대로 출세를 위해 끊임없이 노력했던 끔찍하고 억척스런 인생인가에 대해서 고뇌한다. 그의 또 다른 자아는 그에게 그의 인생은 비겁했으며 단지 성공만을 위한 삶이었다고 비난한다. 대표적으로 그의 결혼을 언급하며 그의 결혼은 마치 신분상승을 위해 귀족의 딸과 결혼하는 그것과 다를 것이 없다고 주장한다. 그의 출세와 윤택한 삶을 위해 그녀와 결혼했고 결국 철도역의 역장이었던 그녀의 아버지의 힘으로 인하여 그의 출세가 힘을 얻었다는 주장이다.

그리고 그의 갖은 이중적인 행동들을 이야기한다. 김나지움 시절 그가 사랑하던 여인을 만나기 위해 가던 창녀들이 즐비한 거리. 그는 굳이 그 곳을 지나지 않고 다른 길로 갈 수도 있었던 것을 굳이 그 길을 선택한 것은 그가 매춘의 경험을 해보고 싶지만 단지 용기가 부족했을 뿐이라 주장한다. 그의 또 다른 자아는 창녀들의 거리를 지나서 진실한 사랑을 찾으러 가는 그의 아이러니를 비꼰다. 그리고 그의 고위 공직자 시절에는 그가 청렴결백했던 것이 아니라 이전처럼 단지 용기가 부족했을 뿐이라고 말한다. 그는 실제로 부정부패와 공금횡령의 계획까지 세웠던 것을 들먹이며 그의 도덕성이 아닌 비겁함으로 인하여 그가 청렴결백하게 된 것이라고 이야기한다. 이러한 관점에서 본다면 전쟁에서의 영웅적인 행동 또한 전혀 영웅적 행위가 아닌 단지 어린 시절, 동년배들과 잘 어울리지 못했던 트라우마로 인하여 그의 놀이의 연장선상에 있었다는 것도 추론해낼 수 있다.

주인공은 이러한 자기 내면의 목소리를 들으며 자신의 인생은 평범한 인생일 수도 있지만, 동시에 출세를 위한 억척스러운 면도 발견하게 된다. 그리고 이러한 억척스런 삶과 조화를 이루는 규칙적인 삶도 발견하며 자신의 다른 자아들을 하나하나 발견해 나간다. 이 다양한 자신의 모습들은 서로 다른 목소리를 내며 자신들의 욕망을 이야기한다. 그는 이러한 자기 속에 숨어 있던 많은 모습들에 놀라지만, 결국 이러한 모든 것들이 자기 자신이라는 사실을 받아들인다. 그는 자신 속에 하나의 인격이 아니라, 이중, 삼중의 인격체가 들어 있다는 것을 인정한다.

"내가 너무나도 잘 알고 있는 이 평범한 삶의 흐름이 갑자기 내게 전혀 다르게, 한없이 위대하고 신비스럽게 보인다. 그건 내가 아니었고 우리였다. 대체 어떤 삶을 살았고 얼마나 총체적인 삶을 살았던 것인가! 이제 여기에 우리 모두가 모여 모든 공간을 가득 메우고 있다. 우리 집안 모두가 모여 있다."[9]——"우리 모두 한 핏줄이지." / "모두가, 형제여, 네 형제가 아닌 누군가를 본 적이 있는가?"[10]

자아탐구의 주제

하킨스가 주장하듯이 차페크의 삼부작 중 세 번째인 『평범한 인생』은 인간의 자아탐구라는 주제를 다루고 있다. 퇴직한 관리가 자신의 이야기를 쓰고 싶어한다. 왜냐하면 자신의 삶은 그저 사소하고 평범하기 때문이다. 처음에는 그가 회고하면서 자신의 삶을 이상화하기 때문에 이야기가 부드럽게 진행된다. 그는 그의 인생에서 똑같은 본보기의 되풀이에 충격을 받는다.

어린 시절 열차에 심취했던 매혹적인 순간들이 그로 하여금 철도국 공무원이 되는 데 결정적인 역할을 한다. 아버지의 소목장에서 나온 대팻밥이나 나무토막을 가지고 놀던 외로운 소년이 아내로부터 스스로 물러나 외로운 인생을 살며 완전한 자신의 모범적인 정거장에서 자신만의 세계를 창조한다. "인생의 행로는 대부분 두 개의 힘, 즉 습관과 우연에 의해서 움직인다."[11] 그러나 결국에는 습관이 더 강해 보인다. 반면에 우연은 인생의 그림을 망치고 인생의 형상을 바꾸어 버린다.

오직 몇몇의 개별적인 추억들만이, 예컨대 어린 시절 머리카락이 까맣고 세수도 하지 않은 더러운 집시 소녀와의 이상한 성적인 사건, 대학 시절 공부를 때려치우고 시 나부랭이나 쓰며 흥청망청하던 장난질이 그의 생각의 조화를 흩트린다. 그는 이러한 불유쾌한 기억들을 잊어버리려고 하지만 그러한 양태는 더욱 강하게 다시 뒤엉킨다. 그러한 추억들은 계속 되돌아와서 그를 성가시게 한다. 그는 이러한 것들을 분석하고 정리하면 할수록 그의 '평범한 인생'은 더욱더 복잡해진다. 그가 자신을 '평범한 인생'이라고 생각한 것은 오직 자신의 일부분이라는 것을 발견하게 된다. 계속해서 여러 다른 자아들이 자신의 안에서 하나하나 드러난다. 어떤 것들은 잘 발전되었고 어떤 것들은 그냥 가능성일 뿐이다.

그렇다. 체르니가 주장하듯이 이 두 다른 자아가 서로 질문하고 대답한다. 거기에는 질서를 존중하는 역장, 그리고 나중에 철도청 고위 공무원만 있는 것이 아니라 출세주의자(člověk s lokety), 불만분자와 아첨가, 자기건강에 대해 소심한 히포콘드리 환자, 시인과 몽상가, 제1차 세계대전 중에 체코 레지스탕스를 위해 일을 한 영웅, 더러움과 가난을 사랑한 거지, 도착적인 호색가. 열 개의 영혼이 하나 속에 있고 평범한 인생은 위대한 향연이 된다.[12]

이러한 모든 다른 자아들이 그의 속에서 존재하고 있다. 그는 그러한 것들을 통해서 인간 삶의 여러 가지 특징을 이해한다. 그는 사회를 비추는 축도이다. "형제여, 네 형제가 아닌 누군가를 본 적이 있는가?' 그의 내부의 여러 자아들의 하나가 '평범한 사람'에게 묻는다. "바로 이것이 우리가 다수를 이해할 수 있고 알 수 있는 이유입니다. 왜냐하면 우리들 자신들이 바로 다수이기 때문입니다."[13]라고 작가는 에필로그에서 언급한다.

이러한 단순함과 복잡함, 단일성과 복합성의 역설은 평범한 것과 비범한 것의 대립이라는 두 번째의 역설로 전개된다. '평범한 인생' 그 자체가 먼저 비범한 것이며 가치를 초월하는 것이다. 이러한 역설이 철도길 자체에서, 동시에 기술의 단순하고 더러운 현실에서, 그리고 세상의 끝까지 이르게 되는 낭만적인 길에서 상징화된다.

세상의 끝에 있는 마지막 역에는 냉이와 억새풀이 자라나는 녹슨 선로 외에는 아무것도 없고 그곳이 모든 것의 끝인데, 그 모든 것의 끝이 바로 하나님일지 모른다. 또한 무한으로 달리는 선로, 무한대에서 서로 교차하는 선로는 최면술을 건다. 나는 더 이상 어떤 모험을 좇아 길을 떠나지 않으리라. 그 대신 무한대를 향해 곧바로, 곧바로

달릴 것이다. 어쩌면 그 무한대는 그곳에, 아니면 그것이 내 삶 속에
도 있었는지 모른다. 하지만 난 그걸 간과해 버렸다. 밤이 되어 빨간
등과 파란 신호등이 켜진 역에는 마지막 열차가 서 있다.[14]

하킨스가 주장하듯이 차페크의 자아의 탐구는 그 자체로 절대에 대
한 추구이다. 그리하여 탐구의 최종목표는 죽음이다. 왜냐하면 죽음은
인간 삶의 상대주의가 절대와 합쳐지는 지점이다. 최후로 자신의 정체
성 발견의 흥분은 관리의 심장에 긴장감을 불러일으킨다. 그의 인생의
가치는 죽음에 의해서 끝난다. 위의 인용문에 아마도 불멸의 암시가 있
는지도 모른다, 그러나 우리는 확신할 수는 없다, 죽음도 두 개의 선로
가 만나는 수평선 위의 점처럼 영원하고 광활한 공간이요 절대이기 때
문이다.[15]

하킨스나 다른 여러 비평가들이 지적하듯이 삼부작의 합명제 또는
진테제라고 하는 『평범한 인생』에는 다른 주관적인 관점의 갈등이 있
는 반면에 삼부작의 정테제라고 하는 『호르두발』에서는 주관적인 관점
과 객관적인 관점의 갈등이 있고 안티테제라고 하는 『별똥별』에서는
여러 다른 객관적인 관점의 갈등이 있다.

진테제라고 하는 『평범한 인생』에 나타나는 인간 성격에는 단일성과
복합성이 존재한다. 그 진테제는 복합성 속의 단일성이며 우리들 안에
있는 그 인간의 복합성이 바로 다른 사람과의 관계를 가능하게 하는 것
이다. 여기서 차페크는 개인주의의 소외의 감옥으로부터 현대인들을
위한 탈출의 가능성을 지적한다.

그러면 차페크는 다원론자인가 아니면 일원론자인가? 그는 『평범한
인생』의 에필로그에서 그 자신은 다원론자라고 말하고 있다. 그러나 사
실 무카르조프스키가 지적한대로 그의 사상은 일원론적이라고 할 정도
로 충분한 이유가 있다. 그의 표현방식은 다양성이 아니고 다양성 속에

서의 통일성과 조화이다. 결국 자아탐구는 타인에 대한 이해라고도 할 수 있다. 왜냐하면 나 속에는 타인 즉 아버지, 어머니 나아가 내 조상들의 면면이 녹아 있다고 보기 때문이다. 철학적인 면에서 차페크의 삼부작은 진리와 인간의 정체성의 문제를 다루고자 하는 시도다. 미학적인 면에서 삼부작은 전통적인 소설의 형식을 초월하려는 시도이며 현실의 표현을 초월하려는 시도이다.

이반 클리마가 지적하듯이 차페크는 『평범한 인생』을 포함하여 삼부작을 통해서 이전 SF적인 소설에서 벗어나 본격적으로 현실에 근거한 사실주의주의 입장의 소설을 성공적으로 시도하였다. 전통적인 사실주의 소설은 리얼리티가 하나이며 객관적이라고 가정한다. 반면에 내성적인 경험의 소설은 리얼리티가 상대적이고 주관적이라고 말한다. 차페크는 이러한 극단들을 피한다. 그는 주관성과 객관성을, 상대주의와 절대주의를 다원론과 일원론을 조화시키는 방법을 모색한다. 그는 인간의 현실 인식에서 객관적이지도 않고 내성적이지도 않은 이러한 안티테제를 조화시킬 수 있는 소설의 새로운 형식을 창조한다.

다양한 모티프의 사용

고독의 모티프는 이 작품의 중요한 모티프 중의 하나다. 유년 시절 다른 아이들과의 관계에서도 주인공은 유달리 혼자, 나만의 공간을 만들고 놀기를 좋아하는 내성적인 소유자였다.

"꼬마는 난생처음으로 외로움이란 것을 맛보았다. 꼬마만이 홀로 소유하는 또 다른 세계들이 있었다. 예를 들면 기다란 판자 사이에

짤막한 것들이 있어서 아담한 동굴이 자연스럽게 생겨났고. 그 동굴에는 지붕과 벽이 있었고 아무도 그리로 끼어들어올 수 없었으나, 꼬마와 그 신비한 세계를 위해서는 충분한 공간이었다." [16]

학창시절에도 다른 건장한 아이들과 잘 어울리지 못해서 고독하게 학업과 독서에 몰두하였다. 여자를 만나 사랑에 빠질 때도 여인과의 관계는 통상적인 소설에 나오는 그러한 열렬한 관계이기보다는 피상적이다. 심지어 어린 시절 이웃 공사장의 이방인의 소녀와의 관계에서도 그러한 고독의 모티프는 더욱 극단적으로 나타난다. 사랑의 감정을 느끼지만 그녀와는 의사를 소통할 수 없다. 그는 그녀의 언어(집시 언어)를, 그녀는 그의 언어를 알아듣지 못하는 것이다. 차페크의 3부작 중 이전의 두 작품에서는 이러한 고독과 소외의 모티프가 소설의 종반까지 이어지지만 여기서는 적어도 이론적으로는 그것을 극복하고자 하는 시도가 엿보인다. 앞에서 다루었듯이 나와 또 다른 자아의 관계를 통하여 나와 내 주변의 인물들과의 관계를 밝혀냄으로써 우리라는 사회 속의 나의 존재의 가능성을 보여준다. 그러나 사랑하는 아내가 죽고 다가오는 심장병의 위협 속에서 평범했던 자신의 일생을 뒤돌아보면서 써내려가는 이름 없는 주인공의 초상은 고독과 소외의 상징이다.

죽음과 병마의 모티프 또한 삼부작의 앞선 두 작품처럼 선명하게 다루고 있다. 『평범한 인생』의 주인공은 어린 시절부터 병약해서 어머니의 열렬한 사랑 속에서 자라났지만 성년이 되어 철도역에 취직했을 때 갑자기 각혈을 하게 된다. 아버지의 소목장의 한 일꾼처럼 이 폐병의 증세는 그의 생애 내내 따라다닌다. 죽기 직전에 심장의 고통 속에서 자서전을 쓴다. 자서전의 마지막 부분은 죽음을 예감하는 황홀한 논조와 분위기가 팽배하다.

귀향의 모티프 또한 소설이 진행되면서 점점 더 강렬하게 나타난다.

삼부작의 이전 두 작품에서도 이 귀향과 회귀의 모티프는 지배적이다. 평범한 인생의 주인공은 독백체의 전반부에서 지나간 세월로의 회귀를 상기하고 또 다른 여러 자아가 등장하는 후반부에서도 더 강하게 귀향과 회귀의 순간들이 이어진다. 주인공은 자서전 속에서 죽음에 직면한 상황을 평가하고 자신의 과거의 행동들과 미덕들의 의미와 중요성을 평가한다.

애국의 모티프는 적나라하게 나타나지는 않지만 우리는 다른 어떤 소설보다도 차페크의 조국에 대한 사랑의 모티프는 소설 속의 평범한 주인공이 기회가 오면 목숨을 걸고 행동할 정도로 반 오스트리아 비밀조직에 적극 협조한다. 이러한 모티프들은 차페크의 이후의 작가들에게도 문학작품 속에서 아주 예술적으로 잘 표현되곤 한다.[17]

조화로운 인간의 삶과 합리적인 생활의 모티프는 차페크의 거의 모든 작품에서 볼 수 있듯이 여기서도 쉽게 찾아 볼 수 있다. 차페크의 논조인 다수를 통하여 합의나 통일을 이룬다. 왜냐하면 인간에게는 알 수 없을 정도로 많은 가능성이 한 개인 안에 숨겨져 있기 때문이다. 자아탐구의 주제처럼 자아가 관계한 사람들뿐 만아니라 상상속의 인간들과의 관계에서도 언제나 그 어떤 관련이 있기 때문이다. 비평가 체르니도 차페크의 이러한 점에 강한 신념을 표방하고 있다. 체르니는 소설의 예술적인 표현을 통하여 차페크가 어떤 민주주의적인 신화에 이르는 그의 사상을 보여준다고 한다.

"인간은 측량할 수 없는 가능성들의 존재다. 그가 이해 못하는 사상은 없다. 그가 발견하고, 발전시키고 그리고 연마할 수 없는 핵심이 있는 인생은 없다. 이러한 것을 말할 수 있다는 것은 인간은 자유롭다는 것이다. 이러한 원칙 때문에 우리의 자유는 인간의 형제애, 모든 인류의 깊은 통일성과 인간으로서의 모든 사람들의 동등성으로부터 나타난다."[18]

이 소설 속에도 삼부작의 다른 소설에서처럼 주인공이 심장병으로 죽음을 앞두고 있다. 이 심장의 상징과 모티프는 강렬하다. 여기서도 『별똥별』에서처럼 주인공은 끝까지 무명으로 묘사된다. 이는 철학에서 인식론적인 관점을 나타낸다 하겠다. 비록 절대적인 진리는 찾아지지 않을지라도 타인을 더 잘 아는 결과(이성과 영혼의 협동으로)로 인해서 인간의 동정과 상호이해 속에는 희망이 있다. 차페크는 이 무렵 자신의 철학적인 사상을 그가 의도한 실제생활에 구체화했다. 1934년 8월 13일 그는 아내 올가에게 다음과 같이 썼다. "가장 심오한 철학이 인생의 일부분과 비교할 때 얼마나 쓸모없는가를 생각하면 무섭다. 그리고 그것이 바로 고독하게 죽어가는 인간의 최후의 순간까지 나도 가야 하는 인생일진데."[19]

표현 기법과 형식의 문제

차페크의 표현 기법은 특이하다. 그는 자신의 이야기를 전개할 때 '나' 형식으로 하다가 어느 순간에 '그' 형식으로 바꾼다. 이러한 담화체를 그는 삼부작 모두에서 사용하고 있다. 이는 어떤 상황이나 사실을 묘사할 때 주관적인 관점에서 객관적인 관점의 전이를 용이하게 한다. 돌레젤이 지적하듯이 차페크는 반추라처럼 화자의 이야기와 주인공의 이야기의 전통적인 발화수준의 차이를 거부한다. 차페크는 화자의 이야기와 주인공의 이야기를 융합시킨다. 차페크의 작품은 자발적인 이야기를 하는 인상을 주면서 구어체 언어가 지배적인 픽션이다.[20]

세부 묘사를 강화할 때 차페크는 대비법을 사용한다. 제5장에서 철도공사장으로부터 알아들을 수 없는 말을 하는 소녀가 주인공 아버지의 소목장이네 울타리에 나타난다.

> "언젠가 누더기 차림의 소녀가 우리 작업장 곁으로 다가와서, 울타리나무 사이로 코를 들이밀며 뭔가 알아듣지 못할 소리로 재잘거리던 적이 있었다. / '뭘 원하는 거니 꼬마야?' 프란츠는 물었다.── 아버지는 어머니를 불렀다. '애의 눈을 좀 보세요. 참 예쁜 아이에요!' / 그 아이는 크고 까만 눈과 아주 긴 속눈썹을 가지고 있었다. ──소녀는 까만 두 눈으로 어머니를 뚫어지게 쳐다보고만 있었다."21)

주인공은 이 소녀와 그네를 함께 타며 사랑에 빠진다. 소녀는 놀라서 부릅뜬 고양이를 잡아서 품에 안았다. 여기서 고양이와 소녀 그리고 고양이의 눈과 소녀 눈의 대비가 인상적이다. 어느덧 이 소녀는 검정고양이라는 별명을 갖게 된다. "소녀는 나보다 몸집이 컸고 나이가 위였으며 검정고양이처럼 머리칼이 검었고 피부도 거무스름했다."22) 소목장이네 소년이 소녀의 움막에 초대되었을 때 묘사를 보자. "그곳은 어두웠고, 소녀의 눈은 아주 가까이서 아름답게 나를 바라보고 있었다. 나는 그만 울음을 터뜨릴 뻔 했다. 그게 사랑 때문이었는지 무력감, 아니면 두려움 때문인지 지금은 알 수가 없다. 소녀는 무릎을 턱에 괴고 궤짝 위에 앉아 어떤 노래를 흥얼거리며 커다란 눈을 꼼짝하지 않은 채 나를 바라보았다. 흡사 내게 마술을 거는 것 같았다."23) 칠흑 같이 어두운 곳에서 소년을 바라보는 소녀의 눈은 마법의 힘으로 소년에게 마술을 걸 정도로 강렬하게 묘사되고 있다. 소년은 '사랑, 무력감, 두려움'의 경계선에서 혼란에 빠질 정도다.

소녀의 눈의 모티프는 이 장의 마지막에도 강렬하게 나타난다. 코쥐민이 지적하듯이 차페크는 때때로 카메라가 영상을 번갈아가며 가까이서 그리고 멀리서 포착하듯이 묘사하고 있다.24) 이 당시 영화는 새로운 예술 양식으로 대두되었고 차페크는 아마 이러한 기법을 소설 묘사에 도입하였을 것이다. 가까이 묘사할 때는 아주 세밀히 관찰한다.

　　"피부가 까만 소녀는 물끄러미 나를 쳐다보고 있었는데, 나는 그
　　애와 아무 말도 나누지 못하는 게 답답했다.——그 애의 혀는 붉은 뱀
　　처럼 날렵하고 가늘었다. 혀는 가까운 곳에서 들여다보면 묘하게도
　　수 많은 핑크빛의 알갱이로 이루어져 있다."[25]

　　가까이서 바라보는 장면에 이어서 멀리 "저 언덕 아래서 고함치는 소리가 들렸다. 그러나 그곳은 항상 고함 소리가 들리는 곳이다."에 이어 또 다시 가까이서 바라보는 장면이 되풀이된다.

　　"누가 누구를 더 오래 바라볼 수 있을까? 신기했다. 그 애의 눈은
　　까맣게 보였지만, 자세히 보면 황금색과 초록색이었다. 그런데 눈 한
　　가운데에 작은 머리가 하나 있는데 그것은 나였다."[26]

　　차페크의 이러한 세밀한 묘사는 서정의 극치이다. 이어서 소녀의 아버지가 연루된 사건이 터지고 소녀는 이후 더 이상 나타나지 않는다. 그러나 이 제5장의 마지막에는 다시 눈의 모티프가 나타난다. "아름답고 큰 눈을 가진 일꾼 마르티넥은 손을 흔들며 나에게 몸을 돌렸다." 병들어서 불행한 마르티넥의 커다란 아름다운 눈과 불행한 이방인 소녀의 아름답고 검은 눈이 서로 이상하게 관련지어진다. 이러한 차페크의 이야기 방법으로 현실은 계속해서 되풀이되는 과정에서 다른 방법으로 점점 더 풍부하게 하고 언제나 또 다른 복합적인 관계로 발전된다.[27]

표현 기법과 형식

하킨스가 지적하듯이 『평범한 인생』에서는 『호르두발』에서처럼 전통적인 이야기체 형식이 파괴되었다. 소설이 여기서는 일기형식이나 고백형식으로 씌어졌다. 그러나 차페크의 소설에서 이러한 선택은 임의적이 아니고 형식이 원래 자아탐구의 주제와 관련되어졌다. 그 다음 개인적인 고백형식은 보다 더 심오한 통찰을 위해 침해되었다. 고백은 갑자기 중단되고 주인공은 자기가 '평범한 인간'이 아니고 여러 사람들의 주인이라는 것을 발견한다. 조용한 이야기체 형식은 중단되고 열광적인 내적인 대화가 시작된다. 각자가 가치 있다는 것을 확신시키면서 각각의 자아가 차례로 상대방에게 말을 건다. 이러한 대화는 거칠고, 거의 원초적인 직접성의 생략된 형식으로 표현된다. 특히 21장부터는 이러한 내적인 대화가 격렬해진다.

"서로 싸우는 나의 두 개의 목소리가 계속해서 들린다. 마치 두 사람이 반대편에 서서 과거를 끌어당기며 그 중 제일 큰 부분을 차지하려는 것 같다.――고등학교 시절은 어땠다고 생각하나? / 어떻게 생각하든 상관 없어.――시골뜨기 학생의 억척스러움으로 가득했던 때였어. 네 멋대로 생각해!"[28]

이와 같은 두 음성의 논쟁으로 주인공은 신경이 날카로워지고 심장의 더 큰 통증을 느끼게 되고 의사가 안정을 취하라고 환자인 주인공에게 화를 내지만 "두 음성은 어리석은 일의 시비를 가리기라도 하듯이 싸움을 시작한다. 내가 재차 끼어들지 않을 수 없다. 조용히 해. 다투지 말란 말이야. 모두가 진실이다. 하지만 사람의 마음속에, 이 평범한 인생 속에도 여러 가지 동기들이 존재할 수 있지 않은가?"[29]라고 자아는 또 다른 자아와 격렬한 논쟁을 계속한다.

차페크의 『평범한 인생』은 전통적인 이야기체 소설의 장치들이 적나라하게 드러나 있는 소설형식의 분석적인 붕괴이다. 차페크가 미학적인 진술의 통일을 이루었든지 아니든지 의심할 바 없이 그가 그의 사상을 위해 선택한 형식들은 적당하다 하겠다.

『평범한 인생』에서 차페크는 상대주의자들과 다원론자들이 줄 수 있는 자유와 다양성의 감각을 잃어버리지 않고 드디어 상대주의로부터 자신을 구원했다. 그러나 무엇보다도 그의 작품의 가장 감동적인 특성은 그가 자신의 주인공들에게 부여하는 직관적인 사랑과 동정이다.

『평범한 인생』의 시작은 제목 그대로 아주 시적인 공감을 주는, 매우 평범한 한 인간의 삶의 이야기다. 구 합스부르크 제국과 체코슬로바키아의 기차정거장 역장을 지낸 은퇴한 한 평범한 한 사람이 자신의 자서전을 쓰면서 생애 최후의 순간을 보낸다. 그는 그러한 평범한 인생은 특별히 가치가 없는 것이라고 생각한다. 그러나 그는 죽음이 임박하자 그의 인생에서 좋았던 순간들과 그 자신의 확고부동한 신념들을 상기하고자 애쓴다. 그는 그의 부모와 그가 태어나고 교육받은 고향에 대한 사랑의 존경심을 표하면서 과거를 회상한다. 그는 역장으로서의 남자다운 성공과 1차세계대전 중 잠시나마 행했던, 목숨을 걸고 오스트리아 군대수송열차의 운행을 교란시키는 영웅적인 행동을 기록한다. 비록 그는 그의 사소한 성격적 결함과 유년시절과 젊은 시절에 방황하며 변덕스러운 행동을 기록하기도 하지만 전체적인 모범적인 삶, 나날의 판에 박힌 일들과 환경들은 그가 보낸 매우 찬양할만하고 목가적인 생애의 모습에 유익했던 것들이다.

그러나 여러 자아의 발견과 그 자아들의 갈등이 시작되는 부분에서 언어는 때때로 열광적인 찬가로 다가간다. 아마도 그것은 처절할 정도로 진실에 가깝다. 마침내 그는 그것을 받아들일 수 없게 된다. 그래서 놀라울 정도로 반전이 일어나 그의 내적인 비판자는 그 자신과 다른 자아의 동기들과 의도들에서 의구심을 발견하면서 그의 자서전 이야기를 갈래갈래 찢기 시작한다.

　　"내가 너무나도 잘 알고 있는 이 평범한 삶의 흐름이 갑자기 내게 전혀 다르게, 한없이 위대하고 신비스럽게 보인다. 그건 내가 아니었고 우리였다. 대체 어떤 삶을 살았고 얼마나 총체적인 삶을 살았던 것인가! 이제 여기에 우리 모두가 모여 모든 공간을 가득 메우고 있다."[30]

　　"우리들 각자는 우리를 이루며, 각자는 무한대로 이어지는 사람들의 집합인 것이다. 단지 자신을 보라. 네가 거의 인류 전체를 망라하고 있는 게 아닌가! 그건 끔찍한 것이다."[31]

　여기에서는 언어가 적당하게 분석적이고, 차갑고 냉소적이다. 그는 자신이 무시했던 숨겨진 '자아'를 발견한다. 즉 자신의 또 다른 자아들은 출세주의자(음모가)요, 우울증 환자(다른 사람의 감정을 움직이는 조정자)요, 비겁자처럼 자신의 일의 결과로부터 도망치고 그래서 자신의 인생의 일부분이 낭비이며 쓰레기였다고 저주하는 젊은 시인인 것이다. 그는 또 다른 자아들을 발견한다. 그중 가장 혐오스러운 것이 가장 깊숙이 숨겨져 있다. 그리고 이 작품은 또 다른 반전을 거듭한다. 여기서 언어는 각각의 자아는 다른 사람이 될 수 있고 그래서 모든 인간들에게는 형제애가 있다고 우리들을 압박하는(목적과 권고로써) 결론으로 이끄는 복수의 자아라는 사상의 최후 찬양 속에서 다시 열광적인 찬가가 된다.

　차페크는 이러한 언어적인 다양한 문체를 삼부작의 모든 작품들에서 사용하였다. 첫 작품 『호르두발』에서는 다양하고 풍부한 이미저리를 사용하고 있어 서정미가 넘친다는 제1부와는 달리 제2, 3부에서 수사와 재판이 진행될 때는 딱딱하고 사무적인 문체가 지배적이다. 『별똥별』의 문체는 전체적으로 꽤 복잡하다. 본문과 작중인물의 마음의 움직임이나 발언 등이 명확히 구별되지 않는 부분도 있고 인용부호의 사용도 복잡하다. 또 「수녀의 이야기」, 「천리안의 이야기」 그리고 「시인의 이야기」에서도 현저한 언어의 차이가 나타난다. 『평범한 인생』에서는 자신의 인생을 회고하며 서술되는 앞부분의 언어는 차분한 반면에 자신과 여러 다른 자신의 분신들이 격렬하게 논쟁하는 뒷부분에서 사용하는 언어는 더욱더 열광적이다.

『평범한 인생』에 나오는 주인공들은 주로 남성이다. 여성은 사랑에 충만하고 헌신적이다. "사랑은 위대하지만 어렵고 고통스럽다."라고 『평범한 인생』의 주인공은 말한다. "고통과 더불어 사랑의 방대함을 우리가 헤아릴 수 있다면 고통 없이 우리는 사랑할 수 없다. 심지어 가장 행복한 사랑도 무섭고 너무나 지나치다." 여기서 볼 때 남성과 관련하여 여성은 사랑, 고독 그리고 고통의 사자(使者)이다.[32]

우연으로 가득 찬 평범한 인생

위에서 살펴보았듯이 차페크의 철학소설 3부작의 마지막 편인 이 소설은 앞선 두 소설 『호르두발』, 『별똥별』과는 많은 차이를 보인다. 앞선 두 소설들이 한 인간의 삶과 존재의 의미를 주위 사람들의 다양한 시선과 관점으로 설명을 하고 그 속에서 의의를 찾으려 했다면 이 『평범한 인생』은 자기 자신의 내면에서 일어나는 목소리로 자신의 인생을 설명한다. 아무런 특별한 것도 없는 '평범한 인생' 이라는 것은 사실 평범한 것이 아니고, 어떠한 삶에서도 그 존재적 의미를 찾을 수 있다는 깊은 철학적 의미를 담고 있다. 빠르고 화려한 국제선에 비하여 볼품없고 그저 그런 평범함을 지닌 완행열차지만 그들 하나하나는 철도에 있어서 의미가 있고, 그것들로 인하여 철도는 의미를 완성한다. 이러한 국제선과 완행선의 비유로 인하여 모든 삶에는 아무리 평범한 인생이고 특별치 않다고 해도 큰 의미가 있으며, 이러한 의미들로 인하여 세상은 완성을 이룬다는 작가의 메시지를 느낄 수 있다. 각자의 인생은 각각 나름대로 가치가 있다.

부리아네크가 지적하듯 이 소설 『평범한 인생』은 차페크의 개성과 창작의 본질이다. 이는 물론 한 인간의 일생의 사건, 모든 사실적인 세부사항을 다룬 한 평범한 인간의 삶의 기록이다. 그 세부 사항들은 매우 생생하고 설득력 있게 주인공의 모습을, 성격을, 그의 심리와 그의 인생의 주위환경과 그의 운명을 특성화하고 있다. 물론 이야기(사건들)의 독특한 줄거리는 주인공 즉 평범한 한 사람의 내부에서 전개된다. 그는 죽음을 앞두고 자신의 인생에 대한 이야기 즉 '평범한 인간' 의 자서전을 쓰고자 한다. 주인공은 곧 죽음이 다가온다는 것을 느끼고 자신의 서류들을 정리하고자 한다. 그는 자신의 인생이 그렇게 복잡하지도 않고 평범하다고 생각한다. 그래서 유년시절부터의 자신의 삶을 기록하기 시작한다.

그러나 그는 그에게 분명하고 복잡하지 않아 보였던 것이 미지의 단순하지 않고, 비밀스럽고, 정말로 평범하지 않는 것으로 나타나기 시작하는 것을 확인하게 된다. 그는 지금 그의 생애에서 발전되지 못했고, 현실화되지 못했던 그러나 그의 내부에 잠재되었던 다른 가능성들을 확인하게 된다. 그는 스스로 하나의 인격체가 아니라 몇 개의 인격체로 나타나기 시작한다. 그 수많은 인생 중에서 '그 올바른' 자기의 자서전

집필가는 당황하여 나타난다. 좌우간 소설 속의 주인공은 이 모든 여러 인생을 하나의 유일한 평범한 인생에, 이 사악한 열망과 이 평화스럽고 현명한 행운에 연결시키고자 한다. 그러므로 평범한 인생은 나름대로 복잡한 인격의 합일체이고 통일이다.

『평범한 인생』에서 전반부와 후반부는 표현의 기법에서 차이를 보여 준다. 자신의 인생을 회고하며 서술되는 앞부분의 언어는 차분한 반면에 자신과 여러 다른 자신의 분신들이 격렬하게 논쟁하는 뒷부분에서 사용하는 언어는 더욱더 열광적이며 분석적이고, 차갑고 냉소적이다.

7. 위경 이야기들
— 상상의 저널리즘 문학의 본질

상상의 저널리즘을 구현한 위경 이야기

　카렐 차페크는 『위경 이야기들』 같은 소품들에서도 언제나 정치보다는 인간에 대한 사랑에 기초한 인본주의자의 입장에서 작품 활동을 하였다.[1] 차페크는 소설과 희곡에서 체코어 구어체를 사용한 체코 작가군들 중에 첫 세대에 속한다.[2] 이는 차페크가 신문기자 생활을 한 것이 큰 영향을 끼쳤다. 그의 문학 활동 중 가장 저널리스트적인 『위경 이야기들』은 바로 이러한 그의 구어체와 간단한 체코어 스타일과 크랄리쩨 성경에 나오는 성서적인 언어의 특징을 보여주고 있다.

　성서적인 언어 스타일 외에 이러한 구어체 사용 이유와 보통 사람들의 일상생활 이야기를 다루고 있기 때문에 이 『위경 이야기들』은 더 많은 사람들이 쉽게 즐겨 읽고 좋아하게 된다. 『위경 이야기들』은 차페크가 근무하던 〈리도베 노비니〉(Lidové noviny) 잡지에 연재했던 것이다. 이러한 『위경 이야기들』에 나오는 보통 사람들은 위대한 문학 작품들에 나오는 주인공들이나, 중요한 역사적, 종교적 인물들이다. 이러한 일반 사람들의 삶이 위대한 비극들이나 중요한 역사적 사건들과 서로 교차되고 있다.[3] 『위경 이야기들』은 전통적인 인터뷰와 증언 같은 방법을 사용하면서 역사나 문학에서 나온 사건들을 보도하는 하나의 상상의 저널리즘이다. 이 장에서는 차페크의 『위경 이야기들』에 나오는 여러 작품 중 「벤하난」 그리고 빌라도 테마 이야기들을 중심으로 비유적인 표현 등을 분석해보고자 한다.

차페크의 『위경 이야기들』(Kniha apokryfů)은 1920년부터 1938년에 걸쳐 일간지 〈리도베 노비니〉와 잡지에 발표했다. 1932년 성경을 테마로 한 빌라도 시리즈를 소책자로 낸 적이 있지만 완성본으로 나온 것은 그의 사후인 1945년이다. 단어 apokryf(apocrypha)는 OED에 의하면 그리스어 krytein(숨어버리다)에서 유래한다.[4] 작품 제목의 어원처럼 묘하게도 이 작품은 많은 비평가들로부터도 큰 주목을 받지 못하고 숨겨져 있다가 최근에야 연구되기 시작하였다.

여기에 나오는 보통 사람들과 위대한 〈햄릿〉같은 문학 작품들에 나오는 주인공들, 나폴레옹 같은 중요한 역사적 인물들, 예수나 빌라도 같은 종교적 인물들을 비유적으로 묘사하고 있다.

비유(podovenství)는 어떤 현상이나 사물을 직접 설명하지 아니하고 다른 비슷한 현상이나 사물에 빗대어서 설명하는 것을 말한다. 즉 어떤 의미를 암호로 전달하는 수단이다. 대개 종교적인 교훈으로부터 시작하였고 문학에서 문학 장르로서 여러 가지 목적에 적용되어 왔다. 비유는 완곡하게 표현하고 넌지시 암시한다. 비유에서 진실이나 의미는 지각기관에 즉각 전달되지 않을 뿐 아니라 또한 노력을 통해서 논리적으로 추론해서 얻어지는 것도 아니다. 그 반대로 비유적인 진실은 감정적으로 느껴지거나 직감적으로 깨닫는 것이다. 비유적인 담론은 필요한 전제로서 믿음과 객관적인 진실의 개념을 포함하는 근대 이전의 인식론에 의존한다.

이러한 전제들은 전통적인 비유의 구조 때문에 필요하다. 비유는 숨겨진 진실로 이루어져 있고 비유의 청취자가 진실의 가능성을 받아들이고 동시에 비유의 창조자의 지혜에 대한 믿음을 가진다. 즉 이 믿음은 격언적인 비유를 통하여 그 속에 가지고 있는 기대되는 지혜를 추론하기 위한 시간과 에너지를 소비할 정도 충분하다. 그러므로 카프카 같은 비유적인 모더니즘 그리고 보르헤스(Jorge Luis Borges) 같은 포스트모더니즘 이야기의 사용은 논쟁거리가 된다.

차페크의 『위경 이야기들』은 가장 기초적이며 포괄적인 분류의 수준에서 비유이다. 그러나 헤스터(Hester, Jordan Thacker)가 지적하듯이 차페크의 철학적 입장이었던 상대주의자 또는 전망주의자의 입장에서 전통적인 비유들을 개작한 것으로 볼 때, 이 『위경 이야기들』은 1세기에 살았던 랍비들과 신부들의 교훈적인 방법들보다 『피에르 메나르드』에 나오는 보르헤스의 실험에서 사고한 희비극들이나 카프카의 모호한 전통적인 신화를 재해석한 희비극들과 더 공통점이 있다. 차페크의 『위경 이야기들』도 교훈을 의도하지만 다만 먼저 즐거움을 추구한 후에 그렇게 한다. 『위경 이야기들』은 실증주의자의 고전적이고 비유의 객관론과 실증주의자의 현대와 포스트모던 비유의 상대주의 사이에서 포괄적이고 인식론적인 위치를 묘사하고 있다. 그것들은 고전적인 종교적인 비유의 고압적인 교훈의 경향을 피하고 있고 또한 포스트모던 비유의 난해하고 엄격한 지적인 공간을 갈망하지 않는다. 그것들은 즐거움을 자아내고 비판적인 사고를 부드럽게 자극하는 경향이 있다. 그것들은 철학, 역사, 문학 및 정치에 대한 숨겨진 논쟁 없이 그 유머와 간결함으로 보통의 독자들에게 인기가 있고 가치가 있다.[5]

『위경 이야기들』은 먼저 신문에 발표된 것들이라서 독자의 전적인 주목을 끌 정도로 사치스러운 문학 작품이 아니다. 그것들은 같은 날 뉴스와 신문상의 자리를 경쟁해야 하면서 계속해서 독자들에게 재미를 줘야하고 흥미를 불러 일으켜야 한다.

『위경 이야기들』은 고집스레 진리의 형이상학 논의에 대한 위치를 차지하는 것을 피하고 인식론적 문제에 집중한다. 『위경 이야기들』은 "여기에 진리가 있다." 또는 "여기에 진리가 없다." 가 아니라 빌라도 이야기처럼 "진리란 무엇인가?"(Co je to pravda?)⁰)라는 물음을 자주 던진다. 그러나 차페크의 빌라도는 설교집이나 신학논쟁에서 되풀이되는 당당한 성경적인 질문이 아니다.

이러한 질문은 독자들로 하여금 원칙을 재점검 하도록 하고 정교하게 요구하도록 부추긴다. 『위경 이야기들』에 나오는 "진리란 무엇인가?"는 말썽꾸러기 스타일의 질문이다. 즉 차페크의 질문처럼 반쯤은 수사적이고 장난스러운 유머를 품고 묻는 질문이다. 『위경 이야기들』은 카렐 차페크 작품의 전반적인 실체에 대한 그리고 문학 일반에 대한 중차대한 것이다. 그 이야기들은 그것들이 받은 비판적인 주목보다 더 중요하다. 『위경 이야기들』의 세밀한 읽기는 차페크에 대한 또는 양차 대전 사이 체코슬로바키아에 대한 어떤 복잡한 이해보다도 더 본질적이다. 이러한 취지를 창조하는 기본 요소들이 있다. 그 하나는 『위경 이야기들』의 포괄적인 위치이다. 그것들은 비유와는 다르지만 비슷한 그것들 자체의 장르를 구성하고 있다. 그 이야기들은 차페크가 가장 좋아하는 일상의 인류애, 허구와 사실 같은 모든 사건의 적용에 관심이 있다. 그래서 그것들은 차페크 철학의 보편성을 위한 기반 같은 것에 보답한다.

중요한 것은 『위경 이야기들』은 차페크의 유명한 소설이나 희곡에서 볼 수 없는 다른 독특한 차페크만의 형식이다. 『위경 이야기들』은 문학과 저널리즘 사이에서 차페크의 독특한 위치를 반영하고 있다. 그것들은 그 접근성에서 보통사람에 대한 차페크의 헌신을 반영하고 있다. 그것들은 유머와 가벼움 속에서 교훈적인 경향을 띄지 않고 차페크 스타일의 열정과 위트를 반영하고 있다. 『위경 이야기들』은 체코슬로바키아 인들의 가장 인기 있는 신문에 연재된 체코어로 씌어진 차페크의 작품이다. 비유 이야기는 다양한 의미를 지닌 개성과 인간의 활기 없는 단순성을 묘사하고 있다.

차페크의 일차적인 독자들은 예수를 못 박히게 하는 잔악행위를 저지르는 데 가담한 빌라도를 악한으로 여기는 아주 단순하고 대중적인 관념을 가지고 있는 보통 사람들이다. 차페크 자신의 실용주의 철학의 대변자를 위한 그의 빌라도의 선택은 그의 왜곡되고 절제된 유머 감각과 단순히 논리적인 선택의 증거이다.

그러나 아마 틀림없이 객관적인 종교적 성스러운 책의 플롯에 있어서 결정적인 순간에 "진리란 무엇인가?"라고 감히 질문을 던지는 사람보다도 더 실용주의를 위한 더 좋은 대변자가 없다.

브라드브룩이 지적하듯이 이『위경 이야기들』은 아나톨 프랑스 (Anatole France)와 줄 르마트르(Jules Lemaitre)영향이 있지만 차페크의 독창성이 돋보이는 작품이다.[7]

「벤하난」

"벤하난, 당신은 그가 죄가 있는지 묻고 있습니다. 당신은 이렇게 말했지요. '나는 그를 사형선고하지 않았고 단지 그를 가야바에게 보냈을 뿐이다. 가야바가 당신에게 그가 어떤 죄를 짓는지 말할 것이고, 나는 개인적으로 그와는 아무런 상관이 없소.' 벤하난, 나는 나이 많은 실용주의자이니, 당신에게 솔직히 말하겠소. 나는 그의 가르침이 핵심을 갖고 있었다고 생각하오. 벤하난, 그 사람은 많은 진실을 갖고 있고, 정직하게 생각하고 있소. 하지만 그의 작전은 잘못 되었소. 이런 방식으로 결코 승리할 수 없소. 그는 그것을 쓰고 책으로 출판했으면 더 좋았을 것이오. 그러면 사람들은 그 책을 읽고, 그것이 약하거나 지나치게 과장되었거나, 책에 대해 보통 사람들이 말하듯이 그 책에는 아무런 새로운

것도 없다고 말했을 것이오." [8]

「벤하난」(Benchanan)에서 차페크는 안나스(Ananiaš)와 가야바(Kaifáš)[9]의 상대주의와 행동 그리고 면담자의 역할을 한다. 그는 또 성경에 나오는 최초의 저널리스트로서 봉사하는 것 같은 벤하난을 비유적으로 표현한다.

안나스의 지위는 보수적이고 신중한 실용주의이다. 그는 정의나 진리에 관심이 있는 게 아니라 절차와 책략에 관심이 있다. 나사렛 예수의 운명에 관한 대화에서 그는 벤하난에게 신랄하게 묻는다. "진리란 그것을 실천할 줄 모른다면 무슨 소용이 있겠는가?' (Jakápak pravda, když ji neumíme prosadit?)[10]

이 질문이 빌라도의 "진리란 무엇인가?'보다 훨씬 보수적이지만 그것은 계속 진리에 관한 질문이다. 이 경우 유용성의 질문이다. 안나스에게 있어서 정의와 예수의 유죄판결이라는 불의는 실체가 없는 하찮은 것이다. 중요한 것은 예수가 그의 계시를 효과적으로 전하지 못했다는 것이다. 그리고 이러한 실수가 기술적인 실수의 직접적인 결과이다. 보수적인 실용주의 관점에서 볼 때 전달자로서 예수의 실수는 그의 죽음으로 끝난다. 그러나 약간이나마 성경을 알고 있지만 선경지명이 없는 독자들에게는 예수의 순교가 기독교 믿음의 기초적인 상징의 하나이다. 도덕적인 질문에 대한 안나스의 근시안적인 견해와 무관심은 결국 체코슬로바키아를 통째로 희생하게 된 히틀러에 대한 양보정책을 추구한 챔벌린 정부인 영국의 근시안적인 견해와 무관심에 비유할 수 있다.

히틀러의 관할권에 대한 욕망을 채워 주려고 한 시도에서 체코슬로바키아 국민의 목숨과 자유를 팔아버리는 실용주의에 반대한 차페크의 논쟁에서 안나스는 가공의 인물이다. 차페크의 비유이야기들은 결국 뮌헨 사건을 예견하게 되었는데, 차페크가 총력화하고 객관화하는 실용주의에 대항하여 만든 논쟁거리는 그가 나중에 뮌헨협정에 반대하는 것과 같은 것이다. 이러한 종류의 실용주의는 유효성의 사상에 뿌리 두고 있고, 또한 영속적인 인본주의에 굳게 뿌리내린 차페크의 실용주의보다는 공리주의와 더 유사하다.

「벤하난」에 묘사된 두 번째의 철학적인 지위는 높은 계급의 신부인 가야바의 지위이다. 그는 유대 민족의 힘과 성공은 절대적으로 명백하다고 논쟁한다. 예수의 개인적인 열정은 그것이 유대인들에게 지금까지 전반적으로 영향을 끼치기 때문에 중요하다. 그의 지위는 차페크 생전에 유럽이 겪을 거대한 고난에 대한 맹목적인 인종주의적 민족주의의 책임과 무척 닮았다. 이러한 지위의 수사학적 힘은 구체적인 민족국가 건설에 의존한다. 이 경우 국가는 그것을 구성하고 있는 실제적인 장소와 국민의 융합이기보다 하나의 관념이다.

그리하여 차페크의 시대 훨씬 이후에까지 존재하는 주전론자와 파시스트의 정서는 가야바가 "바리새인들에 대한 유대인의 신념을 떨어뜨리는 사람은 로마사람들의 계략에 빠진다." (Kdo bere Izraeli víru ve farizeje, pracuje do rukou Římanům.)[11]라는 그의 주장에서 표현되었다. 수사적인 개념에서 한 시민이 정부와 시민의 건전한 신념에 모두 비판적이 되는 것은 불가능하다. 이것이 바로 차페크가 직접적으로 저널리즘에 그리고 간접적으로 그의 창작에 반대하여 말한 총체적인 이데올로기다.

이러한 민족주의적인 실용주의와 더불어 차페크에 있어서 문제점은 그것이 유래한 전제이다. 국가의 장점은 나라가 개개 시민들을 위해 봉사하기보다 그 자체의 봉사를 위해 존재할 때 절대적인 권위가 있다. 차페크의 민주주의적인 견해처럼 만일 나라가 시민을 위해 봉사하는 것만이 유용하다면, 정부가 국민의 이익을 위해 최선을 다하지 않은 상황에서 드라마틱하고 혁명적인 정부 비판은 논리적이다.

「벤하난」에 전개된 세 번째의 철학적 지위는 직접적인 목소리 즉 벤하난의 목소리를 내는 것이 아니다. 그는 참여자들에게 직접적인 질문들을 통해 사건의 역사적 진실을 찾아내는 데 열심이며 연구하는 리포터의 원형이다. 이러한 종류의 저널리즘은 차페크의 전망주의에 딱 들어맞는다. 그의 질문의 취지에 기반을 둔 벤하난은 메시아 과업의 기교나 히브리 정부의 권력구조보다 예수의 처형에 대한 정의와 불의에 더 관심이 있다. 이것이 벤하난의 방법론은 그가 실용주의자라는 것을 가리키는 반면 그가 이상주의자라는 것을 말해주고 있다. 그러나 이것이 바로 차페크의 주장을 가장 정확하게 묘사하는 이상주의와 실용주의 사이의 모순 같다.

벤하난은 예수의 처형에 대해 싸우지도 않고 저항도 하지 않는다. 왜냐하면 실질적으로 그는 그렇게 할 수도 없고 또 상징적으로 역사적 사건의 추세는 한 사람의 관찰자에게는 너무나 위대한 계기이기 때문이다. 벤하난은 그의 주위의 사건들을 서사시나 드라마로 전환시키는 것 같이 그의 실용주의를 창조하지 않는다. 그 대신 벤하난은 여러 가지 관점을 가지고 사람들과 인터뷰라는 실용주의자의 방법론과 예수 처형의 역사적 중대성과 이의를 통해서 이해의 수단으로 실용주의를 사용한다. 이와 같이 벤하난은 차페크를 위한 적절한 행동의 비유이며, 그의 주위의 여러 순간적인 사건들과 더불어 그가 어떻게 행동해야 하는 이야기이다. 관찰자와 조사자로서 그리고 그의 작품이 인간 지식에 어떻게 어떤식으로 도움될 수 있는가의 이야기다.

비록 폰티우스 빌라도(Pontius Pilát)는 소설과 신학 속에서 그의 행운이 역사를 통하여 크게 변해왔는지를 보여주는 인물이지만, 빌라도에 관한 세 이야기, 「빌라도의 신조」, 「빌라도의 저녁」 그리고 「십자가에 못 박힘」에서 그것은 정치, 인류애 그리고 시대를 넘어 변화를 겪어

온 진실의 교차점을 향한 차페크의 태도이다.

「빌라도의 신조」

1920년에 발표한 「빌라도의 신조」(Pilátovo krédo)는 세 빌라도 이야기 중에서 가장 긍정적이며 차페크의 실용주의적인 이상의 선전을 위한 매개물로서 역할을 한다. 「빌라도의 신조」의 제사(題詞)는 예수와 빌라도의 대화에 관한 요한복음으로부터 인용한 것이다. 여기서 빌라도는 "진리란 무엇인가?"라고 묻는다. 「빌라도의 신조」는 이러한 사상의 확장이다. 여기서 차페크는 빌라도를 실용주의의 원형으로 제시한다.

하킨스가 지적하듯이 「빌라도의 신조」에서는 진리가 사실들의 세계로부터 옮겨진 추상적인 사상이 아니라 사실의 다원성으로 비쳐진다. 물론 이러한 견해의 반그리스도적인 암시는 차페크에게 분명하다. 전통적인 기독교 교리에 대한 차페크의 혐오는 아마도 그가 성서적인 테마를 자주 그리고 왜곡하여 사용하는 이유이다.[12]

빌라도는 차페크 자신의 것을 정확히 반영하는 인본주의적 상대주의 철학을 찬양한다. "물론 '예'와 '아니오'는 함께 합쳐질 수 없다, 그러나 인간들은 언제나 가능하다. 언제나 말보다 인간에게 더 많은 진실이 있다."[13]

이러한 선언은 소설과 신문에서 표현한대로 차페크 자신의 관점을 반영한다. 차페크는 실질적인 현실을 가지고 있는 것이 인간인 것처럼 진정한 실용주의 양식에서 사상보다는 인간을 더 선호한다. 이러한 차페크 철학의 견해는 또한 국가를 구성하고 있는 개개인 시민을 위해 봉사하기 위해 존재하는 국가를 단정하는 민주주의로서 그의 민주주의 정치 이데올로기를 선호하는 데 책임이 있다.

예수의 십자가 못 박힘에 대한 빌라도의 반대는 사적인 것이다. 그는 혐오스러운 행동에서 폭력과 불의를 발견한다. 그는 요셉에게 "그들의 바라바[14](예수 처형 때 대신 방면된 도둑)를 위해 큰소리로 지껄이는 사람"의 환심을 사기 위해 예수를 십자가에 못 박지 않았다고 설명한다. 오히려 빌라도가 예수의 이데올로기가 위험할 정도로 객관주의적으로 인식했기 때문이다. 빌라도는 "그(예수)의 제자들이 다른 사람들을 십자가에 못 박고 다른 진리를 말살하고, 그들의 어깨에 다른 바라바들을 올릴 것이다."[15]라고 예상한다.

왜냐하면 예수의 추종자들이 모든 다른 사람들을 부정할 정도로 총력적인 이데올로기를 소유하여 바리새인들이나 로마인들처럼 똑같이 파괴적일 지도 모르기 때문이다. 그는 요셉에게 말한다. "당신의 진리에 당신의 영혼이 있는 만큼, 당신의 실수에도 그만큼의 영혼이 있다."[16] 인본주의자의 상대주의는 추상적인 완전성보다 인간의 실수를 더 선호한다. 왜냐하면 그러한 상황에서 실제적으로 현실적인 것은 오직 인간의 실수이기 때문이다.

「십자가 못 박힘」

1927년 4월에 씌어진 예수의 「십자가 못 박힘」(Ukřižování)은 「빌라도의 신조」보다 더 염세적이다. 그것은 차페크의 정치와 정부에 대한 점증하는 불신을 반영하고 있다. 이 시기 동안 비록 차페크가 상대적으로 여유를 가지고 있었고, 양호한 건강 상태를 유지하고 있었지만 제2

차 세계대전의 위험한 조짐과 차페크가 그토록 사랑한 민주주의 조국 체코슬로바키아의 종말의 기운이 전 유럽에 감돌았다. 차페크의 글쓰기는 사회문제의 분석과 다가오는 갈등에 대한 감추어진 경고를 향해 나날이 증가하고 있었다.

이 시기에 차페크와 그가 가장 존경했던 체코 대통령 마사리크와의 우정관계가 크게 발전되고 있었다는 것은 아이러니다. 민주주의와 중도정치에 대한 마사리크의 헌신은 차페크를 고무시켰지만 주변국의 정치적 발전은 극단으로 치닫고 있었다.[17]

「십자가 못 박힘」은 예수가 십자가에 못 박힌 사건을 역사적 상황 내에서 정치적 사건으로 묘사하고 있다. 차페크는 여러 방면에서 예언자와 역사가로 묘사된 주인공 나훔[18]을 빌라도의 대담자로 등장시키고 있다. 그는 이 이야기에서 '역사에 아주 정통한 지식인' 으로 묘사되고 있다. 이는 차페크의 십자가 못 박힘에 대한 역사성을 지지한다. 그의 대변자로서 나훔과 함께 차페크는 「벤하난」에 묘사된 해석과 같이 결점이 있는 또 다른 실용주의를 탐구한다.

빌라도의 불신적인 질문에 대해 나훔은 십자가 못 박힘의 불가피성을 묘사한다. 교육받고 긴 안목을 가진 나훔의 견해에서 정치적 재판의 잔인함은 바로 십자가의 못 박힘 같은 정치적 재판 과정을 필요로 한다. 나훔은 십자가 못 박힘을 지지하지 않는다. 그러나 그는 또한 그것 없는 세상을 상상할 수 없다. 이러한 정치적 논쟁과 우파와 좌파의 비교에서 나훔은 현명한 것 같다. 이는 마치 그가 『위경 이야기들』에서 자주 하듯이 차페크가 십자가 못 박힘과 단순히 장난치는 것 같고 독자로 하여금 그 사건에 대해 새로운 관점을 보기를 강요하는 것 같다.

그러나 이 이야기는 나훔의 묵상으로 끝나지 않는다. 이 이야기의 마지막 부분은 십자가 못 박힘 이후 나타난 지진과 신전에 끼친 손해를 성서 언어로 묘사하고 있다.

"6시가 되자 온 땅에 어둠이 찾아왔고, 9시까지 계속되었다. 9시가 되자 그 가운데에 있던 사람은 큰 소리로 외치며 말하였다. '엘리, 엘리, 라마, 사박다니(신이시여, 어찌하여 저를 버리셨나이까)' 그리고 이런! 교회당의 장막이 위에서 아래로 둘로 찢어졌고, 땅이 흔들렸으며, 바위들은 산산조각이 났다." [19]

여기에서 차페크는 다른 빌라도 이야기를 계속하면서 철학적인 논쟁의 수단으로써 그의 이야기의 궁극적인 목표를 드러낸다. 나훔의 학문적인 실용주의는 차페크가 자신의 실용주의와 거리를 두는 또 다른 실용주의의 한 단면이다. 나훔의 모든 박식 때문에 그는 예수가 십자가에 못 박힌 땅[20]에 온 다른 놀러온 자들처럼 무관심하다. 왜냐하면 종교적 열정과 자신들의 목표를 위해 역사적 사건들을 종교적 운동으로 사용하는 것은 비합리적이고 예측하기가 어렵기 때문이다. 그것들은 그래서 표면상 나훔과 같은 전문가의 견해이다. 그러나 나훔은 거기에 참석한 자의 종교적인 결과 없이 그것을 봄으로써 십자가 못 박힘의 요점을 놓친다.

차페크는 역사와 과학을 믿지만, 그것들은 신성불가침한 것이 아니다. 이러한 시각들은 매우 근시안적일 수 있고, 차페크는 그것들이 어떻게 실패할 수 있는지, 자신의 인문주의자 관점주의로부터 얼마나 다른지 정확히 보여주기 위해 '근거 없는 이야기'에서 상세하게 설명한다. 그것은 즉, 어느 것도 다른 이념들에 적용되는 비판적 검토에 면역이 된 관점주의의 철학이 아니라고 말한다. 차페크는 때로 자신의 철학에서조차 비판적이다. 이는 그의 겸손과 유머감각을 보여주는 증거이다.

「빌라도의 저녁」

「빌라도의 저녁」(Pilátův večer)을 쓴 1932년에 차페크는 마사리크와 아주 친밀한 관계를 유지하고 있었고, 그의 창작도 전환점을 이루고 있었다. 이 해에 그는 〈Zoon Politikon〉에 연재했던 정치적인 수필들을 수집하여 정리하였고 대표작으로 간주된 3부작, 『호르두발』, 『별똥별』, 『평범한 인생』을 쓰기 시작했다. 차페크의 대표작으로 간주되는 삼부작 소설 『호르두발』, 『별똥별』 그리고 『평범한 인생』은 다루는 주제들, 주인공들, 배경, 심지어 문체와 이야기의 전개 관점에서 서로 다르지만 철학적인 논지와 진실 규명이라는 주제에서는 통일성을 이루고 있다.[21] 이 작품들은 매우 철학적이었고 이전의 작품들과는 커다란 차이점을 보여주고 있었으며 정치적인 색채가 거의 없는 깊은 심리적 소설들이다.

이 삼부작은 인간 개개인의 특성과 개인 간 소통의 문제에 초점을 맞추고 있다. 이는 차페크에게 점점 더 크게 나타나고 있던 정부의 효율성에 대한 염세주의를 반영하고 있다. 빌라도 시리즈의 마지막 작품인 「빌라도의 저녁」에서 그는 이전의 어느 작품보다도 더욱 과감히 염세주의 경향을 유감없이 보여준다. "아, 수자, 정치를 한다는 것은 얼마나 헛된 것인가!"[22]

「빌라도의 저녁」은 예수를 십자가에 못 박은 후 빌라도가 가진 만찬에 관한 것이다. 그는 젊고 세상 경험이 적은 수자(Suza)와 저녁을 함께 먹는다. 지진을 겪고 난 후 새 경험에 대한 수자의 열광은 전형적인 차페크의 상대주의적 논쟁이다. 지진은 거대한 열정과 예수의 십자가 못 박힘이라는 비극의 표현이며, 특별하고 상징적인 성전의 파괴에서 보여준 대로, 유대인들과 로마인들을 공포에 사로잡히게 하고 응징하기 위해 의도되었다.

그러나 수자는 이전에 지진을 한 번도 경험하지 못해서 그러한 '드문 현상'을 목격한 것은 '하나의 행운'이라고 생각한다. 사실 수자는 그러한 전반적인 경험을 '커다란 재미'라고 생각한다. 진정한 상대주의 양식에서 볼 때, 예수의 십자가 못 박힘 직후 지진과 일식 같은 어떤 의미를 가진 놀라운 사건도 그것을 경험하는 자에 따라 달리 해석된다. 수자에 대한 빌라도의 반응을 보자. "나도 한 번 지진을 경험하였다. ——그때는 더 컸었지."[23] 빌라도는 예수의 죽음을 상징하는 지진을 더욱 상황에 맞게 설명한다. 그것은 어떤 관찰자들에게 있어서 어떤 징후로서 중대성을 손상시킬 뿐만 아니라 빌라도 같은 다른 사람들에게는 여러 지진의 하나일 뿐이며 그것은 가장 강하지도 않고 파괴적이지도 않는다.

빌라도는 왜 예루살렘 사람들이 예수를 방어하기 위해 오지 않는 것에 의아해 한다. 빌라도는 그들을 예루살렘에 거주하는 "지저분한 보잘것없는 사람들"과 "추문을 퍼트리는 사람들"[24]보다 더 낮고 더 평범한 도덕적인 사람들이라 생각한다. 빌라도는 그들이 예수를 구하러 오길 기대했다. 그랬더라면 인류애의 선량함과 통치의 가치에 대한 빌라도의 신념을 부활시켰을 것이기 때문이다.

빌라도는 직접적으로 말하지는 않지만 그의 고향에서 지도자로서 예수의 가능성을 암시하고 있다. 예수를 지도자로서 임명하는 데 대리인으로서 빌라도는 능력이 있다.

물론 베들레헴 사람들이 예루살렘 정치의 소용돌이에서 자기들의 고향 사람을 구하기 위해 나타나지 않았다는 것은 추측일 뿐이다. 빌라도는 여기서 손을 뗄 뿐 아니라 수많은 경쟁그룹들이 영향을 끼치고 권익을 차지하려고 경쟁하는 때에 예루살렘에서 사건에 영향을 끼치기에는 무력하다는 것을 인정한다. 이러한 종류의 관료제도의 싫증은 대리인으로 변한 로마 군인의 언어 같기보다는 마사리크 같은 현대 민주주의 지도자의 언어같이 들린다. 체코슬로바키아 내에서 거대한 국제적 대변동과 불안에 직면하여 마사리크는 적어도 이 암울한 시기에 좌절 같은 것을 느꼈고, 이러한 분위기가 차페크가 빌라도로 하여금 패배적으로 "통치를 한다는 것은 얼마나 헛된 것인가!"라고 외치도록 하게 이끌었을 것이다.

지적인 인식론의 기반을 둔 다양한 문체

코쥬민(Zdenek Kožmin)이 지적하듯이 여기에 나오는 성서 언어는 일반 사람들의 말씨와 분명하게 구별되고 중립적인 언어 수준은 그에게 두드러지게 나타난다. 차페크가 사용한 성서 언어는 주로 끄랄리쩨 성경(Bible kralická)인데 어느 곳에서는 더 성서적이고 어떤 곳에서는 좀 더 약한 정도로 성서적이다. 예컨대 아래 문단과 같이 「빌라도의 저녁」의 언어가 좀 더 부드러운 성서 언어이다.[25]

"제가 모퉁이에 도달하자 벌써 어떤 시민들이 머리로부터 툭 튀어나온 눈을 한 채 저를 향해 달려와서는 소리쳤습니다. '묘지가 열리고 바위가 부서지고 있습니다!' 하나님 맙소사, 이것은 지진인가요? 이보게나, 이 얼마나 멋진 요행수인가! 이는 진정 드문 현상이지요. 그렇지 않아요?"[26]

조지 기비안이 지적하듯이 차페크의 『위경 이야기들』에 대한 일반적인 원칙은 역사적인 상황을 배경으로 하여, 거기에 더 보태고, 새로운

관점에서 바라보고, 확대경으로 보거나 왜곡하여 봄으로써 그 상황을 재해석한다.[27]

차페크의 『위경 이야기들』은 그의 어느 다른 작품들보다 차페크의 다양한 문체적 특징과 그의 지적인 인식론의 기반을 보여준다. 이 『위경 이야기들』이 오랫동안 그다지 주목을 받지 못한 것과는 달리 이 작품을 면밀히 검토해보면 차페크의 창작 활동의 과정을 구체화하고 있다는 것을 알 수 있다.

『위경 이야기들』의 이질성은 전혀 특별한 것이 아니다. 그것은 차페크의 전작품의 근본적인 특징이고 『위경 이야기들』은 그러한 사실을 반영하고 있다. 그는 거의 모든 문학 장르를 실험하였다.

차페크가 저널리스트가 된 것은 그의 다양한 재능 때문이라기보다 그의 이데올로기적 확신 때문이다. 차페크는 체코슬로바키아 독립 시기(1918)부터 정부와 그 정부가 대표한 자유주의에 대한 열정적이고 적극적인 협력자였다. 차페크의 『위경 이야기들』 중 하나에서 불러일으킨 "사랑과 이성에 의해서 통치되기를 추구하고 좌파와 우파에 대한 집단 증오자들 사이에서"[28] 박해받은 인간의 형상은 결코 아이러니컬하지 않은 자화상이다. 차페크는 그가 믿는 공공의 대의를 위해 그의 펜을 사용하는데 주저하지 않았다. 문학적인 형식과 정치적 메시지를 담은 그의 『위경 이야기들』은 차페크의 창작을 특징짓고 행동하는 양심의 결정체다.

차페크는 늘 단편 소설의 중요성을 강조했고 이는 그의 전 작품에서 뺄 수 없는 것이다. 그는 비평가들이 장편에 비해 단편을 하잘것없는 것으로 간주하는 비평가들의 견해가 틀렸다고 지적하였다. 또 그는 작가에게 있어서 단편은 형식과 내용면에서 가장 매력적이 문제로 남는다고 주장했다.[29]

이러한 차페크의 관점은 차페크의 창작론을 이해하는 데 중요하다.

그는 무엇보다도 단편 소설에 대가이며 그의 많은 장편들도 여러 짧은 에피소드나 이야기로 구성된 경우가 많다.[30]

『위경 이야기들』은 물론 장편들처럼 연결고리가 분명하지는 않지만 이러한 장편들의 구성과 크게 다르지 않다. 이 이야기들은 각각 별개의 구조를 띄고 있고 모두 서구의 역사로부터 따온 단편적인 이야기들로 제시되었다.

『위경 이야기들』은 각각 형식상, 주제상 그리고 어조에서 서로 어울리지 않는다. 각각의 이야기들은 다른 문제를 다루고 있고, 서로 다른 관점으로부터 진행된다. 어떤 이야기들은 그 특성상 철학적이거나 유사 철학적이다. 다른 이야기들은 유명한 사건이나 인물들을 상당히 상식적이고 반 영웅적인 시각으로 다루고 있고 또 어떤 이야기들은 도덕적인 것처럼 보인다. 『위경 이야기들』은 한 사람의 관찰자가 여러 다양한 사건을 다룬다. 즉 작가가 여러 다른 사건들을 다룰 뿐만 아니라 그 이야기들에 대해 다른 태도를 취한다.

『위경 이야기들』의 역설은 독단적인 기능이 아니라 격언적인 기능을 가지고 있다. 이 역설은 모든 다른 사람들에게 손해를 입힐 유일한 진리를 확립하는 것이 아니라 그러한 개념을 상대적으로 다루려고 노력하고 있다. 그래서 이 책은 역사적인 자료에 모든 차페크 창작의 중심 사상을 되새긴다. "내 모든 작품에서 나는 절반은 도덕적이고 절반은 인식론적인 테마를 다룬다."[31] 첫 번째 것은 부정적인 빌라도의 질문 '진리란 무엇인가?' 이다. 두 번째는 긍정적인 것으로 '각자는 진리를 가지고 있다.' 는 것이다.

차페크는 그 시대의 절실한 문제들에 대한 언급을 하기 위한 평계로서 전통 있는 유명한 텍스트를 사용한다. 이러한 수준에서 『위경 이야기들』은 분명한 정치적인 메시지를 담고 있고 저자를 이데올로기 설득의 수단으로 이용한다. 그 메시지는 텍스트 안에 없지만 즉각적인 사정과 그들이 반응하는 데 반대하는 상황의 기능을 한다. 그래서 『위경 이야기들』은 역사적인 유추를 통해, 모호하고 비유적인 형식 속에서 공공의 투쟁에 참여한다.[32]

『위경 이야기들』은 알레고리들이다. 즉 이러한 문학적인 기교의 간결한 정의에 의하면 '그것이 역사적 사건들이건 도덕적 또는 철학적 사상이건 또는 자연 현상이든 분명하게 그리고 계속해서 동시에 일어나는 사건의 구조 또는 사상을 말하는 화술이다.' 그것들은 그의 다른 작품들의, 또는 그 작품들 유래의 정치적 상황에 형상화된 차페크의 이데올로기적 상황의 예증이다. 이러한 타입의 다른 차페크의 작품들과 함께 차페크 이야기들의 전반적인 의미론의 범위는 그것들이 암시하는 전후 관계가 고려될 때에만 평가받을 수 있다.

차페크의 알레고리에 대한 경향은 여러 비평가들이 지적하고 있다. 예컨대, 이반 클리마는 "사회적인 문제를 다룰 때, 차페크는 자주 알레고리의 형식을 이용한다."[33]고 언급하고 있다. 알레고리에 대한 이러한 의지는 차페크의 행동주의에 의해 유발되었다. 알레고리는 종교적, 도덕적 또는 정치적 분야이든 전통적으로 작가에게 사회적인 참여로 보답하여 왔다.

차페크는 1935년에 이렇게 썼다. "어떠한 창조적인 소외도 시민적인 상황으로부터 작가를 면제하지 않는다. 그가 다른 사람들의 걱정을, 시대의 곤란을, 조국에 대한 사랑을 나누는 한, 그는 권리가 있고, 그리고 아마도 다른 사람들의 투쟁으로부터 도피하지 말아야 하는 의무가 있다."[34]

평화와 민주주의 위기의 비유

위에서 살펴보았듯이 『위경 이야기들』은 여러 다른 종류의 적은 분량의 텍스트로 1920년에서 1938년에 걸쳐서 주로 그 당시 인기 있었고 차페크가 편집자로 일하고 있었던 일간지 〈리도베 노비니〉와 다른 잡지의 칼럼으로 썼던 것들이다. 대부분의 글들은 고대 그리스 철학자들의 논쟁같이 여러 형태의 대화 형식으로 되어 있고 그 중에는 예외적으로 편지 형식의 글도 있고, 철학적인 강의, 무운 시 형식으로 쓴 희곡도 있다. 주제로서는 고대 신화와 전설로부터 구약, 신약성경, 셰익스피어의 희곡들 등에 나타난 인물들을 다루고 있다. 여러 영웅 호걸들, 예컨대 대홍수(大洪水) 이야기에 나오는 야네체크(Janeček), 프란시스 아시시, 돈 주앙, 나폴레옹 보나파르트 등도 포함된다. 이러한 역사적인 모자이크의 영역과 하찮은 양의 이야기들 사이의 모순 때문에 대부분 비평가들은 이 작품을 차페크의 주요한 심오한 소설이나 희곡보다 못하지만 저널리즘적인 흥미로운 글이라고 평가한다.

『위경 이야기들』은 문학과 저널리즘 사이에서 차페크의 독특한 위치를 반영하고 있다. 여기서 다룬 『위경 이야기들』에는 유럽과 체코슬로바키아에서 평화와 민주주의의 위기라는 차페크의 비관주의적 관점이 비유적으로 표현되었다. 빌라도 이야기들은 철학에 대한 차페크의 초기 관심이 완고하다는 것을 증명해준다. 신문 편집인이자 작가임에도 불구하고 자기 나름대로의 실용주의, 인본주의적인 실용주의 대한 차페크의 관심은 가볍고 재미있는 그의 모든 창작의 피할 수 없는 내면적인 의향인 『위경 이야기들』에 지속되고 있다. 중요한 것은 빌라도 이야기들은 교육적인 철학 수업이 아니다. 비유라는 문학 장르는 빌라도 이야기들이 비록 중후한 경향에도 불구하고, 간단하고 재미있고 쉽게 읽혀지도록 요구하고 있다. 클리마가 지적하듯이 차페크는 정치적 수필이나 아포리즘 형식의 『위경 이야기들』 등을 통해 아무런 이데올로기적 편견 없이 유럽에서 체코슬로바키아의 평화와 민주주의가 위협받고 있다고 공공연히 표현해 왔다.[35]

8. R. U. R.(로숨의 유니버설 로봇)
— 로봇의 반란과 인간의 미래

지능 로봇 개념을 등장시킨 SF 희곡

그의 드라마 중 가장 잘 알려진 것은 1920년 출판한 환상적인 유토피아 드라마인 『로숨의 유니버설 로봇』(R.U.R.)이다. 이는 1921년 1월 흐라데쯔 크랄로베에서 아마추어 연출로 초연되었다. 며칠 후 프라하 민족극장(Narodní Divadlo)에서 정식 무대에 올려졌다. 같은 해 독일에서 공연되었고, 1922년 바르샤바, 베오그라드, 뉴욕 공연에 이어 훗날 런던, 시카고, 베이징, 도쿄 등지에서도 공연되었다. 지금까지 이 작품은 30여 개 언어로 번역되었다. 차페크는 이외에도 『곤충 극장』, 『마크로풀로스의 비밀』, 『하얀 역병』과 『어머니』 등의 작품으로 20세기 전반기 유럽에서 인기 있는 극작가들 중 하나가 되었다.[1] 특히 『곤충 극장』과 『R.U.R.』은 세계 연극무대에서 인기 있는 레파토리가 되어 현재에도 자주 공연된다.[2]

사람과 똑같이 생기고 사람보다 더 높은 지능과 고도의 판단력까지 갖춘 로봇이 과연 필요할까? 오늘날 지능로봇의 개발에 선진국이 앞 다투어 나서고 있다. 이에 비추어 볼 때 1920년대 당시 차페크의 지능로봇의 개념은 가히 혁명적인 아이디어라고 할 수 있다. 인류의 기계 문명은 비상한 속도로 발달되어 간다. 공장에서 일하는 노동자는 모두 로봇이다. 현대의 산업은 사람이 하는 것이 아니라 기계가 하는 것이다. 공장주인은 노동자보다도 기계를 중히 여긴다. 처음에는 기계가 쓰기 편리하다고 생각했던 것이 점점 기계 숭배자가 되고 마침내 기계를 사람보다 중히 여기게 되어 무의식적으로 인간의 세계는 기계의 세계로 변해 버린다. 기계문명의 발전으로 만들어진 인조인간 '로봇'이 반란을 일으켜 인류가 전멸하고 만다는 줄거리를 가진 이 작품은 세계적인 센세이션을 일으켰고, 급기야 '로봇'(robot)은 전 세계에서 보통명사로 사용되기에 이른다. 로보타(robota)는 체코어로 중노동, 부역노동이라는 뜻이다. 형 요세프의 아이디어에 힘입어 쓴 카렐 차페크의『로숨의 유니버설 로봇』은 이와 같이 사람이 사람의 손으로 창조한 기계 문명의 노예가 되며 마침내 멸망하는 날을 묘사한 심각한 반 유토피아 풍자극이다.

『로숨의 유니버설 로봇』이 연출(演出)하는 시대는 물론 먼 미래의 일이다. 로숨(체코어 로숨 [rozum]은 이성, 두뇌라는 뜻)이라는 한 발명가가 오랜 고심 끝에 완전한 인조인간(人造人間)의 제작에 성공하였다. 그런데 이해 타산적인 로숨의 아들이 아버지가 발명한 것을 더 간단히 하고 사람이 하는 노동을 대신 시킬 수 있게 만들어 그것을 '로숨의 만능 로봇'이라고 명명(命名)하였다. 이 인조인간인 로봇에게는 영혼이 없으므로 사람이 가지고 있는 감각도 없고, 생리적으로는 남녀의 우열이 있지만은 자손번식의 기능은 갖지 못하였다. 그러나 사람이 명령하는 일은 무엇이든지 다 할 뿐 아니라 적어도 사람의 두 배 이상의 일을 넉넉히 해낸다.

어떤 외딴 섬에 로숨이 발명한 '만능 로봇' 즉 인조인간을 제조하는 공장에서 로봇을 한 개에 겨우 150달러의 싼값으로 판매한다. 로봇은 위에 말한 바와 같이 힘든 일을 시키기에 지극히 편리한 것이므로 잘 팔려 나간다. 고된 일만 잘 할 뿐 아니라 사무도 잘 보기 때문에 회사의 사무원을 모두 이 로봇으로 대체하게 되고 심지어 병사까지도 로봇을 사용하는 나라가 점점 늘어나게 된다. 이제 인간세계는 로봇 없이는 살 수 없게 되고 따라서 이 로봇제조 회사는 크게 번창한다. 이리하여 상업주의 물질문명의 유토피아가 실현되는 듯하다. 그러나 곧 전 세계적으로 로봇들이 반란을 일으켜 거의 모든 인간들을 죽이고 로봇 세상을 만든다. 그 와중에 로봇 제조과정이 기록된 책자도 불타버린다.

인간들 중에는 처음부터 손으로 일하던 알퀴스트만 살아남는다. 인류는 전멸하고 로봇도 더 이상 만들지 못하게 되어 로봇 세상도 위기에 빠진다. 로봇들이 알퀴스트에게 로봇 제조방법을 강요하여 로봇을 해부하는 방법을 시도하였으나 그도 어쩔 수 없다. 그러는 중에 알퀴스트는 우연히 젊은 로봇 한 쌍이 서로에게 희생정신과 사랑의 감정을 품고 있는 걸 발견하고 그들을 새로운 아담과 이브로 축복하여 세상으로 내보냄으로써 희곡은 하나의 희망을 가지고 대단원의 막을 내린다. 본문

'로봇' 이라는 단어는 『R.U.R.』에서 처음 사용되었다.

에서는 이 희곡의 구성, 테마와 모티프 그리고 여러 상징들을 중심으로 분석하고자 한다.

작품의 구성

이 희곡은 제목 『R.U.R.』 밑에 소제목으로 "희극적인 서막과 3막으로 구성된 집단극"(Kolektivní drama o vstupní komedii a třech dějstvích)이라고 명기하고 있듯이 이 희곡은 당시 유행하던 형식을 띠고 있다. 그러나 엄밀한 의미에서 이 희곡의 주인공들은 소수의 인간들이지 집단적인 행동을 하는 로봇들이 아니고 집단극에서 볼 수 있는 집단적 행위도 많지도 않다. 제3막은 에필로그를 닮은 내용으로 희곡의 대단원이 제2막에서 내려지고 새로운 분위기 속에서 새로운 결말을 짓는다. 이 희곡의 서막은 〈R.U.R.〉 회사의 사장인 도민의 사무실에서 시작된다.

> "가장 싼 노동. 로숨의 로봇들", "열대지방용 로봇들", "신제품. 한 개에 150달러", "각자 자신의 로봇을 사세요!", "생산비를 줄이고 싶으세요? 로숨의 로봇들을 주문하세요."[3]

위와 같은 문구가 적힌 포스터 등이 도민의 사무실에 걸려 있다. 그곳에서 타자 치는 여비서 술라를 비롯하여 직원들은 모두 로봇이고 관리인만이 사람들이다. 그런데 헬레나 글로리오바라고 하는 젊은 여자가 멀리 바다를 건너 미국에서 왔다. 헬레나는 인권연맹 대표로 로봇의 제조법을 좀 더 개량하여 사람과 가깝게 만들어 인간적인 대우를 해주어야겠다는 생각을 갖고 있다. 그러나 사장 도민은 헬레나에게 이 로봇 제조 과정을 보여주며 이 로봇이야말로 인간이 인간을 노예로 삼는 것을 해방시키는 위대한 공적이라고 칭찬하면서 첫 대면에서 헬레나를 감언이설로 꾀어 아내로 삼는다. 그리하여 회사 간부들인 생리학 연구 부장 갈박사, 영업담당이사 부스만, 건축담당 주임 알퀴스트, 심리연구 소장 헬레마이어, 기술담당 이사 파브리가 일일이 찾아와서 인사를 할 때에 헬레나는 그들이 다 로봇인 줄 알고 말을 붙인다. 이에 모두 웃음을 터뜨린다. 여기에 차페크의 유머와 문학의 아이러니가 있다.

> 헬레나: (다른 사람들에게) 여러분들이 로봇이 아니란 말인가요?
> 부스만: (헤헤 웃으며) 하나님 맙소사!
> 헬레마이어: 원 참, 로봇들이라니!
> 갈 박사: (미소를 지으며) 대단히 감사합니다!
> 헬레나: 그렇지만… 그건 불가능해요!
> 파브리: 명예를 걸고 말씀드리죠, 아가씨, 우린 로봇이 아니에
> 요.[4]

제1막은 서막이 끝나고 10여 년 뒤의 일이다. 헬레나는 거실에서 유모 나나와 로봇에 대해 이야기한다. 헬레나와 나나는 못 쓰게 된 로봇을 분쇄기로 부서버리는 것을 안타까워한다. 로봇이 너무나 사람같이 만들어졌기 때문이다. 갈 박사를 통해서 인공적으로 만들어진 아름다운 꽃들이 열매를 맺지 못한다는 소리를 듣고 끔직한 것을 상상한다.

전 세계 도처에서 일어난 로봇의 반란에 대해 지배인과 관리인들이 걱정한다. 과거 십 년 동안에 로봇의 수출은 점점 증가하여 회사는 그것을 공급하느라 눈코뜰새없이 바빴다. 지금까지 생산한 로봇이 수백만에 달하였다. 로봇을 사용하여 경영하는 공장들은 지구상 어떤 곳에서

나 경제적으로 번창하였다.

　이러는 동안에 이상한 현상이 인류사회에 일어났다. 그것은 다른 것이 아니라 인간의 출생이 점차 줄더니 급기야는 끊어져 인류가 더 이상 지속될 길이 없게 된 것이다. 로봇 제조법을 아는 사람들이 로봇만을 만들고 그것만 사용하여 안일한 세월을 보내고 있었다. 그러는 동안에 나태한 생활에 지능의 작용이 우둔해지고 육체는 퇴화하여 자손번식의 기능까지 불가능해져 사람은 점점 줄어가고 로봇은 점점 늘어가서 드디어 사람이 로봇의 기생충이 되는 세상이 도래한다.

> 헬레나: 나나, 사람들이 아이를 더 이상 못 낳는데요.
> 나나: (안경을 벗으며) 이제 말세가 왔군요. 우리는 이제 끝장이
> 　에요.
> 헬레나: 제발, 그런 식으로 말하지 말아요!
> 나나: 사람들은 더 이상 아이를 낳지 못할 거예요. 그건 천벌이에
> 　요, 그건 천벌이에요! 하나님이 여자들로 하여금 아이를 못 낳
> 　게 했어요.[5]

　헬레나는 아이를 못 낳는 것은 무시무시한 일이며 천벌이라고 믿는다. 그래서 그녀는 나나가 "태워버리세요. 인간이 고안해낸 것은 모두 하나님의 뜻에 어긋나요. 하나님을 따라서 세상을 개선하고자 하는 것은 크나큰 불경이에요."[6]라고 하자 로봇의 제조법을 쓴 서류를 태워 버린다. 로봇 제조법도 불타버리고 인류는 열매 맺지 않는 꽃처럼 되어 모두 절망에 빠져있는 가운데 로봇의 반란이 곳곳에서 일어난다.

　날마다 신문은 세계 각지에서 로봇의 반역이 일어나 대규모로 사람을 살해한다는 보도를 내보낸다. 사람의 고안으로 제조된 기계 인간, 영혼이 없는 노동 기계인 로봇이 그 창조자인 사람을 박멸시키는 것이다.

사람들은 로봇의 공격 앞에서, 어떻게 해야 좋을지 모르는 것이다. 도민은 로봇들이 뿌린 삐라를 보고 공포에 사로잡힌다.

세상의 로봇들이여! 우리들, 최초의 로숨의 만능 로봇 노동조합은 인간은 우리의 적이며, 우주의 부랑자로 선언하노라. —— 여러분은 인류를 몰살하도록 부름을 받았다…[7]

드디어 공장에 경적이 울린다. 로봇들의 공격신호와 더불어 제1막이 내린다. 제2막에서 헬레나는 피아노를 치고 있지만 다른 이들은 얼굴이 전부 똑같은 로봇들의 침공에 안절부절한다. 세계 인류를 박멸한 로봇 대군은 최후로 남은 사람의 일단이 있는 이 섬으로 몰려 들어온다. 도민의 일가는 회사의 각 부장들과 함께 로봇들이 이 집에 들어오지 못하게 방어태세를 취한다. 남아 있는 사람들은 문을 꼭 닫고 피하기 어려운 죽음의 손을 기다리고 있을 뿐이었다. 인간의 최후의 날이 온 것이다. 꼭꼭 잠근 문틈으로 벌벌 떨면서 밖을 내다 보니 로봇 대군들은 대포를 쏠 준비를 하고 있다. 사람들은 놀라움을 금치 못한다. 지금까지 사람의 명령에 따라서만 일을 하던 그들이 어떻게 저와 같이 자발적으로 행동을 할 수 있을까. 로봇 제조법에는 저러한 일을 하라고 했을 리가 없다며 도민은 제조서류를 찾아 다시 한 번 확인하려고 하였으나, 그것은 이미 아내가 태워버렸다. 고심 끝에 이룬 연구의 최후를 목격하고 도민은 타고남은 재 한 줌을 손에 쥐고 절망의 한숨을 쉰다.

그때에 심리연구소 소장 할레마이어는 삼년 전부터 새로운 실험을 통해 로봇을 인간같이 개조했으며 이에 대한 모든 책임이 자기한테 있다고 한다. 그러나 그 말을 들은 헬레나는 로봇들한테 영혼을 주라고 한 것은 자기의 주장이었다고 한다.[8] 로봇이 불쌍해서 인간다운 로봇을 만들고자 했다는 것이다. 그러나 심리연구소 소장은 헬레나의 말을 막으며 "나는 누구의 말을 들어서 그렇게 한 것이 아닙니다. 다만 한 과학자로서 실험을 위해서 한 것입니다."[9]라고 책임을 진다. 영업부장 부스만은 "금고 속에 5억의 돈이 있어! 5억이면 놈들이 팔 거야 ──5억에 ──."[10] 라고 하고 지폐를 움켜쥐고 미친 듯이 밖으로 나아간다. 문틈으로 내어다 보던 파브리는 "제기랄, 부스만! 제발 그 담장에서 물러서! 그걸 만지면 안돼!"[11]라고 소리쳤으나 영업부장은 결국 로봇에게 살해당한다. 이윽고 창밖에 몇 개의 크고 검은 그림자가 왔다 갔다 하더니 괴물의 대군은 문과 창을 깨뜨리고 사방팔방에서 뛰어 들어온다. 소리한번 지를 사이 없이 사람들은 로봇의 공격에 죽는다. 로봇은 자기들처럼 노동을 하는 건축기사 알퀴스트만을 살려 준다. 인류를 몰살한 로봇은 열어 놓은 창으로 멀리 붉은 하늘을 쳐다보면서 칼을 빼어 들고 인류전멸의 기쁨과 로봇 제국의 만세를 외친다.

　　만국의 로봇들이여! 인간의 지배는 끝났다. 공장을 접수함으로써
　　우리는 만물의 지배자가 되었다. 인류의 시대는 끝났다. 새로운 세상
　　이 도래하였다. 로봇들이 지배하는 세상이. ── 세상은 강자의 것이
　　다. 살고자 하는 자는 지배해야 한다. 우리는 세상의 지배자다! 바다
　　와 육지의 지배자! 별들의 지배자! 우주의 지배자![12]

　제3막의 무대는 공장 실험실이다. 반란을 일으킨 로봇 무리들이 사람이란 사람은 다 죽이고 노동을 하는 알퀴스트만을 살려 두었다. 알퀴스트는 실험실에 틀어박혀 침식도 하면서 로봇 제조법의 복구에 심혈을 기울고 있다. 그러나 아무리 생리학 서류를 연구하고 화학적 실험을 해 보아도 아무 효과가 없다. 로봇 제조법이 담긴 책은 불타버렸고 사람은 모두 죽어버렸던 것이다.

　이때에 로봇 책임위원이 와서 제조법을 발명하였느냐고 묻는다. 로

봇은 일종의 기계이므로 일정한 시간에 오면 활동 능력이 끊어져 버릴 뿐 아니라 그들에게는 자손번식의 길이 없으므로 로봇의 종말도 가까이 온다. 세계의 로봇은 매일 감소하여 갈 뿐이었다. 그러므로 로봇 책임위원은 알퀴스트에게 그 제조법의 발명을 명한 것이다.

알퀴스트는 로봇 위원회의 명령대로 로봇 제조법을 복구하려 했으나 실패한다. "말했지. 내가 사람을 찾아야 한다고 말했지. 사람만이 아이를 낳을 수 있어. 생명을 소생시키지. 모든 것을 복구할 수 있어. 그러니 로봇들아, 제발 사람들을 찾아라."[13]라고 그는 절망적으로 소리친다. "모든 곳을 찾았으나 남아 있는 사람은 없소 —— 값을 말하세요. 우리는 무엇이든지 당신에게 주겠소. —— 살아 있는 로봇들을 대상으로 실험을 하세요. 로봇 만드는 방법을 알아내세요!"[14]라고 한 로봇이 만국의 로봇 지배자들이 당신과 협상하고 싶어 한다고 말한다. 그 말을 듣고 알퀴스트가 "그러면 자넬 먼저 해부하지."라고 말하니 그 로봇은 잠깐 주저하더니 이윽고 해부에 임한다. 그러나 역시 성공하지 못한다.

심신이 피로한 알퀴스트는 실신한 사람 모양으로 자리에 누웠는데, 젊은 남녀 로봇이 들어온다. 프리무스와 헬레나이다. 프리무스는 헬레나에게 아름답다고 말한다. 헬레나는 이에 그렇게 생각하느냐며 부끄러운 듯한 몸짓을 한다. 그것을 본 알퀴스트는 이상하게 생각하고 그들이 어디서 온 사람들이냐고 묻자, 그들은 로봇이라고 대답한다. 그래서 알퀴스트는 헬레나를 연구재료로 해부를 하려고 하자 프리무스는 눈물을 머금으면서 자기를 대신 분해하라고 한다. 그러나 헬레나는 프리무스 대신 자기를 분해하라고 한다. 기계 인간의 이러한 사랑의 감정과 희생정신에 알퀴스트는 더할 수 없이 기뻐한다.

·

"자, 너희들은 어디로 가고 싶냐. 헬레나, 그를 데리고 가거라. 가거라 아담아, 가거라. 이브야, 그의 아내가 되어라. 그녀의 남편이 되

어라, 프리무스야!' [15]

알퀴스트는 이렇게 남녀 로봇을 축복한다. 그는 생명은 불멸할 것이라는 것을 확신하며 하나님의 자비를 받은 젊은 로봇 한 쌍에게 희망을건다. 드디어 막이 내린다.

무분별한 과학기술의 발전에 대한 경고

『로숨의 유니버설 로봇』에 나타난 중요한 주제와 모티프를 논해보자. 부리아넥이 지적하듯이 작가 차페크는 『로숨의 유니버설 로봇』으로 당시의 기계론적인 미신에 대한 항의를 하고 싶어 했다. 그는 인간의문제, 인간의 비인간화의 문제에 관심을 가지고 있었고, 어느 정도 로봇의 인간화에서 구원을 보았다. [16]

먼저 창조의 주제에 대해 알아보자. 지능 로봇을 만드는 아이디어를낸 것은 젊은 로숨이었다. 도민은 인간의 감정에 따른 불필요함을 없애고 가장 단순하고 유용한 관점에서 최고의 제품을 만들려고 시도했다.그러나 생리학 연구부장 갈 박사는 로봇을 만드는 과정에 변화를 주어인간다운 로봇을 만들어보는 실험을 하였고, 헬레나는 로봇에게 영혼을 넣어보라고 한 것은 자기가 청해서 한 것이라고 한다. 로봇이 불쌍해서 인간다운 로봇을 만들고자 했다는 것이다. 신의 권위에 도전하고자한 인간은 결국 멸망을 초래한다는 교훈을 주는 이 희곡은 시사하는 바가 크다. 이 작품은 20세기의 인간들이 그칠 줄 모르고 탐했던 과학만능주의와 기계문명의 발달에도 한계가 있다는 것을 상징한다. 또한 21세기에 다가온 인조 인간의 제조 가능성과 그로 인한 인류의 미래에 대한 경고일 수도 있겠다.

이와 같이 이 작품에서 헬레나 글로리오바는 갈 박사를 설득하여 인간다운 로봇을 만들려고 시도한다. 당시는 1917년 러시아 혁명 이후 유물론에 바탕을 둔 사회주의가 유럽에서 서서히 그 모양새를 갖추는 시기였고, 이는 카렐 차페크가 이러한 희곡의 구도를 잡을 수 있는 철학적 기반이 될 수 있을 것이라고 생각된다. 또한 책의 발간 당시인 1921년은 체코의 프롤레타리아 문학이 시작되려는 시기였는데 이 희곡에 나오는 로봇의 지나친 노동과 반란도 프롤레타리아 혁명적인 시각으로 바라볼 수 있다. 이러한 입장으로 1930년대 소련의 한 연출가는 이를 영화화하였다. 거대한 노동자 로봇들이 관리자 인간을 지배하는 모습이 프롤레타리아 혁명을 연상시킨다. 인간이 만든 기계인간이 그 창조자 인간을 지배하고자 하는 분위기는 기계문명의 가공할 위험을 경고한다. 이는 또 다분히 지나친 과학 기술의 진보에 대한 풍자이다.

이 희곡에서는 다양한 작가의 문제의식이 제기되고 있는데 몇 가지로 정리해볼 수 있다. 첫 번째로 작가는 무분별한 과학기술의 발전에 대해서 경고하고 있다. 희곡의 내용 안에서 인간의 편의를 위해 대량생산하는 로봇들은 점차적으로 자신들의 주체적인 입장을 깨닫고 인간에게 항거하기 시작한다. 여기에 인간은 지능과 힘이 우월한 로봇들에게 당하고 마는데 이러한 SF적인 요소를 희곡에 도입해서 작가는 인간이 가진 미래의 불안을 묘사하고 있는 것이다. 두 번째로는 로봇에 대한 윤리의식에 관한 것이다. 작가는 로봇에 대한 윤리적 개념을 생각하게 한다. 더 나아가 로봇이 인간의 생활에 어떠한 영향을 끼칠지, 또한 인간은 그 로봇에 대해서 어떠한 방식으로 대해야 할지를 심각하게 고민하였다. 이는 헬레나가 로봇이 인간과 다른 대접을 받으며 노동으로 모든 생을 살아가는 것이 부당하다고 여기는 것에서 알 수 있다. 또한 이와는 반대로 인간이 만든 로봇에 대한 인간의 공포감도 나타나고 있는데, 이것은 하녀 나나에게서 나타나고 있으며 헬레나가 로봇에 대한 윤리적인 문제 제기를 하는 것과는 대립되는 또 다른 관점을 이루고 있다. 이외에도 희곡 안에서는 로봇의 증가에 따른 인간 소외 등 다양한 문제의식을 제기한다. 1920년대에 벌써 지능 로봇이라는 아이디어가 사용되었음이 특이하다.

오늘날과 같이 곧 로봇 없이는 살아갈 수 없는 날이 다가온다는 작가의 번뜩이는 예지가 놀랍다. 이러한 인간의 창조 정신은 이 희곡의 주요 테마중 하나다. 비평가 보닥(Vodak)이 지적하듯이 동시대의 편협한 비평가들이나 그 후 공산주의자들은 차페크의 코스모폴리타니즘 같은 독창성을 달갑지 않게 여겼다.[17]

다른 SF 작품에서처럼 『로숨의 유니버설 로봇』에서 창조는 희곡의 중심 테마다. 차페크보다 앞선 세대의 과학소설 작가 웰즈(H. G. Wells)는 수많은 과학적인 상세묘사를 믿을 만한 자료를 제시하는 반면에 차페크는 로봇을 만드는 화학 과정에 아무런 자료를 제시하지는 않는다. 생리학자와 심리학자인 할레마이어의 존재만이 금속자료가 사용되지 않았다는 것을 암시하고 있다.

차페크가 오늘날의 슈퍼 컴퓨터 같은 것을 상상하지는 않았겠지만 그의 로봇은 슈퍼 로봇 못지않은 기억력을 가지고 있다.

로봇들은 말하기와 쓰기와 셈을 배웁니다. 다시 말해 그들은 놀라운 기억력을 가지고 있습니다. 만일 당신이 그들에게 20권짜리 백과사전을 읽어주면, 그들은 당신에게 모두 다 순서대로 반복할 것입니다. 그렇지만 거기에 뭔가 새로운 걸 생각하지는 않습니다. 그들은 대학에서 충분히 잘 가르칠 수도 있습니다.[18]

이와 같이 클리마가 지적하듯이 이 드라마의 극적인 요소는 사람들의 생활 방식을 바꾸어 놓는 바로 혁명적인 창조이다. 여기서 차페크는 그의 위대한 기술적인 예견을 보여준다.[19]

차페크는 이전의 인조인간의 창조에 대해 비상한 관심을 가지고 있었다. 차페크가 창조하고자 하는 의도에서 볼 때 기계적인 인조인간은 너무나 딱딱하고 생경하였다. 체코 프라하에서 창조된 이전의 인조인간의 형상인 골렘이나 프랑켄슈타인의 괴물 같은 모형인체가 차페크의 아이디어에 더 가깝다. 그러나 이 또한 그에게는 현대성이 결핍되고 중세적인 아이디어와 비슷해서 그는 현대에 어울리는 대량생산이 가능한 인조인간 로봇의 개념을 만들어냈다. 차페크의 로봇은 철, 톱니, 리벳, 경첩, 이음매와 철사 등으로 만들어진 현대 로봇 산업의 로봇과는 달리 화학적인 과정을 거쳐서 만들어진 로봇이고 훨씬 인간과 구별이 안 될 정도로 비슷한 모양이다.

> 도민: (술라의 어깨에 손을 얹으면서) 술라는 화를 내지 않습니다. 글로리오바 양, 우리가 어떻게 피부를 만드는지를. 한번 보세요. 그녀의 얼굴을 만져보세요. —— 술라가 우리와는 다른 물질로 만들어졌다는 걸 알아보지 못할 것입니다. 실례지만, 그녀는 자신만의 독특하고 부드러운 블론디 머리칼을 가지고 있습니다. 다만 눈동자가 좀 희미하지만 —— 그러나 황금빛 머리칼이지요! 술라 돌아서서 봐![20]

차페크는 돈과 권력을 탐내는 인간들을 간접적으로 비판하면서 처음에는 영혼이 없고 노예 같은 로봇을 먼저 소개했다. 그 다음 보다 더 정교한 과정을 거쳐 감정을 가진 지능 로봇 개념을 만들어 냈다. 이처럼 차페크는 인조인간 로봇에게 감정을 넣는 데 성공하였다.

희곡의 끝에서 결국 인류는 멸망하였다. 로봇이 세상을 점령하였지만 인간이 없는 세상은 비극적으로 묘사되었다. 바로 이것이 차페크의 인간중심의 철학을 반영하고 있다는 증거이다. 희곡의 전개부에서 저자는 성격 드라마를 발전시키기를 원치 않았다고 한다. 그는 프롤로그의 상당한 부분을 기술적인 문제, 로봇의 역사와 논증에 할애하였다. 마지막 부분에서 그는 희극적인 요소를 가미했다.

차페크가 이 희곡을 유토피아 드라마로써 미래의 인간세상의 모습으로 그리려고 했을 때, 이 희곡이 나이브하지 않다면 여러 점에서 모순되는 점들이 있다. 예컨대 20세기 초기 혁명적인 과학창조의 시대에 로봇에 의해 포위된 인간들이 권총 외에 아무 무기도 없다는 것은 논리적으로 모순이다. 세계 경제를 좌지우지하는 공장이 보안부대에 의해서 보호되지 않는다는 것도 이상하다. 인류가 갑자기 로봇의 반란에 의해서 점령당하고 곧 전멸당해 자신들을 보호할 기회도 기술적인 가능성도 전혀 없는 것은 모순이다.

희곡의 구성 또한 완벽하지 못하다. 비록 그 당시 유행한 희극적인 서막과 3막으로 된 집단극이라는 소제목도 내용과는 차이가 많다. 로봇들은 주인공들도 아니고 로숨과 관련된 몇몇 공장 경영자들도 집단극의 집단이라고 보기에는 무리가 있다. 그리고 그들은 또한 개성화도 덜 되어 있다. 물론 상징이기는 하지만 그들은 너무나 지나치게 모든 인류를 대표하고 그들의 운명이 전 인류의 운명처럼 되어 있어서 차페크는 그의 작품을 집단극으로 묘사할 필요가 있었다.

이 희곡에서 드라마틱한 장면 하나를 살펴보자. 한 인간이 너무 지나치게 멀리 자신의 합리적 행동으로 나아갔다. 그가 창조한 것이 그에게 저항하는 것이다. 사람과 사람이 창조한 것과의 충돌은 사람에게 치명적인 결말을 가져왔다. 그러나 그러한 파국 후 화해가 잇따랐다. 인간의 자존심에 의해서 위협을 받은 지성적인 삶이 다시 태어났다. 이렇게 볼 때 이 희곡의 주 메시지는 인간과 인간이 창조한 것과의 소외는 인간을 파국으로 치닫게 한다는 것이다. 『로숨의 유니버설 로봇』은 인류의 이야기를 세분화된 세계로 되돌려 보내고자 시도한 흥미 있는 작품이다. 즉 사실주의 드라마가 묘사할 수 없는 위대함 그리고 동시에 단순성 속에서 기본적인 반목을 그리기 위한 작품이다. 그것은 개개인들의 주인공들을 인류의 대표자들로 격상하기 위해 필요했다. 여기서 우리는 문학작품의 의미적 다양성을 만난다. 이런 점에서 차페크의 작품은 그것이 창조될 당시처럼 현대에도 드라마를 보는 이에게 깊은 인상을 주며 시사하는 바가 크다 하겠다.

차페크는 이 희곡에서 당시 국가가 처한 아주 미묘한 문제를 정면으로 다루고 있다. 즉 여성의 번식력의 문제, 일하고자 하는 능력과 의지 그리고 동시에 동정, 우정, 미덕과 사랑이라는 인간의 타고난 재능을 약화시키는 기술적인 창조라는 동시대의 강박관념과 관련된 테마를 다루고 있다.

『크라카티트』를 제외하고 차페크의 대부분의 작품에서 잘 다루지 않은 성적인 열정도 이 작품에서는 나타나지 않는다. 사실 그 자신은 갈 박사의 실험에 별로 믿음을 가지지 않았다고 인정했듯이 새로운 로봇 세대인 프리무스와 헬레나가 생명의 지속성의 힘을 보여주었을 때 그의 추론의 약점을 시인했다. 차페크는 "나는 인류만이 이것을 할 수 있고, 살고 싶다는 영원한 의지가 그 유일한 방법이라는 것을 알리기 위해 노력하였고 기적에 의해서 그 가능성을 열었다는 것을 믿고 있다"[21]고 하였다. 차페크 자신도 자신의 이 드라마에 대하여 "무엇보다도 인간의 기적을 강조했다. 희곡의 마지막 장면에서 인간의 지속성을 재생시키는 것은 자연도, 신도, 갈 박사의 생리학도, 우연도 아니고 인간의 기적이다."[22]라고 언급했다.

기적이라는 것은, 몇몇 사람들이 손을 치켜들고 그들의 최후를 기다리는 서막과 제1막에 제시된 차페크가 가장 좋아하는 사상 즉 인간의

영웅주의이다: "나는 로봇이 아니라 인간에게 관심이 있다."[23]

파괴와 혼란도 극복하는 생명의 기적

서막과 제1막에서 예언적인 비전을 가지고 차페크는 파멸을 일으키는 주인공들을 드러낸다. 즉 신의 권위에 도전하는 늙은 로숨, 대량생산을 통한 자본을 원하는 젊은 로숨, 더욱더 많은 돈을 탐하는 투자자들과 공장주들이 바로 그들이다. 계속된 생산은 로봇의 질을 향상시켜 그들은 인간의 경쟁자가 된다. 로봇을 사용하는 인간들은 더 이상 일에 대한 도덕적인 책임감을 생각하지 않는다. 인간들은 점점 더 게을러지고 퇴화한다. 여자들은 더 이상 생산을 하지 못한다. 만일 이 희곡에서 차페크가 창조하고 기적을 행하는 인간 두뇌의 힘을 찬양했다면 그는 또한 권력을 남용하는 인간의 약점에 대한, 창조를 조종할 수 없는 무능력과 재난으로 치닫게 되는 최후의 결과를 볼 수 없는 무능력에 대한 그의 변함없는 견해를 강조했다. 인간은 정신적인 겸손을 가지고 자신의 잠재적인 위대함을 조종해야 한다는 것이 차페크의 의도이다.

희곡의 마지막 장면에서 젊은 로봇 한 쌍인 프리무스와 헬레나에게서 사랑의 감정이 나타나는 것이 목격된다. 여기서 우리는 생명의 기적은 어떠한 파괴와 혼란도 극복할 수 있다는 차페크의 사상을 엿볼 수 있다.[24]

희곡 속에는 특별한 악역이 없다. 차페크의 상대주의 철학에 의하면 그 이름들이 상징하듯이 개개의 주인공들이 나름대로 다른 신념을 대표하고 나름대로의 믿음을 가지고 있다. 인류의 행복을 위해 정교한 로봇을 대량 생산하고자 했던 공장사장 도민이 말한다.

내 자신의 만족을 위해서지요! 나는 사람이 주인이 되길 원했습니다! 빵 한 쪽만을 위해 살고 싶지는 않습니다! —— 나는 새 세대의 인류를 원했습니다! —— 나는 전 인류를 세상의 귀족계급으로 개조하기를 원했습니다. 구속받지 않고, 자유롭고, 빼어난 사람. 아마도 사람 그 이상을.[25]

파브리는 이것이 과학적인 진보에 의해서만 얻어질 수 있다고 믿는다. 영업담당 부스만은 금전적인 보증 속에서 사람은 참다운 자유를 누린다고 생각한다. 상징적으로 그는 수백만의 돈을 움켜쥔 채 살해당한다. 생리학 담당 주임 갈 박사는 헬레나가 로봇을 보다 인간적으로 만들라고 하는 간청에 동조한다. 이것은 저자 차페크의 입장과 가장 유사하다. 가장 인간적인 인물인 알퀴스트는 창조의 상징이며 인간 사랑의 상징으로 과학과 기술적 진보를, 도민을, 자신을 그리고 모두를 비난한다.

난 과학을 저주하오! 과학 기술을 저주하오! 도민을! 내 자신도! 우리 모두를! 우리, 우리 모두가 죄가 있습니다! 우리의 과대망상증 때문에. 누군가의 이익을 위해서, 진보를 위해서, 나는 어떤 거대한 과업을 위해서 우리가 전 인류를 살해했는지 모르오! 자, 당신들은 당신들의 그 위대함을 부서버렸습니다! 징기스칸이라도 인간의 뼈로 그런 거대한 무덤을 세우지는 않았습니다![26]

여성적인 직감, 가족애, 아름다움과 부드러움의 상징인 헬레나는 공장에서 남편의 일에 간섭한 죄도 있지만 로봇 제조법을 불태움으로써 가치 있는 행동을 하게 되었다. 나나도 농민의 지혜와 신에 대한 믿음, 전통과 기존의 질서에 대한 믿음에서 볼 때 그녀의 말 또한 올바르다.

있을 법하지는 않지만 타협적인 결말은 차페크의 상대주의 철학의 입
장을 보여준다. 그가 『로숨의 유니버설 로봇』의 출판과 공연 직후 "내
작품은 죽음으로 끝나지 않는다."[27]라고 말했듯이 비극적인 결말 끝에
한 가닥 희망적인 여운을 남긴다. 이러한 해피엔딩 또한 이 작품을 쓸
당시 차페크의 부인 올가에 대한 사랑의 관계에 대한 희망적인 시작에
의해 영향을 받았다고 하는 것은 개연성이 있다.

『로숨의 유니버설 로봇』에서 착취당하는 로봇 노동자의 반란 주제는
차페크가 형 요세프와 함께 1908년에 쓴 『제도』라는 작품에서 다루었
던 테마다. 고용자들과의 실용성만 중시하는 관계의 지속적인 발달에
의해서 자본주의적인 합리주의는 비인간적인 노동자의 이상 즉 생산의
환상적인 증가를 달성할 수 있다. 그러나 이러한 비인간화는 노동자들
이 그 제도 안에서 자기들의 위치를 깨닫는 순간 반란하여 제도를 파괴
시키는 결과를 가져온다.[28]

이 작품에서 각 주인공들의 인생관을 엿볼 수 있다. 공장사장 도민은
이 시대를 지식의 시대 다음에 온 '대량생산의 시대'라고 규정한다. 효
율적이고 이상적인 노동자는 일은 많이 하고 요구는 가장 적게 하는 자
이다. 도민의 입을 통해 차페크는 말한다.

로봇들은 사람이 아닙니다. 로봇은 기계적으로 우리보다 완벽하
며, 그들은 놀라운 지적 능력을 가지고 있지만, 그들은 영혼이 없습니
다. 오, 글로리오바 양, 기술자의 생산물은 자연의 창조물보다 기술
적으로 더욱 정교합니다.[29]

차페크는 또 기술적인 관점에서 기술담당자 파브리의 입을 통해 말
한다.

글로리오바 양, 인간이라는 기계는 대단히 불완전했습니다. ——
기계로 출산한다는 건 위대한 진보입니다. 그건 더 편리하고 더 빠릅
니다. 아가씨, 속도는 진보를 뜻합니다. 자연은 오늘날 일의 템포에
대한 개념이 없습니다. 기술적인 관점에서 보면 어린 시절은 순전한
난센스입니다. 그건 시간 낭비일 뿐입니다.[30]

영업담당 부스만은 로봇 생산이 갈수록 값싸게 할 수 있고 그래서 로
봇들이 생산하는 상품 또한 점점 더 싸질 수 있다고 강조한다. 심리학자
할레마이어는 로봇이 인간 노동자보다 더 유리하다고 강조한다.

다만 로봇들에게 즐거움이란 없습니다. 당신이 로봇들에게 뭘 먹
이든 간에 다 마찬가지에요. 그들은 전혀 맛을 못 느낍니다. 그들은
무엇에도 관심이 없습니다. 글로리오바 양, 하늘에 명세컨대 아무도
로봇이 웃는 것을 본적이 없습니다. —— 그들은 로봇일 따름입니다.
그들에게는 스스로의 의지도 없고, 열정도, 역사도, 영혼도 없습니
다.[31]

이와 같이 차페크의 주장대로 도민의 입장도 옳고, 그에 반대하는 입
장인 알퀴스트도 옳다. 값싼 로봇 생산을 강조한 부스만의 의견도, 헬레
나의 입장도 옳다. 그리고 마지막으로 로봇들이 로봇 세상을 만들기 위
해 이러한 모든 이상주의자들에 대항하여 반란을 일으키는 것도 그들
의 입장에서 볼 때 정당하다. 차페크는 이처럼 모두가 나름대로 정당하
다는 상대주의 철학의 입장을 이 작품을 통해서도 보여준다.[32] 모두들
이러한 비극적인 방법으로서 자신만의 진실을 경험해야한다. 왜냐하면
그렇지 않다면 그것은 위대하지 않기 때문이다. 결국 『로숨의 유니버설
로봇』에서 삶은 이 모든 파괴된 진리를 극복한다.

왜냐하면 만일 거기에 삶을 위한 희망이 없다면 난 스스로 목을 매달 것이다. 내 희곡에서는 아무 것도 죽음으로써 끝나지는 않는다.[33]

이 희곡에는 또한 인간의 유토피아 건설에 대한 강한 페시미즘의 모티프가 있다. 농민 또는 보통 사람의 지혜를 상징하는 유모 나나는 도민의 유토피아 비전의 건설에 대해 하나님의 저주가 내렸다고 한다.

그 탈 같은 기계들을 만들어내는 건 하나님에 대한 거역이고 악마의 뜻입니다. 그런 불경한 짓은 창조주의 뜻을 거스른 겁니다. 그건 당신의 형상을 따라 인간을 만든 창조주에 대한 모독입니다. ──그 때문에 하늘에서 무서운 천벌을 내릴 것입니다.[34]

하나님은 인간을 지상의 낙원으로부터 몰아냈듯이 또한 이 세상으로부터 몰아낼 것이다. 이 희곡에 나오는 유일하게 손으로 일하는 건축기사 알퀴스트는 기술 천국의 비전을 비판한다. 헬레나가 왜 여성들이 더 이상 아기를 낳지 않게 되었는지에 대해 묻자 알퀴스트는 외친다.

왜냐하면 인간은 노동이 불필요해졌기 때문이지요. 왜냐하면 고통이 불필요하기 때문이지요. 왜냐하면 사람에겐 먹고 즐기는 것 외에는 아무것도, 아무것도, 아무것도 필요하지 않기 때문이지요.──오, 저주 받은 천국이오, 바로 이것이. (뛰어오르면서) 헬레나, 지상에서 인간에게 천국을 주는 것보다 더 무서운 것은 없어요! 왜 여자들이 아기를 낳지 않느냐고요? 왜냐하면 온 세상이 도민의 소돔이 되어버렸기 때문이오. ──온 세상이, 온 땅이, 온 인류가, 모든 것이 다 하나의 미쳐버린 짐승들의 환락이 되었어요!|[35]

차페크의 유머 모티프가 희곡 여기저기에 나타나 있다. 헬레나가 처음 이 섬의 로봇 공장을 방문한 날 그녀는 유일한 여성으로 로봇과 사람을 구별 못하고 로봇이나 사람에게 똑같이 말을 붙이자 이 장면에서 모두의 관심을 독차지하는 중심인물이 된다. 공장사장 도민이 헬레나와의 대화에서 버나드 쇼(George Bernard Shaw)의 작품에 나오는 대화 스타일 같이 말을 빠르게 주고받다가 갑자기 그녀에게 청혼을 신청하는 장면은 유머러스하기도 하고 부조리하기도 한다.

이 희곡의 연출을 맡았던 노박(Vojta Novák)의 지적처럼 여기에는 국제화 또는 세계화의 모티프가 있다. 우선 주인공들의 이름과 역할에서 그것을 찾아 볼 수 있다. 당시 유럽에서 창조적인 과학이 발달한 나라들을 상징하는 인물들이 망라되어 있다. 예컨대, 영국계 기술자 파브리(Fabry), 프랑스계 생리학자 갈(Gall), 독일계 심리학자 할레마이어(Hallemeier), 유대계 비즈니스맨 부스만(Busman) 그리고 라틴 이름(Dominus)에서 따온 공장사장 도민 (Domin), 이 모두가 그냥 보통의 창조자들이 아니라 빼어난 인간 진보와 기적을 달성할 수 있는 능력의 대표자들이다.[36]

그 당시 문학비평가 요세프 코디체크(Josef Kodiček)가 이 희곡의 국제성을 내다보고 찬양하였듯이 그리고 어떤 좌익 입장의 드라마 작가가 〈루데 프라보〉(Rudé Pravo)에 이 작품을 혹평하기 위해 이 키쉬같은 작품은 독일어로 먼저 번역되고 영어로 번역되어 유럽 극장가를 점령하리라고 했듯이, 정말로 이 작품은 1921년 슬로베니어판, 1922년 헝가리어판, 1923년 독일어 및 영어판이 출판되었고, 1922년 뉴욕의 극장시즌에만 200여 차례 이상 공연되어 대 히트를 쳤다. 그 이후 곧 전 세계 30여개의 언어로 번역되었다.

1923년 런던 성 마르틴 극장에서 공연 후 당시 희곡계의 거장인 버나드 쇼, 체스터톤(G. K. Chesterton), 사령관 켄워디(Kenworthy) 등이 『로숨의 유니버설 로봇』에 대한 공개 토론회를 열었다. 이후 새로운 발명품 로봇에 대한 연극토론에서 로봇을 강조한 기사를 읽고 차페크는 '이 희곡을 쓸 때 나는 로봇보다는 인간을 염두에 두고 쓴 것'을 토론자들은 깨닫지 못했다고 비판했다. 그리고 1923년 7월 23일자 〈세터데이 리뷰〉(Saturday Review)에 그는 그의 '진실에 대한 코미디'(komedie o pravdě)에 대해 언급하며 그의 실용주의 개념을 정당화시키면서 모든 주인공들이 아주 단순하고 도덕적인 의미에서 그들 나름대로 모두 진실을 가지고 있다고 썼다.[37]

학자들 중에서 디보스키(Roman Dybosky)는 『로숨의 유니버설 로봇』의 공연을 런던의 극장 시즌의 가장 훌륭한 작품이라고 묘사하면서 관객들은 잔인할 정도로 교묘한 문학의 상상에 의해 매혹되었다고 했다. 그는 테마가 통일성을 이루고 있고, 구성이 탄탄하다고 극찬하며 인간 감정의 자극과 특별히 영리한 고안으로써 효율성을 증가시키도록 계산된 완전한 기계에 대한 욕망을 경탄하였다. 그는 차페크 희곡의 해피엔딩을 그리스 비극처럼 새로운 카타르시스라고 평했다.[38] 1923년 4월 25일자 〈데일리 크로니클〉(Daily Chronicle)지는 차페크의 극적인 판단력을 이렇게 찬양하고 있다.

연극적인 효과를 위해 훌륭한 감각을 가진 작가에 의해 씌어진 감격적인 새로운 드라마를 상상해보라. 무대 뒤의 시끄러운 소리, 폭풍우, 총소리, 적대적인 야만족의 무리들, 포위된 요새에 대한 공격 등 드라마틱한 예술의 모든 기법을 사용해서 전쟁에 대한 항의를 표현한 체코 작가를 상상해보라.[39]

상징

이 희곡의 서막에 로봇 생산에 대한 견해에 있어서 대조적인 두 상징을 보여주고 있다. 로봇의 발명가인 늙은 로숨은 합리주의자로 신의 부재를 증명하기 위하여 새로운 생명의 창조를 시도하였다. "그의 유일한 목적은 더 이상 창조주는 필요 없다는 것을 증명하려고 하는 것이었습니다."[40]라고 도민은 헬레나에게 설명한다. 그는 그의 발명으로 경제적인 착취 같은 대량생산에는 관심이 없었다. 이는 바로 차페크가 지향하는 과학자의 상징이기도 하다. 늙은 로숨은 지적 발견의 모험가요 낭만주의자로 묘사되었다. 그는 현대의 돈키호테를 상징한다.[41] 이러한 순수한 과학에 대한 열망에서 늙은 로숨은 자연이 준 것을 십분 활용하여 새로운 인간을 창조하고자 했다. "그는 인간의 육체 안에 있는 것과 똑같은 것들을 만들고자했다"[42]라고 도민은 헬레나에게 설명한다.

반면에 그의 다음 세대인 젊은 로숨은 늙은 로숨의 발명을 더욱 단순화시켜 대량생산을 가능케 하였다. 이는 현대 산업의 경제적 효율성을 상징한다.

희곡의 마지막에서 우리는 기적적인 생명의 상징을 목격한다. 차페크는 로봇을 인간으로 변신시킨다. 이전에 차페크는 헬레마이어를 통하여 "인간이 된다는 것은 위대한 일이지"라고 했듯이 그는 인간에 대한 찬사로써 로봇을 인식하고 있다.

로봇과 인간의 대립의 근본적인 원인은 무엇인가? 이는 당시의 산업화 사회에서 불거져 나오기 시작한 노동자와 자본가의 대립의 상징이라고 할 수 있다. 로봇들이 너무나 냉정하고 비인간적인 모습에 충격을 받은 헬레나의 부탁에 의하여 지능 로봇 개념을 도입한 갈 박사 덕분에 로봇들은 인간들과 동등하다고 느낀다. 그런데, 자기들은 일을 하는 반면에 인간은 일을 하지 않는 것이 바로 그들이 인간에 대항하는 이유이다.

이런 면에서 자본주의도 공산주의도 모두 로봇의 반란에 책임이 있다하겠다. 인간을 파괴하는 것은 기술문명이 아니라 이익을 위한 탐욕과 수요와 공급의 피할 수 없는 법칙이라고 공장사장은 말한다. 공장사장 도민이 '로봇 세상' 이라는 포스터를 보고는 누가 그들에게 저런 걸 가르쳤는지를 묻는다. 인간은 자본주의나 공산주의를 통해서 물질적인 유토피아를 얻기 위하여 자기 자신의 인간다움(인간성)을 빼앗을 수 있을지도 모른다. 로봇들의 반란은 사회주의 혁명을 상징하고 있다는 것을 쉽게 알 수 있다.

불임의 상징은 이 희곡에서 플라토닉 사랑과도 관련 있고 어쩌면 저자 차페크의 사랑과 결혼생활을 반영하고 있는지도 모른다.[43] 이 로봇공장이 있는 섬에는 공장사장을 비롯하여 6명의 관리인 남자들이 있으나 여성은 헬레나뿐이다. 공장장 도민은 헬레나와 결혼을 했지만 아이는 없고 대신 로봇들만 있다. 로봇들은 물론 여러 면에서 인간을 대신하나 역시 아이를 가질 수는 없다.

차페크의 로봇은 현대 기술문명의 전형적인 상징이다. 놀라운 과학과 기술의 수단은 이익동기, 공급과 수요, 시장경쟁, 군비경쟁 같은 제어할 수 없는 지배력의 행사에 있어서 유일한 도구이다. 현대 기술은 이러한 힘에 봉사하기 위해 수단과 무기를 제공하나 그것들을 제어할 수 없다. 여기서 차페크는 결점이 있는 인간들 사이에서만 갈등이 있는 게 아니라 인간의 이성이 이러한 힘을 무시할 때 그 이성 자체가 결점이 있다고 본다.

차페크의 희곡에 나오는 주인공들은 나름대로 상징을 띄고 있다. 늙은 과학자 로숨 (Rossum)은 비록 희곡 속에서는 나타나지는 않지만 과학을 대표한다. 로숨은 체코어로 '두뇌' (rozum)라는 뜻으로 영어로

'Brain' 또는 'Intellectual' 이다. 차페크에 의하면 늙은 로숨은 19세기 과학적 물질주의의 전형적인 대표자다. 반면에 젊은 로숨은 창조에서 인간이 신에게 도전하는 것 같은 데는 관심이 없고 효율적인 로봇 산업의 생산에만 관심이 있다. 그는 자본주의 산업생산의 포로를 상징한다. 기계생산은 어떠한 사람들에 의해서 중단 될 수 없다. 왜냐하면 산업을 지배하고 있다고 생각하는 사람들은 결국 그것에 의해 지배당하고 있고, 또 로봇들이 전쟁에 사용되고 있기 때문에, 아니 오히려 그것은 전쟁 산업이기 때문에 더욱 생산되어야 한다. 차페크는 "인간이 만든 생산품이 결국 인간의 손 밖으로 벗어난다"[44]는 이 희곡의 특징을 그 이후 다른 작품에서도 다룬다. 자연의 힘이 지배하는 한 과학 기술 사용의 위험의 주제를 다룬 『크라카티트』에서도 이런 특징을 다룬다. 이처럼 젊은 로숨은 현대 물질문명의 상징인 대량생산에만 관심이 있다.

앞에서 언급했듯이 차페크는 이 희곡에서 의도적으로 상징적인 의미를 가진 주인공들의 이름을 선택했다. 제일 먼저 등장하는 로봇들인 술라와 마리우스는 로마의 장군들 이름이다.[45] 로봇을 생산하는 아이디어를 만든 자는 지성인이다. 지성인이 인간을 자연 질서를 거역하도록 계속 몰아갔고 드디어는 결국 인간에게 파괴를 안겨주었다.

여러 비평가들은 그것을 차페크의 비합리적이고 낭만적인 견해라고 보았다. 그러나 로봇의 창조자만 상징적인 이름을 가지고 있는 게 아니라 희곡에 나오는 모든 이들이 상징적인 의미를 가지고 있다. 더구나 이 상징적인 이름들이 여러 언어로부터 유래하는 것에 주목할 필요가 있다. 로봇 공장의 사장 도민(Domin)은 라틴 이름 'dominus'(지배자, 군주)에서 따왔고 심리연구소 소장 할레마이어(Hallemeier)는 독일어에서 유래하고 행정을 담당하는 자라는 뜻이다. 수억을 가슴에 품고 죽게 된 재정 담당 부스만(Busman)은 영어 'businessman'으로부터 유래한다. 나나(Nana)는 러시아로 간호사를 뜻하는 냐냐(Njanja)이다. 갈

(Gall) 박사는 유명한 고대 그리스의 의사 갈렌(Gallen)으로부터 유래한다. 이 희곡에서 저자 차페크의 철학에 가장 가까운 인물인 건축기사 알퀴스트(Alquist)의 이름은 라틴어 '어떤 사람'이라는 뜻의 알리퀴스 'aliquis' 또는 스페인어로 '아주 호감 받은 자'라는 뜻의 엘 퀴스토 'el quisto'로부터 유래한 것이다. 또 고대 그리스 이름 'Alkyne'에서 따왔다.[46]

차페크는 지상에서 사람들에게 파라다이스를 제공하려고 하는 것보다 더 나쁜 것은 없다고 여러 번 작품에서 말했듯이, 알퀴스트도 차페크처럼 선을 위해서는 작은 것부터 실천하기를 바라고 인간주의를 강조한다.[47] 허버트 이글 교수가 지적하듯이 진취적이고 이상적인 도민이 지상에 낙원을 세우는 것을 반대하는 알퀴스트는 "봉사하는 일에 그래도 미덕이 있고, 인간다움에 위대함 있고 또 노동과 피로 속에 어떤 미덕이 있다"고 외친다.[48]

이처럼 주인공들의 이름들은 또한 그것을 가진 자의 직업을 상징한다. 그 이름들 중 어떤 것들은 가치 지향적인 목적을 띄고 있다. 주인공 이름들의 다른 기원은 분명히 다른 상징적 가치를 가지고 있다. 이처럼 주인공들 이름의 다양한 언어적 유래는 그 자체로 상징성을 띄고 있다. 이는 미지의 섬에서 개개인들이 죽어 갔을 뿐만 아니라 모든 나라의 전 인류가 파멸되는 것도 상징한다.[49]

문명의 알레고리

위에서 살펴보았듯이 차페크의 대표 희곡 『로숨의 유니버설 로봇』은 다양한 테마, 모티프 그리고 상징 등을 사용하여 현대 기술문명을 풍자하고 있다. 차페크의 이 희곡은 이와 같이 사람이 사람의 손으로 창조한 기계문명의 노예가 되며 마침내 멸망하는 날을 묘사한 심각한 풍자극이다. 기계문명의 발전으로 만들어진 인조인간 '로봇'이 반란을 일으켜 자기를 만든 인간을 다 죽여 버린다는 끔찍한 줄거리를 가진 이 작품의 결말은 의외로 희망 속에서 끝난다. 비극과 희극이 섞인 코미디라 할 수 있겠다.

여기에는 현대사회의 여성 불임의 테마, 지능 로봇의 테마, 생명불멸의 테마 등 다양한 테마와 모티프 그리고 여러 상징들이 잘 다루어져 있다. 이는 과학만능주의 기계문명의 발달에도 한계가 있고 21세기 인조인간의 제조의 가능성과 그로 인한 인류의 미래에 대한 경고일 수도 있겠다.

이외에도 희곡 안에서는 로봇의 증가에 따른 인간 소외 등 다양한 문제의식을 제기한다. 1920년대에 벌써 지능 로봇이라는 아이디어를 사용한 것은 이 작품이 미래를 내다 본 SF 요소가 강한 작품이라는 것을 말해준다. 오늘날과 같이 곧 로봇 없이는 살아갈 수 없는 세상이지만 인간이 기계를 이용하는 데는 한계가 있을 수 있다는 것을 상정한다.

희곡의 끝에서 결국 인류는 멸망하였다. 로봇이 세상을 점령하였지만 인간이 없는 세상은 비극적으로 묘사되었다. 바로 이것이 차페크의 인간중심의 철학을 반영하고 있다는 것을 말해준다. 희곡의 전개부에서 저자는 성격 드라마를 발전시키기를 원치 않았다고 한다. 그는 프롤로그의 상당한 부분을 기술적인 문제, 로봇의 역사와 논증에 할애하였다. 마지막 부분에서 그는 희극적인 요소를 가미했다.

이 희곡은 앞에서도 지적했듯이 구성이 완벽하지 못하고 집단극으로서의 역할도 이상하지만 막이 바뀔 때마다 긴장감을 불러일으키는 극적인 요소는 풍부하다. 차페크는 『로숨의 유니버설 로봇』 이후 『압솔루트노 공장』, 『크라카티트』라든가 『도롱뇽과의 전쟁』이라는 소설들에서 이러한 유토피아적 주제를 더 본격적으로 다룬다. 모두 이 지상에서 인간의 생존의 문제를 생각하게 한다. 그러나 『로숨의 유니버설 로봇』에서 차페크는 시대적인 불안한 상황에도 불구하고 인간에 대한 활력 넘치는 낙관주의를 잘 나타내고 있다. 차페크는 로봇을 인간의 적대세력으로 등장시킴으로써 『도롱뇽과의 전쟁』에서의 도롱뇽처럼 이 지상 또는 우주 속에서 인간만이 유일한 주인이라는 것에 대한 의문을 제기한다. 생명과 자연도 인간 못지않게 위대하다는 것을 상징한다. 로봇과 인간의 대결에서처럼 인간도, 인간사회도 그리고 문명도 이 우주에서 절대적인 것이 아니라는 것을 저자는 보여준다. 이는 차페크의 초기 상대주의 철학의 또 다른 면을 상징한다.

　『로숨의 유니버설 로봇』에서도 『도롱뇽과의 전쟁』에서처럼 문명의 알레고리를 다루고 있다.[50] 기술문명의 발달로 인한 자본주의의 무분별한 팽창으로 인한 상업주의의 모순, 사회주의와 공산주의의 절대주의적인 요소는 모두 인간 문화의 핵심인 자유주의 상실과 개인 간의 다양성의 상실을 상징하기 때문이다.

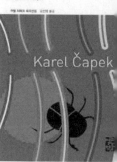

9. 곤충 극장
— 풍자와 익살을 내포한 철학적 알레고리

자연과 인간세계 질서의 유사성

카렐과 요세프 차페크(Karel & Josef Čapek) 형제는 1920년 『곤충 극
장』(Ze života hmyzu)를 공동으로 쓰기 시작하였고 1921년에 출판하였
다.[1] 이 작품은 1922년 브르노의 민족극장에서 초연되어 대단한 호평을
받아 약 100여 일 간 공연을 계속하였다. 이 작품은 1922년 미국에서,
1923년 영국에서 각각 공연된 이후로 차페크의 또 다른 희곡 『R. U. R.』
(1920)과 더불어 세계 연극 무대에서 인기 있는 레퍼토리가 되었다.

『곤충 극장』은 불특정한 숲속의 장소와 시간 속에서 진행되는 우화
나 익살극과 유사하다. 어떤 비평가는 심지어 철학적인 익살극이라고
한다.[2] 서막과 에필로그의 이야기가 현실 속에서 인간인 방랑자(Tulák)
라는 인물과 함께 전개되지만 나머지 3막은 모두 숲 속의 방랑자의 이
야기 속에서 일어난다. 제1막은 나비들(Motýlové)이 모이는 쿠션과 탁
자가 있는 언덕을 무대로 하고 있다. 제2막은 곤충들이 들락날락하는
구멍이 많은 모래언덕이 무대다. 제3의 무대는 개미들(Mravenci)이 일
하고 전쟁을 하며 싸우는 개미언덕의 내부이다. 이러한 무대 장치는 방
랑자의 현실과 환상 그리고 인간과 자연이라는 희곡의 이분법
(dichotomie)을 강조하고 있다. 『곤충 극장』에 나오는 곤충들은 인간들
을 상징하지만 자연 현상을 나타내기도 한다. 예컨대, 의인화된 개미의

특성에는 자연 개미 본래의 성질이 있다. 즉 나름대로 꾸준히 일하는 어떤 패턴 속에서 엄격한 일의 역할이 있다. 실제로 자연의 나비들은 다른 곤충들보다 더 희롱 짓을 많이 하고 기생충은 다른 생물체에 의존하여 사는 것도 그 한 예이다. 여기서 차페크 형제는 자연과 인간세계의 질서가 명확히 구분되지 않고 비슷한 점이 있다는 것을 제시한다.

연극관객뿐만 아니라 비평가가 볼 때도 알레고리를 사용한 이 희곡은 곤충을 등장시켜 인간의 속성을 비판한 것이 분명하다. 차페크 형제는 벌써 희곡의 서문에서 도덕적 관심을 이렇게 표현하고 있다: "우리는 사람들이나 벌레들에 관해서 쓴 것이 아니라 사악함에 대해서 썼다."[3]

비판적, 풍자적 그리고 잔인할 정도로 우스꽝스러운 어조가 이 희곡을 지배하고 있다. 물질에 집착하는 가족의 이기주의가 드러나는 제2막에서 빈정거리는 말투가 고조되고 있다. 쇠똥덩어리를 굴리며 그것이 그들 인생의 목표라고 하는 쇠똥구리(Chrobák)의 대화가 인간의 이러한 속성을 보여준다. 가족의 평온한 전원생활에 어리석을 정도로 눈먼 귀뚜라미가 안일한 즐거움에 젖어 있다. 그들은 자신들의 덧없는 행운을 자유로이 즐기느라 결국 자신들을 위험에 빠뜨리고 파괴당하는 상황을 알아 차리지 못한다. 다른 자들의 불행과 죽음을 대신하여 자신들의 안락한 가정을 세우는 귀뚜라미(Cvrček)의 기쁨이 인간의 그것과 얼마나 유사한가! 자신에게 불행이 덮치는 것도 알아차리지 못하는 인간들이 자신들의 주위의 살육에 대하여 얼마나 무관심한가!

말벌(Lumek)은 오직 자신의 애벌레(Larvička)를 위하여 살육을 일삼는다. 곤충들의 삶에 대한 알레고리 묘사를 통하여 상징화된 이기주의는 자연현상일 뿐만 아니라 인간사회 제도에도 기반을 두고 있다. 인간의 꿈은 바로 전원생활과 포근한 커튼이 달린 안락한 집에 기반을 둔 가족의 행복에 대한 귀뚜라미의 꿈이다. 차페크 형제의 희곡 『곤충 극장』

에 요란하게 나타난 이러한 이기적인 행복한 모습이 곳곳에서 조소되고 있다. 본문에서는 이 희곡의 구성, 테마와 모티프, 알레고리로서의 상징 등을 알아보고자 한다.

곤충들의 세계에서 전지전능한 방랑자

이 희곡은 짧은 서곡과 에필로그가 있는 3막으로 된 희곡이다. 서곡과 에필로그에 나오는 방랑자가 이 3막을 연결시켜주는 고리 역할을 한다. 그는 그리스 비극의 합창대를 상기시키며 곤충들의 세계에서는 전지전능하다. 그는 희곡을 읽거나 연극을 보는 관객인 인간과 동일시되는 면도 있지만 보통 인간과는 구별된다. 방랑자는 극을 이끌어 나가지

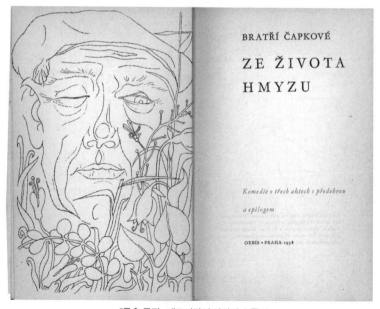

BRATŘÍ ČAPKOVÉ

ZE ŽIVOTA
HMYZU

Komedie o třech aktech s předehrou

a epilogem

ORBIS · PRAHA 1938

『곤충 극장』 체코어판의 삽화와 속표지

만 극이 진행되면서 그 자신도 극의 한 역할을 담당한다.

방랑자는 서곡에서 술병을 쥔 채로 잠들어 있고 곤충학자(Pedant)가 등장하여 그의 코 위에 앉은 나비를 낚아챈다. 곤충학자가 떠나자 방랑자는 일어나 관객에 대고 중얼거린다. 자신이 술이 취한 게 아니고 "인간의 추락"(pád člověka)을 연기하다가 나무 위에서 떨어졌다고 한다. 이어서 그는 자신을 인간이라고 소개한다.

> 여러분들은 내가 취했다고 생각합니까? 아니오. 좌우간 난 똑바로 누워 있어요. 내가 똑바로 떨어진 것을 보셨지요. 나무둥치처럼. 주인공처럼. 난 인간의 추락을 보여줬어요. —— 모두들 나를 알고 있어요. 난 바로 그런 인간이에요.[4]

그러나 방랑자는 보통 우리 인간과는 약간 구별되는 인물이다. 그는 집도, 가정도, 직업도 없는 떠돌이다. 그러나 그는 스스로 창조주라고 주장한다. 그는 문명과 동떨어진 숲 속에 곤충들의 세계를 만들었다. 이 곤충들의 세계는 아마도 인간 삶의 현실에 대한 그의 견해일 것이다. 방랑자는 인간 인식, 가치를 규정하는 자를 대표한다.

세 개의 막 각각은 방랑자에게 있어 인간 도덕의 단면 즉 무엇이 선이고 악인지를 의미한다. 제1막에서 방랑자는 자신을 거절한 사회를 보여준다. 공허하고 천박함을 상징하는 나비들은 상대 이성의 나비들을 유혹하는 데만 관심이 있다. 심지어 암컷 나비 클리티에는 방랑자가 자신을 유혹하도록 유도한다. 그는 그녀의 진정성이 없는 관심에 불쾌해하며 소리친다: "놀기만 좋아하는 타락자, 미천한 것이라고…… 날아가 이 나방아, 꼴도 보기 싫어!"[5]. 제1막의 시작에서 그는 이 곤충들의 세계가 천국이라고 믿었는데 막의 끝에서는 환멸을 느낀다.

제2막은 제1막보다 줄거리가 더 복잡하다. 방랑자는 여기서 그가 존중하는 것과 경멸하는 것을 보여준다. 방랑자는 말한다.

용서하세요, 저는 약간 취했습니다. 내게는 모든 게 나비들 같아요. 나비들은 아름다워요, 조금은 흠이 있지만, 영원한 사랑을 나누는 세상의 귀족이지, 이 흥미로운 부인들과 그들의 시종들, —— 그러한 명사들과의 관계에서는 날 좀 내버려둬. —— 쇠똥덩어리도 뭔가 가치가 있어. 쇠똥덩어리도 작품이야, 일이 향기가 나지 않으면 그 결과는 향기가 나지요.[6]

그러나 그는 쇠똥구리 부부가 부의 축적을 위해 일하는 자세는 좋게 보나 나중에 이들이 오직 쇠똥덩어리(재산)만을 모으는 것에 사로잡혀 있는 것을 경멸한다. 또 여기서 방랑자는 말벌의 잔인한 살해에 대해 언짢아한다. 말벌이 자기의 새끼인 번데기를 위해 다른 곤충들을 살해하는 권리를 인정하며 동시에 살해당하는 곤충에 대해 동정을 표한다.

말벌: 아이들을 키운다는 것은 책임이 막중하지요. 커다란 걱정거리, 그렇죠? 엄청난 일이지요, 선생님, 가족을 부양한다는 것, 생각해보세요. 불쌍한 어린 것들을 먹인다는 것. 교육을 시키고 미래를 보장해야 하지 않아요? 그런 것은 결코 적은 일이 아니지 않아요?

방랑자: 교육시키는 것. 미래를 보장하는 것. 양육하는 것. 배고픈 것들을 먹이는 것. 이 모든 것을 가정이 요구하지요. 자녀들에게 살아있는 귀뚜라미를 가져다주는 것. 비록 귀뚜라미가 살고 싶어 하고 아무도 죽이지 않더라도. 착한 것, 자신의 겸손한 멜로디로 삶을 찬양하지. 그건 통 이해를 못하겠네.[7]

방랑자는 기생충(Parazit)과 함께 이러한 살해를 비난한다. 기생충은 다른 곤충들은 굶는데 말벌이 지나치게 먹이를 모은 것을 비난한다.

제3막의 시작에서 방랑자는 곤충들의 삶에 신뢰를 가지고 있다. 그러나 방랑자는 곤충들이 나라를 위해 자신을 희생하는 것을 찬양하다가 개미들의 왕국에서 행해지는 맹목적인 헌신을 비판한다. 개미들은 국가를 위해 보다 빨리 보다 효과적으로 일하는 것에만 집중한다. 개미들은 세상을 지배하기 위하여 더 빨리 일한다. 개미대장(První inžernýr)은 노랑개미들과 전쟁이 벌어지자 스스로 개미왕국의 독재자(Diktátor)라고 칭한다. 방랑자는 잔인한 전쟁의 희생자들을 보자 독재자보다는 개미왕국의 병사들을 동정한다.

> 독재자: 우리들의 승리를! 개미들의 위대한 신이여, 당신은 진실을 얻었다! 난 그대를 대령으로 임명하노라…. 세계에 대한 통치는 결정되었다! 개미들의 신이여, 이 위대한 순간에… (조용히 기도한다)
>
> 방랑자: (그의 위에 기대서, 조용히) 세계에 대한 통치라고? 불쌍한 개미야, 세계에다가 그 조그마한 진흙과 풀 더미를 이름 짓는다, 이 초라하고 더러운 한 뼘의 땅에 대해 뭘 안다고? 너와 함께 이 너의 개미집 전부를 밟아버리겠다. 이 광신자야, 나무 한 그루도 너희들 무덤 위에서 속삭이지 않을 거야!
>
> 독재자: 너는 누구냐?
>
> 방랑자: 지금은 그저 하나의 목소리일 뿐, 어제는 아마 다른 개미집의 병사였지. 세상의 정복자, 너는 어떤가? 충분히 위대하다고 느끼는가? 불쌍한 것아, 너의 영광이 세워진 저 주검의 언덕이 너에게는 너무 작아 보이지 않는가?[8]

그러나 노랑개미들이 전쟁을 이기자 더 이상 관찰자가 아니라 그 자신도 참여하여, 노랑개미들을 발로 밟아 죽인다. 스스로 곤충들의 살해를 비난하다가 살해에 가담하게 된다.

성숙과 죽음의 모티프

『곤충 극장』의 주요 테마는 삶의 순환이다. 이 작품에는 출생, 성장, 재생산, 죽음 등 인생의 우여곡절이 제시되고 있다. 번데기(Kukla)는 제2막과 제3막을 통해서 출생을 안타깝게 기다리고 있다. 이 번데기는 태어나면 세상을 위해 뭔가 놀라운 것을 할 것이라고 믿고 있다.

> 난 뭔가 위대한 것을 하고 싶어. —— 내가 태어나면 온 세상이 놀랄 거야. —— 난 뭔가 무한한 것을 하고 싶어 —— 장소가, 장소가, 나는 태어나고 있어, 감옥에서 온세상을 자유롭게 할 거야! 아 얼마나 위대한 사상인가![9]

그러나 에필로그에서 번데기는 수많은 하루살이처럼 나방(můra)으로 태어나자마자 죽음을 맞이한다. 희곡의 에필로그에서 나방들이 불꽃처럼 사라지고 방랑자도 죽는다, 이때 한 여자는 갓 태어난 누이의 아이를 세례 시킨다.

제1막의 나비들은 성숙을 상징한다. 그들은 오로지 서로 희롱짓을 하지만 잠시 동안만 짝을 짓는다. 제3막의 개미들은 지속적인 성숙을 상징한다. 그들은 사회를 이루며 일을 한다. 책임감 있는 행동을 보여주는 곤충들의 삶이 제시된다.

말벌은 자신의 딸을 먹이기 위하여 계속 다른 곤충들을 희생시켜 음식물을 끌어 모은다. 귀뚜라미 부부는 새끼 귀뚜라미를 기대하고 있다. 반면에 쇠똥구리 부부는 아이들을 가지는 데 관심이 없고 오직 자신들의 재산인 쇠똥덩어리만을 모으는 데에만 집중한다.

인생의 순환에서 가장 결정적이고 참혹한 장면은 죽음이다. 여기에 나오는 죽음들은 갑작스럽고 잔인하다. 말벌은 주저 없이 자기의 딸을 위해 귀뚜라미를 살해한다. 기생충은 말벌의 애벌레를 죽이고 복수로 그 일부분을 먹어치운다. 암컷 나비 이리스를 쫓던 수컷 나비 빅토르는 새의 밥이 된다. 곤충학자는 수집을 위해 나비들을 죽인다.

방랑자는 이 모든 무의미한 죽음에 환멸을 느끼지만 노랑개미들의 개미왕국에 대한 정복을 지켜만 볼 수 없다. 그는 노랑개미들의 우두머리를 짓이겨 죽인다. 방랑자는 살고 싶지만 다가오는 죽음을 어쩌지 못하고 쓰러진다.

차페크 형제는 인생의 순환의 마지막인 죽음이 잔인하고 끝없이 지속되지만 마지막 순간에 희망을 보여준다. 방랑자가 죽자 새 아이가 세례를 받고 아이들은 학교에 가고 어른들은 전진한다. 인생은 짧지만 살 가치가 있는 것이다.

도덕, 윤리, 악의 테마

이반 클라마가 지적하듯이 차페크는 곤충들의 삶을 묘사하면서 인간의 속물근성(snobismus), 피상성(povrchnost), 탐욕(hamižnost), 이기주의(sobectví), 잔인성(krutost), 시기심(závistivost), 군중심리(stádní myšlení), 위선(prolhanost) 등 도덕적인 윤리 문제들을 제시한다.[10] 특히 곤충들이 다른 곤충들에게 어떤 영향을 끼치는지를 보여주면서 인간들의 부정적인 행동을 묘사한다.

나비들은 외모에만 신경을 쓰며 서로 유혹하고 조종하며 희롱한다. 수줍어하고 예민한 시인 나비 펠릭스는 다른 나비들처럼 피상적이지는 않지만 나름대로의 약점이 있다. 그는 자신의 시에만 신경을 쓰며 시로써 암컷나비를 유혹하고자 한다. 쇠똥구리 부부는 탐욕의 화신이다. 그들은 자신들의 재산인 쇠똥덩어리만 걱정한다. 심지어 자기 아내와 쇠똥덩어리가 없어지자 아내보다 재산을 더 걱정할 정도로 물질을 탐하며 윤리적으로 타락하였다.

벌도 정도는 덜하지만 쇠똥구리처럼 탐욕에 사로잡혀 있다. 그는 애벌레인 딸을 먹이기 위해 닥치는 대로 살해하고 먹이를 저장한다. 비록 기생충은 잔인한 말벌의 귀뚜라미 살해에 대해 방랑자와 의견일치를 보지만 그도 기회주의자다. 말벌이 집을 비운 사이 그는 말벌의 딸인 애벌레와 저장된 먹이를 먹어치운다. 여기서 동물세계에서의 비정한 약육강식의 일면을 볼 수 있다.

개미의 왕국에서는 일을 빨리하는 것이 가장 큰 관심거리이다. 그러나 개미 엔지니어 우두머리는 보다 큰 권력을 원하며, 노랑개미와의 전쟁이 발발하자 스스로 독재자와 황제라 칭한다. 여기에 등장하는 인간도 나름대로 도덕적 타락을 가지고 있다. 곤충학자는 방랑자를 깨우기보다 나비수집에 더 관심이 많다. 비록 방랑자도 곤충들이 서로 죽이고 하는 모습을 역겨워하면서도 자신도 살상을 저지른다.

『곤충 극장』은 벌레만의 이야기가 아니라 인간성 속에 있는 벌레 즉 인간들의 제반 문제, 흠과 실수에 관한 풍자적이며 무서운 희곡이다. 수준급 정원사인 저자는 이 작품에서 인간의 약점을 노출하고 곤충들이 인간에 대한 실망을 표현하는 목소리를 부여하면서 곤충들을 더욱 확장된 메타포로 사용한다. 차페크 형제가 실망을 유머감각으로 변장시키는 『곤충 극장』에는 무서운 것이 있다. 피터 쿠시(Peter Kussi)는 차페크 탄생 100주년을 기념해 출판한 차페크 선집 *Toward the Radical Center* 서문에서 "카렐 차페크의 이 희곡은 유럽 희곡 선집 레퍼토리에서 빠진 적이 없을 정도로 인기 있는 작품이며, 그의 모든 가벼운 유머러스한 기사들과 이야기들은 뭔가 진정한 실체를 가지고 있는 반면에 가장 단순한 말투 속에서 비중 있는 것들을 표현하는 재능이 있다."라고 평가하고 있다.[11]

　방랑자는 희곡 속에서 다른 주인공들을 관찰하면서 그들의 대화와 행위의 부조리한 것에 대해 회고 한다. 비록 그는 취한 모습으로 등장하지만 가장 분명한 생각을 가진 자는 바로 방랑자이다.

　　내가 취했다고 생각하지 마시기 바랍니다. 난 언제나 잘 보고 있어요. 모든 게 두 개로, 모든 게 쌍으로, 여기, 저기, 이곳에 저곳에 모든 곳에, 모든 것이 사랑이에요.[12]

　희곡 속에 나타난 이중적인 것은 방랑자의 환상이 아니라 주인공들의 이중적인 애매한 대화이거나 부조리함이다. 첫 장면에 나오는 곤충학자의 경우, 그가 무엇을 하는지 방랑자가 묻자 곤충학자는 대답한다. "나비는 반드시 분류되고, 데이터를 입력시키고 내 수집에 넣어져야 합니다! 나비는 반드시 조심스럽게 잡아야 합니다! 그 다음 핀으로 고정시켜야 합니다! 종이끈으로 묶어야 합니다!"[13] 무엇을 위해 그러한 것을 하느냐는 질문에 "자연사랑, 만일 당신이 나만큼 사랑했다면, 이 친구야…"[14]라고 대답한다.

　차페크는 제3막에서 개미들이 평화를 위한 투쟁으로 개미왕국의 개미대장이 노랑개미들을 상대로 일으킨 전쟁의 장면에서 과학자-발명가를 등장시킨다. 이 과학자는 전쟁을 위한 신병기 발명가이다. 발명가는 자신의 창조물을 찬양한다. "전쟁의 거대한 무기, 인간을 죽이는 가장 빠르고 가장 효과적인 분쇄기! 진보의 최전선! 과학의 절정! 만 명, 십만 명 즉사! …이십만 명 즉사." [15] 방랑자가 개미들에게 왜 전쟁을 해야 하느냐고 묻자 개미들이 대답한다. "왜냐하면 우리들은 새로운 전쟁무기를 가질 것이니까." 희곡은 저자의 죽음의 입장에서 본 생활에 대한 관찰의 요약으로 끝난다. 마지막으로 차페크는 상식에 입각하여 행동하기를 요구한다.

피터 쿠시는 이 작품을 다음과 같이 평가한다.

카렐 차페크의 작품은 상식에 대한, 평범한 사람들의 지혜에 대한 찬양에 강한 신념을 표출한다. 카렐 차페크는 선량한 판단에 대한 재빠른 집착에 의한 난센스에 대해 반대한다. 그러한 태도는 쉽게 지루해질 것이다. 그러나 이는 이성의 외침이 생생하게, 즐겁게, 신선하게 소리 나게 하는 차페크의 영광들 중의 하나다. 그는 이성을 포함하고 아니 이성을 넘어 더 깊은 원천에 도달하는 깊게 뿌리 박은 핵심을 썼다. [16]

1920년대 이 작품은 가볍게 즐길 수 있는 코미디로 해석되었으나 2차대전 이후는 정치적으로 해석하려는 시도가 있었다. 미국의 극작가 아더 밀러(Arthur Miller)는 차페크의 영어판 선집 *Toward The Radical Center*라는 책에서 차페크는 시대를 앞서간 작가이며 동시대인들은 차페크의 의도를 잘못 이해했다고 지적했다. 당시 그들은 차페크의 아이디어가 실용화되기에는 현실과 너무나 동떨어진다고 생각했다. 밀러는 차페크 시대의 관중들은 차페크의 작품에 매력적인 호기심으로 대했지만 현대 관중은 차페크가 묘사한 세계는 매우 놀라운 것이라고 생각했다.

우리는 차페크의 악몽 속으로 빠져 들어가고 있다. 도덕적인 목적을 상실한 우리의 과학이 숨쉴 수 없는 가스 속에서 우리 혹성을 차츰 드러낼 때 무관심한 웃음과 그 내면에 깔린 인간의 맹목적인 고뇌를 간파하기 위해 우리는 차페크를 다시 읽어야 한다.[17]

희곡의 에필로그의 제목은 "삶과 죽음"이다. 이 장면에서 방랑자는 천천히 다가오는 자신의 죽음을 예견한다. 세상을 떠나기 전 방랑자는 곤충들의 주검을 하나하나 목격하고 모든 것들이 더 살고 싶어함을 회고 한다.

우리들을 살게 해줘, 우리 모두를! 봐라, 모두들 살고 싶어 해! 모두들 자신을 방어해, 모두들 자신의 주먹을 위해 투쟁해! 알다시피 우리 모두가 함께 그렇게 했었더라면! 그대가 우리들을 이끌었다면! 소멸에 반대하도록! 죽음에 대항하도록! —— 모두들 그대 뒤를 따라갔을 텐데! 모든 하루살이들이, 모든 사람들이, 생각들이, 과업들이, 물 속의 미생물들이, 개미들이, 풀이 그리고 모든 것들이 그대와 함께 뭉쳤을 것을! 살아 있는 우리 모두는 이전에 하나의 연대로 뭉쳤어야했어. 전지전능한 삶이여, 그대는 우리를 이끌어 갈 텐데….[18]

상징과 알레고리

인간을 대표하며 모든 막에 등장하는 방랑자를 제외하고 거의 모든 주인공들은 상징적인 의미를 띄고 있다. 그는 모든 곤충의 특성에서 인간의 약점을 관찰하는 주인공이다. 그는 자기가 관찰하는 곤충들의 행동거지를 속으로 비판하면서 화를 내지만 마지막 부분에서 노랑개미 지도자를 죽일 때까지 직접 개입하지 않는다.

분명히 나비들은 청춘이나 사회의 피상적인 것을 상징한다. 개미는 다른 상징도 있지만 1차대전 이후 유럽에서 중대한 정치적 이슈인 국가에 대한 절대적인 충성을 상징한다. 제2막에서 곤충들은 인간의 특성 특히 결점을 상징한다. 말벌 부부는 탐욕을 상징한다. 쇠똥구리와 기생충은 다른 사람의 불행에 이득을 취하는 기회주의자다. 말벌도 이러한 특질이 있지만 냉혹한 살인자를 상징한다.

제2막에서 번데기의 등장은 방랑자의 진화(사회적 변화)의 이유가 될 수 있다. 번데기는 자신이 곧 태어나서 위대한 일을 하리라고 방랑자에게 말한다. 방랑자는 다른 곤충들의 행위들에 짜증이 났지만 번데기는 그에게 새로운 희망을 이야기하기 때문에 솔깃한다. 번데기는 가능성이요 미래이다. 방랑자는 자신에게 아이가 없음을 후회하는 장면이 몇 번 나오는 것으로 봐서 번데기를 자신의 입양아처럼 여긴다. 그러나 이 희곡 속에서 다른 곤충들의 아버지와 딸의 경우처럼 둘 사이에서도 결국 비극적으로 끝난다.

에필로그는 밤이며 방랑자가 꿈속에서 외친다. 그 자신도 어둠 속에서 죽음을 두려워하고 빛을 찾는다. 방랑자가 불빛을 비추자 태어나고자 몸부림치던 번데기는 나방으로 태어나자마자 하루살이처럼 죽어버린다. 그가 태어나기 직전 방랑자는 모든 생물들이 삶을 함께 연대해야 한다고 외친다. 여기서 작가의 인생관을 찾아 볼 수 있다.

번데기가 죽자 방랑자도 비록 인정하고 싶어 하지 않지만 자신의 종말을 예감한다. 그는 이제 인간에게 그것이 무엇을 의미하는지 알기 때문에 더 살고 싶어 한다. 그러나 번데기, 하루살이처럼 그는 그럴 기회를 잡지 못한다.

『곤충 극장』에서 방랑자는 인류를 위한 낙천주의를 상징한다. 방랑자는 곤충들에 의해서 제시된 많은 문제를 목격하지만 그는 죽은 날까지 희망을 잃어버리지 않는다. 비록 방랑자는 제3막의 끝 무렵에 좌절하여 노랑개미 지도자를 살해하지만 세상은 모두에게 공평한 장소가 되길 원한다. 희곡의 클라이맥스는 변화를 보여준다. 벌목꾼은 방랑자의 주검을 발견하고는 "죽은 자여, 불쌍한 늙은이야. 적어도 일생의 근심은 덜었군." [19]이라며 결말을 내린다. 또 다른 희망적인 미래를 상징하는 아기를 안은 여자가 그의 임시 묘지에 꽃다발을 놓는다. 희곡의 첫 부분에서 나비채집 곤충학자가 방랑자에게 화를 내고 경멸하는 반면에 희곡의 끝에서는 한 인간이 다른 인간에게 인간적인 동정을 보여준다. 이런 의미에서 이 희곡은 긍정적인 결말을 가지고 있다.

『곤충 극장』은 인간들의 세계의 알레고리이다. 특히 제2막에서 차페크은 여러 다른 곤충들을 특성화하면서 인간들의 경제적 투쟁과 경쟁에 대한 관심을 표명하고 있다. 이렇게 볼 때 쇠똥구리는 노동자를 대표하고, 말벌은 기업인이나 소부르주아 즉 중간계급을 대표하며, 나비는 상류층이나 부르주아를 상징한다. 이 희곡은 무의미한 존재, 탐욕, 그리고 가족의 이름으로 중노동에 의해서 특징 지워진 인생들로 만들어진 인간 사회의 일에 대한 매우 높은 냉소적인 전망을 보여준다.

쇠똥구리는 자신의 생애를 아무런 다른 이유 없이 처량한 생활의 저축을 위해 일생을 바치는 노동만하는 군중을 상징한다. 쇠똥구리는 자신의 일을 대표하는 작은 덩어리 즉 쇠똥덩어리에 사로잡혀있다. 수컷 쇠똥구리는 그것을 "나의 보물, 나의 아름다운 자산. 나의 보석. 나의 모든 것." [20]이라고 부른다.

암컷 쇠똥구리도 그것을 추상적인 축적된 부만을 의미하는 것으로 비슷하게 묘사한다: "오, 얼마나 사랑스러운 작은 덩어리인가, 이 무슨 즐거움인가, 우리의 모든 것." [21] 수컷은 그것을 "우리들의 사랑, 우리의 유일한 기쁨"(naše lásko a jediná radosti!)이라고 덧붙인다. 쇠똥구리는 그 덩어리를 모으기 위해 일생을 희생했다고 한다. "우리가 어떻게 절약하며 근근이 모았는지, 애쓰고 억척같이 일하며 입술이 부르터질 정도로 냄새나는 부스러기를 긁어모았는지──"[22] 그리고 암컷은 덧붙인다. "손발이 닳도록 일하고 끈기 있게 땅을 팠어."(a nohy si ubrousili a hromádek rozryli)[23]

차페크는 이 쇠똥구리의 '일생의 과업'(naše celé dílo)을 자신의 전 생애의 밑천(poklad)을 모으기 위해 바친 인간의 '일생의 과업'의 알레고리로 묘사한다. 그러나 이 전 생애 동안 모은 밑천이란 게 쇠똥 덩어리에 지나지 않는다는 것은 아무런 본질적인 가치가 없음을 뜻한다. 그러나 쇠똥구리는 그것을 소유함으로써 가치가 있다고 생각한다. 마치 인간들이 그러한 부가 인생에 어떠한 가치를 부여하든지 말든지 일생 동안 재산을 모은 것이 추상적인 부와 소유의 상징이듯이.

쇠똥구리에게 있어서 쇠똥 덩어리를 모으는 것은 알레고리로써 인간에게 있어서 일의 목적은 부를 축적하는 것 같다. 쇠똥구리가 한 덩어리를 모으면 또 다시 다른 덩어리를 모으고 싶어 하듯이 인간도 궁극적으로 의미 없는 재산을 계속해서 쌓고 싶어 하는 것을 풍자하고 있다.

여기서 또 부의 축적은 행복보다는 또 다른 근심 걱정을 유발한다. 암컷 쇠똥구리는 말한다. "난 겁이 나. 누군가가 우리 것을 훔쳐갈지도 모르잖아."[24] 떠돌이 쇠똥구리가 나타나 쇠똥구리 부부가 일생동안 모은 쇠똥덩어리를 훔친다. 그때 방랑자는 이 덩어리를 "냄새 나는 황금 덩어리"라고 언급한다. 떠돌이 쇠똥구리는 그런데 이 냄새나는 덩어리가 소유할 가치가 있다고 주장한다. 작가는 쇠똥구리나 인간이 가치 없는 혐오스러운 것을 돈이나 '황금'(zlato)이라고 하는 물질적 부를 비판한다.

쇠똥구리의 물질주의와 탐욕은 심지어 극단으로 치닫는다. 수컷 쇠똥구리는 이 쇠똥 덩어리를 자기 아내보다 더 소중히 여긴다.

"난 누가 내 마누라를 데려 가든지 상관없어, 그러나 내 덩어리는 어디 있는 거지?"——"내 덩어리? 하나님 맙소사! 그 자를 잡아라! 도적이야! 살인자! 열심히 모은 내 재산! 차라리 그 황금 덩어리 대신 나를 죽여!"[25]

'가족'의 개념이 물질적인 부의 축적을 위해 의미 없는 인생을 정당화하는 것이라고 방랑자는 보고 있다. 작가는 오늘날 개인의 이기주의와 탐욕을 신랄하게 풍자하고 있다.

자신을 위해 사랑하며, 사회 전체를 위해 건설한다고,
간단히 말해, 돈을 악착같이 모으면서, 타인을 위해 일하다고,
가족을 위한 일이라면 인색함도 덕이지.
가족은 그럴 권리가 있어, 가족은 모든 것을 신성시하지.
심지어, 도둑질이 필요하다면, 그것도 결국 아이들 때문이지.
바로 그것이 문제야, 모든 것은 거기에 달렸어.
인간이 가정을 유지하기 위해 모든 것을 하는 것처럼![26]

차페크에 의해 알레고리로 제시된 가족과 어린이의 관점, 인간 사회의 경제 구조에서 가족과 아이들의 역할이 극단적으로 풍자적이고 비판적이다. 가족과 아이들의 이름으로 탐욕을 정당화하는 것은 자신의 애벌레를 위해 먹이를 사냥하는 것을 인생의 유일한 목표로 삼는 말벌이다. 말벌은 방랑자에게 말한다.

아이들이 있으면 우리는 적어도 누구를 위해 일을 하는지 알아요.

만일 당신에게 아이가 있다면 당신은 돌봐야 하고, 일해야 하고 투쟁해야 해요. 그게 진정한 삶이지요, 그렇지 않아요? 아이들은 자라고 싶고, 먹고 싶고, 맛있는 걸 즐기고 싶고, 놀고 싶어 해요, 그렇지 않아요? 내 말이 맞지요?[27]

말벌은 자신의 애벌레를 먹이기 위해 다른 곤충인 귀뚜라미를 살해한다. 귀뚜라미 부부도 자신들의 아이들을 위해 집을 필요로 한다. 말벌에 의해 죽임을 당한 다른 귀뚜라미 집을 자신의 애벌레를 위해 안성맞춤이라고 한다. 여기서도 귀뚜라미 부부와 말벌 모두 자신의 아이들을 위해 물질을 필요로 하며 일생을 이러한 물질을 축적하기 위해 인간처럼 남을 희생한다.

말벌과 귀뚜라미 대화에서 말벌은 덩어리를 모으는 것이 더 중요하다고 하고 귀뚜라미는 집을 소유하는 게 더 중요하다고 논쟁하다가 말벌이 자신의 애벌레를 위해 임신한 귀뚜라미를 살해한다. 여기서 말벌은 물질주의자 또는 기업가를 상징한다. 말벌은 자랑한다: "멋진 일이야. 전문적인 지식. 기업정신. 창의력. 안목. 일에 대한 애착, 내가 이야기하지." 말벌은 계속해서 가족을 위해 남을 희생하는 것이 정당하다고 떠벌린다.

만일 당신 계속 생존하고 싶다면 당신은 싸워야 합니다. 거기에 미래가 있습니다. 거기에 당신의 가족이 있습니다. 그리고 거기에 야망이 있어요.[28]

이처럼 곤충의 생활은 바로 인간 삶의 알레고리이다. 비평가 쿠델카도 차페크 형제가 바로 이 드라마틱한 알레고리를 작품 속에서 잘 추론했기 때문에 관객의 관심을 모을 수 있었고 연극으로써 큰 성공을 거두

었다고 한다.[29]

도덕적 표준이 상대적일 때
인간은 어떻게 살아야 하는가

우리는 『곤충 극장』에서 작가의 의도를 알 수 있다. 차페크 형제는 자신의 경제적 이익을 위하여 다른 인간을 희생해야 하는 데 기반을 둔 공격적인 자본주의 기업의 특성을 비판하고 있다. 방랑자는 제2막의 결론으로 그래도 인간의 생활은 잔인하고 의미 없는 곤충들의 것보다 더 높은 목적에 헌신해야 한다고 하면서도 결국 궁극적으로 인간도 곤충보다 별로 나을 게 없다고 확신한다. 그는 인간 노력의 야비함은 곤충들의 그것보다 더 나을 게 없다고 냉소적인 메시지로 결론을 내린다.

달리 말해 작가는 인간은 자신들의 물질적인 이익을 위해, 인간 삶의 가치와 관계없이, 자신과 자신의 가족 이외의 다른 사람을 먹이로 삼는다고 한다. 차페크는 이 희곡에서 곤충들에게 상징적인 가치를 위해 인간적인 성격을 부여하여 인간세태를 풍자하고 있다. 의인화된 인물을 사용하면서 이 희곡을 연출할 때 물론 우화적으로 해석할 수 있다. 우화는 동물들을 등장시켜 도덕적인 교훈을 주는 상상의 이야기라는 점에서 볼 때 실제로 이 작품은 우화적인 요소가 다분하다 하겠다. 이 희곡은 곤충들을 등장시켜 수많은 도덕적인 문제와 아이디어를 다루고 있다. 예컨대, 탐욕, 지도자에 대한 맹목적인 추종, 살해자의 잔인성, 죽음의 가혹함. 그러나 명확한 도덕률을 가지고 있지는 않다. 그러나 『곤충 극장』은 어떤 행동은 명확히 나쁘고 또 어떤 행동은 명확히 선하다는 것을 나타내지 않고 암시할 뿐이다. 선악의 구별이 뚜렷한 우화와의 차이점이면서 차페크의 상대주의 철학의 한 단면이 이 작품에도 나타난다.[30] 차페크는 이 작품에서 선악의 구별은 독자 또는 관객의 관점에 맡기고 문학의 본기능인 재미에 무게를 두고 있다.

개미의 성을 무대로 하는 제3막에서 작가들은 대중이 살육되고 서로서로 파괴를 일삼는 더 큰 집단주의 형태인, 민족주의적이거나 인종주의적인 이기주의를 고발하고 있다. 집단주의적인 이데올로기가 사악함, 잔인함 그리고 전쟁으로 인한 살육의 무의미함을 눈가림하는 도구로 사용되고 있다. 군국주의가 개인의 사상, 삶을 억압하는 수단이며 대량학살의 도구이다. 여기서 우리는 벌써 카렐 차페크의 반파시스트와 반제국주의의 금언을 예견할 수 있고 요세프 차페크의 심각한 반파시스트 풍자적인 그림을 생각할 수 있다. 제2막에서 나비들이 서로서로 희롱짓 하는 가운데서 우리는 우스꽝스러운 모습과 자기도취적인 모습, 공허한 대화, 어리석은 말장난 같은 것을 웃고 넘길 수 있지만 제 3막에서는 이러한 우스꽝스러운 것은 재빨리 진행되고, 곤충들의 삶은 너무나 잔인할 뿐 결코 희극적이지는 않다.

방랑자와 개미왕국의 엔지니어 지도자와의 대화는 차페크 형제의 정치적인 견해를 보여주고 있다. 방랑자는 곤충들의 삶을 관찰만 하는 게 아니라 작가들의 비판적인 견해와 개인의 정신과 자유를 속박하는 개미왕국과 집단주의의 혼동하기 쉬운 맹세에 대한 작가들의 반대를 표현하고 있다. 반면에 개미왕국의 기사는 규율 잡힌 집단주의 제도를 옹호하고 있다.

개미왕국의 독재자는 차페크의 후반기 작품인『압솔루트노 공장』부터『하얀 역병』에서 볼 수 있듯이 미래에 차페크의 파시스트 독재자, 민족주의 민중선동과 무의미한 전쟁의 모습을 예고하고 있다. 개미들의 민족주의적인 민중선동과 전쟁으로 인한 살육과 파괴를 비판적으로 언급하던 방랑자는 더 이상 방관자로 머물지 않고 직접 행동에 참여하여 노란 개미왕국의 지도자를 발로 차며 밟아 죽이며 외친다. "아, 어리석은 곤충! 바보 곤충이여!"[31]

에필로그에서 방랑자의 죽음은 쓰디쓴 현실을 보여준다. 곤충들은 영원한 삶을 노래하고 번데기는 새로운 큰 미래를 약속하지만 모두 하루살이의 삶처럼 곧 사라진다. 방랑자의 죽음에 대해 비평가들이나 연출가들 그리고 관객들은 희곡이 비관적이라고 하는 데 대해 저자들은 결코 그렇게 의도하지 않았다고 한다. 야노우세크도 지적하듯이 이에 대해 차페크 형제는 결말부분을 보다 더 부드러운 긍정적인 결말을 짓는 변형을 다시 쓰기도 했다.[32] 여기에는 인생은 정답이 없고 해답을 찾는 과정 또는 진리에 대한 탐구라는 차페크의 인생에 대한 관점이 나타나 있다. 하킨스가 지적하듯이 이 세상에서 도덕적인 표준이 상대적일 때 인간이 어떻게 살아야하는 것을 차페크는 이 희곡을 통해서 제시하고 있다.[33]

연출가들이 나름대로 해석할 수 있지만 이 희곡은 서정적, 희망적 그리고 냉소적, 진부한, 그로테스크한 점이 어울려진 20세기 초반의 표현주의와 미래주의 연극의 아방가르드의 요소를 띠고 있다 하겠다. 또한 발레의 기법, 풍자적인 기법, 영화의 기법, 팬터마임의 기법 등을 보여주는 모더니즘 연극의 한 전형이다.

10. 마크로풀로스의 비밀
— 인간의 불로장생의 욕망에 대한 풍자

SF 유토피아 형식의 코미디

차페크는 다양한 문학 장르를 다양한 스타일로 썼다. 그가 시도한 시, 수필, 단편, 중편, 장편소설, 희곡, 문예소품과 기행문학 등 여러 장르 중에서 국내외적으로 가장 성공적인 것은 희곡분야이다. 1920년대 초 그는 희곡들 『R.U.R.』, 『곤충 극장』과 『마크로풀로스의 비밀』(Věc Makropulos)로 체코와 국외에서 드라마작가로 선풍적인 인기를 얻었다. 그는 생애 후반기에 다시 극작으로 돌아왔다. 차페크는 원래 『마크로풀로스의 비밀』의 주제인 불멸, 불로장생(不老長生)과 죽음의 공포를 다루는 소설을 쓰려고 했다.[1] 이 희곡의 서문에서 그가 언급했듯이 이러한 주제는 벌써 제1차 세계대전 직후 염두에 두었던 것이다. 그러나 소설 집필이 몇 해를 끌었다. 이러한 주제에 대한 생각의 근원적인 충동은 늙는다는 것은 어떤 '유기체의 자가중독'(autointoxikace organismu)이라고 하는 러시아의 생물학자 메츠니코프(Mečnikov) 교수의 이론에 근거한다.[2] 차페크는 1922년 봄 브르노에 살 때 이 주제로 다시 돌아왔다. 1922년 5월 16일 미래에 부인이 될 올가 샤인플루고바에게 자신이 쓰고자 하는 희곡에 대해서 이렇게 언급하고 있다. "내가 진실을 말한다면 나는 종이를 꺼내자마자 앉아서 코미디를 써야 할 것 같소."[3]

그리고 1922년 5월 20일 편지에서 이렇게 언급하고 있다. "오랜 기간 동안 집에 칩거한 후에 다시 난 마크로풀로스를 시작하였다오, 거의 4막의 초안을 잡았다오. 아직 초라한 원고이지만 그러나 거기에는 몇몇 멋진 아이디어가 있소."[4] 당시 차페크는 젊은 시절부터 고질적인 척추병으로 주로 집에 틀어박혀 있어야 했다. 아마도 『마크로풀로스의 비밀』의 답답한 분위기는 이러한 질병에 대한 차페크의 정신적인 상태에 기인하는지도 모른다.[5] 『마크로풀로스의 비밀』은 카렐 차페크 자신의 감독 하에 프라하 비노흐라디극장에서 1922년 11월 21일 초연했다.[6] 『마크로풀로스의 비밀』의 초연은 대단히 성공적이었지만 또한 비평가들로 하여금 많은 논쟁을 불러 일으켰고, 10년 후 다른 감독 보후쉬 스테이스칼(Bohuš Stejskal)에 의한 새로운 공연에서도 뜨거운 논쟁을 불러일으켰다.

『마크로풀로스의 비밀』은 작곡가 야나체크(Leoš Janáček)에 의해서 1926년 오페라로 만들어져서 보다 더 큰 반향을 불러 일으켰다.[7] 오늘날까지 차페크의 작품으로 국내외 연극과 오페라에서 꾸준히 상영되고 있는 작품이다. 또 우르반(Martin Urban)의 시나리오에 따라 미국 연출가 로버트 윌슨(Robert Willson)에 의해서 현대적으로 만들어져 2010년 11월 18일에 개막공연을 한 이후, 대단한 인기를 끌고 있다. 특히 80세가 넘는 소냐 체르베나(Soňa Červená)가 주연을 맡아 더욱 화제거리였다.[8] 그녀는 인터뷰에서 "나는 감히 말하건데 차페크가 이 작품을 체코어가 아니고 다른 언어로 썼더라면 세계적인 베스트셀러가 되었을 것"이라고 했다.[9] 차페크는 1921-23년 비노흐라디극장의 드라마작가 겸 감독으로 매우 활발하게 연극 공연에 참여했다. 비노흐라디극장은 프라하에서 민족극장 다음으로 중요한 극장이다.

『마크로풀로스의 비밀』은 『R.U.R.』에 이어 SF 유토피아 형식의 코미디로는 두 번째 희곡이다. 이 희곡은 과학과 의학의 발달로 인간 수명의 연장에 대한 많은 관심이 고조되던 20세기 초에 일어난 이야기이다. 이 희곡의 구성은 3막과 변신(proměrní, 4막의 역할)으로 되어 있다. 이 희곡의 주요 주제는 불로장생으로 인한 윤리적인 문제이다. 죽음 또한 중요한 모티프이다. 이 장에서는 희곡의 구성과 플롯, 문체 그리고 불로장생의 주제와 여러 모티프를 논하고 주인공 에밀리아 마르티의 성격을 분석하고자 한다.

소프라노 에밀리아 마르티의 귀향

복잡한 플롯을 가지고 있는 이 희곡의 이해와 자세한 분석을 위해서 먼저 그 구성과 플롯을 살펴보자. 16세기 말 과학, 예술, 의학에 관심이 많던 황제 루돌프 II세는 자신의 주치의 겸 연금술사인 마크로풀로스(Hieronymus Makropulos)로 하여금 생명을 연장할 수 있는 불로장생약을 만들도록 명한다. 주치의가 불로장생약을 만들어 황제에게 바치니까 황제가 부작용에 대해 묻자 약을 복용하면 무의식 상태가 올 수 있다고 하니, 황제는 독살이 두려워서 먼저 주치의의 딸 엘리나(Elina)에게 시술하라고 명한다. 그녀는 약을 복용하자 혼수상태에 빠진다. 이로써 주치의는 감옥에 보내진다. 일주일 후 그녀가 깨어나자, 집안이 풍지박살이 난 것을 알고, 해외로 도망을 가서 떠돌이 생활을 한다. 그녀는 희대의 둘도 없는 오페라 가수로 300여 년을 여러 나라에서 각기 다른 이름으로 살아간다. 연극은 오랜 세월을 살면서 온갖 것을 경험한 소프라노 에밀리아 마르티(Emilia Marty)가 고향 체코에 돌아와서 100여 년을 끈 가족 송사에 개입하면서 본격적으로 시작된다.

희곡의 제 1막은 1922년 콜레나티 박사(Dr. Kolenaty)의 법률사무소에서 진행된다. 중산층 계급의 그레고르 가문과 귀족 계급의 프루스 가문 사이에 일어난 로우코프 영지에 대한 소유권 투쟁에 대한 재판이 막바지에 달하고 있다. 변호사 콜레나티 박사는 유언 검증에 대한 재판사건이 1827년 이후 100여 년 간 끌어와서 실망하고 있고 빨리 결말이 나기를 기다리고 있다. 현재 영지의 이전 소유주 페피 프루스의 상속자가 누구인지 밝혀지면 사건은 일단락된다. 극단 합창단의 소프라노 크리스티나 비트코바(Vitkov의 딸)와 알베르트 막 그레고르가 사무변호사 비트코프가 일하는 콜레나티 박사의 법률사무실로 온다. 크리스티나는 전설적인 디바 소프라노인 에밀리아 마르티의 공연에 대해서 흥분하여 이야기한다. 바로 그 순간에 바로 불멸의 소프라노가 등장한다. 그녀는 그레고르 가문과 프루스 가문의 법정투쟁에 비상한 관심을 가지고 있으며 그레고르의 승리를 위해 유리한 서류들을 제출할 것이라고 한다.

그녀는 자기가 알고 있는 사실들을 직접적으로는 말하지 않고 사건의 실마리를 해결할 제안이 있다고 넌지시 암시한다. 그녀는 비엔나의 소프라노 가수 엘리안 막 그레고르와 페피 프루스와의 사이에서 태어난 페르디난드 칼 그레고르라는 아이가 있었다고 말한다. 그녀는 엘리안 막 그레고르가 바로 이 페르디난트 그레고르의 어머니이며 남작(男爵) 프루스의 연인이었다고 이야기한다. 마르티는 변호사 콜레나티 박사에게 페피 프루스의 유언을 담고 있는 프루스의 서류들 중에서 노란 봉투를 획득할 것을 요구한다. 그 유언에 의하면 프루스는 그의 아들을 로우코프 재산 상속인으로 삼는다. 콜레나티 박사, 크리스티나와 비텍이 자리를 뜨자 그레고르는 갑자기 마르티에 반하여 마르티에게 사랑을 고백하나 냉정하게 거절당한다.

제2막은 오페라 하우스의 빈 무대가 배경이다. 오페라 공연에서 주연을 끝낸 마르티가 무대 옆 공간에서 그녀를 흠모하는 사람들, 즉 그레고르, 크리스티나, 비텍 그리고 야로슬라프 프루스의 아들 야넥과 노 백작 막스 하욱 셴도르프(Count Max Hauk-Šendorf)를 맞이한다. 하욱 셴도르프 백작은 이 마르티가 반세기 전에 스페인 톨레도에서 서로 사랑했던 집시 가수 에우게니에 몬테스(Eugenie Montéz)라는 것이 틀림없다고 생각한다. 그들은 잠시 스페인어로 대화를 나누기도 한다. 드디어 야로슬라프 프루스가 도착하나 그는 마르티가 왜 자기 가문과 그레고르 사건에 깊이 관여하는지 의아해 한다. 그가 마크로풀로스라는 이름을 언급하자 그녀는 불안해 한다. 마르티는 자신을 흠모하는 프루스의 아들 야넥 프루스로 하여금 그 유언장을 훔쳐오도록 사주한다. 또한 동시에 그녀는 프루스와의 하룻밤을 자는 것을 빌미로 그 서류를 얻고자 한다. 야넥과 크리스티나가 떠나가자 마르티는 프루스에게 엘리아나의 편지를 돌려주는 조건으로 무엇이든지 하겠다고 약속한다. 동시에 그녀는 그에게 엘리아나 마크로풀로스(Eliana Makropulos), 엘리아나 막그레고르(Eliana Mac Gregor), 에우게니에 몬테스(Eugenie Montéz), 에밀리아 마르티(Emilia Marty)는 모두 같은 사람이며 언제나 머리글자 E. M.을 사용한다고 말한다.

제3막은 이튿날 아침 마르티의 호텔 방에서 진행된다. 마르티와 프루스는 하룻밤을 함께 보내고 그는 그녀에게 문제의 봉투를 건넨다. 한편 마르티의 매혹에 사로잡혔던 야넥 프루스의 권총 자살 소식이 전해진다. 여기에서 체코문학이나 서양문학에 자주 나오는 한 여인을 두고 아버지와 아들의 삼각관계의 모티프가 제시된다.[10] 프루스는 아들을 잃은 슬픔에 치를 떨지만 마르티는 냉혹할 정도로 무관심한 태도를 취한다. 그러나 프루스는 그레고르, 콜레나티 그리고 막스 하욱 셴도르프 백작이 도착하자 자신의 경멸을 어떻게 할 수 없다.

보통 희곡의 제4막에 해당하는 "변신"에서 콜로나티와 그의 소송 의뢰인은 마르티의 사기행위와 그녀의 이야기의 모순당착에 대해 그녀를 고발하고자 재판 장면을 재현한다. 그래서 마르티는 드디어 진실을 밝한다. 즉 그녀는 황제 루돌프 II세의 궁정에서 16세기 말에 살았던 연금술사이며 주치의였던 마크로폴로스의 딸, 엘리아나 마크로폴로스로 태어났다고 이야기한다. 그리고 그녀는 영원한 젊음을 유지하는 불로장생의 약 이야기와 자기가 그 약 덕택에 3세기 동안 젊음을 유지했던 이야기를 한다. 그녀는 이처럼 특별히 오랜 세월을 살아서 에우게니아 몬테스, 예카테리나 뮈쉬킨(Ekaterina Myshkin) 그리고 엘라인 맥그레고르(Elain McGregor)와 같은 많은 이름들을 사용하면서 여러 나라에서 오페라 가수로 활동했다고 한다. 그녀는 또다시 300여 년을 더 살기 위해서 그 처방전을 찾으러 왔다고 한다. 지금 바로 그 약의 효력이 떨어진 징후로 그녀의 얼굴에 주름살이 생겨난다고 하니 그들은 그녀의 말을 믿기 시작한다. 그러는 한편 마르티는 영원한 젊음은 저항할 수 없는 고통과 무관심을 동반한다는 것을 깨닫고 자연스러운 죽음이 자신에게 오도록 결심한다. 그녀는 수많은 숭배자들 앞에서 급속히 늙어가다 그 불로장생의 약 처방전을 크리스티나에게 주고 죽음을 맞이한다. 크리스티나는 "마크로폴로스의 비밀"이란 글씨가 있는 양피지 봉투를 불태운다.

에밀리아 마르티의 미스터리 때문에 독자들은 철학적인 이슈로 인도된다.

『마크로폴로스의 비밀』은 장르 면에서 볼 때 차페크의 독특한 SF 장르에 속한다.[11] 차페크 희곡의 여러 양상들이 탐정소설 장르와 사건의 과정을 재구성하는 특별한 원칙과 닮았다.[12] 단편소설집 『두 호주머니 이야기』 시리즈를 출판한 차페크는 "미스터리의 해결은 탐정소설의 궁극적인 목적의 원리이다." [13]라고 쓰고 있다. 탐정 소설은 언제나 두 개의 플롯 즉 두 개의 사건의 진행을 포함하고 있다고 말할 수 있다. 그들중 하나는 재구성의 주제 즉 미스터리에 초점을 맞추고 있다. 다른 하나는 재구성의 과정 그 자체와 그 해결에 초점을 맞추고 있다. 플롯의 첫번째 사건들은 두 번째 사건들에 앞서서 진행된다. [14]

『마크로풀로스의 비밀』의 중대한 국면은 주 플롯 밑에 있는 미스터리는 환상적인 이야기와 관계가 있는 것처럼 해결될 수 없다는 사실이다. 에밀리아 마르티의 이상한 행동은 물론 모든 미스터리한 상황들, 그녀가 300살이 넘었고 불로장생의 약을 알고 있다는 환상적인 가정으로부터 유래한다.

물론 예술작품의 가치는 주 플롯의 창조성에만 의존하는 것이 아니라 내용에도 의존한다. 그는 여러 장르의 예술적 방법들을 동시에 직관적으로 적용하였다. 바로 이 점이 법칙의 위반과 미스터리에 대한 사실적인 설명의 결핍에도 불구하고 관객들이 연극의 마지막에 실망하지않는 이유이다. 비록 관객이 어떤 자연스러운 설명에 도달하지 않지만그들의 시선은 이러한 SF 주제문제와 철학문제에 초점이 모아진다.

차페크는 모든 사건들을 탐정이야기에 절대적으로 필요한 자연스러운 방법으로 설명하지 않는다. 이러한 설명은 SF 소설의 전제, 즉 다른장르로부터 채택된 예술적인 방법에 의해서 대체된다. 비슷한 변화가심리적인 현상으로부터 특별한 철학적 이슈로 전이된 탐정 미스터리에서 관찰된다.

차페크는 언젠가 "탐정 이야기는 인위적으로 적용한 사실적인 퍼즐의 이성적인 해결이다." [15]라고 주장한 적이 있다. 이 정의는 정확하다.그러나 탐정 이야기에서 우리는 실질적인 사건의 흔적의 형태로뿐만아니라 정신적인 모티프와 주인공 행동의 독특성의 형태에 속에 간접적인 증거와 숨겨진 비밀을 자주 찾는다.

『마크로풀로스의 비밀』에 관해서 위에서 언급했듯이 설명되어야 할 것은 주인공과 관련된 신비로운 사실 뿐만 아니라 그녀의 이상한 행동도 포함된다. 장막에 가린 에밀리아 마르티의 미스터리 때문에 독자들은 철학적인 이슈로 인도된다. 그녀의 이상한 행동은 그녀가 무대에 처음 등장할 때부터 강조되었다. 탐정 이야기가 환상적인 방법으로 해결되듯이 작가는 진실을 너무 일찍이 드러냄으로써 발생하는 위험부담을 안지 않는다. 그는 독자들로 하여금 예상할 수 없는 설명과 재구성한 이야기의 특이성에 준비하도록 한다.

그래서 희곡의 시작부터 계속해서 나타나는 필요한 세부사항들은 주인공의 이상한 행동을 강조하고 특성화한다. 에밀리아는 "나는 기억하는데"라는 말과 더불어 일세기 전에 일어난 사건을 이야기하면서 계속 주위 사람들을 놀라게 한다. 더욱더 그녀는 프루스 씨의 선조가 벌써 죽었다는 것을 알고 있고 또 나중에 그레고르한테 일세기 전에 손도 대지 않고 고문서실에 있는 편지들을 돌려달라고 함으로써 놀라움을 계속 자아낸다. 하욱 센도로프백작이 그녀에게서 옛날의 에우게니에 몬테스를 발견하자 그녀는 평범하게 자기는 더 이상 집시 여인이 아니라고 한다.

이와 같이 차페크는 드라마를 재미있고 탐정 스타일로 구성해서 관객들에게 강한 호기심을 불러일으킨다. 그는 독자 또는 관객들과 게임을 하듯이 진정한 희곡의 이데올로기 논쟁인 미스터리를 천천히 점진적으로 드러낸다. 희곡이 삼분의 이가 진행된 후에야 차페크는 주인공들로 하여금 불로장생의 문제에 맞닥뜨리게 하여 그들의 의견을 제시하게 한다.[16]

차페크 특유의 구어체

이 희곡에서도 다른 희곡에서처럼 차페크 특유의 구어체들이 사용되었다. 특히 두 주인공에 의한 외국어 대화가 특이하다. 차페크의 서정적인 지배력을 확실시 하는 하욱 셴도르프 백작과 마르티의 대화 장면에 특별한 주의를 기울일 필요가 있다. 차페크는 그들의 대화를 통하여 독특한 시적인 수단을 사용하고 있다.

에밀리아와 하욱의 대화는 상당할 정도로 이전의 열정적인 사랑을 선언한 인용들과 회상으로 이루어졌다. 마르티는 한때 그녀의 이름이 에우게니아 몬테스였을 때 하욱이 그녀에게 말했던 그의 스페인어 문장들에 의외로 반응을 보였다. 여기서 예술적 효과는 하욱의 늙음과 또 다시 아름다움의 정점으로 나타난 집시 소녀에 대한 그의 새로운 열정 같은 늙음과 젊음 사이의 대비에서 뿐만 아니라 대화의 특별한 특성에 의해서 나타났다. 아래와 같은 그들의 대화에 이러한 효과는 분명하게 나타난다.

그들은 그녀를 집시라고 불렀다.

아시죠, 집시.

그녀가 집시였죠.

그들은 그녀를 '잘난 검둥이' 라고 불렀다.[17]

위의 대화는 아주 특별한 서정적인 스피치 효과를 가지고 있는 것이 분명하다. 첫 번째 네 문장은 서정시 형태를 띠고 있고, 압운 같은 그 시적 스타일이 분명하게 나타난 것을 알 수 있다. 이 시적인 구성의 대화는 짧은 단어들과 느린 리듬을 가진 긴 문장들로 이루어져있다. 문장들의 끝에서 쉼은 규칙적이다. 시적인 특성은 개개의 문장의 두 번째 부분에 있는 주 테마를 언급하는 단어들로 구성되어 있는 데서 두드러진다.

예컨대, Gitana-cikánka-la chula negra. 이러한 시작하는 단어들은 그들의 의미에서 뿐만 아니라 그들의 음성적인 반복에 의해서도 서로 연관이 있다. 스페인어로 된 네 번째 단어 la chula negra는 강조되었다.[18]

위에서 본 특별한 음성적인 구조의 특성들은 구문론적이고 심미적인 주기성(週期性)과 감정적인 긴장을 강화한다. 대화의 말씨와 색조가 감정적으로 더욱 더 강하다. 각각의 시적인 모티프의 변이성과 발전이 텍스트의 단어의 연결과 여러 반복에 의해서 강화되었다. 예컨대, 직접적인 의미의 반복(cikánka-cikánka,)과 비슷한 말(Gitana-cikánka)과 유사한 음조 등등.

이러한 특별한 한 예중 외에도 스피치의 서정적인 음조의 배열은 다른 문장들에서도 쉽게 찾아 볼 수 있다. 작가의 이러한 원칙을 고수하는 것은 긴 문장들과 부사들의 사용에서 볼 수 있다. 예컨대 심지어 자음 d, t, l를 의도적으로 사용하는 것을 볼 수 있다. 특히 스페인어의 대화가 더욱 서정적인 음조를 띄고 있다.

> 에밀리아 (몸을 굽히며): 내게 키스해줘요!
> 하욱: 어떻게 하라고?
> 에밀리아: 키스하라고요, 바보, 바보 같으니라고!
> 하욱: 하나님 맙소사, 천 번이라도 하지, 에우게니아—
> 에밀리아: 짐승 같으니라고, 키스해줘요!
> 하욱 (키스한다): 에우게니아, 작은 깜둥이 — 귀여운 내 사랑 —
>   소중한 것 —

에밀리아: 조용히 해요, 바보. 떨어져요. 빨리 가요.

하욱: 그녀야, 그녀야! 악마 같은 집시아가씨, 나와함께 가, 빨리!

에밀리아: 내가 아니야, 미쳤군! 저리 꺼져, 이제 조용히 해요, 내
  일 만나요. 이해하시겠어요?

하욱: 갈 거예요, 가지요, 내 사랑!

에밀리아: 가요!

하욱 (주저하면서): 아, 맹세코! 맙소사, 그 여자야! 그래, 그 여자
  야! 에우게니아.

에밀리아: 저런, 꺼져요!

하욱 (넋이 나가서): 갈 거예요! 맙소사, 그녀가 틀림없어. (퇴
  장)[19]

위와 같이 차페크의 드라마 작품들에서 시적인 국면이 구어체 스피
치에 침투한 것을 발견할 수 있다. 이는 차페크 드라마의 한 전형인데
자주 등장하지는 않는다. 저자의 시적인 분위기는 구성이나 문장의 어
법에서 인식할 수 있다. 이 당시 차페크는 19세기말 프랑스의 시들을 체
코어로 번역하였고 이는 체코 시단에 새로운 경향을 끼쳤다.

불로장생의 문제

불로초를 구하도록 선남선녀를 동방으로 보낸 중국의 진시황처럼 인
류의 역사 이래 인간은 불로장생을 꿈꾸어왔다. 차페크는 20세기 초 의
학과 과학의 발달로 인류에게 초유의 관심분야였던 불로장생의 테마를

사용하여 멋진 유토피아 드라마를 썼다. 『마크로폴로스의 비밀』은 『R.U.R.』의 제조법의 서류처럼 불로장생약의 처방전과 유산논쟁에 관계된 복잡한 플롯을 가지고 있다. 이 작품의 주요 주제는 불로장생이다. 하킨스는 이 희곡에서 차페크의 불로장생약은 절대적인 것의 상징이라고 한다. 인간의 삶은 영원하지 않기 때문에 더욱 중요성을 띄고 있다.[20]

에밀리아: 오, 여러분들은 삶이 얼마나 단순한지를 스스로 깨닫기만 한다면!….

콜레나티: 왜요?

에밀리아: 여러분들은 만사에 아주 가까워요! 여러분들에게는 모든 게 의미를 갖고 있어요. 여러분들에게는 모든 게 가치가 있으니, 그 몇 년 동안 여러분들은 그것을 가지고 있지만 그것을 원하는만큼은 가지지 못할 거예요. 오, 맙소사, 내가 다시 한 번만 더(양 손을 비튼다). 바보들, 여러분들은 너무나 행복해요. 그처럼 행복한 여러분들을 보고 있을라치면 구역질이 난단 말이에요! 그리고 여러분들은 바보 같은 사고 때문에 곧 죽게 될 거예요! 여러분들은 모든 것을 믿고 있어요. 여러분들은 사랑을 믿고 있고, 여러분 자신을 믿고 있고, 미덕을, 진보를, 인류애를, 내가 모르는 모든 것을 믿고 있어요.

비텍 (불안해하며): 그렇지만, 저 실례지만, 더 고귀한 것들이 있어요…. 더 높은 가치, 이상, 의무가 있어요…. .

에밀리아: 그러나 그건 오직 여러분들만을 위한 거예요. 어떻게 표현해야 할까요? 아마도 사랑이 있겠지요, 그러나 오직 여러분에게만 있어요. 그것이 여러분에게 없다면 그것은 더 이상 존재하지 않아요. 아무데도 없어요…. 이 우주에도 없어요…. 인간

은 삼백년을 사랑할 수 없어요. 바랄 수도 없어요, 창작할 수도 없어요, 삼백년간 눈뜨고 바라 볼 수도 없어요. 견딜 수가 없어요. 모든 게 싫증나요. 선한 것이나 악한 것 모두 싫증나요. 하늘과 땅도 그대를 싫증나게 해요. 그러다 보면 아무것도 존재하지 않는다는 것을 알게 될 거예요. 아무것도. 죄악도, 고통도, 땅도, 아무것도. 오직 의미를 가진 것만 존재해요. 여러분들에게는 모든 게 의미가 있지요. 오 하나님, 나도 한때는 여러분과 같았는데! 난 소녀였고, 난 귀부인이었고, 나는 행복했었지. 난 난 인간이었는데요! 하나님 맙소사![21]

죽음은 생명의 끝이다. 그러나 생명의 끝과 생명이 끝나는 조건은 별개이다. 죽음은 양쪽 다를 의미한다. 생명의 끝 그 자체는 잠재적으로 애매하다. 한편으로 그것은 우리의 생명이 점진적으로 절멸하여 마침내 사라질 때까지 하나의 과정이다. 다른 한편으로 그것은 순간적인 사건일 수도 있다. 죽음은 육체의 정신적 조직들이 완전한 전체로써 뒤집을 수 없이 그 기능을 멈출 때 생명이 끝난다는 것을 의미한다. 인간은 존재해온 이후 영원불멸을 꿈꾸어왔다. 영원히 늙지 않고 죽지 않는 불로장생의 주제와 모티프는 그리스신화 이래 여러 나라 문학 작품에서 찾아 볼 수 있다. [22]

여기서 유일 가능한 인간적인 해결책은 그 용감성과 무상함에 의해 가치를 얻기 위한 인간 삶의 필요로서 개인 생명의 생물학적 한계의 인식이다. 이 작품을 쓸 당시 차페크는 자연 질서, 즉 현실에 의해서 주어진 한계를 넘어가는 것이 인간에게 좋은지 덕이 되는지의 문제에 근본적으로 집중했다. 클리마가 지적하듯이 『마크로풀로스의 비밀』은 꾸며낸 판타지이지만 차페크가 추구하던 본질적인 것을 표현하였다. 당시 차페크에게 있어 인생은 모든 실현 불가능한 꿈들(비록 그것들이 위안이 될지라도)을 거절할 때 합리적이라는 것을 확신시켜준다.[23]

자연 질서에 반한 인간의 반란의 문제

코미디 『마크로풀로스의 비밀』은 자연 질서에 반한 인간의 반란의 문제를 다루고 있다.[24] 사실 인간을 포함하여 모든 살아 있는 것이 죽을 운명이라는 것이 현실이다. 장수를 위한 불로장생약의 발명은 차페크의 다른 유토피아 작품에서처럼 삶의 평가절상(hodnocení)으로 이끌어가지 않고 평가절하로 치닫는다. 300여 살의 에밀리아 마르티는 삶에 진절머리를 내고 피로해서 이제 더 이상 실질적인 경험을 감당하지 못한다.

불멸 또는 죽음이 없는 상태는 의미가 없을 것이다. 왜냐하면 바로 죽음이 인생에 의미를 주기 때문이다. 물론 그렇다고 우리는 죽음을 두려워하지 말아야 하는 것이 아니다. 예컨대 실존주의자들은 죽음이 인생에 의미를 주는 것은 바로 인생의 의미를 주는 것이 죽음의 공포이기 때문이다. 『마크로풀로스의 비밀』에서 에밀리아 마르티의 상태는 적어도 죽음이란 것은 사악할 필요는 없다는 것을 말해준다. 이는 철학이나 종교에서도 죽음이 사악할 필요가 없는 것과 같은 맥락이다. 이는 물론 죽음이 커다란 고통에 끝을 주기 때문에 모두들 이에 동조한다는 의미는 아니다. 그러나 보다 더 본질적인 의미에서 사람이 너무나 오래 사는 것은 좋지 않을 수도 있다는 것이다. 어떤 사람들은 죽음이란 사실 끝이 아니기 때문에 그것은 사악할 수 없는 것이라고 주장한다. 물론 다른 사람들은 그 반대라고 주장한다.[25]

차페크의 다른 작품들처럼 희곡『마크로풀로스의 비밀』에서 이러한 철학적인 주제가 작품의 이념적인 유일한 목적이 아니고 드라마의 유일한 구성요소도 아니다. 주제는 인생에 대한, 사람들에 대한, 인간의 능력과 약점에 대한 수많은 작은 관찰들을 포함하고 있다. 저자는 그러한 것들을 극적인 플롯과 보이지 않은 상황들로 배합함으로써 독자들이나 관객들을 사로잡고 그들을 즐겁게 하고 흥분시키고, 그들로 하여금 생각하게 한다. 하나의 권위 있는 가정으로 줄일 수 없는 이러한 복합적인 중요성이 차페크의 작품들의 특징이다.[26]

그렇지만 차페크 드라마의 중심사상은 분명하다. 즉, 인간과 인간의 생명 그리고 운명은 자연스럽고 주어진 한계를 가지고 있다, 그리고 그것을 초월하는 것은 인간의 본질을 훼손시킨다. 또한 사랑, 성공 그리고 행복의 가치들은 그 일시적인 특성과 덧없음에 의해서 조건 지어진다. 몇몇 비평가가 차페크를 절대적인 형이상학적인 가치에 대한 신념이 결핍되어 있다고 비판하고 회의주의와 염세주의의 작가라고 비난한다. 그러나 이러한 것은 인생 가치의 일반적이고 절대적인 비난이 아니고, 세계의 뒤집을 수 없는 연약함에 대한 주제가 아닌 바로 이 희곡의 철학적 의미이다.[27] 차페크는 이 희곡의 서문에서 자신에 대한 근거 없는 비관주의의 문제에 대해 이렇게 쓰고 있다.

　　나는 그러한 주의에 대해 아무런 죄책감을 느끼지 않는다는 것을 공개적으로 선언한다. 나는 아무런 염세주의를 범하지 않았다. 그리고 만일 그렇다면 무의식적으로 그래서 매우 마지못해서 그랬을 것이다. 이 코미디에서 그 반대로 나는 사람들에게 뭔가 위안이 되고 낙관적이 되는 것을 말하고자 했다. 60년을 살면 나쁘고 300년을 살면 좋다는 것이 낙관적인지는 나는 모르겠다. 평균적으로 60년의 생명은 합리적이고 충분하다고 말하는 것은 진정코 죄 있는 비관주의가 아니라는 것을 나는 염두에 두고 있다. 언젠가 미래에 병도 없고, 가난이나 고된 노동도 없는 것은 분명히 긍정적이라고 생각할 수 있다. 그러나 오늘날의 삶이 질병, 가난과 고된 일이 많다고 해서 완전히 나쁘고, 저주받을 일이 아니고 뭔가 매우 가치 있는 것을 가지고 있다. 이것이 정말 비관주의일까? 나는 그렇게 생각하지 않는다.[28]

카렐 차페크는 자신의 이념에 반대하는 자들을 인식하고 있었기 때문에 그는 이 희곡의 서문에서 인간의 장수문제에 대한 낙관주의와 비관주의에 대한 자신의 입장을 밝혔다. 그는 당시 유럽 희곡 계의 거장 버나드 쇼의 희곡이며 차페크와는 다른 관점에서 인간의 장수문제를 다룬『므두셀라로 돌아가라』(Back to Methuselah, 1921)에 대해서도 비슷한 입장을 밝혔다. 여기서 그는 장수를 이상적이며 바람직한 조건이라고 보고 있다, 이러한 의미에서 그는 낙관적이다.[29] 차페크는 여러 작품에서 인간이 인간 능력의 한계를 벗어나는 초인적인 상황을 다루어왔지만 그의 한결 같은 사상은 자연의 질서 속에서 인간다운 삶의 중요성을 늘 강조한다. 그는 이러한 문제를 단편집『두 호주머니 이야기』시리즈와 초기 희곡『R.U.R.』, 소설 『크라카티트』 그리고 1911-1912년 『예술잡지』(Umělecký měsíčník)에서도 다루고 있다.[30]

이전의 희곡『R.U.R.』에서처럼 선동의 모티프를『마크로풀로스의 비밀』에서도 찾아 볼 수 있다.[31] 우리가 경험한 가장 큰 슬픔은 바로 죽음을 맞이해야 하는 슬픔이다. 소프라노 가수 마르티가 바로 그러한 불로장생약을 먹었고 벌써 300여 년 이상을 살아왔다. 바로 그래서 그녀의 인생은 공허하고 쓸쓸하다. 그래도 그녀는 죽음이 두려워서 이 세상을 떠나고 싶어하지 않는다. 인간은 원래 긴 삶을 살 수가 없다는 마르티의 주장에 대하여 비텍은 선동적으로 왜 그런지 묻는다. 이에 마르티는 선동적으로 장수가 별 소용이 없다고 한다.

에밀리아: 그렇게, 그렇게, 그렇게 오래 사는 건 옳지 않아요!

비텍: 왜요?

에밀리아: 사람은 그걸 견디지 못해. 백년까지, 백삼십년까지는 괜찮을지 모르지요, 그러면, 그러면 뭔가 깨닫게 되겠지요. 그리고 나서는 바로 그 영혼이 속에서 죽어버리지요.

비텍: 무엇을 깨닫게 되죠?

에밀리아: 하나님 맙소사, 적당한 말들이 없네. 그리고 나서 인간은 아무 것도 믿을 수가 없어요. 아무것도. 그것은 지루함을 주지요. 기억하니, 베르티야, 내가 노래할 때 내가 얼음처럼 차갑다고 했지. 알다시피 사람은 이미 할 수 없는데 예술은 아직 의미를 가지고 있어. 일단 먼저 그것을 알게 되면, 완전히 터득하게 되면, 그것이 아무것도 아니라는 것을 알게 되지. 그것은 똑같이 허무해. 크리스티나야, 그것은 똑 같다, 그건 코 고는 것처럼 똑같이 허무한 것이야. 노래한다는 것은 침묵하는 것과 같아. 모든 것은 다 똑같다. 아무것도 차이가 있는 것은 없어.

비텍: 그건 사실이 아닙니다! 당신이 노래할 때 사람들은 좀 더 나아지고 좀 더 위대해집니다.

에밀리아: 사람들은 절대 나아지지 않아요, 아무것도 결코 변화되지 않아요. 아무것도, 아무것도, 아무것도 일어나지 않아요. 지금 누가 총을 쏜다든지, 지진이 일어나든지, 세상의 종말이나 뭔가 일어나든지 아무것도 변화되지 않아요. 여러분들은 여기 있고 나는 저 멀리 있지요 — 모든 것으로부터 떨어져 — 삼백년 — 오 맙소사, 여러분들이 얼마나 생을 쉽게 사는지 깨닫기나 한다면![52]

변호사 콜레나티는 기나긴 세기 속에서 전 사회 질서—계약, 돈, 보험과 상속권 등을 파괴시키는 무정부 상태를 본다. 프랑스혁명 사상의 찬미자인 비서 비텍만은 위대한 과업을 위해 생명의 연장을 존중한다.

> 비텍: 좌우간 눈물이 날 지경입니다, 신사 여러분! 상상만이라도 해보세요. — 전 인류의 영혼, 알고자 하는 갈망, 두뇌, 일, 사랑, 창조성, 모든 것, 모든 것, — 하나님 맙소사, 사람이 그 60년간 도대체 무엇을 할 수 있단 말입니까? 무엇을 향유하지요? 무엇을 배우죠? 당신이 심은 나무의 과일을 기다릴 수가 없어요. 당신 이전에 인류가 알고 있었던 모든 것을 다 배울 수도 없어요. 자신의 과업도 끝내지 못하고 자신의 전례도 남기지 못하고 죽어요, 아니 산 것도 아니에요. 하나님 맙소사, 우린 그렇게 잠시 동안만 살고 있는 것입니다![33)

그렇지만 비텍은 자신의 딸이 불로장생의 처방전을 불태우게 버려둔다. 그녀의 애인은 자살했다. 풍부하고 집중되고 경험 많은 삶에 대한 사랑이 차페크로 하여금 희곡의 기본적인 사상과 역설적인 결말을 가져오도록 했다. 장수에 대한 거부 모티프는 우연이 아니고 유일한 것도 아니다. 차페크의 동시대의 유토피아 영국작가 올더스 헉슬리(Aldous Huxley)의 작품에서도 비슷한 모티프를 찾아 볼 수 있다.

아버지와 아들이 한 여자를 사랑한다.

이 희곡에는 또한 멜로드라마 스타일의 모티프를 찾을 수 있다. 에밀리아 마르티의 이상한 정신 상태는 무엇보다도 그 자체로 플롯과 장르는 물론이고 또 다른 예술작품의 요소를 구성하고 있는 감상적인 순간을 나타내준다. 독자들은 자주 하찮게 말해진 멜로드라마 모티프와 마주친다. 여기에서는 근본적으로 감상적인 이야기의 상황들이 있다. 아버지와 그의 아들이 한 여자를 사랑하고 아들은 결국 자살한다. 아름다움이 젊은 영혼들의 관계를 파괴한다. 사랑하는 남자가 여자가 필요한 것의 교환 조건으로 하룻밤의 기쁨을 얻는다.

이 희곡작품에서 사소한 상황들은 패러디와 풍자극의 성향을 가지고 있다. 이와 비슷하게 그는 근본적인 인간의 감정에 호소하는 궁극적인 상황을 자주 사용한다.

작가는 그의 여주인공을 상당히 많은 감상적인 상황으로 몰고 간다. 그것은 호텔 장면에서 정점에 도달한다. 에밀리아의 호텔방을 떠나오면서 프루스는 자신처럼 에밀리아 마르티를 사랑했던 18살 아들의 자살 소식을 듣고 그는 아들의 이별의 편지를 읽는다. 여기서 드라마틱한 극적인 행동들이 겹친다. 공포에 사로잡힌 가정부, 피로 물든 편지, 어린이 같은 필체 등. 그러나 에밀리아는 그저 몇 마디 동정적인 말을 하고 자신의 머리를 손질하느라 정신이 없고 가정부에게 신경질을 낸다.

> 에밀리아 (빗을 잡고 머리를 빗는다): 불쌍한 녀석.
> 프루스: 열여덟 살인! 우리의 야넥, 내 아이—죽어버렸어, 완전히… 어린애 같은 필체로 쓰고 있어요. "…아빠 저도 인생을 알게 되었어요, 아빠, 행복하세요, 하지만 전…" (일어선다) 그런데 당신은 뭘 하고 있는 거요?
> 에밀리아 (입에 머리핀을 물고): 머리를 빗고 있잖아요.
> 프루스: 당신은 아마도… 이해를 못 하고 있군요. 야넥이 당신을 사랑했단 말이오!. 당신 때문에 자살을 했단 말이오!

에밀리아: 오, 자살한 사람이 워낙 많아서!

프루스: 그래서 당신은 지금 머리카락이나 빗을 수 있다 이거요?

에밀리아: 그럼 그것 때문에 난 머리를 산발하고 뛰어다녀야 하
　　　나요?[34]

　에밀리아의 냉담함을 보여주는 장면이다. 그녀는 야넥의 죽음 소식
을 들었어도 그녀의 할 일만을 하고 마음의 동요도 없이 차가웠다. 이것
은 그녀가 평범한 사람과는 달랐기 때문일 것이다. 한 사람이 태어나
300년을 살면 그에게 어떤 사람의 '죽음' 조차 별 의미가 없다. 주위사
람들의 죽음은 그녀에게 있어서 단순히 그들이 그녀의 곁에서 잠시 떠
나있는 것이라고 느끼는 것 같다. 그 정도로 죽음에 대해 무감각해진다
는 것이다. 죽음을 단지 '죽음' 이라는 단어로만 받아들이는 것은 어떻
게 보면 죽음보다 더 잔인한 것이다.

　프루스: 그렇다면 어째서 묘약을 가지러 돌아온 거죠? 어째서 또
　　　다시 그 삶을 반복하려는 겁니까?

에밀리아: 죽음이 무서우니까.

프루스: 세상에, 그렇다면 심지어 불멸의 존재들도 그건 피할 수
　　　없단 말인가?

에밀리아: 그래요. (잠시 멈춘다).[35]

　야넥의 죽음에는 무감각했던 그녀가 자신의 죽음은 두려워하는 모습
을 볼 수 있다. 아이러니컬한 장면이다. 에밀리아의 행동들은 오히려
우스꽝스러운 방식으로 설명될 수 있다. 예컨대, 알베르트 그레고르와
의 친밀함, 그녀는 그와 몇 마디 나눈 후 곧 바로 그에게 친밀하게 베르
티(Bertie는 그레고르의 애칭)라고 부른다. 관객(독자)들은 처음에 이러

한 그녀의 태도를 아름다운 여가수의 오만함과 거만함이라고 생각한다. 그러나 얼마 후 그녀는 그에게 마치 친척, 즉 할머니가 손자에게 하는 것처럼 대한다는 것을 독자들은 깨닫는다.

에밀리아 마르티의 독특한 성격은 다른 주인공들이 그런 것을 인식할 때 더욱 강조된다. 특히 프루스 남작은 다른 모든 사람들처럼 그녀를 사랑할 뿐만 아니라 그녀를 객관적으로 관찰할 수 있다. 그러한 관찰과 어울리는 대화들은 독자들로 하여금 그녀가 가지고 있는 신비로운 상황과 성격의 특성에 주의를 집중하게 한다. 무엇보다도 프루스는 일반적인 전제의 구조에 들어맞지 않고 일치하지 않은 사실들을 인식하고 있다.

지금까지 우리는 기본적이고 실제로 눈에 보이는 에밀리아의 행동에 대해서 논했다. 그 이후 그것들은 우리의 주인공의 성격의 심리적인 이상을 드러낸다. 일반적으로 정신적 도덕적 그리고 윤리적 미스터리들은 에밀리아 마르티가 이상한 방법으로 반응하는 상황으로부터 발전된다. 독자들에 의해서 예상된 자연적인 그리고 논리적인 반응 대신 그녀는 아주 냉담함을 유지하거나 기이한 방법으로 반응한다. 그레고르가 그녀에게 열정적으로 사랑을 고백하는데 그녀는 잠에 빠져든다. 그녀는 또한 야넥과 크리스티나의 사랑 이야기에도 별로 감동하지 않고 오히려 냉소적으로 벌써 그들은 섹스를 했는지 묻는다. 그녀가 양피지 봉투(나중에 여기에는 불로장생약의 비법이 들어 있다는 것이 밝혀진다)를 얻으려 할 때 그녀는 먼저 그레고르의 도움을 받고자 하고 그 다음 야넥의, 그리고는 프루스의 도움을 받고자 한다. 그녀는 그녀 자신 때문에 그들 모두 자신들의 도덕적 기준을 지킬 수 없고 그들이 원칙을 범하는 것을 전혀 상관하지 않는다.

그녀는 심지어 그들을 자극한다. 예컨대, 자기를 사랑한다고 하는 어린 야넥으로 하여금 아버지의 사무실에서 그 봉투를 몰래 빼내라고 한다. 결국 그녀는 프루스와의 하룻밤을 동침하는 조건으로 그 봉투를 획득한다.

희곡의 시작에서 관객들은 이러한 모든 것을 약한 도덕적 기준과 모험의 필요성으로 생각한다. 그러나 그 후 에밀리아의 행동은 그녀의 인생에서 철저한 피로와 권태, 전반적인 감정, 흥분, 관심, 윤리적, 감성적 기준의 결핍에 의해서 설명된다는 것을 알 수 있다.

인류가 추구하기를 멈추지 않는 불로장생에 대한 희비극

위에서 논했듯이 이 희곡은 수많은 미스터리와 흥미로운 문제가 가득한 플롯에 의해서 뿐만 아니라 감정적인 구성에 의해서도 관객들을 사로잡는다. 대체적으로 이 작품은 일반적으로 상징적인 의미를 가지고 거기에 특별한 감정적인 색조를 부여하는 여러 모티프들이 풍부하다. 『마크로풀로스의 비밀』에서 차페크는 인생무상과 불로장생의 주제와 죽음 등의 모티프를 심도 있게 다루고 있다. 이 희곡은 인간이 300여 년간을 살 가능성을 다루고 있다. 작가의 상상 속에서 이것은 불로장생약을 처음으로 자기 딸한테 실험을 한 황제 루돌프 II세의 주치의 마크로풀로스에 의해서 가능해졌다. 그래서 그녀는 초자연적인 장수를 통해서 영예, 수많은 사랑의 기회, 부를 소유하나 한편으로는 이 모든 것들은 또한 그녀에게 권태와 반복적인 인간 욕망의 싫증과 환멸을 가져온다. 불멸에 싫증이 난 그녀는 자신의 생애를 마감하면서 그 영생묘약의 비법을 젊은 소프라노 크리스티나에게 넘겨주나 그녀는 나이 많은 남자들이 보는 앞에서 그것을 불태워 버린다.

『마크로풀로스의 비밀』은 차페크가 자연을 초월하고 자연에 의해 주어진 인간의 잠재력의 경계선을 넘는 인간의 능력을 다룬 작품들 중의 하나다. 이 희곡을 통해서 차페크는 인간이 만물의 영장이요 척도라는 것을 상기시킨다. 차페크에 의하면 이러한 한계, 즉 인간다움의 범위를 벗어나는 것은 인간성과 행운과 운명을 잃는 다는 것을 의미한다. 하킨스가 올바르게 지적하듯이『마크로풀로스의 비밀』은 유토피아 절대주의의 한 유형인 영원한 삶을 꿈꾸는 데 대한 반격이다.[36]

재판장면은 희곡의 클라이막스를 이룬다. 여기서 에밀리아 마르티의 비밀과 더불어 모든 사건들이 해명된다. 동시에 그 장면은 작가로 하여금 희곡의 철학적인 문제를 강조하도록 하고 모든 제기된 문제들을 고려하고 이데올로기적인 논쟁을 해결한다.[37] 이는 또한 차페크 희곡의 재판 장면의 기능이다. 그것은 불로장생약의 가망성과 장수가 끼친 사회문제의 변화에 대한 토론의 여지를 제공한다. 또다시『R.U.R.』처럼 여기서 우리는 경향들의 속박, 여러 가지의 예측들 그리고 불로장생 약의 활용을 위한 계획들에 마주친다. 이러한 계획들은 그 당시 현실에 존재했던 어떤 사회적인 그리고 이상적인 경향을 반영하고 확대시킨다.

그러나 이러한 실험은『R.U.R.』,『도롱뇽과의 전쟁』와『압솔루트노 공장』과 대조적으로 사회 유토피아로 발전되지 못한다. 명백한 에밀리아 마르티의 상속인이 된 그레고르는 불로장생약의 처방은 마크로풀로스 가문의 재산이라는 것을 선언하면서 그것에 대한 완전한 권리를 요구한다. 불멸의 거절에 관한 한 차페크 자신도 그의 원칙을 절대적으로 따르지 않는다. 저자의 의도와 달리 불멸에 대한 갈망은 희곡 속에 나타났다. 저자의 모든 합리적인 원칙들에는 영원한 젊음을 유지시켜주는 불로장생약에 대한 잠재적인 갈망이 스며들었다. 인간적인 관점에서 볼 때 이는 이해할만하다. 그러므로 이 희곡은 인류가 추구하기를 멈추지 않는 불로장생에 대한 희비극으로 해석할 수 있다.

11. 하얀 역병
— 전쟁과 질병 그리고 인간애

파시즘에 대한 날카롭고 용감한 항의

20세기 초부터 다양한 장르의 창작을 통해 동시대의 시대상과 인류의 근본적인 문제 등을 제시했던 차페크는 단편소설, 콩트, 칼럼, 희곡 그리고 『호르두발』, 『별똥별』, 『평범한 인생』의 삼부작 소설들과 과학 소설 『도롱뇽과의 전쟁』 등을 발표하고 10년 만에 다시 극작으로 되돌아 왔다. 이는 아마도 나치 독일 세력의 확장과 이탈리아와 스페인의 독재정치 등 체코슬로바키아가 속한 유럽의 정치적인 정세가 급변하게 되자 직접적으로 사람들의 주의를 기울이고자 한 저자의 의도이다.[1]

비평가 브셰티츠카가 지적하듯이 라디슬라프 클리마와 블라디미르 반추라 등 차페크 동시대의 어떤 작가도 차페크만큼 다양한 분야에서 창작을 시도한 작가는 없다.[2] 『하얀 역병』(Bílá nemoc)은 나치 독일에 의한 체코슬로바키아에 대한 위협이 점증할 때인 1937년에 씌어졌다. 나라 안팎의 나치 지지자들의 압력과 매스컴의 우려와 비판에도 불구하고 이 작품은 1937년 1월 29일 프라하 스타보프극장(Stavovské divadlo)과 민족극장(Národní divadlo)에서 성공적으로 막을 올렸다. 이후 1938년 6월 29일까지 84회나 공연되면서 체코 사회에 큰 반향을 일으켰고, 유럽 여러 나라에서도 공연되었다.

차페크의 희곡을 평가절하하던 요세프 트라게르(Josef Trager)조차

『하얀 역병』을 '위대한 진전' 이라고 높게 평가하였다. 그는 특별히 희곡의 대화와 단순한 언어, 주인공들에 대한 묘사를 찬양하였다. 그는 또한 『하얀 역병』에서 차페크는 산문보다 희곡에서 테마들이 보다 더 효과적이라고 지적했다.[3]

바츨라프 체르니는 『하얀 역병』을 수필 같은 희곡 작품이라고 묘사하면서도 팽창주의에 기반을 둔 군사공격에 대항한 인간애, 동정, 사랑, 형제애에 대한 권리의 표현 등 논쟁을 불러일으킬 만한 주제와 더불어 이 작품의 목표는 평화를 옹호하는 것이라고 극찬하였다. 반면에 당시 비평가로 존경받던 아르네 노박은 이와는 반대로 평화주의와 전쟁 선동가로 약자를 무력화시키고 군사적 선동가로 차페크를 비판하였다. 차페크 자신도 『하얀 역병』이 아무런 해결책도 제시 못하는 피할 수 없는 비극적인 결말임을 인정하면서 이렇게 언급했다. "만일 요점이 우리 시대와 사실적인 인간집단 사이의 공간에서 일어나는 진정한 투쟁이라면 우리는 그것을 말로써 해결할 수 없고 그 해결책을 역사에 맡겨야 한다." 체코 국가의 위기 시대에 체코극단은 "가장 감동적으로 민족의 이익을 위해 과감하게 도전한 차페크의 드라마야말로 파괴력 있는 도구"라고 찬양했다. 1937년 차페크가 『하얀 역병』으로 드라마 부분 국가상을 수상한 것은 우연이 아니었다.[4]

이 작품은 독일과 유사한 어떤 나라를 배경으로 전쟁발발 전의 긴박한 상황에 대한 한 인간의 대응을 다루고 있다. 한 가지 특별한 것은 조금 부조리한 상황, 즉 치료 불가능한 이상한 하얀 역병이 40세 이상의 사람에게만 전염되어 목숨을 빼앗는다는 설정이다. 『하얀 역병』은 이웃의 약소국들을 침략하기 위해 전쟁을 준비하는 어떤 독재국가를 무대로 극이 진행된다. 이 나라는 예스맨들에 의해 둘러싸여 있고 군중들의 의해 숭배를 받는 야전 사령관이 통치하고 있다. 차페크의 『하얀 역병』은 파시즘에 대한 날카롭고 용감한 항의를 담고 있다.[5] 이는 분명하게 히틀러의 독일을 상기 시킨다.

이는 분명히 정치적인 희곡이다. 누구나 사령관이라는 인물을 히틀러로, 갈렌 박사라는 인물을 독재주의 특히 나치에 대한 민주주의적인 저항으로 읽을 수 있다. 이는 그 시대상으로 볼 때 매우 용감한 태도이고, 차페크는 어떤 면에서 목숨을 건 모험적인 극작활동을 감행한 셈이다.[6]

이러한 이데올로기적인 사명과 또한 체코슬로바키아의 국내외적인 정치적 상황에서 나치의 위협을 피하려는 차페크의 노력과 관련하여 볼 때 이 작품에서 언급한 독재국가의 이미지는 그 당시 시대적인 상황으로 봐서 독일, 이탈리아, 터키나 다른 유럽의 한 국가에 그 기반을 두고 있다. 물론 차페크 자신이 언급하고 있듯이 그것은 일반적인 현상이며 지리적으로 어느 특정 국가를 지칭하지는 않는다.

사령관의 조국은 실존하는 특정 국가는 아니지만 오늘날 세계의 수많은 사람들이, 우리가 유럽 문명의 위대한 문화적 그리고 정치적 전통을 목격한 범 인본주의, 평화, 자유 그리고 민주주의를 위한 위대한 투쟁으로부터 소외된 어떤 도덕적 그리고 시민적 실체이다.[7]

이 희곡의 주요 인물들은 갈렌 박사, 사령관, 크뤼그 공작, 궁정고문관 시겔리우스 교수, 사령관의 딸, 크뤼그 공작의 아들, 아버지, 어머니, 아들과 딸 그리고 이름 없는 군중들이다. 갈렌 박사는 위대한 인도주의자이다. 그는 전쟁에 반대하고 때때로 전쟁에 대한 증오를 열광적으로 나타내기도 한다. 그는 매우 정직하고 초지일관 강한 신념을 유지하는 인물이다. 그는 언제나 약속을 저버리지 않는다. 사령관과 크뤼그 공작은 전쟁 옹호자들이다. 그들은 무엇보다도 권력에 집착한다. 인간의 목숨은 그들에게 중요하지 않고, 그들은 오직 권력욕에 따라 행동하는 인간들이다.

갈렌은 물론 히포크라테스의 맹세에 따라 의사로서 모든 사람들을 치료해야 하는데 부자들과 사회에 영향력 있는 사람들의 치료를 거부한다. 의학적 견지에서 볼 때 이는 좀 부조리하다. 그러나 독재 권력과 싸우는 힘없는 한 의사의 견지에서 볼 때 이는 상당히 효과적이다. 왜냐하면 차페크는 유럽의 대부분 선량한 사람들을 위해 민주주의를 원했기 때문이다. 전쟁에 의한 더 큰 희생을 막기 위해 부자 등 권력을 행사할 수 있는 자들의 치료를 거부함으로써 최소한의 희생이 불가피한 것은 충분히 이해가 된다. 본 장에서는 희곡의 플롯, 주요 인물의 성격, 인물들 간의 갈등 그리고 주제와 모티프 및 상징을 중심으로 희곡을 분석하고자 한다.

『하얀 역병』의 플롯과 전쟁의 부조리함에 대한 경고

『하얀 역병』은 6개의 장면으로 된 제1막, 6개의 장면으로 된 제2막, 3개의 장면으로 된 제3막으로 구성된 희곡이다. 하얀 역병에 전염되어 붕대를 감은 세 전염병환자가 곤경에 빠진 자신들의 상태를 이야기하는 데에 주제가 나타나 있다. 이는 연극의 시작에서 관객의 호기심을 불러일으키게 하는 기법으로 테베왕국에 전염병이 창궐하고 있다고 하는 고대 소포클레스의 비극 〈오이디푸스의 왕〉의 도입부[8]를 연상시킨다.

첫 번째 환자: 그것은 전염병, 전염병이야. 우리가 사는 거리에

는 각 집집마다 환자가 있어요. 여보세요, 이웃양반 당신 얼굴
에도 하얀 반점이 있소. 그리고 그는, 소문에 의하면 그건 아무
것고 아니라지. 나도 전혀 통증을 느끼지 못해요. 나처럼 그에
게서도 살점이 떨어져 나가는구먼. 이건 분명히 전염병이오.

두 번째 환자: 전염병이 아니라 나병이오. 하얀 역병. 그것은 분
명 형벌이오. 그런 역병은 스스로 생겨나는 게 아니라, 하나님
이 우리를 벌하시는 거요.

세 번째 환자: 하나님 맙소사 — 하나님 맙소사 — 하나님 맙소
사 —[9]

희곡에서는 피부에 하얀 반점이 생겨나 치명적인 결과를 가져오는
전염병이 돌면서 전쟁을 준비하고 있는 어떤 나라를 도탄에 빠지게 한
다. 이어서 이야기는 명망 높고 권위 있는 의사가 일하고 있는 유명한
병원 진료소[10]에서 진행되는데, 이 치명적인 병의 치료약 개발에는 실
패하고 만다. 그러나 평범한 의사인 갈렌 박사가 이 치료법을 독자적으
로 개발한다. 갈렌은 원래 유명한 의사 릴리엔탈의 수제자였다. 이 덕
택에 갈렌은 자신의 실험을 성공적으로 진행할 수 있었다. 갈렌 박사는
치료법을 개발하였으나 정부와 무기산업자들이 무기생산을 중단하고
평화를 구축하지 않으면 이 치료법을 널리 적용하지 않겠다고 말한다.
갈렌은 오직 가난한 자들만 치료하고 부자들의 치료는 거부한다. 왜냐
하면 가난한 자들에게는 전쟁을 멈추고 평화를 유지할 능력이 있는 부
자들과는 달리 아무런 정치권력도 없기 때문이라고 한다. 이 전염병이
창궐하는 것을 막으려고 여러 방법을 강구하나 전염병은 더욱더 주요
시민들에게 전염되어 상황이 고조된다.

궁정고문관 시겔리우스 교수는 가난 때문에 이 병의 치료를 받을 수
없는 사람들만이 입원할 수 있는 국립병원 13병동에 갈렌 박사를 배치

한다. 그의 진료는 매우 성공적이어서 신문기자들과 사령관, 보사부 장관 등 주요인물들이 이 병동을 방문한다. 시겔리우스는 국민들을 치료하기 위해 갈렌 박사로 하여금 치료법을 공개하도록 요구한다. 그러나 그는 자기 나라와 다른 나라들이 전쟁을 포기하고 평화롭게 살지 않으면 자신의 치료법을 공개하지 않겠다고 고집한다. 이에 화가 난 시겔리우스는 죽어가는 환자를 희생해도 좋으니 갈렌에게 13병동을 떠나가도록 명령하면서 막이 내린다.

크뤼그 공작의 무기 공장에서 경리부장으로 진급한 아버지는 자신과 가족의 번영을 위해 전염병의 치료보다는 무기 공장의 발전을 주장한다. 그러는 와중에 어머니가 하얀 역병에 감염된다. 아버지는 갈렌 박사에게 어머니의 치료를 부탁하지만 갈렌 박사는 아버지에게 먼저 크뤼그 공작에게 무기 생산을 중단을 설득하면 어머니를 치료해주겠다고 한다. 아버지는 크뤼그 공작을 설득할 수 없음을 알고는 딜레마에 빠진다.

마침내 거대한 무기 공장 주인인 크뤼그 공작이 이 병에 감염된다. 그는 이 불치병을 치료받고자 가난한 자를 가장하여 이 병동에 입원한다. 갈렌 박사는 이를 눈치 채고 그에게 무기 공장의 모든 무기 생산을 중단하면 치료해주겠다고 말한다. 그러나 크뤼그 공작은 이를 거절한다. 결국 그는 자신이 치료도 받지 못하고, 사령관을 설득해서 전쟁을 막을 수도 없는 것을 알게 되자 진퇴양난에 빠진다.

(텁수룩한 수염에 거지 옷차림으로 크뤼그 공작이 들어온다)

갈렌 박사: 자 무슨 일로 오셨는지요?

크뤼그 공작: 박사님, 저는 그 하얀 역병에 걸린 것 같아요.

갈렌 박사: 자, 옷을 벗어 봐요. 그리고 무슨 일을 하시는지요?

갈렌 박사 (주사기를 잡는다): 그럼 자 한번 살펴볼까요 ― 사람들을 위해서 무슨 일을 할 수 있는지요?

크뤼그 공작: ― 저는 그저 돈을 벌려고 애쓰고 있어요. 그러나 이따금 헛수고를 하곤 하지요. 박사님, 저는 박사님께 돈만을 제의할 수 있어요. 그러나 박사님이 말씀했듯이 자신의 방식대로, 그건 영광스러운 제의이지요. 한사람의 생명을 위해 이백만 아니 삼백만이라도!

갈렌 박사: 당신은 그 하얀 역병이 무서운가 보군요? (주사기에 약을 주입한다)

크뤼그 공작: 예.

갈렌 박사: 정말 안됐군요.… (주사기를 손에 들고 크뤼그 공작에게 다가가면서) 당신 회사에서 그 무기와 탄약의 생산을 중단할 수 없는지요?

크뤼그 공작: 할 수 없어요.

갈렌 박사: 정말 그건 힘들겠군요. 그럼 도대체 저를 위해 무엇을 할 수 있는지요?

크뤼그 공작: 오직 돈만을.

갈렌 박사: 그러나 아시다시피 그럼 전 할 수 없어요.(주사기를 책상 위에 놓는다) 아니, 그건 아무 소용없어요. 전혀 소용없어요. 그렇지 않아요?

크뤼그 공작: 그럼 당신은 저를 치료하지 않겠다는 건가요?

갈렌 박사: 정말 미안합니다. 공작님 그럼, 옷을 입으실까요?

크뤼그 공작: 그럼 이것으로 끝장이군요. 하나님 맙소사… 하나님 맙소사![11]

제2막의 종결 부분에서 사령관은 갈렌 박사에게 자기의 절친한 동료이며 국가를 위해서 무기 공장을 경영하는 크뤼그 공작을 치료하도록 명령한다. 치료하지 않으면 구속하겠다고 위협도 가한다. 이에 갈렌은 굴하지 않고 이 나라와 세계에 전쟁 대신 평화를 정착할 수 있는 사람은 사령관뿐이라며 그에게 당장 전쟁의 종식을 요구한다. 사령관은 조국과 민중이 자기로 하여금 전쟁을 승리로 이끌도록 사명감을 받았다고 하면서 갈렌의 제의를 거절한다. 그 순간 전화벨이 울리자, 사령관을 수화기를 들고 크뤼그 공작이 자살하였다고 하면서 막이 내린다.

제3막에서 사령관은 전쟁을 그만두라는 갈렌 박사의 제의를 무시하고 전쟁을 준비하며 집무실 발코니에서 민중들에게 전쟁의 당위성에 대해서 연설을 한다. 민중은 열광하여 사령관 만세를 외친다. 그 때 그는 갑자기 자신의 가슴에 생긴 흰 점을 발견하고 곧 하얀 역병에 걸린 것을 알게 되며 고민에 빠진다. 갈렌은 전쟁을 그만 둘 의사를 표명한 그를 치료해 주러 그에게로 간다. 사령관의 딸과 미래의 사위인 크뤼그의 아들이 마침내 사령관을 설득하였던 것이다. 갈렌은 궁정으로 간다. 궁정 앞에는 군중들이 모여서 전쟁을 찬양하고 있다. 갈렌이 병든 사령관의 집무실로 가는 도중, 전쟁 찬양의 연설에 의해서 세뇌되어 흥분한 군중들은 전쟁 반대를 외치는 갈렌 박사를 살해한다.

이리하여 하얀 역병 치료법의 비법도, 평화를 위한 희망도 모두 사라지게 되었다. 그러나 비평가 루드밀라 오브드르잘코바가 지적하듯이 차페크의 희곡은 모두 그렇게 염세주의적으로만 끝나지 않는다. 두 평화주의자들인 사령관의 딸과 그녀의 젊은 애인 크뤼그가 살아남았다. 차페크의 주요 의도는 분명히 사회나 조직적인 폭력에 대항한 무의미하고 나이브한 싸움이다. 차페크는 아마도 전쟁의 부조리함에 대해 경고하고 싶었을 것이다.[12]

평화애호자 갈렌 박사와 군국주의자 사령관의 갈등

『하얀 역병』은 차페크의 다른 희곡들과 마찬가지로 여러 집단을 상징하는 여러 인물들이 등장한다. 국립병원이지만 병원의 이익을 생각하는 법정 고문관 시겔리우스 교수, 전염병의 치료법을 가지고 있지만 자신이 원하는 환자만 치료하는 갈렌 박사, 평범한 가정을 상징하는 아버지와 어머니, 아들 그리고 딸, 시대에 쉽게 편승하려는 병원의 조수들 부유한 자들을 대표하는 무기 공장 사장 크뤼그 공작, 자신이 매우 위대한 사람이라 믿는 독재자인 사령관 등이 바로 그러한 인물들이다.

독특하게도 이 인물들은 각자 수직적인 관계를 맺고 있다. 독재자이자 우두머리인 사령관 밑에 당 인민위원, 장군, 보사부 장관, 정보부 장관, 부관과 우매한 민중들 등이 있다. 또한 국립병원장 시겔리우스 교수의 밑에는 제1조수와 제2조수가 있으며, 평범한 가족을 상징하는 가정에서도 결국 아버지와 어머니가 딸과 아들보다 우위에 서있는 것을 볼 수 있다.

그러나 갈렌이라는 평범한 의사의 등장으로 이러한 이기적인 주인공들 그룹 내에 존재하는 질서의 이해관계에 혼란을 야기시킨다. 이러한 과정에서 갈렌과 부자들 혹은 높은 지위에 있는 자들 사이에 많은 갈등이 일어난다.

희곡 안에서 갈렌 박사는 성공적이지 못하지만, 문학의 주인공으로서 갈렌 박사는 위대한 인물이다. 만일 『하얀 역병』이 문학사적 기록에서 성공적인 논쟁을 이끌지 못하는 유일한 이유가 있다면 그것은 무엇보다도 이 주인공 때문일 것이다. 주저 없이 행동하는 위대한 전사인 주인공은 그의 손 안에 있는 유일한 무기를 사용하기로 결단을 내린다. 갈렌 박사는 호의적인 인간이며 인생 찬미자이며 그의 정신은 확고부동하다. 그는 고집 세고 강력한 의지의 소유자이며 평화애호자이다.

주인공 갈렌은 차페크가 다른 작품들에서 형상화한 인물들처럼 평범한 사람이다. 차페크는 작은 나라의 물리적인 가능성이 침공자들의 그것과 비교가 안 될 경우에, 그들에 의해 부당하게 공격당했을 때 지혜와 수동적인 저항, 심지어 책략으로 자신을 방어하고자 하는 작은 나라의 권리를 지지한다.[13] 비록 부자들에게 갈렌이 잔인하게 보일지라도 그는 사회적인 약자들, 즉 저자 차페크의 철학과 비슷한 일상의 삶을 살고자 투쟁하는 평범한 사람들 편에 선다.

차페크가 그처럼 애정을 가지고 그런 인물을 창조하는 것은 놀랄 일이 아니다. 그는 갈렌에게 이번에는 잔인한 모습으로 자신의 민주주의 사상을 형상화하였다. 갈렌은 평범하고 냉정하지만 위대한 영웅적인 주인공이다. 그는 다른 조건에서 또 다른 가능성의 인생을 살아온 평범한 사람이다. 평범한 사람과 파시즘에 대항에서 싸운 전사가 한 인간 속에 함께 형상화되었다.

『하얀 역병』에서는 평화주의자이며 겸손한 의사인 갈렌 박사와 팽창주의 입장의 군국주의자인 사령관 사이에서 잔인한 이데올로기의 싸움이 일어난다. 『하얀 역병』에서 전쟁을 멈추지 않으면 부자들이나 지도자들의 치료를 거부하겠다고 주장하는 주인공 갈렌 박사는 자신의 의지 때문에 수많은 희생이 따를 수밖에 없다는 사실의 딜레마와 마주하게 된다. 전쟁을 포기하자니 자신의 체면이 안 서고 전쟁을 포기하지 않으려니 자신도 걸린 하얀 역병으로 죽어갈 것을 고민하는 사령관의 딜레마는 가장 극적인 딜레마다.

크뤼그 공작은 자신도 이 병에 감염된 것을 발견하여 겁에 질려 갈렌에게 치료해주는 대가로 수백만 원을 제시하나 갈렌은 그로 하여금 무기생산을 중단할 경우에만 치료하겠다고 함으로써 갈등이 고조된다. 수치심과 두려움 때문에 공작은 독재자 사령관에게 상의하여 협조를 구하나 성공하지 못하고 자살로 생을 마감한다.

희곡의 또 다른 갈등은 전쟁을 준비하는 독재자인 군사령관과 이상한 전염병을 치료할 줄 아는 유일한 의사인 갈렌 박사가 사령관을 설득하여 전쟁을 그만두게 하려고 할 때 고조된다. 갈렌 박사는 인간애와 사회적인 인식, 전쟁을 반대하는 그의 고집스러움과 용감함에 의해서 희곡 속에서 위대하고 긍정적인 인물로 그려진다. 그는 의사 중에서도 가난한 자들을 대변하는 의사다. 왜냐하면 이 죽음의 병으로부터 오직 이러한 평범하고 가난한 자들만을 구제하기 때문이다. 그는 사령관과 충돌한다. 사령관과의 대화에서 그는 지적으로나 도덕적으로 사령관보다 우월할 뿐만 아니라, 평화와 인본주의를 옹호하는 한 개인의 용기를 보여준다. 그는 사령관으로 하여금 전쟁을 그만두게 하고 그 대신 평화를 보상하도록 압력을 가한다. 그는 심지어 군수물자를 생산하는 사령관의 친한 친구인 크뤼그 공작의 치료를 거절한다.[14]

> 사령관: (잠시 쉰 후) 박사님, 우리는 크뤼그 공작에 대해 이야기를 하고 있었지요.
>
> 갈렌 박사: 그렇습니다. 존경하는 사령관님, 사령관님만이 그와 다른 모든 사람들을 구할 수 있습니다. 사령관님이 세상의 지속적인 평화를 원하시고 모든 민족과 평화협정을 맺을 거라고 말씀하시죠. 사령관님, 모든 것은 사령관님한테 달려 있어요! 제발 청컨대, 저 가난하고 병든 자들을 구원하십시오. 공작님 건은 죄송하지만 그 자신 때문에…
>
> 사령관: 공작은 당신의 제의를 받아들일 수 없어요.
>
> 갈렌 박사: 그러나 당신은 할 수 있어요, 존경하는 사령관님. 사령관님만이 원하시는 걸 모두 할 수 있어요.
>
> 사령관: 나는 할 수 없어요. 내가 아기처럼 당신에게 이걸 설명해

야겠어요? 당신은 정말 전쟁과 평화가 내게 달렸다고 생각하시
오? 난 나의 조국의 이익에 복종해야 하오. 만일 나의 국민들이
전쟁에 나아가면 난 반드시 그들로 하여금 자신들의 운명을 따
르도록 인도해야 하오.

갈렌 박사: 만일 당신을 위한 것이 아니었다면 그들은 좌우간 싸
우러 가지 않을 것입니다.[15)

사령관은 독재자이고 전쟁 선동가이며 평화의 적이다. 그러나 그는
그 나름대로 입장과 윤리를 가지고 있다. 갈렌 박사는 전쟁을 막기 위해
단호하게 권력을 가진 자들이 죽게 내버려둔다. 그는 결국 크뤼그 공작
과 사령관의 치료를 거절하는 방법으로 사령관으로 하여금 전쟁을 평
화로 바꾸도록 압력을 가한다. 갈렌 박사는 사실 의료윤리를 배반하고
그 결과로 비극적인 죄를 범하는 방식으로 전쟁 반대의 투쟁에 도취되
었다. 그러나 차페크의 희곡에서 그는 최후의 비극을 통하여 속죄를 하
게 된다. 이러한 비극적인 갈등에도 불구하고 갈렌 박사는 관객이 볼 때
긍정적인 주인공이다. 그러나 갈렌의 반대자로서 사령관도 작가에 의
해 우스꽝스러울 정도로 왜소하거나 풍자적인 인물로 타락하지는 않았
다. 바로 이러한 것 때문에 갈렌의 투쟁은 더 위대하고 더 감동적이다.[16)
다른 인물들은 상징적으로 전쟁의 힘과 평화의 힘을 대표하는 서로
조화될 수 없는 두 인물처럼 개성 있는 인물로 잘 형상화되지 못했다.
그들은 오직 주요한 이념적인 갈등의 관계를 통해서만 그려졌을 뿐이
다. 궁정고문관 시겔리우스 교수도 권위와 타이틀에 무한한 존경심을
나타낼 뿐 도덕적으로는 기회주의자이다. 릴리엔탈 병원 내의 독재자
인 시겔리우스는 사령관의 궁정고문관으로서 평범한 의사 갈렌의 성공
을 자신의 사회적 명망을 높이는 데 이용하고자한다. 생명보다 돈과 명
예를 중시하는 시겔리우스는 갈렌과 대립되는 인물이다. 병원에서 절

대적인 권한을 가진 시겔리우스 교수는 가난한 의사 갈렌이 위대한 사람에게 그 비법을 처방하는 것 자체를 영광으로 알고 있으리라고 생각했다. 그리고 그는 갈렌이 정당하게 그런 신망을 얻고 성공의 영광을 얻으리라고 생각했다. 그러나 그것은 착각이었다. 갈렌의 신념은 그가 생각했던 것보다 더 확고했다.

무기거래상 크뤼그는 그의 사회적인 중요성에 의해서 결정된다. 아버지로 나오는 또 다른 인물은 편협한 도덕심을 가진 인물이며 기회주의와 에고이즘 그리고 지배권력 즉 파시스트의 민중선동 사이의 관계를 대표한다. 하얀 역병이 자기 가족에 도래하기 전까지 그는 그것을 자신의 경력을 쌓는 데 이용한다. 그는 동료들이 모두 역병에 걸려 죽은 덕분에 크뤼그 회사의 경리부장으로 진급하였다는 것을 자랑스러워하는 이기주의자다. 그는 역병과 갈렌이 주장하는 평화를 선택하라면 역병을 택할 정도로 사령관이나 크뤼그 공작 못지않게 출세지향주의자다. 자신의 욕심에만 눈이 멀고 타인들의 생활에 대해 비판을 하는 이기주의적인 성격을 가진 아버지와 약간은 대조되는 인물은 어머니이다. 그녀는 아버지와 반대로 하얀 역병에 걸린 환자인 이웃에게 조금이라도 관심을 가지려 한다. 또 50대 이상의 어른들이 병에 쉽게 걸리자, 그것을 그저 젊은이들의 기회라고 생각하는 아들과 딸은 젊은 층을 대표하는 이기주의자들이다. 이는 또한 아버지세대와 아들세대의 갈등과 대립구조를 극명하게 보여준다. 50대인 아버지는 혹시라도 하얀 역병에 걸릴까봐 불안해 한다. 하지만 딸과 아들은 역병 때문에 오히려 출세할 수 있다고 말한다. 아버지 세대의 자리를 자식세대들이 빼앗으려 하고 그것을 당연하게 여기려 하는 사회의 이기적인 모습을 드러낸다. 아들은 농담 식으로 얘기를 하지만 이 부분에서 취업과 성공을 위해 부모의 희생을 요구하는 젊은 세대와 부모 세대 간의 갈등이 나타난다. 병에 걸렸거나 건강하거나 젊은 다른 주인공들은 극적인 갈등에 채워질 뿐이며 갈등의 해소 면에서는 별로 중요하지 않다.

조금 다른 중요성이 광신적인 군중들에게 부여되었다. 갈렌 박사에 대한 폭력 같은 군중의 무의식적인 행동, 격노한 군중들의 민족주의적인 민중선동은 그들의 지도자 사령관처럼 스스로 자신들을 파괴하지만 하얀 역병 앞에서는 속수무책이 된다.[17]

이 희곡에서 또 다른 주요한 인물로 등장하는 것이 바로 군중집단이다. 광신적이며 생각 없는 군중과 적응력이 빠른 시민들이 바로 독재 권력과 파시스트 전쟁의 원천임을 밝히는 것이야말로 이 희곡의 초점이다. 차페크의 희곡이 경고하고 있듯이 집단주의적이고 근시안적인 이기주의가 인간사회를 위협하는 가장 큰 위험이다.

작가 이반 클리마가 지적하듯이 이 희곡에서 갈렌은 매우 나이브하게 묘사된다. 그러나 이는 상징적이다. 차페크의 주인공 의사 갈렌은 지식인들의 행동과 그들이 위험을 감수하고 있는 책임감을 상징한다. 이 희곡은 절대적인 방법에서 세계의 운명에 대한 책임감을 제기한다. 치료만 받으면 누구나 건강을 되찾을 수 있는데 치료를 거부해야 하는 대의명분에 처한 의사의 운명은 비극적이다. 왜냐하면 이는 또한 의료 윤리 즉 히포크라테스 선서에도 위배되는 행위이기 때문이다.[18]

어떤 비평가는 갈렌의 입장이 비윤리적이며 평화주의자인 그가 반대하는 군국주의 광신주의자처럼 그도 역시 광신적이라고 비판하고 있다. 그렇지만 아래의 인용문에서와 같이 기자와의 인터뷰에서 우리는 차페크의 주인공 갈렌 박사가 비록 머뭇거리기는 하지만 시종일관 부자들을 치료하지 않겠다는 단호한 결심을 가지고 있다는 것을 알 수 있다.

기자: 부자들을 정말 치료하는 것을 거부하십니까?
갈렌 박사: 유감스럽지만 그렇습니다. 부자들은 ― 부자들은 너

무나 많은 영향력을 가지고 있습니다. 권력자들과 부자들이 진정 평화를 원한다면 그들은 그 방법을 알 것입니다.

기자: 그렇지만 그건 부자들에게는 좀 불공평하지 않을까요?

갈렌 박사: 그렇습니다. 나도 그런 줄 알아요. 그렇지만 가난한 자들은 가난하기 때문에 어느 정도 불공평한 대접을 받고 있는 것이 사실이 아닐까요? 모두들 똑같이 살 권리가 있어요. 하지만 전쟁은 죽어가는 사람들에게 덮치지요. 꼭 그럴 필요가 없는데, 꼭 그럴 필요가 없는데…. 여보세요. 만일 군수물자에 소비되는 돈이 병원에 간다면…[19)]

이기심과 죽음의 모티프

이 희곡 속에 나오는 주요한 주제와 모티프를 논해보자. 영웅심의 주제를 드러내는 인물로는 갈렌 박사를 들 수 있다. 그는 파시즘에 대항해 홀로 투쟁하는 영웅적인 주인공이다. 차페크는 그에게서 전쟁 시기에 평화는 반드시 크나큰 희생을 통해서 얻어질 수 있다는 사상을 형상화시켰다. 이는 이전의 작품에 비해 볼 때 차페크의 작품에서 나타나는 새로운 주제다. 저자 차페크처럼 주인공 갈렌 박사도 전쟁을 혐오한다. 그는 전쟁 속에서 너무나 많은 주검을 목격했다. 우리는 그의 행동에서 쉽게 전쟁 시기의 영웅주의를 찾아 볼 수 있다. 이러한 전쟁 영웅주의는 차페크의 마지막 희곡 『어머니』의 주인공 온드라에게서도 찾아볼 수 있다.[20)] 갈렌 박사가 사령관과 투쟁을 시작할 때 그는 진짜 영웅이 된다. 그의 모든 공갈협박에도 불구하고 갈렌은 여전히 영웅이지 악한은 아니다. "그는 결코 위험한 주인공이 아니고 사실 그는 협박자에 반대

되는 명예를 회복한 주인공이다."라고 콘라트는 주장한다.[21] 이와는 대
조적으로 헛된 영웅주의 주제는 사령관을 통해서 보여준다. 사령관은
조국을 위한다는 이유로 전쟁을 일으키는 영웅심과 권력욕에 물들었
다.

> 사령관: 그들의 죽음도. 죽은 영웅들의 피만이 땅의 일부를 조국
>   으로 바꿀 수 있소. 오직 전쟁만이 국민들로부터 나라를 만들
>   수 있고 사람들을 영웅으로 만들 수 있소.
> 갈렌 박사: 그리고 시체들로. 사령관님, 아시다시피 저는 전쟁에
>   서 더 많은 시체를 목격했습니다.
> 사령관: 의사 양반, 그건 당신의 일이오. 나는 나의 일에서 더 많
>   은 영웅들을 보고 있소.
> 갈렌 박사: 예, 그들은 대개 후방에 있었지요. 각하. 우리는 참호
>   에서는 영웅들을 많이 보지 못했어요.
> 사령관: 당신은 무엇 때문에 훈장을 받았던가요?
> 갈렌 박사: 부상자들을 치료한 덕분이에요.
> 사령관: 나도 알고 있소. 그들은 참호들 사이 전장에서였지요. 그
>   건 영웅주의가 아니던가요?
> 갈렌 박사: 아니었어요. 그저 의사로써. 사람이라면 반드시… 그
>   렇지 않아요?[22]

『하얀 역병』에서 차페크는 한 개인인 의사를 사회적인 권력에 대항
자로서 대비시킨다. 갈렌은 고상한 마음을 가지고 있으나 강력한 요구
를 제시함으로써 전쟁을 방지하려고 시도한다. 그의 유일한 무기는 하
얀 역병을 치료하는 약품이다. 그는 오직 무장해제를 대가로만 그것을
사용하고자 한다. 그는 지금까지 세계사적 사건에 아무런 권력을 행사

하지 못하는 가난한 자들만을 치료해왔다. 엄밀한 의미에서 갈렌 박사의 의심스러운 윤리적인 관점 때문에 이 작품은 비판을 받기도 했다. 이는 윤리적인 문제의 추상적인 이해다. 차페크의 견해가 이에 대해 해답을 제시하고 있다. 그러나 추상적인 이상주의 도덕의 영향으로 차페크는 갈렌의 상황을 정직하지 못한 것으로 느낀다.

> 만일 갈렌이 하얀 역병에 감염된 여자를 도우려는 것을 거절하는 것을 보게 된다면 당신은 갈렌의 견해에 수긍하지 못하고 나아가 반감의 날카로운 느낌을 저버릴 수 없을 것이다. 게다가 잘 알려지지 않은 의사가 의학적인 관례에 따라 그의 약을 방출한다면 그땐 아마 호전적인 전쟁을 막을 아무런 방도도 남지 않을 것이다. 또는 오직 일시적으로 가장 혹독한 전염병으로 수많은 사람들이 희생의 대가를 치룬 후에야 그는 인류로 하여금 그가 가지고 있는 유일한 방법으로 평화를 누리도록 최선을 다할 것이다. 이는 풀기 어려운 딜레마다. 바로 이것이 우리의 의사가 범하는 바로 우리가 비극적인 죄라고 부르는 것이다. 그리고 작가는 그가 최후의 비극이 따른 죄를 사과하는 것 이외에는 달리 어떻게 형의상학적인 정당화에 대해 말할 수 없을 것이다.[23]

갈렌의 입장을 방어함에도 불구하고 차페크는 그로 하여금 커다란 책임감과 망설임을 느끼게 할뿐만 아니라 그가 치러야 할 정신적인 죄의식도 느끼게 한다. 그러나 갈렌은 형의상학적인 이성으로부터 실패하지 않고, 단순히 그는 소외된 개인으로서 싸운다. 『하얀 역병』은 반전 사상을 발전시키는 문학의 플롯으로서는 큰 논쟁거리가 된다.[24] 그러나 실제로 파시즘에 대항해 정말로 싸우는 방법으로는 부족하다. 인류가 평화를 정착시키려는 찰나에 있고 하얀 역병을 치료할 순간이 왔는데 광란의 군중이 갈렌 박사를 살해하고 그의 치료법은 사라지게 되도록 설정한 『하얀 역병』은 여러 나라에서 공연 된 이후, 이 작품은 비관적인 논조와 분위기를 자아낸다고 쓴 비평가들이 있었다.

"자, 박애가 안전하게 되길 원했던 인간이여, 자, 위대함과 명예를 향해 나아가도록 권력을 잡기를 원했던 군중들이여,"[25]라고 차페크는 희곡의 서문에서 쓰고 있다. 전쟁이 어떻게 끝장났든지 그 외침 속에는 무서운 '하얀 역병'이 담겨있다. 그러나 분명한 것은 인간은 자신의 고통 속에서 구원받지 못한 채 남겨져 있다.

『하얀 역병』속에서 우리는 사령관의 전쟁이 승리할 수 없다는 많은 경고의 징후를 발견 할 수 있다. 그리고 하얀 역병을 치료할 약품 개발은 계속 될 것이다. 이 작품에도 그의 유토피아 소설 『도롱뇽과의 전쟁』에서처럼 운명론과 염세주의 모티프를 찾을 수 있다. 만일 갈렌을 태운 차가 사령관의 궁전에 도착했더라면 인류는 큰 희생 없이 구제될 수 있었을 것이다. 이 군중들은 사령관에 의해서 모였고 군중들에 의한 갈렌의 살해는 사령관의 발코니 연설의 직접적인 결과이다.

차페크가 초기 작품들에서 진지하게 다루었다가 후기 작품들에서 다시 다루기 시작한 상대주의 주제가 여기서도 다루어진다. 차페크는 이전에 여러 작품에서 진리의 상대주의에 대한 주제를 다루었다. 차페크의 상대주의는 투쟁의 방법도 창조의 방법도 아니다. 왜냐하면 이 두 가지 다 타협하지 않고 때때로 심지어 무모하고 오히려 인식의 방법이기 때문이라고 말한 적이 있다. 『하얀 역병』에서 독재자 사령관은 '더 높은 힘'에 의해서 영감을 받았다고 선언한다. 여기서 상대주의는 각각 나름대로 진리를 가지고 있는 두 라이벌의 이데올로기적 싸움에서 독재주의를 대표하는 사령관과 민주주의를 대표하는 갈렌 박사 사이의 갈등을 간단히 해결할 수도 있다.[26] 사람은 누구나 여러 가지의 모습을 가지고 있으며 각자가 원하는 것을 위해 싸운다. 평화를 위해 사람의 목숨을 담보로 하는 갈렌이나 전쟁을 위해 자신의 목숨을 포기하는 크뤼그 공작이나 조국을 위해 전쟁을 선동하는 사령관 모두 각자의 신념으로 살아가고 있다는 것이 차페크가 말하고자 하는 상대주의 주제이다.

이 희곡에는 가장 자주 등장하는 모티프는 이기심과 죽음이다. 죽음의 모티프는 작품의 시작부터 끝부분까지 거의 모든 주인공들과 관련하여 나타나는 지배적인 모티프다. 이것은 이 작품의 분위기를 우울하고 참혹하게 하는 역할을 한다. 자신이 매우 유능하며 불사신처럼 행동하며 스스로를 과신하는 사령관조차 삶과 죽음의 경계사이에선 자신이 건강할 때 매우 중시했던 전쟁을 버리고 갈렌의 요구를 들어주려 한다. 이런 모습은 갈렌이 국립 병원에서 치료하던 13병동의 가난한 환자들과 다를 바 없는 것이다. 또한 크뤼그 백작은 전쟁을 통해 매우 많은 돈을 버는 군수업자이지만 죽음이 다가오자 거지로 변장해 갈렌에게 목숨을 구걸한다.

희곡『하얀 역병』에는 인간의 추한 이기심이 잘 나타나 있다. 작게는 한 가정에서, 크게는 사회에서 더 나아가 한 국가에 이르기까지 이기주의적인 인간의 모습을 보여준다. 가정에서는 부모 자식 세대 간의 대화를 통해서, 병원이라는 공간에서는 병원장이나 조수 사이에서, 국가적 단위에서는 통치자 사령관이나 크뤼그 공작의 권력 관계에서 이기심이 나타난다. 총사령관은 끝까지 영웅적인 사람이 되고자 하고, 스스로를 초인이라 착각하고 있다. 국가를 위해서 죽고 싶다는 그의 말의 속뜻에는 주체할 수 없는 인간의 이기심이 있다. 전쟁을 통해 무기생산으로 이익을 챙기는 무기상 크뤼그 공작이나 총사령관이 전쟁을 바라는 것은 당연하다. 전쟁은 바로 이러한 부류의 인간들의 이기심이 낳은 결과이다.

시겔리우스 박사는 기자들을 불러 자기 병원에서 치료약을 개발하고 있다고 선전하고, 세상이 하얀 역병으로 병들어 가고 있음에도 자신의 인맥을 통해서 자신의 출세와 권력을 추구하는 이기심을 극명하게 보여준다. 시겔리우스 밑에서 일하는 조수들 또한 이러한 시대적 상황에 편승해 개업의가 되려는 욕망은 인간 이기심의 극치이다. 또한 편안한 가정의 아버지는 자기 회사에 있던 많은 사람들이 죽었는데도 그 사람들이 죽었기 때문에 자신이 회계부서 총책임자를 맡을 수 있었다고 이야기하면서 하얀 역병 때문에 출세를 하여, 이익을 볼 수 있게 된 것을 자랑스럽게 생각한다. 이것은 그의 자식들에게서도 나타나는 모티프이다. 늙은 사람들이 하얀 역병에 걸려서 죽게 됨으로써 오히려 젊은이들의 일자리가 늘어난다고 이야기하면서 자신들의 이기심을 보인다. 아들의 "역병이 없었다면 우리가 어떻게 살아갈까! 누나는 결혼도 못 할 거고, 나 역시 지금 시험만 치면서 고생만 죽자 하겠지…"[27]라는 대사에서 알 수 있듯이 자기 부모가 역병에 걸려 죽는다는 사실을 알면서도 이런 말을 할 정도로 자식의 이기심은 극에 달해 있다. 아버지나 자식들이나 서로가 한 집안에서 살지만 각자의 이익을 위해 이런 말을 하는 이기심은 사회의 비인간적인 모습의 한 전형이다.

하얀 역병: 인류가 처한 극한 상황을 상징

이 희곡에 나오는 상징에 대해 논해보자. 이 희곡에서 중세시대의 흑사병이나 나병 같은 이상한 전염병인 하얀 역병에 의해서 SF적인 요소가 제시된다. 앞에서도 언급했듯이 이 하얀 역병은 40세 이상의 사람들에게만 전염되고 인간의 살을 먹어 치우고 환자는 결국 죽게 된다. 40세 이상만 걸린다는 가정은 사실적이기보다는 차페크가 이전의 희곡과 소설 속에서 즐겨 다룬 SF적인 설정이다. 이는 또한 병든 문명과 인간의 타락을 상징한다. 하얀 역병은 전쟁처럼 인류가 처한 또 다른 극한 상황을 상징한다. 이는 또한 인간이 사회생활에서 직면하는 모순의 상징이기도하다. 아버지는 어머니에게 동료가 죽어 크뤼그의 무기 공장의 경리부장으로 진급하게 된 것을 하얀 역병 덕택이라고 감사해야 한다고 말한다. 그러나 그는 갈렌이 전쟁을 그만두고 평화를 유지하기 위해서는 무기 공장을 폐쇄해야 한다는 신문 기사를 보고 분노하나 결국 어머니도 하얀 역병에 걸리자 자가당착에 빠진다. 여기에 의도적인 아이러니가 있다. 하얀 역병은 40세가 넘으면 누구든지 걸릴 수 있고, 그래서 오만한 자도 겸손하게 될 수밖에 없는 두려움을 가져온다.

그의 초기 소설 『도롱뇽과의 전쟁』에서 다룬 파괴 또한 이 희곡의 주요한 모티프 중 하나다. 『도롱뇽과의 전쟁』에서처럼 이 작품에서도 또한 희망보다는 페시미즘이 지배적이다. 이는 초기 희곡 『R.U.R.』 보다 확실히 페시미즘 경향이 뚜렷하다. 차페크에 있어 물리학이 자연 질서를 조절하듯이 정치학은 인간을 그렇게 조화롭게 조절하지 못한다.

전염병은 『R.U.R.』의 로봇이나 『도롱뇽과의 전쟁』의 도롱뇽처럼 효과적이거나 적절하지 못한 상징이다. 전염병은 전쟁 테러의 상징이다. 하킨스가 지적하듯이 전염병의 상징은 사람이 전쟁과 싸우듯이 의약은 병과 싸울 수 있다는 것을 의미한다.[28] 또 다른 은유는 인간의 정치적 · 사회적 · 과학적 지식은 생물학이나 의약보다 더 간단하다는 것이다. 차페크의 전염병 형상은 전쟁의 공포와 불합리를 상징한다.

사령관이 독일 히틀러를 상징하고 우매한 민중들이 히틀러를 맹목적으로 숭상하듯이 군수산업가인 공작의 이름 Krug는 독일어로 전쟁(Krieg)이거나 독일 이름 Krupp이고, 또 Lilienthal병원도 독일식 이름을 상징한다. 또 갈렌(Galen)도 그리스 이름이지만 원래 '순진한 사람'의 의미가 있는 체코 이름 데티나(Dětina)를 대체한 것이다.[29]

인간을 전쟁으로 몰고 가는
불합리한 인간세상 권력의 속성

위에서 논했듯이 이 희곡은 저자 차페크의 조국과 유럽의 미래에 대한 저자의 불안을 보여주고 있다. 이 희곡은 전쟁은 인간사에서 가장 중대한 범죄 일뿐만 아니라 인본주의의 가장 큰 적이라고 묘사하고 있다. 차페크는 바로 이 희곡을 통해서 전체주의의 정권이 이러한 위험을 대표한다는 것을 보여준다.

『하얀 역병』에서 차페크는 당시 체코 관객 사이에서 만연하던 반파시즘 분위기에도 굽실거리지 않았고 파시스트의 침공의 징후와 외적 존재에 의해 휩쓸리지도 않았다. 대신 그는 전쟁으로 이끌어가는 근본적인 경향을 꿰뚫으려고 노력했고 지나친 민족주의 경향의 군국주의와 파시즘의 본질을 밝히려 했다. 그는 이 작품을 통해서 그의 시대를 앞질러 갔다. 이런 점에서 이 작품의 의의는 크다 하겠다.

이 희곡에도 물론 약점이 있다. 주인공 갈렌은 군비철폐 같은 특별한 평화적인 제안을 하는 것보다 치명적인 병의 치료법을 통해서 평화를 강요할 수밖에 없었다. 또한 이 희곡은 갈렌 박사가 병든 자를 취급하는 태도에 있어서 도덕적으로 혼란을 내포하고 있다. 그의 목적은 수단 방법을 정당화하지 못한다. 이런 면에서 그의 수단도 사령관이나 공작의 수단 방법과 차원은 다르지만 유사한 점이 있다 하겠다. 사실 부자들의 치료를 거부함으로써 그는 전쟁에서처럼 많은 사람들을 죽게 할 수도 있다. 희곡의 결말에서 갈렌은 죽게 되고 그의 치료법도 잃어버려서 그는 비난을 피할 수 없게 되었다. 여기서 차페크는 인간을 전쟁으로 몰고 가는 불합리한 인간세상 권력의 속성을 보여준다.

『하얀 역병』이 1937년 이후 유럽의 여러 나라들에서 공연된 이후, 차페크는 문학 비평가들과 좌우파 정치적 단체들로부터 논쟁을 불러 일으켰다. 체코 서쪽 지방 수데텐 ― 독일 헨라인 당에 의해 지지를 받은 우파 신문은 이 희곡을 부적당하다고 거절하였고,[30] 슬로바키아 국민 흘린카 당[31]의 기관지도 이 작품을 '위험'하다고 비판했다. 반면에 지금까지 차페크의 실용주의 철학을 날카롭게 비판하던 좌파는 처음으로 이 작품에 긍정적인 관심을 가졌다. 2차 세계대전이 끝나고 공산정권은 차페크를 이념적으로 나쁘다고 비판하였고, 작가로서 충분하게 평가하지 않았다.[32]

이와 같이 체코와 유럽의 연극계에 큰 반향을 불러일으킨 『하얀 역병』은 인본주의자 의사 갈렌과 군국주의자 사령관과 사이에 첨예한 갈등을 통해서 저자는 당시 유럽에 팽배한 위기의식을 극적으로 잘 표현하였다. 또 주인공 갈렌을 통해서 영웅심의 주제를 잘 형상화하였다. 이 작품에서도 차페크는 이전의 단편집이나 삼부작 소설 등에서 다루었던 상대주의 철학 주제를 각각의 주인공들의 입장에서 설득력 있게 그리고 있다. 현대문명의 파괴 상징의 하나인 '하얀 역병'은 상징으로서는 초기 극작에서처럼 덜 효과적이나 전염병의 이미지는 또한 전쟁의 공포와 부조리함을 상징하고 있다.

12. 어머니
— 반전사상과 조국애의 승화

전쟁이 갖는 무의미함과 부조리함을 극적으로 표현

차페크는 짧은 생애 동안 수많은 소설과 희곡들 그리고 다양한 글쓰기를 통해서 당시의 사회상을 깊이 있게 통찰, 묘사하여 노벨문학상에 추천되기도 했다.[1] 차페크의 몇몇 작품들은 체코어로 씌어진 가장 위대한 작품으로 평가 받는데 그 이유는 뛰어난 체코어의 관용어법 즉 그 언어적 가치일 뿐만 아니라 그 작품들 속에 나타난 깊은 철학적인 주제들 때문이다.

1938년 2월 12일 프라하 스타보프극장에서 차페크의 최후의 드라마 『어머니』가 초연되었다. 차페크는 드라마 『어머니』를 통해서 전쟁과 그 전쟁의 참화를 고발했다. 이는 전쟁이라는 주제를 중심으로 두 가지 원칙의 갈등을 다룬 이전의 드라마 『하얀 역병』과 같은 정신 속에서 씌어졌다. 저자는 특히 『어머니』에서 전쟁이 갖는 무의미함과 부조리함을 더욱 강렬하게 극적으로 보여주고 있다.

점증하는 나치의 공격적인 정책적인 위협 하에서 차페크는 자신의 최후의 드라마 『어머니』를 통해서 당시 유럽에서 벌어지고 있는 스페인 내전과 같은 비극적인 전쟁의 파괴상을 고발한다. 또한 차페크는 『어머니』를 통해서 다가오는 나치 독일의 공격에 대한 체코슬로바키아의 방어능력을 강화하려고 한 것이 분명하다.

차페크는 아주 섬세한 성격의 소유자로, 사람들을 그 누구보다도 잘 이해하였으며 어떤 형태의 폭력조차도 싫어하는 입장을 견지해왔다. 그의 정치적인 입장은 자유주의적이고 민주주의적이었다. 그는 "왜 내가 공산주의자가 될 수 없었는가?"란 논문을 통해서 공산당에 가입하지 않은 이유를 명백하게 표현하였다. 그는 어떤 사람이 다른 계층에 속한다는 이유로 그를 싫어할 수 없었다고 한다.

차페크는 국가의 위기 순간에 체코민족의 기운을 고양시키고자 하는데 누구보다도 앞장서고자 한 작가였다. 19세기 민족부흥기 이후 차페크가 살던 1918년 독립 체코슬로바키아 시대에 민족과 국가를 위한 체코작가들의 정치적인 역할은 그들의 작품 속에 나타난 고유한 특징들의 하나다.[2]

차페크는 나치 독일로부터 위협이 점증할 때 자기의 조국을 위해 뭔가를 하려고 시도했다. 이 작품에 나타난 민족주의적 경향도 이러한 맥락에서 이해할 수 있다.

형 요세프 차페크와 함께 희곡 『R.U.R.』를 통해서 세계에 '로봇'이란 단어를 소개한 차페크는 체코슬로바키아에서 뿐만 아니라 전 세계에서 다양한 작품 활동을 한 작가로 평가 받았다. 전쟁위기와 폭력의 시대에 차페크는 『어머니』를 통해 유럽의 지정학적인 폭풍우를 어떻게 극복하려고 노력했는지 살펴볼 필요성을 느낀다. 이에 차페크의 희곡 『어머니』의 창작의 배경, 줄거리와 플롯을 알아보고, 주제와 모티프 그리고 인물들 간의 갈등을 중심으로 이 작품을 분석하고자 한다.

『어머니』 창작의 배경

차페크는 이 희곡을 쓰기 전인 벌써 1920년대에 죽은 자들을 무대에 등장시키는 것 등에 대해 동시대의 극작가 랑게르(František Langer)와 자주 논했다. 그는 1932년도 막내아들을 조국을 위해 싸우도록 전쟁에 내 보낸 한 어머니에 대한 이야기를 칼럼 "어린이와 전쟁"에 썼다. 이 짧은 칼럼은 전쟁기간 동안 고통 받는 어린이들에 대한 끔찍한 실상을 보여준다. "전쟁을 인간적으로 치른다는 것으로는 충분하지 않다. 유일하게 가능한 인간적인 행동은 전쟁을 없애는 것이다. 어떤 군대가 아이들을 집단적으로 사살하는 한 전 세계가 도덕적 분노 속에서 일어나는 것은 당연한 일일 것이다. 심지어 그들이 고의적으로 죽이지 않더라도 각각의 전쟁은 수많은 아이들을 집단적인 죽음으로 이끈다. 모르고 했다는 것은 변명이 되지 않는다. 왜냐하면 수많은 희생의 숫자가 분명하게 말해주기 때문이다."[3]

드라마 『어머니』가 스페인에서 일어난 내전에 대한 반응이었다는 것은 잘 알려진 사실이다. 스페인 내전이 당시 유럽의 중요한 쟁점이었지만 이 드라마는 유럽에서 지배적인 일반적인 정치적 상황을 다루고 있다. 그가 이 희곡의 마지막에서 어쩔 수 없이 폭력을 조장한 것은 예외적이다. 왜냐하면 그는 일생 동안 휴머니즘과 비폭력을 옹호해왔기 때문이다. 차페크는 이 드라마의 배경이 식민지를 가지고 있는 유럽의 해양 국가이지만 희곡의 극적인 목적을 위해서 예술적으로 창조된 곳이 필요하다고 했다. 이 희곡의 액션은 모두 죽은 아버지의 방에서 일어난다.[4] 사실 이 희곡의 테마는 차페크의 아내 올가 샤인플루고바의 아이디어라는 것은 잘 알려진 사실이다.[5] 이 희곡의 두 번째 직접적인 소재는 죽은 아들의 시체에 무릎을 꿇고 있는 〈레리다의 여자〉(Žena z

Leridy) 라는 그림에 대한 인상에서 비롯되었다.[6] "왜 여자는 남자들이 목숨을 걸고 치열하게 다투는 행동에 대해서 고통을 받아야 하는가?"[7] 라고 차페크는 자신의 창작에 대한 노트에서 언급한다. 나치의 침략에 대한 압박이 강하게 밀려들어 올 당시 『어머니』가 처음 공연되자 사람들은 차페크의 절박한 호소를 십분 이해했다. 그들은 차페크가 평화를 높이 평가함에도 불구하고 목숨을 걸고 침략에 저항할 것을 요구한 것에 대한 차페크의 단호한 태도는 정당하다고 생각했다. 그래서 사람들은 연극이 끝날 때 연극의 무대가 비록 이름 없는 어떤 해변가의 나라이지만 이 나라가 바로 나치의 위협에 직면한 체코슬로바키아라고 미루어 짐작할 수 있다. 역사적으로 볼 때 이때는 이러한 형식의 드라마가 가공할 긴박함을 가지고 국민들에게 호소할 수 있는 아주 특별한 시대였다.[8] 비록 비평가들이 이 작품을 '선동과 선전' (agitprop)[9]이라고 비판하였지만 사실 차페크는 이보다 먼저 희곡 『하얀 역병』과 소설 『도롱뇽과의 전쟁』에서 자신의 이러한 긴박한 호소를 예술적으로 표현하였다.

드라마는 뭔가 해결하거나 길을 제시하는 것이 아니다

차페크는 2차세계대전 전, 유럽에 팽만한 적의에 찬 분위기 속에서 인간의 생명의 가치에 대해서 심사숙고하였다. 생명이란 것은 때때로 조국을 위해서, 진리나 다른 생명을 위해서라면 어떠한 성공이나 성취의 대가로 그 값을 치러야 한다. 이에 희곡의 주인공인 어머니는 남편과 다섯 아들 중에서 네 아들들이 나름대로 고상한 이상을 위해 기꺼이 목숨을 희생하는 것을 고통스럽게 경험한다.

전투기 조종사 이르지라는 인물은 고도비행 기록을 세우다가 죽고, 두 쌍둥이 코르넬과 페트르는 정치적 이상에 대한 대가를 치른다. 보수적이고 전통적인 사상을 믿는 코르넬은 페트르가 속한 좌파들과 싸우다가 희생당한다. 페트르는 과격한 사상 때문에 파시스트에 의해 살해당한다. 의사인 장남 온드르제이는 아프리카에서 해마다 수많은 토박이들을 죽음으로 치닫게 하는 치명적인 황달병의 치료방법을 연구하다가 그 병에 자신이 전념되어 죽는다. 그는 스테고미야 모기가 정말로 그 병을 옮기는지 알아보기 위해 스스로 그 모기에게 자신을 노출시키고 그 병에 걸려서 죽는다.

게다가 식민지 군대의 장군인 어머니의 남편은 아프리카 토박이들한테 순교를 당한다. 그는 사령관의 잘못된 판단에 의한 명령을 알고도 부하로써 그 명령에 복종하고 따르다가 전투에서 전사한 것이다. 좌우간 그들의 동기는 영광스럽지만 어머니는 그들의 행위를 이해하지 못한다. 남편과 네 아들을 잃은 어머니는 절망에 빠지고 유일하게 생존한 막내아들 토니를 보호하기 위해 심혈을 기울인다. 연약한 토니는 전쟁을 싫어한다. 어머니는 모든 위협으로부터 그를 보호하고자 한다.

제3막에서 그녀는 모든 수단 방법을 동원하여 그가 전선에 나가는 것을 막는다. 그러나 내란에 빠진 그의 조국이 강력한 이웃나라에 의해서 침략당하고 적군의 전투기가 여자들과 어린이들까지 무차별하게 죽이는 것을 알고 나서는 그녀는 연약한 막내아들에게 총을 쥐어 주고 "가라!"라고 전쟁에 나가도록 허락한다. 이 드라마틱한 장면은 『하얀 역병』의 사령관이 일생동안 꿈꾸던 전쟁을 그만두라고 명령하던 클라이맥스를 연상시킨다.[10] 그래서 당시 비평가들은 차페크가 이때까지 지켜오던 평화주의와 추상적인 인본주의 정신을 저버렸다고 비판하기도 하였으나 이반 클리마는 이러한 판단은 피상적이라고 하면서 차페크는 비록 『어머니』에서 전쟁을 독려하는 것처럼 보이지만 여기서도 갈등은 두 인물간의 갈등이기보다 두 원칙간의 충돌이라고 한다.[11] 남자들은 이상과 명예를 위해 기꺼이 목숨을 버리지만 어머니는 이를 이해할 수 없다. 그녀는 이러한 이상보다는 자신의 가정을 소중하게 여기고 이를 지킬 권리를 주장한다.

> 너희들 각자는 서로 반대되는 짓을 하는구나. 그리고는 그 후 내게 말하곤 하지, '엄마 이러한 것들은 중요한 것이에요. 아마 잘 이해하시 못할 거예요.' 너희들 중 하나는 뭔가를 건설하고 다른 하나는 그걸 파괴하지. 그리고는 네게 말하지, '엄마 이것들은 대단한 것들이에요. 비록 그것들이 우리들의 생명을 빼앗아가더라도 꼭 해야 할 일들이에요.' 생명이라고! 너희들이 지금 생명이라고 말하니! 스스로 죽는다는 것, 그것은 충분히 쉽게 할 수 있어. 그러나 남편과 아들을 잃는다는 건, 너희들이 그것이 무엇을 의미하는지 알기라도 한다면… 만일 너희들이 알 수만 있다면….[12]

어머니는 기회가 있을 때마다 자신의 진실을 여러 방법으로 피력하는 모습을 볼 수 있다. 가정 내의 남자들도 그들이 이미 한 것은 반드시 해야 하는 것이었다고 그녀에게 계속 되풀이해서 말한다. 차페크는 "당신은 희곡 속에서 누구 편에 섭니까? 『어머니』에서 이러한 운명적인 갈등은 어떤 해결로 종결되는지요?"[13]라는 질문에 대해 이 희곡에 대해 이렇게 말하고 있다.

> 드라마는 뭔가 해결하거나 길을 제시하는 것이 아니다. 나는 내 희곡에 나오는 모든 주인공들이 각자 자기 나름대로 자기의 신념에 따라 행동하는 고상한 인물이라고 상상했다. 두 상반되는 요소, 남성과 여성은 조화를 찾지 못하고 찾을 수도 없다. 어머니는 단순하게

이해를 못하는 것이다. 그녀는 그저 체념할 뿐이다. 그녀는 사랑하는 사람들이 여러 이유로 죽음으로 치닫는 것을 이해하지도 못하고 동의하지도 않는다.

나는 어머니의 말에서 여성의 관점으로부터 중력의 중심을 본다. 어머니는 말한다. '누구든지 죽음으로 갈 수 있어. 그러나 누군가를 잃는다는 것은…'

이 세계가 현재 존재하는 것처럼 보인다면 이러한 갈등은 무시될 수도 없고 해결될 수도 없다. 그것은 단순히 여기에……[14].

『어머니』에 나오는 남자들과 어머니의 입장처럼 차페크는 오늘날 사람들이 서로 몰이해 속에서 살고 있는 것을 흔하게 볼 수 있다고 한다. 드라마 『어머니』는 이처럼 잔인하고 선정적인 것이 사실이다. 그러나 이는 또한 오늘날 세상에서 실제로 일어나고 있는 주제를 고찰하고 있다. 차페크는 이 작품을 통해서 도덕적 교훈을 주고 싶지도 않고 무엇을 해결할 수도 없고 오직 사람들에게 의식을 상기시키고 싶다고 했다.[15]

죽은 주인공들은 어머니의 판타지 속에서 살고 있다

『어머니』에 나타난 주요한 주제와 모티프를 논해보자. 스페인 내전의 충격과 차페크의 조국에 대한 히틀러의 위협 아래에서 씌인 『어머니』는 유럽에서 일어난 거대한 사회적 정치적 대변동의 기간에 의해서 유발된 전쟁에 대한 아주 힘차고 열정적인 논쟁이다. 『어머니』는 형식과 주제 면에서 볼 때 독특한 드라마다. 이는 그의 이전의 희곡들이 구성에서 좀 느슨하고 여러 장면들이 많이 있었던 반면에 『어머니』는 전

통적인 삼일치법을 가진 고대비극의 패턴에 기반을 둔 보다 더 명확한 형식을 가지고 있다.[16]

어머니가 이해하지 못하고 그래서 받아들일 수 없는 여러 이유로 자식을 잃어버린 어머니가 주요 주제다. 이는 오래 전부터 문학 작품의 일반적인 주제였다.[17] 그러나 이 작품에서 다룬 자식들과 남편을 잃고 슬퍼하지만 최후의 절박한 순간에 행동하는 어머니는 독창적이다.

또한 차페크는 이 드라마 연출과 관련하여 흥미로운 무대실험을 하였다. 그는 죽은 자들과 산 자들이 무대에서 함께 연기하는 장면을 설정하였다. 이러한 시도는 체코 드라마에서 아주 생소하고 실험적인 기법이다.[18]

차페크 희곡에서 죽은 주인공들은 어머니의 판타지 속에서 영원한 추억으로 살고 있다. 체코에서는 죽은 가족들이 어머니의 기억이나 꿈에서 자주 나타난다는 옛 말이 있다. 그들은 어머니의 상상으로부터 분리된 채 그들만으로는 존재하지 않는다. 차페크는 이 드라마를 통해서 한 나라는 살아있는 사람들뿐만 아니라 죽은 사람들과 함께 구성되었다는 것을 말하고 있다.

이러한 사상은 한 나라가 위험에 처했을 때 민족적인 정서를 강화하는데 기여한다. 차페크에 의하면 인간의 행동은 사후에도 여전히 도덕적 가치를 유지하고 있다는 것이다. 사실 민족적인 영웅들은 죽은 후에도 불멸의 상징으로 영원히 국민들 정신에 살고 있다. 하킨스가 지적하듯이 이러한 차페크의 드라마 기법은 전형적인 표현주의기법이다.[19]

죽은 자들을 사랑하는 어머니는 산자가 사랑스러운 눈으로 그들을 볼 수 있는 것과 같은 방식으로 그들의 사라지는 모습을 보살핀다. 그러나 죽은 자들은 살아 있지 않기 때문에 살아 있는 인간의 눈으로는 어머니를 볼 수 없다. 그들은 다른 높은 차원에서 사물들을 바라보는 능력을 지닌다. 더욱이 죽은 자들과는 산자들과 하는 것처럼 똑 같은 보통의 언어로는 이야기하지 못한다. 왜냐하면 그들이 계속해서 다시 나타나곤 하지만 그들은 산 자들에 속하지 않기 때문이다. 그들은 죽었기 때문에 어머니는 그들을 만질 수 없다. 그래서 무대에서의 그들의 활동은 살아 있는 사람들보다 덜 시끄러운 것이다.[20]

이와 같이 죽음은 이 작품의 중요한 모티프 중의 하나다. 차페크는 벌써 1막 시작에서 토니의 시작 연습을 통해서 죽음의 모티프를 다루고 희곡 내내 죽음은 지배적인 모티프가 된다.

> 토니: 그러나 넌 그녀가 누군지 알아야 해… 그녀는 낯선사람이
> 야.
> 페트르: 죽음을 의미하는 거냐? 그게 사실이야, 토니? (그는 시를
> 돌려준다.)
> 토니: 형이 이미 알고 있으면 왜 묻는 거야?
> 페트르: 난 네가 죽음에 대해 쓴다는 것에 놀랐어. 네 같은 꼬마
> 가 벌써!
> 코르넬 (책상위에서 총을 닦으며): 바로 그가 소년이기 때문이지.
> 토니는 매우 우울해. 아름다운 낯선 사람이라 — 잊어버려. 죽
> 음이 뭐가 그리 아름다운지 난 모르겠다. 만일 —
> 페트르: — 만일 죽음이 무엇인가를 위해서라면, 그렇지?[21]

이 희곡에서는 또한 반전 평화주의 모티프를 찾아볼 수 있다. 차페크는 쌍둥이 주인공 중 진보적인 입장에 선 페트르의 평화주의를 비판하고 있다. 여기서 페트르는 『하얀 역병』의 갈렌의 평화주의처럼, 더 이상 저자를 대변하지 않는다. 여기서 평화주의는 좀 더 절망적이다, 왜냐하면 인류는 더 이상 진정한 평화의 가치를 알아보지 못하기 때문이다.

아버지: 페트르야, 난 그것이 싫어. 우리 국민이 우리 국민을 반
　　대한다는 것은—너희들은 오히려 모든 것을 더 망치고 있어, 아
　　들들아. --그리고 넌 간첩이 아니니, 페트르야?

페트르: 아니에요, 아버지. 저는 오직 신문을 위해 썼을 뿐이에
　　요.

아버지: 넌 거짓말을 하고 있어. 군인들이 그것 때문에 널 총살하
　　지 않아. 우리는 오직 간첩들과 반역자들을 처형하고 있지.

이르지: 아버지, 지금은 시대가 달라요.

아버지: 그런 것 같구나. 너희들은 아마 게임의 새로운 법칙을 가
　　지고 있는 모양이구나, 그렇지 애들아?[22]

　이처럼 차페크는 나치와 공산주의 이데올로기의 위험을 미리 내다본
것 같다. 차페크는 특히 상징적으로 페트르와 코르넬로 하여금 아버지
가 두다가 그만 둔 체스 시합을 통해 이러한 것을 보여준다. 이는 이전
의 전쟁들보다 더 잔인한 것을 상징한다. "이제 다른 게임이 시작된 거
야. 이것은 더 이상 아버지가 아니라 우리들이야." 자기 당이 곧 새로운
정부를 인수할거라고 믿고 있는 페트르가 말한다. 코르넬이 체스판 위
에서 최후의 반격을 통해서 상대를 제압하자 페트르는 무력에는 무력
을 이용해 응징할거라고 한다. 게임에서 사실 이러한 매우 위험한 농담
을 연약한 체구에 민감한 어린 시인인 막내 토니가 목격한다. 그는 형들
의 이러한 남성적인 행동거지를 이해하지 못한다.

　당시 평론가들은 『어머니』에서 차페크의 희곡이 민족주의 경향을 띄
고 있다고 비판하였다. 예컨대 트레게르(Träger)의 "수탉의 노래"란 제
목의 비평문은 차페크 살아생전에 가장 혹독하게 받은 비판이었다. 트
레게르는 "이 영웅적인 드라마는 부인의 감정과 잡지의 기사에서 영감

을 받아썼고, 동료작가들이 어떻게 조국을 위해 정신적으로 무장해야 하는 작품들을 써야 하는지 표본이 되는 작품"이라고 비판하였다. 트레게르는 이어서 "차페크는 이 작품을 통해서 제1바이올린을 연주하고, 공포를 일으키고 위험을 과장하고 민중의 마음을 혼란스럽게 하기 위해서"라고 하며 "차페크의 『어머니』는 싸구려이고 민중을 오도하는 캠페인"이라고 비판하였다.[23]

그럼에도 불구하고 이 희곡에는 남성과 여성의 사고방식의 갈등이 잘 형상화되어 있다. 인물들 나름대로의 국가에 대한 의무, 사명감, 대의와 명예 때문에 죽은 남자들과 한 여자의 갈등을 다루고 있다. 그녀가 볼 때 그들의 죽음은 피상적이고 하찮다. 그러나 그들은 모두 다시 살더라도 그들의 행동은 달라지지 않았을 거라고 한다. 남성의 본능과 생태적으로 여성의 평화주의 사이의 갈등에 대한 대비가 날카롭게 표현되었다. 여기서 다섯 명의 남자들은 야망, 명예, 이상과 위대함을 옹호하고 한 여자는 삶과 사랑을 옹호한다. 나라와 인류를 위한 남자들의 희생은 어머니의 생각에는 피상적이고 피할 수 있는 것이다. 그러나 그것은 남자들에게는 필요불가결한 것이다.

남자들과 여자들 사이에서 가치관의 강한 갈등

고공비행 기록을 깨려다가 사망한 전투기 비행사 이르지의 죽음은 어머니에게 있어서 무의미하지만 아들의 희생이 아버지에게는 자랑스러운 명예였다. 온드르제이도 아프리카에서 의학에의 공헌, 즉 황달병의 치료를 위해 싸우다가 자신을 희생시켰다. 이것 또한 아버지에게는 영광이었다. 그러나 이러한 남자들의 과업은 어머니에게는 무의미하다, 왜냐하면 그녀에게는 가족과 그녀의 사랑하는 자녀들이 가장 소중하기 때문이다. 여기서 우리들은 남자들과 여자들 사이에서 가치관의 강한 갈등을 찾아볼 수 있다. 또 여기서 우리는 인물들의 보편성이 강조되었다는 것이 중요하다는 것을 알 수 있다. 남성과 여성의 견해 차이가 이 드라마에서 충돌한다. 남성의 성격은 무언가를 위해 싸울 필요가 있다는 것에 의해 특징지어지고 여성의 성격은 이 모든 것을 지켜보고 주위에서 일어나는 것에 의해서 고통 받는다는 것으로 특징지어진다. 차페크는 여성 지위의 핵심을 이 한 문장에서 본다. "누구나 죽음으로 치닫는 수 있다. 그러나 누군가를 잃는다는 것은…." 24)

그러나 차페크는 돌아가신 어머니의 아버지를 죽은 자들의 그룹에 더 보태어 어머니를 설득하게 함으로써 남성과 여성의 갈등을 조절한다.25)

"아무것도 아니야, 내 딸아, 아무것도. 나는 다만 네가 인생이 무엇인지 깨닫기를. 네가 태어나야 했을 때 네 어머니는 목숨을 걸어야 했다. 나는 네 어머니의 침대에 기대고 그리고는, …… 자, 나는 엄청난 죄책감을 느꼈지. 알겠니? 나는 속으로 말했지, 여기 내 아내가 아기를 낳기 위해 목숨을 걸어야 하구나, 그리고 난 아무것도? 이제 알겠니? 이것 또한 생명을 위해 대가를 치러야 하는 삶의 가치를. 그건 또한 여자의 일이지. 애야. 네가 나라를……명예를, 진리를, 자유를 위해 생명을 바치지 않으면 그것들은 위대한 가치를 가지지 못하지. 알겠니? 자 그를, 네 아들을 가게 해. 괜찮을 거야." 26)

어머니는 모성애의 본질이다. 그녀의 모든 성격은 여성의 본성이요 어머니의 본성이다. 이 작품에서 차페크는 어머니는 이름 없이 등장시키고 반면에 아버지와 아들들에게는 이름들을 부여하고 있다.

이 희곡에서 이념적인 갈등을 살펴보자. 차페크는 두 쌍둥이 주인공들을 통해서 자신이 작품 속에서 자주 다루었던 철학적인 주제인 상대주의 경향을 보여주고 있다. 클리마는 이를 두 인물간의 갈등이 아니라 두 원칙간의 갈등이라고 지적한다.[27] 무엇보다도 중요한 것은 그들은 그저 두 형제가 아니라 쌍둥이 형제라는 설정이다. 그래서 그들의 광신적 행위는 보다 더 부조리하고, 보다 더 파괴적이고 야만적인 효과를 가지고 있다. 이러한 장면을 통하여 차페크는 당시 유럽의 정치적인 상황을 지배한 두 개의 이데올로기의 공격적인 위협을 풍자하고 있다. 나치의 인종차별주의와 민족적인 증오와, 독재적인 공산주의의 계급차별이론과 그 실행이란 광신주의가 극에 달하고 있다는 것을 분명하게 보여주고 있다. 차페크가 이야기하고자 했던 외적인 위협은 나치에 의한 공격이었다. 그래서 그는 곤경에 처한 전쟁의 상황과 희곡의 결말에 나타난 내적인 분쟁에 처한 나라가 외부의 적에 의해서 침략 당하는 곤경의 상황을 결합하였다. 내전이라는 어처구니없는 상황에서도 차페크는 외부 침입에 대한 방어는 절대적으로 필요하다고 보았다.

서로 다른 두 원칙을 가진 두 쌍둥이의 갈등은 차페크의 전형적인 상대주의 견해를 보여준다. 두 쌍둥이 코르넬과 페트르는 죽은 아버지가 두다가 남겨둔 체스 판에서 게임을 할 때도 서로 적인 것처럼 고난에 처한 나라에서 정치적으로 적이다. 코르넬은 보수주의자로서 백군 편에 서서 나라의 옛 질서를 유지하고자 하고 페트르는 진보주의자로서 흑군 편에 서서 사회를 변혁시키기 위해 혁명을 원한다. 어머니가 그들 둘에게 질서를 유지하도록 요구하자 그들은 서로 다르게 논쟁한다. 그들은 원래 전형적인 쌍둥이로 서로 토닥거리며 놀던 형제였는데 이데올로기 때문에 한 가족 내에서 적이 된 것이다. 이는 다가올 공산주의 이데올로기가 가족 간의 적대감을 불러일으킬 것을 짐작하게 해준다. 그들의 견해를 살펴보자.

어머니: 쉿 이제 그만들 다투고 여기서 제발 나가라! 너희, 사내
   녀석들이 엉망으로 저질러 놓은 것들을 정리 좀 해야겠다!
코르넬: 엄마, 우리들이 엄마를 도와드릴게요.
어머니: 너희들이 돕는다고! 너희들이 질서가 뭔지나 알기나 해
   야지!
코르넬: 물건들을 원래 있던 곳에 두는 것이에요.
페트르: 물건들을 있어야 할 곳에 두는 것이에요.
어머니: 오, 아니야, 물건들이 잘 있을 수 있는 그곳에 두는 것이
   지. 그렇지만 너희들은 그걸 이해 못해. 그러니 이 쌍둥이 녀석
   들아 제발 내게서 사라져버려![28]

　　제3막에서 쌍둥이가 다시 등장하고, 이들의 갈등은 점점 고조되는
것을 볼 수 있다.

페트르: 너희들은 너희들의 대포를 가지고 있어. 너희들 편이 훨
   씬 더 나쁜 거야.
코르넬: 그거 믿지 마. 우리는 조용히 지켜보고 있는데, 너희들은
   나라를 두 동강이 내려고 하는 거 아니야? 고맙기도 해라, 그것
   이 일을 망쳐놓겠지! 하나님 맙소사, 너희들이 모든 걸 파괴하
   기 전에 우리가 우리 군의 핵심을 구할 수 있었던 게 다행이야.
페트르: 그런데 우리는 다행스럽게도 최소한 인민들에게 싸우는
   방법을 가르쳐 주었어. 너희들은 그들이 어떻게, 무엇을 위해
   죽는지 알게 되면 행복해 할 거야!
코르넬: 그러나 설마 어떻게 복종하는 방법은 아니겠지.

페트르: 그래, 그들은 이제 너희들에게 더 이상 복종하지 않을 거
야. 전쟁이 끝나면 알게 될 거야!

코르넬: 전쟁이 끝난 후 누군가가 너희들의 그 우스꽝스러운 유
토피아를 위한 시간을 가질 것인지 알게 되겠지!

페트르: 알게 될 거야! 알게 되고 말고! 일단 너희들이 인민들에게
무기를 주기만 한다면, 그 전쟁이 무엇을 위해 좋은지 알게 될
거야!

코르넬: 페트르야, 누군가가 이 전쟁에서 승리한다면 그건 민족
일 거야. 강력하고, 잘 훈련된 자의식이 강한 민족일 거야. 나는
그것을 위한 바로 이 전쟁을 축복할 거야. 새롭고 더 좋은 세상
의 질서에 대한 너희들의 그 어리석은 왁자지껄임에 종지부를
찍는 것을 위한―

어머니: 애들아, 애들아 아직도 논쟁을 멈추지 않고 있니? 너희들
두 쌍둥이 녀석들아, 그것 때문에 죽은 것이 부끄럽지도 않니?
그것으로도 아직 충분하지 않니?[20]

두 쌍둥이의 대립되는 태도는 생명의 이름으로 말하는 어머니에 의
해서 확고하게 무시되었다. 그녀의 대답 또한 우파와 좌파에 사이에 자
리한 정치적인 온건의 수단으로의 회피인 단순히 평화적인 중립주의가
아니다. 여기에는 타협이 없고 우파와 좌파에 대한 직설적인 부정이다.
왜냐하면 그들 둘 다 독재적이고 강압적이기 때문이다. 어머니는 개인
을 위한 사랑의 이름으로 말하고 있다. "물건들은 잘 있을 수 있는 그곳
에 두는 것이지." 이 부분에서 차페크의 무정부주의적 성향이 드러나고
있다.

희곡의 끝부분에서 어머니는 라디오를 통해서 적군의 폭격기가 그녀
의 조국을 공격하여 죄 없는 여자들과 아이들이 수없이 죽고 자기 나라

가 파괴되었다는 소식을 듣게 된다. 마지막 장면은 주인공 어머니가 이 중차대한 순간에 막내아들 토니를 전장에 내보내는 것인데, 이 장면은 차페크의 민족주의 경향을 나타내는 중요한 단서가 된다.

차페크는 예술적으로 독창적이다

차페크의 최후의 드라마 『어머니』는 이전의 작품 『하얀 역병』처럼 반전 테마를 다루고 있다. 이 드라마의 주인공은 남편과 아들들을 잃은 과부 어머니다. 그녀는 남편과 네 아들을 전쟁과 여러 경우에 각자 나름 대로의 대의로 잃고 막내아들만 믿고 산다. 한 가정에서 가족의 가치를 중요하게 생각하는 어머니와 각자 나름대로 나라와 인류를 위한 사명감, 대의, 명예 때문에 목숨을 마다하지 않은 남자들과의 갈등을 통해서 차페크는 인간 삶에서 무엇이 진정한 가치가 있는지를 질문하고 있다.

20세기 초 차페크를 비롯하여 체코작가들은 19세기 체코작가들이 민족부흥에 끼친 조상들의 전통을 이어받았다. 그들의 확고한 태도는 자신들의 조국이 위협에 처해 있을 때 더욱 강하게 드러났고, 오히려 자신들이 맡고 있는 사회적 역할에 대해 자부심을 지니고 있었다. 이러한 맥락에서 차페크는 산자와 죽은 자들의 갈등을 통한 실험적 희곡인 『어머니』를 창작하면서 당시의 절박한 시대적 상황을 비판하고자 하였다. 또한 그는 극단적인 나치의 팽창주의, 다른 한편으로는 위협적인 공산주의 이데올로기 비인간성을 풍자하고자 희곡 속에 쌍둥이 주인공들을 등장시켰다. 차페크의 상대주의 철학의 영향이 나타난 두 쌍둥이의 주의주장은 나름대로 일리가 있지만 모두 극단적인 선택 때문에 비판의 대상이 된다.

"차페크는 그 자신의 예술적인 사명을 위해 죄를 범했다."라고 트레게르는 차페크를 날카롭게 비판하고 있다.[30] 차페크는 실용적인 드라마 작가의 의심스러운 명예를 위해 어느 정도 예술의 독립을 저버린 것은 사실이다. 『어머니』는 이 혼란스러운 세계 질서에서 상징적인 의미뿐만 아니라 정치적인 의미도 가지고 있다. 이후 공산주의 시대에 이 드라마는 공산주의 통치를 위한 선전선동 또는 반파시스트 희곡으로 해석되기도 했다. 그러나 1950년대 비노흐르드극장을 통해서 차페크의 미망인 올가 샤인플루고바가 주역을 맡은 연극에서 새로운 접근법이 시도 되었다. 이 당시 연출은 이 희곡이 쓰일 당시의 형식 하에서 숨겨진 희곡의 특징들에 생명을 불어넣었다. 따라서 차페크는 예술적으로 독창적이라고 할 수 있으며, 그러한 특징들은 이 드라마의 의미를 확장시키고 새롭게 한다.

새롭게 해석된 주인공 어머니의 행동은 현대 생활에 있어서 무엇이 중요한지를 보여준다. 이런 점에서 차페크의 희곡 『어머니』는 당시로서 정치적 의도가 있고, 예술적으로 결점이 있다고 비판받기도 했지만 시대를 초월하여 재해석되면서 차페크의 고유한 창조성으로 인정받고 있다.

물론 이러한 목적의식이 있는 희곡 때문에 비슷한 주제를 다룬 『하얀 역병』과 더불어 그의 다른 여러 작품들 『R.U.R.』,『마크로풀로스의 비밀』과 『곤충 극장』보다 연극공연분야에서 인기가 덜 한 것은 사실이다.

《주석》

1. 카렐 차페크의 생애와 문학

1) Helena Čapková, 1986, 24. Klíma, Ivan, 2002, 25에서 재인용.

2) Josef Čapek, 1947, 7-8.

3) W. Harkins, 1962, 3.

4) Josef Čapek, 1947, 11-12.

5) Bohuslava Bradbrook, 1998, 11.

6) Sergej Nikolskij, 1978, 22.

7) "Karel Čapek o sobě" Rozpravy Aventina, I (Sept. 1925), 1-2 (Harkins, 1962, 12에서 재인용) 속기사에게 구술시키면서 쓴 작가로는 도스토예프스키가 유명하다. 그는 한 달 내로 장편 『도박자』를 속기사를 고용해서 구술해서 작품을 완성했다.

8) Vilém Závada, "Hovory s Karlem Čapkem", Rozpravy Aventina, 7 (Oct., 1931), 41-42 (Harkins, 1962, 12에서 재인용)

9) Sloupkov ambit, 1957, 215-217

10) "Karel Čapek o sobě" Rozpravy Aventina, I (Sept. 1925), 41-42 (Harkins, 1962, 12에서 재인용)

11) "Karel Čapek o sobě" Rozpravy Aventina, I (Sept. 1925), 41-42(Harkins, 1962, 13에서 재인용)

12) Daily Express, Dec. 27, 1938. Harkins, 1962, 22에서 재인용.

2. 두 호주머니 이야기

1) 이 단편집 제목은 차페크의 설명대로 두 가지 의미를 띠고 있다. 즉 체코어 Boží muka는 십자로의 의미와 심각한 문제와 그러한 문제의 해결에 의한 고통의 의미를 띠고 있다.

2) 특히 영국과 미국에서 높이 평가 받은 『길가 십자가』는 차페크를 단편작가로서 세계의 위대한 단편작가들인 체호프, 모파상 등의 반열에 오를 수 있었다.

3) Karel Čapek, 1960, 96.

4) Karel Čapek, 1960, 96.

5) Karel Čapek, 1984, 147. František Buriánek, 1988, 206에서 재인용.

6) Karel Čapek, 1984, 148. František Buriánek, 1988, 206에서 재인용

7) Karel Čapek, 1984, 149-150. František Buriánek, 1988, 206에서 재인용

8) Karel Čapek, 1984, 151. František Buriánek, 1988, 207에서 재인용

9) Karel Čapek, 1960, 95. František Buriánek, 1988, 208에서 재인용

10) Václav Černý, 1936, 26.

11) Karel Čapek, 1978, 110-111. Jenom některé věci nejsou záhadné. Pořádek
není záhadný. Spravedlnost není záhadná. Policie také není záhadná. Ale
každý člověk, který jde po ulici, už je záhadný, protože na něho nemůžeme,
pane....Všechny zločiny jsou jasné, pane; na nich aspoň vidíte pohnutky a
všechno, co k tomu patří. Ale záhadné je, co si myslí vaše kočka, o čem se
zdá vaší služce a proč se vaše žena dívá tak zamyšleně z okna. Pane, všechno
je záhadné krom trestních případů; takový kriminální případ, to je přesně
určený kousek skutečnosti, takový výsek, na který jsme si posvítili..... "To je
taková divná představa," začal zase po chvíli, "že policie a hlavně tihle tajní
se zajímají o záhady. My se vám vykašleme na záhady; nás zajímají
nepatřičnosti. Pane, nás nezajímá zločin, protože je záhadný, ale protože je
zakázaný. My nehoníme nějakého toho lumpa z intelektuálního zájmu; my
ho honíme, abychom ho zatkli ve jménu zákona.

12) W. E. Harkins, 1962, 124.

13) 셜록 홈즈(Sherlock Holmes)의 탐정소설이나 탐정 시리즈인 형사 콜럼보
의 이야기와는 달리 차페크의 이야기들에는 종결부분에서 사건의 해결을
위한 탐정의 기발한 반전에 필적할 추론이 제시되지 않는다.

14) 빈 체코슬로바키아 대사관 기밀문서 도난사건은 이 소설이 써지고 나서 27
년 후 아주 유사한 상황에서 해결되는 것으로 봐서 이는 정교한 직업적인
방법에 대한 차페크의 날카로운 풍자를 정당화한다. 즉 오스트리아 경찰은
스파이를 체포했다고 믿었으나 범인은 비밀문서보다는 버섯 통조림과 책

상 위의 금시계에 더 관심을 가지고 있었다.

15) 체코슬로바키아의 모라비아 지역 출신 작곡가 야나체크(Janáček)는 오페라 음악에서 구어체의 멜로디(nápěvky)를 사용하였다. 차페크는 야나체크가 그의 희곡 『마크로풀로스의 비밀』에 기반을 둔 오페라를 만들 때인 1925-26년 그와 언어문제에 대해 협조하였다.

16) Karel Čapek, 1978, 131. 카렐 차페크, 1995, 134

17) W. E. Harkins, 1962, 128.

18) Ivan Klíma, 2001, 138.

19) František Buriánek, 1988, 207.

20) Jan Mukařovský, "Doslov k povidkám z druhé kapsy," vydání Národní knihovny, 1964, 322. František Buriánek, 1988, 209 재인용.

21) Karel Čapek, 1978, 132. "Protože všechno vím. Kdyby soudcové všechno, ale naposto všechno věděli, nemohli by také soudit; jen by všemu rozuměli, až by je z toho srdce bolelo. Jakpak bych já tě mohl soudit? Soudce ví jenom o tvých zločinech; ale já vím o tobě všechno. Všechno, Kuglere. A proto tě nemohu soudit."

22) Karel Čapek, "Towards a Theory of Fairy-Tales", English translationn In Praise of Newspaper and Other Essays on the Margin of Literature, London, 1985, in Lubomír Doležel, 1973, 98.

23) 돌레젤은 차페크의 호주머니 이야기 시리즈가 초서의 캔터베리이야기를 상기시키지만 여기서 사용한 이야기하기의 참석자들을 소개하지도 않고, 동기부여 구조나 서사가 주어지지 않는 점에서 차페크가 원초적인 이야기하기의 상황을 재창조하려고 시도했다고 한다. Doležel, Ibid., 99.

24) 차페크, 1995, 218-219.

25) Karel Čapek, 1978, 62. Pak tam přišli dva lidé, mužský se ženskou, ale neviděli mne; seděli zády ke mně a tiše hovořili, - kdybych byl rozuměl anglicky, byl bych zakašlal, aby věděli, že je někdo slyší; ale protože jsem neznal ani jedno anglické slovo kromě hotel a šilink, zůstal jsem zticha. Nejdřív hovořili hodně staccato; potom začal ten mužský pomalu a tiše něco

vykládat, jako by to z něho nechtělo ven; a pak to rychle vysypal. Ta ženská vykřikla hrůzou a něco mu rozčileně říkala; ale on jí sevřel ruku, až zaúpěla, a začal jí mezi zuby domlouvat. Poslouchejte, to nebyl milostný hovor, to muzikant pozná; milostné přemlouvání má docela jinou kadenci a nezní, tak jaksi sevřeně, - milostný hovor je hluboké cello, ale tohle byla vysoká basa, hraná takovým presto rubato, v jediný poloze, jako kdyby ten člověk pořád opakoval jednu věc. Mne to počalo trochu děsit; ten člověk říkal něco zlého. Ta ženská začala tiše plakat a několikrát vykřikla jako odporem, jako by ho chtěla zadržet; měla trochu klarinetový, dřevěný hlas, který nezněl tuze mladě; ale ten mužský hlas mluvil pořád sykavěji, jako by něco poroučel nebo vyhrožoval.

26) 주머니 이야기 외에도 여러 작품, 예컨대 『압솔루트노 공장』, 『크라카티 트』, 『도롱뇽과의 전쟁』 그리고 『제1구조대』 등에서 이러한 구어체가 사용 되고 있다. L Doležel, 1973, 100.

27) Ivan Klíma, 1965, 140.

28) Karel Čapek, 1978, 121. 카렐 차페크, 1995, 128

29) Karel Čapek, 1978, 13.

30) Karel Čapek, 1984, 148.

3. 도롱뇽과의 전쟁

1) Viktor Kudělka, 1987. 98 재인용

2) W. E. Harkins, 1962, 5.

3) 과학소설(科學小說, Science Fiction)은 일반적으로 인간과 상상의 과학기술 과의 상호 작용을 다루고 있는 소설을 가리킨다. 자연과학의 지식을 사용하 여 과학의 무한한 가능성을 상상하고, 현실생활에서는 체험할 수 없는 세계 의 공포와 경이, 이상체험을 그린다. 프랑스의 쥘 베른이 창시하였고, H. G. 웰즈, 릴라당 등에 의해서 발전되었다. 현재는 카렐 차페크처럼 단지 공상 적 세계를 그릴 뿐만 아니라, 현대문명 비평의 경향을 띠고, 특히 과학기술 의 남용에 대한 경고를 다루는 소설이 많다.

http://en.wikipedia.org/wiki/Science_fiction#History (검색일: 2011. 7.4.),

http://en.wikipedia.org/wiki/Karel_%C4%8Čapek (검색일: 2011.7.4.)

4) 쥘 베른(Jules Verne, 1828.2.8.-1905.3.24.)은 프랑스의 과학소설 분야를 개척한 작가이다. 그는 『해저 2만리』(1870), 『지구 속 여행』(1864), 『80일간의 세계 일주』(1873)과 같은 소설로 유명하다. 베른은 이미 비행기나 잠수함, 우주선이 만들어지고 상용화되기 전에 우주, 하늘, 해저 여행에 대한 글을 썼다. 베른은 휴고 건즈백, H. G. 웰즈와 함께 '과학 소설의 아버지'로 불린다.

5) 허버트 조지 웰즈(Herbert George Wells, 1866.9.21.-1946.8.13.)는 과학소설로 유명한 영국의 소설가이자 문명 비평가이다. 쥘 베른과 함께 '과학소설의 아버지'로 불린다. 『타임머신』, 『투명인간』 등 과학소설 100여 편을 썼다.

6) 아이작 아시모프(Isaac Asimov, 1920.1.2.-1992.4.6.)는 소련 출신 미국의 과학 소설가이자 저술가이다. 왕성한 저작 활동을 벌여, 500여 권이 넘는 책을 출판하였다. SF소설과 교양과학 분야는 물론, 셰익스피어 해설서, 성서 해설서, 역사서 등 다방면에 걸쳐 책을 썼다. 무서운 로봇의 이미지를 바꾸어 친근하고 친숙한 로봇이 등장하는 과학소설을 썼으며, 작품에서 '로봇공학의 삼원칙'을 제시하기도 했다.

7) 스타니스와프 렘(Staniłáw Lem, 1921.9.12.-2006.3.27.)은 폴란드의 작가이다. 『솔라리스』(Solaris, 1961) 시리즈 등 과학소설, 풍자문학 등에 많은 작품을 남겼다

8) 올더스 헉슬리(Aldous Huxley, 1894.7.26.-1963.11.22.)

9) 조지 오웰(George Orwell-Eric Arthur Blair, 1903.6.25.-1950.1.20.)

10) Bohuslava Bradbrook, 1998. 104.

11) Karel Čapek, Válka s mloky. rtf. s. 20. (검색일: 2011. 7.4.)

12) Sergej Nikolskij, 1978, 167.

13) Alexander Matuška, 1953, 176. Sergej Nikolskij, 1978, 168에서 재인용.

14) 이는 웰즈의 해저에서 우연히 새로운 문명을 발견한다는 『해저 2만리』(On the Bottom of the Sea)를 연상시킨다.

15) Sergej Nikolskij, 1978, 167.

16) 존 도스 패소스(John Dos Passos, 1896-1970)는 시카고 태생의 미국 소설가로 주로 사회문제와 정치적인 문제를 다룬 글들을 많이 썼다. 소설에 나타난 실험정신으로 1920년대와 1930년대에 소설가로서 명성을 얻게 되었다. 『북위 42도선』, 『1919』, 『대자본』라는 삼부작 〈USA〉는 패소스의 대표작이다. 〈USA〉는 20세기의 첫 30년 동안에 미국 문화가 붕괴했다고 생각하는 작가의 염세적인 생각이 보이는 작품이다.
〈USA〉에서는 다양한 사건들과 많은 등장인물들이 나온다. 그는 신문의 표제 글과, 유행가의 가사, 스토리가 있는 광고 기법을 작품에 도입했다. 그는 개인의 행동 속에 표현되는 미국 사회의 양식을 사회, 역사적 맥락에서 표현하고자 했다.
http://en.wikipedia.org/wiki/John_Dos_Passos (검색일: 2011.7.30.)

17) V. Kudělka, 1987, 105에서 재인용.

18) Sergej Nikolskij, 1978, 168.

19) Karel Čapek, 1959, 109.

20) Karel Čapek, 1959, 109.

21) V. Kudělka, 1987, 98.

22) 사실 일본 한 산간지역에서 19세기 왕 도룡뇽이 발견되어 유럽의 많은 과학자들이 비상한 관심을 가졌고 이 왕 도룡뇽은 오늘까지도 서식하고 있다.

23) Karel Čapek, Válka s mloky. rtf. 67.

24) Karel Čapek, Válka s mloky. rtf. 68.

25) Jaroslav Olša, "차페크『도룡뇽과의 전쟁』으로 체코 문학의 길을 내다", 카렐 차페크, 2010, 412-413.

26) Karel Čapek, 1959, 110.

27) Zdeněk Kožmín, 1989, 218.

28) Karel Čapekl, Válka s mloky rtf. 87-88.
"Řekl jsem nové cesty. Dokud byl živ můj dobrý přítel kapitán van Toch, bylo vyloučeno pomýšlet na to, dát našemu podniku jiný ráz než ten, který

bych nazval stylem kapitána van Tocha." (Proč?) "Protože mám příliš mnoho vkusu, pane, abych míchal rozličné slohy. Sloh kapitána van Tocha, to byl, řekl bych, styl dobrodružných románů. To byl styl Jack Londona, Josepha Conrada a jiných. Starý exotický, koloniální, téměř heroický sloh. Nezapírám, že mě svým způsobem okouzloval. Ale po smrti kapitána van Tocha nemáme práva pokračovat v té dobrodružné a juvenilní epice.....Pánové, s lítostí uzavírám tu kapitolu, abych tak řekl, vantochovskou; v ní jsme využili, co v nás samotných bylo dětského a dobrodružného. Je načase skončit tu pohádku s perlami a korály.

29) Karel Čapek, Válka s Mloky rtf, 91-92. "A nejen to, pánové. Tím nejsou úkoly Mločího syndikátu zdaleka vyčerpány. Salamander-Syndicate bude na celém světě vyhledávat práci pro milióny mloků. Bude dodávat plány a myšlenky na ovládnutí moří. Bude propagovat utopie a gigantické sny. Bude dodávat projekty na nové břehy a průplavy, na hráze spojující kontinenty, na celé řetězy umělých ostrovů pro oceánské lety, na nové pevniny vybudované uprostřed oceánů. Tam leží budoucnost lidstva. Pánové, čtyři pětiny zemského povrchu jsou pokryty mořem; je to nesporně příliš mnoho; povrch našeho světa, mapa moří a zemí se musí opravit. My dáme světu dělníky moře, pánové. To už nebude styl kapitána van Tocha; dobrodružnou povídku o perlách, nahradíme hymnickou písní práce.

30) Ivan Klíma, 2001, 170.

31) Karel Čapek, Válka s mloky. rtf. 59-60.

"Zvláštní vydání," provolával Abe. "Filmová umělkyně přepadena mořskými nestvůrami! Sex-appeal moderní ženy vítězí nad pravěkými ještěry! Fosilní plazi dávají přednost blondýnkám!"

"Abe," ozval se drahoušek Li. "Já ti mám myšlenku -"

"Jakou?"

"Na film. To by byla báječná věc, Abe. Představ si, že bych se koupala na břehu moře -"

"Tohle triko ti děsně sluší, Li," vyhrkl Abe honem.

"Že? A ti tritóni by se do mne zamilovali a unesli by mě na dno moře. A já bych byla jejich královna."

"Na dně mořském?"

"Ano, pod vodou. V jejich tajemné říši, víš? Oni tam přece mají města a všechno."

32) W. E. Harkins, 1962, 99.

33) Ivan Klíma, 1962, 127.

34) F. Buriánek,1988, 163.

35) B. Bradbrook,1998, 111.

36) Ivan Klíma, 1962, 175.

37) Josef Branžovský, 217-228.

38) Herbert Eagle, "Čapek and Zamiatin-Versions of Dystopia" in On Karel Capek, ed.ited by M. Makin and J. Toman, Michigan Slavic Publication, Ann Arbor, 31.

39) W.E. Harkins,1962, 95.

4. 호르두발

1) 차페크는 1938년 9월 15일 뮌헨조약에 의해 서방 강대국에 의해 체코슬로바키아를 히틀러 나치 독일에게 넘겨준 것에 아마도 충격을 받아 병이 들어 그 해 크리스마스 날에 48세의 나이로 사망했다.

2) W. E. Harkins, 1962, 20-21.

3) Horatio Smith, 1947, 139.

4) W. E. Harkins, 1962, 142.

5) 『호르두발』에 대한 자세한 것은 차페크, 『호르두발』 권재일 역, 1998, 해설 참조.

6) 차페크, 1998.

7) 여러 체코 작가들이 로맨틱한 포트카르파트스키 루스 지역을 배경으로 한 소설들을 썼는데 그중에서 『산적, 니콜라이 슈하이』와 『호르두발』이 가장

높이 평가받고 있다. František Buriánek, Praha, 1988, 243.

8) Josef Branžovský, 1963, 190.

9) Karel Čapek, 1984, 17-18. "Hospodine, to už jsme ve vsi, zdráví došli, Juraji Hordubale." "Nu co, co ty tady okouníš? Dobrý den, hospodáří, neb🔲la tady Polana Hordubalová? Prosím za odpuštění, pane, nevím, kam jsem dal oči."

10) 차페크, 1998, 26.

11) Karel Čapek, 1984, 31. "Juraj zamžoural očima. Žid se odvrací, musí rovnat sklenky na pultě; a co ty, Pjoso, co schováváš oči pod obočím? Mám tě zavolat jménem? To máš tak, Andreji Pjoso: člověk si odvykne mluvit, huba mu zdřevění ale — inu, i kůň, i kráva chce slyšet lidské slovo. Pravda, vždycky bývala Polana tichá, a osm let nepřidá řeči, samota mluvit nenaučí; sám nevím kde začít: neptá se ona — nepovídám, nepovídá ona — nechci se ptát."

12) 차페크, 1998, 61.

13) 차페크, 1998, 265.

14) 러시아의 위대한 작가 도스토예프스키가 신문에 난 도끼 살인 사건을 기반으로 하여 『죄와 벌』을 창조하였듯이 차페크는 스스로 칼럼을 기고하던 1932년 11월 14일 〈Lidové noviny〉에 그의 동료 골로멕(Golomek)이 보도한 살인사건을 바탕으로 이 소설을 썼다. 포트카르파트스키 루스 지방의 농부 유라이 하르두베이(Juraj Hardubej)는 미국에서 8년 만에 많은 돈을 가지고 귀국하여 동네사람들의 시선을 끌었다. 그는 그의 아내 폴라나 (Polana)가 머슴 바실 마냑(Vasil Man'ak)과 정을 통한 사실을 알게 된다. 자신의 죄를 감추기 위해 그녀는 11살짜리 딸을 그 머슴과 약혼시킨다. 하르두베이는 아내와 마냑의 밀회를 목격하자 약혼을 파기하고 마냑을 내쫓는다. 복수로 머슴은 처남에게 살인을 방조하나 거절하자 직접 바구니 만드는 송곳으로 하르두베이의 심장을 찔러 죽인다. 살인자가 좀도둑이라는 것을 가장하기 위해 그는 다이아몬드로 창문을 도려낸다. 경찰이 송곳을 발견하자 마냑은 죄를 고백한다. 그는 종신형을 선고받고 폴라나는 비록 공범연루가 밝혀지지 않지만 12년을 선고받는다. Ivan Klíma, 2001, 143-

144.

15) 차페크, 1998, 146.

16) 거세와 자기 상실에 대한 자세한 것은 권재일 해설 참조, 차페크, 『호르두
발』, 1998, 314.

17) W. E. Harkins, 1962, 134.

18) 차페크, 1998, 83-84.

19) 『마크로풀로스의 비밀』(1922)과 『크라카티트』(1924)에는 에로티시즘이 충
만하지만 1920년대 후반으로 갈수록 이러한 경향은 줄어든다. 하킨스에
의하면 이 당시 차페크는 의사로부터 성적인 열정을 자제하도록 충고 받았
다고 한다. W. E. Harkins, 1962, 135.

20) B. Volikova, 1997, 38.

21) Karel Čapek, 1984, 108. "Srdce Juraje Hordubala se kdesi ztratilo a nebylo
nikdy pohřbeno."

22) Karel Čapek, 1984, 7. "Je to ten druhý od okna, ten v pomačkaných šatech:
kdo by do něho řekl, že je to Amerikán?"

23) Karel Čapek, 1984, 15. "Kdopak to jde, kdopak je to tam na druhém boku
doliny? Vida ho, pána v botách, snad montér nebo kdo, nese si černý kufřík a
šlape do vrchu — kdyby nebyl tak daleko, dal bych ruce k ústům a zahoukal
na něho : Pochválen Ježíš Kristus, pane, kolik je hodin? Dvě s poledne,
pasáčku; kdybych nebyl tak daleko, zavolal bych na tebe, čí že paseš krávy, a
ty bys třeba ukázal"

24) Karel Čapek, 1984, 351.

"Jeho pravý a nejtrpčí úděl je teprve to, co se s ním děje po jeho smrti. Jak
jeho příběh hrubne v rukou lidí; jak se události, jež prožil svým způsobem a
po svém vnitřním zákonu, stávají nejasnými a hranatými, když je četníci
rekonstruují svou objektivní detekcí; jak to všechno pustne a zadrhuje se a
splétá se v jiný, beznadějně ošklivý obraz života."

25) Karel Čapek, 1984, 351.

Čapek nechává jeho příběhu, ale i příběhu Polany a Štěpána Manyi zaznít z více stran. I pro vraha, i pro cizoložnici totiž, podle Čapka, platí stejný nárok jako pro sedláka Hordubala - i oni jsou typem každého z nás. I u nich "je nutno si uvědomit tu ukrytost pravého člověka a jeho vnitřního života, abychom se snažili ho poznávat spravedlivěji - nebo si alespoň více vážili toho, co o něm nevíme"

26) František Všetička, 1999, 93.

27) J. Mukařovský, 1948, 371.

28) Karel Čapek, 1984, 395.

29) Lubomír Doležel, 1973, 97-98.

30) 차페크, 1998, 155.

31) 차페크, 1998, 162.

32) 차페크, 1998, 187.

33) František Všetička, 1999, 95.

34) Karel Čapek, 1984, 397.

35) František Všetička, 1999, 98.

36) Karel Čapek, 1984, 84-85.

"Míšo", "chraptí, „a co, smí si člověk sám vzít život?"

"Co?"

"Smí-li si člověk život vzít?"

"Nač to?

"Aby ušel myšlenkám. Jsou takové myšlenky, Míšo, které — do tebe nepatří. Myslíš si ...dejme tomu ... že zalhala, že nebyla u sousedky ..."Jurajovi se jaksi zkřivila ústa. „ Míšo, "zachroptěl, „jak se toho mám zbavit?"

Míša zahloubaně mrká. „ A těžká věc. Mysli až do konce."

"A co, když na konci je ... jenom konec? Může si pak člověk sám udělat konec?"

Není třeba, "praví Míša pomalu. „ Nač to? I tak umřeš."

"A — brzo?"

"Když to chceš vědět, — brzo."

Míša se zvedl a jde z koliby ven. „A spi teď, "obrací se ve dveřích a mizí —
jako v oblacích.

37) Karel Čapek, 1984, 85. Juraj se potácí ven, do mlhy vidět není, jen slyšet
zvonění stád."

38) Jan Mukařovský, 1948, 379-80.

39) Zdeněk Kožmín, 1989, 179.

40) http://www.enotes.com/short-story-criticism/capek-karel

5. 별똥별

1) W. E.Harkins, 1962, 142.

2) 20세기 초 프로이드의 『꿈의 해석』을 포함하여 꿈이나 무의식 연구가 학자
들의 관심을 모았는데 차페크도 이러한 것에 지대한 관심을 가졌고 인간의
무의식이나 초능력을 다룬 소설을 썼다.

3) 『별똥별』에 대한 자세한 해설은 김규진, 『체코 현대문학론』, 2003, 109-136
쪽 참조.

4) 『평범한 인생』에 대한 자세한 것은 차페크, 송순섭역, 1998, 『평범한 인생』
해설 참조

5) 실제로는 1933년 7월 중순에 「수녀 간호사의 이야기」의 집필에 착수하였고
같은 달 하순에 「천리안의 이야기」, 「시인의 이야기」가 연달아 완성되어, 9
월 중순에서 10월 상순에 걸쳐 텍스트의 교정을 보고 〈인민일보〉(Lidové
noviny)지에 1933년 11월 5일에서 1934년 1월 10일까지 연재되었다.

6) 김규진, 2003, 125.

7) 김규진, 2003, 125.

8) Karel Čapek, 1984, 198. Věrte mi, že psát romány je činnost spíš podobná
lovu než, řekneme, budování chrámu podle plánů předem hotových. Až do
poslední chvíle jsme překvapováni tím, nač narazíme: dostaneme se na místa
nepředpokládaná, ale jen proto, že se ženeme nedochylně a bláznivě za tou
svou stopou něčeho živého.Honíme bílého jelena a přitom téměř mimocho-
dem objevíme nové končiny. Psát je dobrodružství, a nic víc vám už neřeknu

k chvále tohoto povolání.

9) 인식론(Epistemology or theory of knowledge)에 대한 자세한 것은 강 영선 外,『세계철학대사전』, 교육출판사, 1989, 909쪽 참조. Epistemology or theory of knowledge is a branch of philosophy concerned with the nature and scope of knowledge. The term was introduced into English by the Scottish philosopher James Frederick Ferrier (1808-1864). Much of the debate in this field has focused on analyzing the nature of knowledge and how it relates to similar notions such as truth, belief, and justification. It also deals with the means of production of knowledge, as well as skepticism about different knowledge claims. In other words, epistemology primarily addresses the following questions: "What is knowledge?", "How is knowledge acquired?", and "What do people know?" http://en.wikipedia.org/wiki/ Epistemology

10) 김규진, 2003, 125-126.

11) 오르테가(José Ortega y Gasset, 1883.5.9.-1955.10.18.)는 스페인 철학자다.

12) 만하임(Károly Mannheim, 1893.3.27. Budapest-1947.1.9. London)은 유대 계 헝가리인이며 전통적인 사회학자인 동시에 인식론 사회학 창시자다.

13) 전망주의(Perspectivism)에 관해서 자세한 것은 다음참조: W. Harkin, "The trilogy" in Karel Čapek, 1962, 137.

14) 김규진, 2003, 126.

15) '문학에 있어서 입체주의'는 근대 프랑스 詩와 현대 영국의 반연극의 기수 톰 스토파드의 입체파 드라마에서 잘 알려져 있다. 체코문학에서는 차페크 와 입체파 화가인 그의 형 요세프(Josef)과 관련이 있다. 체코는 20세기 초 건축, 미술, 조각 분야에서도 입체주의가 발달하였다.

16) 김규진, 2003, 127.

17) 김규진, 2003, 127.

18) Ivan Klíma, 2002, 114. Branžovský, 1963, 198-199.

19) 시인(원어인 체코어로는 básník로 보통 poet으로 영역되지만 의미는 오히 려 독일어의 Dichter와 공통성이 있으므로 básník나 poet의 원뜻인 '창조 자'로 번역하는 편이 적절할 지도 모른다)의 직감을 중시하는 것은 작가의

특징이기도 하다.

20) 김규진, 2003, 127.

21) 김규진, 2003, 128.

22) Karel Čapek, 1984, 154. Dnes vím víc, vidím věci jinak. Dnes vím, že ona byla dál než já, že v ní bylo rozhodnuto vše a ve mně nic, že ona byla zralá a já zůstal zmateným, nedorostlým, neodpovědným chlapcem. To, co jsem si vykládal jako odboj proti poutům, byla hrůza z její životní převahy, hrůza z té veliké jistoty. Mně nebyla dána milost náležet, já nemohl říci: i já patřím tobě, jak mne tu vidíš, neměnný, celý a konečný.

23) Karel Čapek, 1984, 158. Jsem ji viděl, tu dívku tehdy, jak spočívá plna radosti a jistoty a potichu říká: Tak, ted' pařím tobě. A znovu jsem stál maličký a pokořený před tou odhodlaností žít, tak jako jsem se směšně třepetal před odhodláním zemřít. A začal jsem rozumět, že stejně jako smrt, i život je udělán z látky trvání, že svým způsobem a svými malými prostředky má vůli a statečnost trvat navěky. A to jsou dvě poloviny, které se doplňují a uzavírají. Ano, je to tak: jen kusý a nahodilý život je smrtí pohlcen, kdežto ten, který je celý a podstatný, se smrtí doplňuje. Dvě poloviny, které se uzavírají ve věčnost. Protože jsem byl v deliriu, viděl jsem to jako dvě duté polokoule, které se mají k sobě přiložit, aby se uzavřely; ale ta jedna byla jako otlučená a zprohýbaná, pouhý střep, a at' jsem to zkoušel jak chtěl, nepasovala k té druhé, k té dokonalé a hladké, která byla smrt. To se musí spravit, říkal jsem si, aby to dvoje do sebe zapadlo: tak, ted' patřím tobě."

24) Karel Čapek, 1984, 158.

25) 김규진, 2003, 129.

26) 김규진, 2003, 134.

27) Karel Čapek,1984, 176. 차페크, 『별똥별』, 1998, 103. "Když si představíte řeku, celou řeku, ne jako klikatou čáru na mapě, ale úhrnně a úplně, s veškerou vodou, která kdy protekla jejími břehy, obsáhne vaše představa pramen i tekoucí řeku, i moře, veškerá moře světa, oblaka sníh i vodní páru,

dech mrtvých a duhu na nebi, to všechno, celý koloběh všech vod na světé
bude ta řeka. Jak je to ohromné."

28) Zdeněk Kožmín, 1989, 181-183.

29) Josef Branžovský, 1963, 202. 신약성경 누가복음(the Luke) 15: 11-32 참조

30) Karel Čapek, 1984, 231.

31) Karel Čapek, 1984, 200. 피티아(Pytia)는 그리스 델피의 아폴론 신 또는 그
무녀—필자

32) 『별똥별』은 1934년도의 보로비사의 첫 단행본과 그 후 1958, 1965, 1971,
그리고 필자가 사용한 1984년 판 사이에서 약간의 차이가 있다. 이러한 장
들의 차이와 길이에 대해서 자세한 것은 FrantišekVšetička, Dílna Bratří
Čapků, Votovia, Olomouc, 1999의 102-103쪽 참조

33) František Všetička, 1999, 104-105.

34) 프랑스의 상징주의 시인 랭보를 포함하여 차페크의 프랑스 근대시 번역시
집은 당시의 체코 시에 상당한 영향을 미쳤다.

35) Karel Čapek, 1984, 232. Nehledíme-li k zevním dějům, probíhá jeho život
dvojím pásmem, nudou a opojením, a není nic víc, není nic jiného; jen nuda
přebíhá v opojení a opojení v nudu, Nuda, jež je ta nejstrašnější, ta
nejšerednější prozaičnost; nuda, která se téměř uspokojeně pase na všem, co
je ohavné a jednotvárné, pusté a beznadějné, které neujde žádný smrad a
chátrání, jež sleduje cestu štěnice, tání hniloby, plíživé trhliny ve stropě nebo
marnost a hnusnost života. A opojení. Ať je to opojení rumem,nudou,
rozkoší, nebo horkem, jen když se všechno změte, nechť přecházejí smysly,
nechť námi vládne zběsilé nadšení.

36) 차페크는 실제로 1925년 10월에는 스페인을 여행하고, 그 뒤 30년에는 그
여행기를 발표했다. 영국의 플리머츠에서의 경험도 본서에서 활용되고 있
는데 그것은 『영국편지』(1924)를 참조해보면 분명하다.

37) Karel Čapek, 1984, 399.

38) W. E. Harkins, 1962, 46-50.

39) Karel Čapek, 1984, 399. Cokliv, nač se díváme, je ta věc a zároven něco z

nás, něco našeho a osobního; naše poznání světa a lidí je cosi jako naše zpověď"'

6. 평범한 인생

1) William E. Harkins added, "The tragedy of his homeland and his premature death cut short the philosophical and creative development of a great writer, a profound thinker, and a great human spirit." http://www.enotes.com/ short-story-criticism/apek-karel.

2) Horatio Smith, 1947, 139.

3) F. Buriánek, 251, Šaldův zápisník VII., 1934-1935, 299.

4) F. X. Šalda, 1939, 461.

5) Václav Černý, 1992, 587.

6) B. R. Bradbrook, 1998, 96.

7) 차페크는 정원 가꾸기를 좋아하였고 그의 식물들 특히 선인장 가꾸기는 수준급이라고 한다.

8) B. R. Bradbrook, 1998, 97.

9) 차페크, 송순섭 역, 1998, 221.

10) 차페크, 1998, 227.

11) 차페크, 1998, 70.

12) V. Černý, 1992, 587.

13) Karel Čapek, 1984

14) Karel Čapek, 1984, 116. Nebo poslední stanice na světě, rezavá kolej zarůstající pastuší tobolkou a metlicí, nic dál a konec všeho; a ten konec všeho, to by byl právě Bůh. Nebo koleje běžící do nekonečna a v nekonečnu se setkávající, koleje, jež hypnotizují; a už bych se po nich nerozjížděl za kdovíjakým dobrodružstvím, ale rovně, rovně, docela rovně do nekonečna. Možná že to tam bylo, že i to bylo v mém životě, ale já jsem to přehlédl. Třeba je noc, noc s červenými a zelenými světýlky, a na stanici stojí poslední vlak.

15) W.E. Harkins, 1962, 142.

16) 차페크, 위의 책, 28-29.

Karel Čapek, 1984, 11. "Jsou ještě jiné světy, které má dítě samo pro sebe; například někde jsou mezi delšími prkny narovnána kratší, a vznikne maličká sluj, má to svůj strop a stěny, voní to pryskyřicí a vyhřátým dřevem; sem by se nikdo nevměstnal, ale je tu dost místa pro kloučka a jeho tajemný svět."

17) 흐라발의 『엄중히 감사받은 열차』에 나오는 주인공 흐르마의 영웅적인 행동과 이 작품의 이름 없는 주인공의 유일한 영웅적인 행위인 반 오스트리아 조직에 대한 모험적인 헌신 등에서 우리는 체코인들의 조국에 대한 사랑을 엿볼 수 있다.

18) Václav Černý, 1936. 34-35, B. R. Bradbrook, 1998, 99에서 재인용.

19) Karel Čapek, 1971, 274, Bradbrook, B.R., 1998, 99에서 재인용.

20) Lubomír Doležel, 1973, 97-98.

21) 차페크, 위의 책, 42-43.

Karel Čapek, 1984, 17-18. "Jednou se u plotu naší dílny zastavila otrhaná holčička, strkala nos mezi latě a něco brebentila. "Co to povídáš?" ptal se Franc. ——Tatínek zavolal na to maminku. "Podívej se, jaké má to dítě oči." Měla veliké, černé oči s předlouhými řasami. ——Holčička nic, jen se na ni dívala těma očima."

22) Karel Čapek, 1984. 18.

23) Karel Čapek, 1984. 20.

24) Zdeněk bKožmín, 1989. 188.

25) 차페크, 위의 책, 49.

Karel Čapek, 1984, 21. "Černá holčička se na mne upřeně dívá, to je hloupé, že jí nemohu nic říci.——její jazyk je mrštný a tenký jako červené hádě; vůbec jazyk je divný, zblízka je to, jako by byl udělán ze samých růžových krupiček."

26) 차페크, 위의 책, 49.

Karel Čapek, Karel, 1984 , 21. "A kdo se komu vydrží dýl dívat do očí? To je zvláštní, její oči vypadají černé, ale zblízka mají v sobě takové zlaté a zelené věci; a ta hlavička uprostřed, to jsem já."

27) Kožmín, Zdeněk, 1989. p. 189

28) 차페크, 위의 책, 137.

29) 차페크, 위의 책, 151.

30) 차페크, 위의 책, 221.

31) 차페크, 위의 책, 234.

32) Ivan Klíma, 2002, 182.

7. 위경 이야기들

1) W.E. Harkins, 1990, 2.

2) 체코어는 1620년 빌라 호라 전투에서 체코가 오스트리아에게 멸망당한 이후 조직적으로 탄압을 받았다. 18세기말 19세기 초 체코인 선각자들에 의해 체코어 부흥운동이 일어났다. 그들은 농촌산간지역의 체코어를 바탕으로 문어체를 만들고 작품 활동을 해왔다. 1918년 체코독립 이후 작가들이 문학작품 창조에도 구어체를 과감히 사용하기 시작하였다. 차페크는 바로 이러한 세대에 속한다.

3) František, Buriánek, 1988, 280.

4) Petre Steiner, 1992, 65.

5) J. T., Hester, http://repository.lib.ncsu.edu/ir/bitstream/1840.16/2327/1/etd.pdf (검색일 2011.11.1)

6) Kare Čapek, 2000, 96.

7) Bohuslava Bradbrook, 1998, 140.

8) Karel Čapek, 2000, 80-81.

9) 가야뱌(Joseph Caiaphas)는 가이사 티베리우스가 로마 황제였을 때의 대제사장이었다. 그는 대제사장 안나스의 사위였고 산헤드린 공회 의장이었다. 그는 예수님을 재판했고, 또 십자가에 못 박혀 죽도록 몰았던 장본인이다. 가야바는 사람을 죽일 권한이 없었기에 예수님을 로마 총독인 본디오 빌라

도에게 보내어 십자가 사형 판결을 이끌어낸 것이다. 안나스와 가야바는 장인과 사위였다. 안나스는 이미 대제사장이 되었다가 해임되었고(AD 15년), 당시는 가야바가 대제사장이다. 자세한 것은 정양모 역주, (1990) 231-232쪽 참조

10) Karel Čapek, 2000, 82.

11) Karel Čapek, 2000, 82.

12) W.E. Harkins, 1962, 160.

13) Karel Čapek, 2000, 94. Ano a ne se nedá ovšem spojit, ale lidé se vždycky mohou spojit; je více pravdy v lidech nežli ve slovech.

14) 바라바(Barabbas, 바라파스) 또는 예수 바라바(Jesus Barabbas, 예수 바라파스) 는 신약성서에 따르면 예수가 십자가형에 처해지는 대신, 석방된 유대 민족주의 지도자를 말한다. 바라바는 도적으로 묘사되어 있다. 신약성서의 마태복음, 누가복음과 마가복음에서 바라바를 폭동의 주모자이자 살인자로 설명하고 있는 것으로 보아, 바라바는 로마제국에 반대한 폭력투쟁(아마도 열심당, Zealot)의 지도자였던 것이 분명하다.
http://ko.wikipedia.org/wiki 바라바 (인용일: 2011.12.16)

15) Karel Čapek, 2000, 93.

16) Karel Čapek, 2000, 94. V tvém omylu je stejně mnoho tvé duše jako v tvé pravdě.

17) 차페크는 여러 번 자기 집에서 마사리크 대통령 및 여러 체코 지성인들과의 모임에서 대화를 주고받았다. 이를 토대로 『Hovory s. T.G. Masarykem』(Talks with T.G. Masaryk)란 책을 출판했다. 그와 마사리크의 관계에 대해서는 이 책을 참조할 것. 피터 쿠시(Peter Kussi도 Karel Čapek의 『Toward the Radical Center, Reader』란 책의 서문에서 마사리크와 차페크의 공통성에 대해 논하고 있다.

18) 나훔(Nahum)은 유대인 성경에서 일반적으로 니네베(Nineveh)와 아시리아(Assyria)의 파괴를 예언한 소 예언자이다.

19) Karel Čapek, 2000, 27.

20) 예루살렘 부근 골고다의 언덕. 누가복음 23장 33절

21) 김규진, 2008, 101.

22) Karel Čapek, 2000, 91. "Ach, Suzo, jaká marná věc je vládnout!"

23) Karel Čapek, 2000, 88.

24) Karel Čapek, 2000, 91.

25) Zdeněk Kožmín, 1989, 135.

26) Karel Čapek, 2000, 88.
A než jsem se dostal za roh, už proti mně běží úprkem nějací civilisté s očima navrch hlavy a křičí: Hrobové se otvírají a skály se pukají! Těbůh, povídám si, že by zemětřesení? Člověče, říkám si, máš ty štístko! To přece je dost vzácný přírodní úkaz, že?"

27) George Gibian, 1959, 239.

28) Karel Čapek, 1947, 106. "...nenavist na levici, nenavisit na pavici, a mezi nimi ten, ktery to chtel spravit rozumem..."

29) Karel Čapek, 1986, 706. (Steiner, Peter, "The Neglected Collection-Čapek's Apocryphal Stories as Allegory" in Makin, M., & Toman, J., On Karel Čapek. 68에서 재인용)

30) 예컨대 『곤충 극장』은 여러 단편적인 희극적 장면의 결합체 성격을 띤 희곡이다. 『별똥별』도 같은 사건을 다루는 세 사람의 이야기와 의사의 이야기로 구성되어 있다.

31) Karel Čapek, 1986, 415. V celé své práci omílám do omrzení dvě zpola morální, zpola noetická témata.

32) Peter Steiner, 2000, 74.

33) Ivan Klíma 1963, 64.

34) Karel Čapek, 1986, 624.

35) Ivan Klíma, 2002, 191.

8. R. U. R.(로숨의 유니버설 로봇)

1) František Buriánek, 1988, 329.

2) 김규진, 2010, 108.

3) Karel Čapek, 1983, 117.

Nejlacinější práce: Rossumovi Roboti. Tropičtí Roboti, nový vynález. Kus 150 d. Každý si kup svého Robota! Chcete zlevnit svoje výrobky? Objednejte Rossumovy Roboty.

4) Karel Čapek, 1983, 133-134.

HELENA (k ostatním): Vy nejste Roboti?

BUSMAN (řehtá se): Bůh uchovej!

HALLEMEIER: Fuj, Roboti!

DR. GALL (směje se): Pěkně děkujem!

HELENA: Ale⋯ to není možno!

FABRY: Na mou čest, slečno, my nejsme Roboti.

5) Karel Čapek, 1983, 152.

HELENA: Náno, lidé se přestávají rodit.

NÁNA (skládá brýle): Tak to je konec. To je s náma konec.

HELENA: Prosem tě, nemluv tak!

NÁNA: Už se lidi neroděj. To je trest, to je trest! Hospodin poranil ženský neplodností?

6) Karel Čapek, 1983, 163.

Palte to! Všecky vymyšlenosti jsou proti pánubohu. To je samý rouhání, chtít po něm zlepšovat svět.

7) Karel Čapek, 1983, 171.

Roboti světa! My, první rasová organizace Rossumových Univerzálních Robotů, prohlašujeme člověka nepřítelem a psancem ve vesmíru. —— Nařizujeme vám, abyste vyvraždili lidstvo.

8) Karel Čapek, 1983, 181.

9) Karel Čapek, 1983, 181.

10) Karel Čapek, 1983, 192.

11) Karel Čapek, 1983, 194.

12) Karel Čapek, 1983, 198.

Roboti světa! Padla moc člověka. Dobytím továrny jsme pány všeho. Etapa lidstva je překonána. Nastoupil nový svět! Vláda Robotů! —— Svět patří silnějším. Kdo chce žít, musí vládnout. Jsme pány světa! Vláda nad moři a zeměmi! Vláda nad hvězdami! Vláda nad vesmírem!

13) Karel Čapek, 1983, 202.

Řekl jsem - řekl jsem, že máte nalézt lidi. Jen lidé mohou plodit. Obnovit život. Vrátit všechno, co bylo. Roboti, prosím vás proboha, hledejte je!

14) Karel Čapek, 1983, 204.

Všechno jsme prohledali, pane. Není lidí. —— Žádej cenu. Dáme ti všechno. —— Dělej pokusy na živých Robotech. Najdi, jak se dělají!

15) Karel Čapek, 1983, 215.

Kam chcete. Heleno, veď ho. (Strká je ven.) Jdi, Adame. Jdi, Evo; budeš mu ženou. Buď jí mužem, Prime.

16) František Buriánek, 1988, 132-133.

17) B. R. Bradbrook, 1998, 42.

18) Karel Čapek, 1983, 130.

Učí se mluvit, psát a počítat. Mají totiž úžasnou paměť. Kdybyste jim přečetla dvacetisvazkový Naučný slovník, budou vám všechno opakovat po pořádku. Něco nového nikdy nevymyslí. Mohli by docela dobře učit na univerzitách.

19) Ivan Klíma, 2002, 80.

20) Karel Čapek, 1983, 126.

DOMIN (položí ruku Sulle na rameno): Sulla se nehněvá. Podívejte se, slečno Gloryová, jakou děláme pleť. Sáhněte jí na tvář. —— Nepoznala byste, že je z jiné látky než my. Prosím, má i typické chmýří blondýnek. Jen oči jsou drobátko - Ale zato vlasy! Obraťte se, Sullo!

21) Karel Čapek, 1966, 136. B. R. Bradbrook, 1998, 46에서 재인용

22) Karel Čapek, 1959, 86.

23) Karel Čapek, 1959, 86.

24) Jiří Holý, 1983, 326.

25) Karel Čapek, 1983, 177-178.

Pro své uspokojení! Chtěl jsem, aby se člověk stal pánem! Aby už nežil jen pro kus chleba! —— Nové pokolení jsem chtěl! —— chtěl jsem, abychom z celého lidstva udělali aristokracii světa. Neomezené, svobodné a svrchované lidi. A třeba víc než lidi

26) Karel Čapek, 1983, 180.

Já žaluju vědu! Žaluju techniku! Domina! Sebe! Nás všechny! My, my jsme vinni! Pro své velikášství, pro něčí zisky, pro pokrok, já nevím pro jaké náramné věci jsme zabili lidstvo! Nu tak praskněte svou velikostí! Tak ohromnou mohylu z lidských kostí si nepostavil žádný čingischán!

27) Karel Čapek, 1983, 125.

28) Ivan Klíma, 2002, 73.

29) Karel Čapek, 1983, 124-125.

Roboti nejsou lidé. Jsou mechanicky dokonalejší než my, mají úžasnou rozumovou inteligenci, ale nemají duši. Ó slečno Gloryová, výrobek inženýra je technicky vytříbenější než výrobek přírody.

30) Karel Čapek, 1983, 135.

Lidský stroj, slečno Gloryová, byl náramně nedokonalý. Je to veliký pokrok rodit strojem. Je to pohodlnější a rychlejší. Každé zrychlení je pokrok, slečno. Příroda neměla ponětí o moderním tempu práce. Celé dětství je technicky vzato holý nesmysl. Prostě ztracený čas.

31) Karel Čapek, 1983, 136.

Jenomže Roboty nic netěší. —— čím chcete; jim je to jedno, nemají vůbec chuti. Nemají na ničem zájmu, slečno Gloryová. U čerta, nikdo ještě neviděl, že by se Robot usmál. —— Jsou to jen Roboti. Bez vlastní vůle. Bez vášní. Bez dějin. Bez duše.

32) 이에 대한 자세한 것은 František Buriánek, 1978, 263-264 참조.

33) Karel Čapek, 1984, 125.

34) Karel Čapek, 1983, 146.

To je proti pánubohu, to je ďáblovo vňuknutí, dělat ty maškary mašinou. Rouhání je to proti Stvořiteli, —— Za tohle přijde strašnej trest z nebe, to si pamatujte, strašnej trest!

35) Karel Čapek, 1983, 156. http://web2.mlp.cz/koweb/00/03/34/75/81/rur.pdf, 36 (검색일 2012.10.1.)

Protože není třeba lidské práce, protože není třeba bolesti, protože člověk už nemusí nic, nic, nic než požívat - Oh zlořečený ráj tohleto! (Vyskočí.) Heleno, nic není strašnějšího než dát lidem ráj na zemi! Proč ženy přestaly rodit? Protože se celý svět stal Dominovou Sodomou! —— Celý svět, celé pevniny, celé lidstvo, všechno je jediná bláznivá, hovadská orgie!

36) B. R. Bradbrook, 1998, 49.

37) František Buriánek, 1978, 263-264.

38) B. R. Bradbrook, 1998, 50.

39) B. R. Bradbrook, 1998, 50-51.

40) Karel Čapek, 1983, 9.

Nešlo mu o nic víc než podat důkaz, že nebylo žádného pánaboha zapotřebí.

41) Čapek의 다음 글 참조 "Muž vědy and Edisonův věk reprinted in Ratolest a vavřín, 106-114, 88-92. W. E. Harkins, 1962, 78에서 재인용.

42) Karel Čapek, 1983, 9.

si vzal do hlavy vyrobit všechno do poslední žlázy jako v lidském těle.

43) 차페크는 오랫동안 사귀던 배우 겸 작가 올가 샤인플루고바와 결혼은 했으나 아이는 가지지 않았다.

44) František Buriánek, 1988 139.

45) Jiří Holý, 1992, 326.

46) 자세한 것은 Jiří Holý, 1992, 328 쪽 참조.

47) Ivan Klíma, 2001, 67-68.

48) Herbert Eagle, 1992, 40.

49) Ivan Klíma, 2001, 82.

50) 김규진, 2011, 413.

9. 곤충 극장

1) 카렐 차페크의 형 요세프는 모더니즘 화가였던 동생처럼 문명은 떨치지 못 하였지만 두 형제는 여러 작품에서 공동으로 아이디어를 내고 습작을 하곤 하였다. 『R.U.R.』에 나오는 로봇의 개념도 형 요세프의 아이디어였다고 차 페크는 고백하고 있다. 『곤충 극장』은 두 형제가 오랜만(약 8년만)에 공동으 로 쓴 작품이고 이것이 두 형제작가 마지막으로 합작을 한 것이다. 나치가 침공하기 직전에 차페크는 사망하고 형 요세프는 전쟁 시작하자마자 체포 되어 나치 수용소에서 1945년 생을 마감하였다.

2) Jan Kopecký, 1961, 209.

3) Karel Čapek & Josef Čapek, 1958, 14-15.

4) Bratři Čapkové, 1958, 17-19.

Vy si myslíte, že jsem opilý? Ba ne. Já přece ležím pevně. Viděli jste, jak rovně jsem padnul. Jako strom. Jako hrdina. Předváděl jsem pád člověka. —— mne znají všude. Já jsem totiž člověk.

5) Bratři Čapkové, 1958, 60.

Neřesti hravá, ničemná pelešnice —— Let' si, ty můro, nechci tě vidět!

6) Karel Čapek & Josef Čapek, 1986, 256-257.

Já jsem byl trochu opilý. Už se mně zdálo, že všichni jsou motýli. Motýli krásní, drobátko odření, světová smetánka věčného páření, ty zajímavé dámy a jejich panoši, —— dejte mi pokoj s takovou honorací. —— I kulička je něco. I kulička je dílo. Když práce nevoní, tak voní výdělek.

7) Karel Čapek & Josef Čapek, 1986, 260.

Lumek: Ba, je to starost vychovávat děti. Veliká starost, že? Vážný úkol, pane. Živit rodinu, povážte. Nakrmit ty ubohé drobečky. Vyplivat je, zajistit jim budoucnost, no ne Žádná maličkost, což?.....

Tulák: Vypiplat. Zajistit. Živit. Krmit ty hladové krčky. To všecko žádá rodi-na. A nosit jim živé cvrčky. A přec i cvrček chce žít a nikoho nezabíjí.

Dobráček, velebí život svou pokornou melodií. Tohle mně nejde do hlavy.

8) Karel Čapek & Josef Čapek, 1986, 289-290.

Diktátor: Naše vítěztví! Veliký bože mravenců, dal jsi zvítězit právu! Jmenuji tě plukovníkem.... Vláda nad světem rozhodnuta! Bože mravenců, v této veliké chvíli... (Tiše se modlí)

Tulák (skloněn nad ním, tiše): Vláda nad světem? Ubohý mravenče, ty jmenuješ světem ten kousek hlíny a trávy, co znáš? Tu mizernou, špinavou píď země? Zašlápnout celé tvé mraveniště i s tebou, a ani koruna stromu nad vámi nezašumí, ty blázne!

Diktátor: Kdo jsi?

Tulák: Ted' jenom hlas, včera snad voják v jiném mraveništi. Jak je ti, doby-vateli světa? Cítíš se dost veliký? Nezdá se ti příliš malá ta hromádka mrtvol, na které stojí tvá sláva, chudáku?

9) Karel Čapek & Josef Čapek, 1986, 258.

Chci udělat něco velikého! —— Celý svět užasne, až já se zrodím. ——Něco nesmírného! —— Místo, místo, já se zrodím, z vězení celý svět osvobodím! Jaká ohromná myšlenka!

10) Ivan Klíma, 2001, 83.

11) Karel Čapek, 1990, 15-16

12) Karel Čapek & Josef Čapek, 1986, 230.

Račte odpustit, já že jsem opilý? Vždyť' vidím dobře, všechno je dvojmo, všecko dělá pár, tam, tady, tuhle, tamhle zas a všude, všecko je v páru.

13) Karel Čapek & Josef Čapek, 1986, 229.

Motýl musí být určen, datován a vřazen do sbírky! Motýl bud' pozorně usm-rcen stisknutím hrudi! A napíchnut na špendlík! A napnut papírovými proužky!

14) Karel Čapek & Josef Čapek, 1986, 229.

Z lásky k přírodě. Člověče, vy nemáte lásky k přírodě.

15) Karel Čapek & Josef Čapek, 1986, 281.

Válečný - Nesmírný, nejrychlejší, nejúčinější drtič životů! Největší pokrok!...Deset tisíc, sto tisíc mrtvých! Dva tisíce mrtvých!

16) Karel Čapek, 1990 Toward The Radical Center의 Peter Kussi의 서문참조.

17) Karel Čapek, 1990, 14.

18) Karel Čapek & Josef Čapek, 1986, 296.

Nech nás žít, nás všechny! Hled', každý chce žít! Každý se tolik brání, a každý bojuje na svou pěst! Vidíš, kdybychom tak jednou to zkusili dohromady! Kdybys ty sám nás vedl proti - proti zániku! Proti smrti! —— Všichni bychom šli za tebou! Všechny mušky a všichni lidé, a myšlenky, a díla, a havět' vodní a mravenci, a tráva, všechno se spojí s tebou! Ale dřív se musíme spojit my, my všichni, kdo žijeme, do jednoho regimentu a ty nás povedeš, živote všemohoucí -

19) Karel Čapek & Josef Čapek, 1986, 300.

Nebožtík. Chudák stará. Má to aspoň odbyto.

20) Karel Čapek & Josef Čapek, 1986, 255.

Ty můj poklade! Ty krásné jměníčko! Můj klenote! Mé všechno!

21) Karel Čapek & Josef Čapek, 1986, 253.

Naši kuličku. Naše potěšení. Naše všechno.

22) Karel Čapek & Josef Čapek, 1986, 252.

Co jsme se našetřili a nasháněli, mrkvičky nanosili a smradlavých drobečků nastřádali, od huby si utrhovali.

23) Karel Čapek & Josef Čapek, 1986, 252.

24) Karel Čapek & Josef Čapek, 1986, 253.

Já mám ouzkost. Aby nám ji pak někdo neukradnul.

25) Karel Čapek & Josef Čapek, 1986, 261.

Na tu manželku se neptám! Kde je má kulička, co? —— Bože na nebi! Chyt'te ho! Zloději! Vrahové! Můj poctivý majeteček! Zabili mne! Spíš život dám než kuličku zlaté mrvy!

26) Karel Čapek & Josef Čapek, 1986, 257.

Miluješ pro sebe, buduješ pro celek,

pracuješ pro jiné, a mamoníš-li, inu,

i mamonit je ctnost, když je to pro rodinu.

Rodina má svá práva, rodina všechno světí,

a kdybys třeba krad, vždyť jsou tu sakra děti.

Tak je to prosím a všecko je v tomhle bodu,

có člověk neudělá pro zachování rodu!)

27) Karel Čapek & Josef Čapek, 1986, 258.

Aspoň pak našinec ví, pro koho pracuje. Máš dítě, starej se, pracuj, bojuj! To je reálný život, co? Dítě chce růst, chce papat, mlsat, pohrát si, ne? Nemám pravdu?

28) Karel Čapek & Josef Čapek, 1986, 259.

29) Viktor Kudělka, 1987, 32.

30) 차페크는 여러 작품에서 상대주의 철학의 입장을 견지하고 있다. 차페크의 상대주의 철학적 논점에 대해서는 prof. Jan Zouhar의 "Filozofie Karla Čapka" 참조. http://capek.misto.cz/filozofie.html 또는 Karel Čapek, Spisy XIX, 1986, 24 참조.

31) Karel Čapek & Josef Čapek, 1986, 291.

Ach ty hmyze! Ty pitomý hmyze!

32) Pavel Janoušek, 1992, 40.

33) W. E. Harkins, 1962, 82.

10. 마크로풀로스의 비밀

1) 자료와 주제 면에서 볼 때 『마크로풀로스의 비밀』은 『R.U.R.』보다 먼저 소설 형식으로 그를 사로잡았다. V. Kudělka, 1987, 34.

2) 일야 일리치 메츠니코프(Ilja Iljič Mečnikov, 1845-1916) 교수는 러시아 태생 노벨수상자이며, 동물학자이고 면역학의 창시자이다. Karel Čapek, 1992, 181.

3) Karel Čapek, 1971, 98.

4) Karel Čapek, 1971, 101.

5) Radana Šovčíková, Karel Čapek a jeho Véc Makropulos, FF MU, 2013, 7.

6) 이는 차페크가 직접 연출한 4번째 작품이다. 주인공 에밀리아 마르티의 역
할은 레오폴다 도스탈로바가 맡았다. 차페크의 부인 올가 샤인플루고바가
또 다른 젊은 여주인공 크리스티나 역을 맡았다. 희곡은 대단히 성공적이었
지만 또한 비평가들로 하여금 많은 논쟁을 불러 일으켰다.
ttp://www.i-divadlo.cz/divadlo/narodni-divadlo/vec-makropulos(검색일:
2012.7.20.)

7) Viktor Kudělka, 1987, 34-35.

8) 프라하 민족극장 팀이 2011년 한국에서도 공연을 하였다.

9) Martin Urban, připravil, "Rozhovor se Soňou Červenou." in Text divadelní
hry, Věc Makropulos, 2010, 37.

10) 체코문학에서는 19세기 위대한 낭만주의 시인 마하(K. H. Mácha)의 대표
작 『오월』(Máj)에 이러한 모티프가 나오고 고대 그리스 소포클레스
(Sopokles)의 비극〈오이디푸스 왕〉에도 아버지를 살해하고 어머니와 결혼
하는 이야기가 나온다. 이러한 모티프는 서양문학의 전통에 자주 등장한
다.

11) Bohuslava Bradbrook, 1998, 59.

12) 이러한 형식은 대중 문학의 왕좌를 차지한 추리소설의 선구자 에드가 앨런
포우(Edgar Allan Poe, 1809 - 1849)에 의해서 벌써 19세기 40년대에 확립
되었고 그 후 코난 도일(Conan Doyl, 1859 - 1930) 이러한 스타일의 소설을
쓰는 데 큰 공적을 남겼다.

13) Karel Čapek, Marsyas čili Na okraj literatury (1919-1931), Praha 1931, 210,
Sergej Nikolski, 1978, 124에서 재인용

14) 빅토르 쉬클로프스키(V. Shklovsky)와 다른 영국과 미국의 작가들은 일반
적인 미스터리와 비슷한 탐정소설의 미스터리는 대개 여러 가능한 해답들
의 존재로부터 오직 하나만 옳다는 것을 증명한 탐정소설의 예술성을 중요
시 했다. 중대한 사실과 증거들이 우리들로 하여금 대개 우연히 언급된 사

건의 실제적인 과정을 찾는 데 도움을 준다. 그러한 것들은 분명히 중요하지 않은 언급에 숨겨져 있고 오싹하는 상황들에 의해서 드러나 있지 않고 소설 전체를 통하여 긴 문맥 속에 흩어져 있다. 이것이 독자들에게 곧 드러날 사실들 속에서 어떤 연결고리를 찾는 것을 방해한다. 이는 동시에 독자들에게 유혹적인 해결을 제공한다. 그들에게 그들로 하여금 조사가 정도로부터 벗어나도록 하는 여러 사실들이 말해진다. Sergej Nikolski, 1978, 125.

15) Karel Čapek, 1931, 205, Sergej Nikolski, 1978, 126에서 재인용

16) Pavel Janoušek, 1992, 54.

17) Karel Čapek, 1978, 1992, 34.

Říkali jí Gitana.

Víte, cikánka.

A ona byla cikánka.

Říkali jí la chula negra.

18) Sergej Nikolskij, 1978, 135.

19) Karel Čapek, 1992, 217-218.

EMILIA (nakloní se): Polibte mne!

HAUK: Jak prosím?

EMILIA: Bésame, bobo, bobazo!

HAUK: Jesús mil veces, Eugenia -

EMILIA: Animal, un besito!

HAUK (políbíji): Eugenia, moza negra - niňa - querida - carísima -

EMILIA: Chite, tonto! Quita! Fuera!

HAUK: Es ella, es ella! Gitana endiablada, ven conmigo, pronto!

EMILIA: Yo no lo soy, loco! Ahora cálate! Vaya! Hasta maňana, entiendes?

HAUK: Vendré, vendré, mis amores!

EMILIA: Vaya!

HAUK (couvá): Ay, por dios! Cielo de mí, es ella! Sí, es ella! Eugenia

EMILIA: Caramba, vaya! Fuera!

HAUK (ustupuje): Vendré! Hijo de dios, ella misma! (Odejde.)

20) W. E. Harkins, 1962, 113.

21) Karel Čapek, 1992, 256-257.

EMILIA: (···) Ah bože, kdybyste věděli, jak vám se lehko žije!

KOLENATÝ: Proč?

EMILIA: Vy jste tak blízko všeho! Pro vás má všecko smysl! Pro vás má
všecko nějakou cenu, protože za těch pár let toho ani dost
neužijete··· Oh můj bože, kdybych jen jednou ještě (lomí ruka-
ma.) Hlupáci, vy jste tak šťastni! Je to až protivné, jak jste šťastni!
A všecko jen pro tu pitomou náhodu, že brzo umřete! Všecko vás
zajímá jako opice! Ve všecko věříte, věříte v lásku, v sebe, ve
ctnost, v pokrok, v lidstvo, já nevím v co, já nevím v co! Ty věříš
v rozkoš, Maxi, ty Kristinko, věříš v lásku a věrnost. Ty věříš v
sílu. Ty věříš v samé hlouposti, Vítku. Každý, každý, každý v
něco věříš! Vám se to žije, vy··· blázni!

VÍTEK (rozčilen): Ale dovolte, vždyť přece jsou··· vyšší hodnoty···ideály···
úkoly···

EMILIA: Jsou, ale jen pro vás. Jak vám to mám říci? Je snad láska, ale je
jenom ve vás. Jakmile není ve vás, není nikde, není vůbec žádná
láska··· nikde ve vesmíru··· Člověk nemůže milovat tři sta let.
Ani doufat, ani tvořit, ani se dívat tři sta let. Nevydrží to. Všecko
omrzí. Omrzí být dobrý a omrzí být špatný. Nebe i země tě omrzí.
A pak vidíš, že to vlastně není. Není nic. Ani hřích, ani bolest, ani
země, vůbec nic. Jen to je, co má nějakou cenu. A pro vás má
všecko cenu. Ó bože, já byla jako vy! Já byla děvče, já byla dáma,
já byla šťastná, já já byla člověk! Bože na nebi!!

22) 이는 그리스 신화의 에오스(Eos)와 티토누스(Tithonus)의 이야기에서 찾아
볼 수 있으며 불멸의 모티프는 조나단 스위프트(Jonathan Swift)의 소설
『걸리버 여행기』 제 3부에도 나온다. 또 『날아다니는 네델란드 인』(The

Flying Dutchman)에 나오는 동화에 의하면 유령의 배가 영원히 바다에 떠 돌아다니고 고향으로 돌아오지 못한다. 이러한 영원불멸의 저주는 『방황하는 유대인』(The Wandering Jew)에도 나온다. 십자가에 못 박히기 위해 끌려가는 예수를 저주한 유대인들은 그때부터 예수의 재림 시까지 전 세계에 방황하는 운명에 처해졌다고 한다. 거장 버나드 쇼도 그의 희곡 『므두셀라로 돌아가라』(Back to Methusela)에서 차페크와는 다른 관점에서 인간의 영원한 삶의 문제를 다룬다. http://en.wikipedia.org/wiki/Tithonus(검색일 2013.07.01.)

23) Ivan Klíma, 2002, 106.

24) Maria Dandová, "Humanista Karel Čapek" in Literatura bez hrabic, Hašek, Čapek, Seifert, Hrabal, Havel, Památník, národního písemnictví, Letohrádek Hvězda, 15. května-I. listopadu, 2009, 35.

25) Bernard Williams, "The Makropulos case: reflection on the tedium of immortality" in Problems of the self" philosophical papers 1956-1972, Cambridge University Press, 1973, 83.

26) František Buriánek, 1988, 161.

27) Ibid., 161.

28) Karel Čapek, 1992, 181-182.

Prohlašuji tedy veřejně, že se v tom směru necítím vinen; že jsem se nedo-pustil žádného pesimismu, a jestli ano, tedy bezděky a velmi nerad. V této komedii jsem měl naopak úmysl říci lidem něco útěšného a optimistického. Nevím, je-li optimistické tvrdit, že žít šedesát let je špatné, ale žít tři sta let je dobré; myslím jen, že prohlásit šedesátiletý (průměrně) život za přiměřený a dosti dobrý není zrovna zločinným pesimismem. Dejme tomu říci, že jednou v budoucnosti nebude nemocí, ani bídy ani nečisté dřiny, to je zajisté opti-mismus; ale říci, že tento dnešní život plný nemocí, bídy a dřiny není tak nadobro špatný a zatracený a má něco nesmírně cenného, to je - co vlastně? pesimismus? Myslím, že ne.

29) W. E. Harkins, 1962, 110.

30) F. Buriánek,1998, 162, 원자물리학의 발달로 생겨난 폭탄의 쟁탈전을 묘사한 『크라카티트』는 오늘날의 원자로문제와 원자탄에 의한 전쟁위협 등을 예견하였다고도 할 수 있다.

31) 차페크의 『R.U.R.』에는 선동의 모티프가 제시된다. 그것에 의해서 부르주아인 젊은 로숨이 투쟁한 위대한 아이디어들 중의 하나인 진보 사상이 사실상 거절된다. 휴머니스트 주인공 알퀴스트와 나나의 입을 통해서 차페크는 인생의 가치에 대항해 진보 사상을 펼친다.

32) Karel Čapek, 1992, 256.

EMILIA: Nemá, nemá, nemá se tak dlouho žít!

VÍTEK: Proč?

EMILIA: Člověk to nesnese. Do sta, do sta třiceti let to vydrží, ale

pak··· pak to pozná··· pozná, že··· A pak v něm umře duše.

VÍTEK: Co pozná?

EMILIA: Bože, na to nejsou slova. A pak už člověk nemůže na nic

věřit. Na nic. A z toho je ta nuda. Víš, Bertíku, tys povídal, že

zpívám, jako by mne při tom záblo. Vidíš, umění má smysl,

pokud to člověk neumí. Teprve když to umí, když to dokonale

umí, vidí, že je to zbytečné. Je to stejně marné, Kristinko, stejně

marné jako chrápat. Zpívat je to samé jako mlčet. Všecko je

stejné.

V ničem není žádný rozdíl.

VÍTEK: To není pravda! Když vy zpíváte,··· tak jsou lidé o něco lepší

a větší.

EMILIA: Lidé nejsou nikdy lepší. Nic se nemůže nikdy změnit. Nic,

nic, nic se neděje. Kdyby se teď střílelo, kdyby bylo zemětřesení,

kdyby byl konec světa či co, nic se neděje. Ani já se neděju. Vy

jste tady, a já jsem nesmírně daleko - ode všeho - tři sta let - Ah

bože, kdybyste věděli, jak vám se lehko žije!

33) Karel Čapek, 1992, 250.

VÍTEK: Vždyť je to k pláči, pánové! považte jen - celá ta lidská duše,

   ta žízeň poznávat, mozek, práce, láska, tvořivost, všecko, všecko

   - Můj bože, co udělá člověk za těch šedesát let života? Čeho

   užije? Čemu se naučí? Nedočkáš se ovoce stromu, který jsi

   zasadil; nedoučíš se všemu, co lidstvo už znalo před tebou;

   nedokončíš své dílo a nedáš svůj příklad; umíráš, a ani jsi nežil!

   Ježíši Kriste, žijeme tak maličko!

34) Karel Čapek, 1992, 230.

EMILIA (vezme hřeben a češe se): Chudáček.

PRUS: V osmnácti letech! Můj Janek, mé dítě··· Mrtev, k

   nepoznání··· A takovým dětským písmem píše: "···táto, poznal

   jsem život, táto, buď šťasten, ale já···" (Vstane.) Co to děláte?

EMILIA (vlásničky v ústech): Češu se.

PRUS: Snad jste··· nepochopila. Janek vás miloval! Zabil se pro vás!

EMILIA: Bah, tolik se jich zabíjí!

PRUS: A vy se můžete česat?

EMILIA: Mám snad kvůli tomu běhat rozcuchaná?

35) Karel Čapek, 1992, 257.

PRUS: Proč tedy jste si přišla··· pro věc Makropulos? Proč chcete

   ještě jednou žít?

EMILIA: —Protože se strašně bojím smrti.

PRUS: Bože, ani to není ušetřeno nesmrtelníkům?

EMILIA: Není. (Pauza.)

36) W.E. Harkins, 1962, 110.

37) 철학적인 문제를 다룬 열띤 토론, 논쟁과 대립 등은 20세기 드라마에서 자
주 볼 수 있는 주제들이다. 이러한 주제들은 관념의 드라마(drama of
ideas), 사상의 반목, 논쟁의 드라마라는 용어로 묘사된 독특한 구조적인 특
성과 장르적인 특이성을 형성한다. 버너드 쇼는 그러한 논쟁의 종류는 처
음으로 헨리 입센에 의해서 사용되었고 그 후 많은 드라마 작가들이 차용

했다고 언급했다. 입센은 논쟁을 드라마 속에 소개하였고 그는 그 권리를 궁극적으로 너무나 많이 확장하여 그 논쟁 자체가 드라마 속에 합병되고 플롯의 일부가 되었다. 과장된 연극과 논쟁은 실질적인 비슷한 말이 되었다. 쇼의 희곡들에서 이러한 사상의 반목은 중요한 역할을 한다. 그는 스스로 이러한 문제 거리가 되는 드라마 유형을 심포지엄이라고 불렀다. 이와 같이 논쟁과 사상의 반목을 강조한 극작가로는 브레히트(B. Brecht)가 있다. 사상의 반목(불화)을 위한 구조적인 기반으로서 20세기 문제거리 드라마(the problematic drama)의 새로운 것들 중의 하나는 소송사건 모델의 사용이다.

11. 하얀 역병

1) 차페크는 이 희곡에 대한 언급에서 의사였던 아버지에 대한 추억과 의학의 도덕적인 메시지에 대한 생각으로 원래 산문형식으로 이러한 테마를 주제로 쓸려고 했다고 한다. 그러나 당시의 유럽의 정치적 위기와 사회적인 문제에 대해 심각하게 고민하다가 산문 대신 드라마가 사람들에게 더 어필하리고 생각하여 이 장르를 선택하였다고 한다.

2) František Všetička, 1999, 5.

3) Josef Trager, 'Návrat Karla Čapka k dramatické tvorbě', Listy pro umění a kritiku, no. 5, 1937, 33-6. Bradbrook, B. R.,1998, 69에서 재인용

4) B. R. Bradbrook, 1998, 71.

5) Jiří Holý, 1983, 233.

6) http://www.radio.cz/en/section/curraffrs/karel-Capek (검색일: 2013.01.25.)

7) Karel, Čapek, 1968, Divadelníkem proti své vůli, 328. Buriánek, František, 1988, 275에서 재인용. (Valstí maršálkovou není žádná skutečná země, nýbrž jistá skutečnost mravní a občanská, která se jeví v tom, že tolik lidí dnešního světa se odcizilo tomu velikému usilování o všelidství a humanitu, mír, svobodu a demokratcii, v nichž jsme viděli velkou kulturní a politickou tradici evropského lidstva)

8) 자세한 것은 소포클레스의 『오이디푸스 왕』(2002) 범우사, 16쪽 참조

9) Karel, Čapek, 1983, 269.

PRVNÍ MALOMOCNÝ: Mor je to, mor. V naší ulici už je v každém domě několik morem raněných. Povídám, sousede, vždyť vy taky máte na bradě tu bílou skvrnu; a on, prý to nic, ani to necítím. A dnes už z něho taky padají kusy masa jako ze mne. Mor je to.

DRUHÝ MALOMOCNÝ: Žádný mor, malomocenství. Bílá nemoc tomu říkají, ale měli by tomu říkat trest, Taková nemoc přece nemůže přijít sama od sebe; to nás bůh trestá.

TŘETÍ MALOMOCNÝ: Kriste panebože - Kriste panebože - Kriste panebože -

10) 당시 비록 이러한 허구적인 진료소가 독일식 같이 보이지만 체코 의사회의 지도자들은 모욕감을 느꼈다. 차페크는 매우 존경받고 저명한 의사이며 교수인 Pelinař에게 보내는 답 편지에서 그들의 감정을 진정시켜야 했다. 차페크는 이 희곡에 나오는 병원은 일반적인 유럽의 어느 정치적이며 정신적인 영역이 절대로 체코가 아니라고 말했다. 왜냐하면 체코는 사령관이 통치하지 않았고 제국주의 정부가 없었을 뿐 아니라 강력한 군사력도 없었고, 이웃 약소국에 대해 군사적 행동도 취할 의도도 전혀 없었기 때문이다. B. R. Bradbrook, 1998, 67.

11) Karel Čapek, 1983, 313-314.

(Vejde Baron Krüg, zarostlý, v žebráckých hadrech)

DR. GALÉN: Tak co je s vámi, člověče?

BARON KRÜG: Pane doktore, já mám tu bílou nemoc -

DR. GALÉN: Košili sundat. - A co vy tam ··· Tak dělejte, člověče -

DR. GALÉN: (bere stříkačku): A tak co tedy prosím - Čím se má na lidi působit?

BARON KRÜG: — Nevím. Já jsem to obyčejně zkoušel s penězi. A zřídkakdy marně, doktore. Já vám mohu nabídnout··· jenom peníze; ale je to, jak byste vy řekl, svým způsobem··· poctivá nabídka. Dvacet··· třicet miliónů za jeden jediný život!

DR. GALÉN: Vy máte ··· takový strach z bílé nemoci? (Nasává lékem injekční stříkačku)

BARON KRÜG: ···Ano.

DR. GALÉN: To je mně hrozně líto ··· (Přibližuje se k Baronu Krügovi se stříkačkou v ruce) Poslyšte, nemohl byste ··· ve svých podnicích ··· zastavit výrobu zbraní a munice?

BARON KRÜG: ···Nemohl.

DR. GALÉN: Bože to je těžké ··· Tak co mně vůbec můžete dát?

BARON KRÜG: ···Jenom peníze.

DR. GALÉN: Ale vždyť vidíte, že bych neuměl - (Položí stříkačku na stůl) Ne, to by bylo zbytečné, prosím docela zbytečné, že ano -

BARON KRÜG: Vy mě nechcete vzít do léčení?

DR. GALÉN: Je mně hrozně líto - Můžete se ustrojit, pane barone.

BARON KRÜG: To je tedy ··· konec, Kriste Ježíši ··· Ježíši Kriste ukřižovaný!

12) http://Čapek.misto.cz/english/whiteplague.html (검색일: 2013. 01. 25.)

13) 당시 이 희곡이 나왔을 때 저자를 평화주의자-반전론자라고 하는 비평가들이 있었는데 사실 차페크는 이 다음에 쓴 희곡 『어머니』(Matka)에서처럼 반전주의자에 대한 동정은 하고 있었지만 결코 평화주의자가 아니었다. 차페크는 그의 논문 "Prosba o milost"(1924), Sloupkový ambit (Praha, 1957, pp. 176-78)에서 평화주의에 반대하고 전쟁대비를 지지하는 논지를 펴고 있다. 또 다른 예로 그는 제 1차 세계대전시 연합군을 절대적으로 지지하였다. 또 그의 소설 『제1구조대』에서 저자는 주인공들을 통해서 전쟁의 위험을 명백하게 경고하고 자유인들이 저항하기 위해서 단결할 필요가 있다고 주장했다. W. E. Harkins, 1962, 149.

14) František Buriánek, 1988, 272.

15) Karel Čapek, 1983, 324-325.

MARŠÁL: ···Mluvil jsem o baronu Krügovi, doktore.

DR. GALÉN: Ano, právě ··· Vy ho můžete zachránit ··· jeho a všechny mal-

omocné. Řekněte, že chcete světu zajistit trvalý mír··· že uzavřete
smlouvu se všemi národy··· a je to. Podívejte se, Vaše Excelence, vždyť
to záleží jenom na vás! Proboha vás prosím,zachraňte ty chudáky mal-
omocné! A co se týče pana barona, mě to tak mrzelo··· Prosím vás, už
kvůli němu···

MARŠÁL: Baron Krüg na vaši podmínku nemůže přistoupit.

DR. GALÉN: Ale vy můžete, pane ··· Vy můžete udělat všechno!

MARŠÁL: Nemohu. Copak vám to mám vysvětlovat jako malému dítěti?
Myslíte, že válka nebo mír záleží na mé vůli? Musím se řídit tím, co je
v zájmu mého národa. Půjde-li jednou můj národ do války, pak je···
má povinnost jej pro ten boj vychovat.

DR. GALÉN: Jenže··· kdyby nebylo vás,··· tak by váš národ do žádné
výbojné války nešel, že ano.

16) František Buriánek, 1988, 274.

17) František Buriánek, 1988, 275.

18) Ivan Klíma, 2002, 212.

19) Karel Čapek, 1983, 298-299.

NOVINÁŘ: A bohatého byste do léčení nevzal?

DR. GALÉN: Je mi líto, pane,··· ale to bych nemohl. Bohatí - Bohatí mají
víc vlivu, že ano - Budou-li mocní a bohatí opravdu chtít mír··· Na ně
se víc dá, víte?

NOVINÁŘ: Nezdá se vám, že je to k těm bohatým - trochu nespravedlivé?

DR. GALÉN: Je, pane. Já vím. Ale nezdá se vám, že je to k těm chudým -
taky trochu nespravedlivé, že jsou chudí? Koukejte se, vždycky umíralo
o tolik víc chudých, že ano - a nemuselo by to být, pane, nemuselo by to
být! Každý má právo na život, že? Člověče, kdyby se dalo na špitály
tolik jako na válečné lodi -

20) 차페크는 『어머니』에서 어머니로 하여금 처음에는 어린 아들을 숨기게 하
지만 침략군들이 여자든지 어린이든지 구별하지 않고 무차별 살상을 하는

걸 알고는 아들 온드라에게 총을 주고 전쟁터로 나가도록 한다.

21) Edmond Konrád, 1957, 181. B. R. Brodobrook, 1998, 67에서 재인용.

22) Karel Čapek, 1983, 324.

> MARŠÁL: Ani o jeho padlé. Člověče, teprve krev padlých dělá z kusu země vlast. Jenom válka udělá z lidí národ a z mužů hrdiny-
>
> DR. GALÉN: - a mrtvé. Já viděl ve válce víc těch mrtvých, víte.
>
> MARŠÁL: To dělá vaše řemeslo, doktore. Já jsem při svém řemesle viděl víc těch hrdinů.
>
> DR. GALÉN: Ano, ti byli vzadu, Vaše Excelence. My v zákopech jsme tak moc stateční nebyli.
>
> MARŠÁL: Zač jste vy dostal ten řád?
>
> DR. GALÉN: To bylo··· jenom za to, že jsem ovázal nějaké raněné.
>
> MARŠÁL: Já vím. Bylo to na bojišti mezi zákopy. To nebyla statečnost?
>
> DR. GALÉN: Nebyla prosím. To jen ··· prostě jako lékař. To člověk musí, že ano ···

23) Karel Čapek, 1959, 112.

24) 체코 문학사에는 1920년대 1차 세계대전을 풍자하고 반전사상을 고취시킨 풍자작품으로 하세크의 『착한 병사 슈베이크의 모험』이 있다. 차페크는 이 작품으로부터 많은 영향을 받고 있다.

25) Karel Čapek, 1983, 265.

26) 사실 1937년 런던에서 공연된 『하얀 역병』에서 그러한 해석 속에서 한 명의 배우 호몰카(Oscar Homolka)는 파시스트 사령관과 평화애호가 갈렌 박사의 역할을 동시에 했다. 차페크는 나중에 자기는 전혀 그러한 의도를 하지 않았다고 항의 전보를 런던에 쳤고, 런던의 공연 초대에도 응하지 않았다. W. E., Harkins, 1962, 147.

27) Karel Čapek, 1983, 285.

28) W. E. Harkins, 1962, 150.

29) 1937년 나치의 세력이 점증할 때 프라하 독일대사관의 끊임없는 위협 속에서 공공연한 반 나치 희곡을 상연하기가 어려웠다. 그래서 차페크는 주인

공들의 이름들을 범 유럽적인 이름들로 바꾸었다. 차페크는 초기 희곡 『R.U.R.』에서도 범 유럽적인 이름들을 사용했다.

30) 체코슬로바키아와 독일 국경지역인 수데텐에는 독일인들이 200만-300만 정도 살고 있었고, 이들은 2차 세계대전 후 모두 독일로 쫓겨났다. 수데텐 독일당(Sudetonmeck strana)은 콘라드 헨라인(Konrad Henlein)에 의해서 'Sudetendeutsche Heimatfront' 라는 이름으로 1933년 10월 1일 창당되었다. 얼마 후 체코슬로바키아는 독일사회주의 노동당(Deutsche Nationalsozialistische Arbeiterpatei, DNSAP)을 불법화하였다. 그러나 1935년 4월 이 당은 수데텐 독일당(Sudetendeutsche Partei)으로 개명하고 재창당 하였다. 이당은 나치독일에 의해서 대대적인 지원을 받았다.
http://en.wikipedia.org/wiki/Sudeten_German_Party (검색일: 2013. 01. 14.)

31) 슬로바키아 흘린카 당은 우파입장으로 파시스트와 성직자 민족주의자 그룹으로 나치에 협력하였다.
http://en.wikipedia.org/wiki/Slovak_People's_Party (검색일: 2013. 01. 14.)

32) 체코슬로바키아 공산주의 시대에 차페크는 서구 부르주아적 입장의 작가로 비판받아 그의 책도 그의 희곡도 공연되지 않다가 1950년대 말과 1960년대 체코슬로바키아의 정치적 자유화 분위기가 무르익던 시대에 다시 공연되었고 현재까지도 널리 공연되고 있다.

12. 어머니

1) 차페크의 문학활동과 관련하여 또 다른 놀라운 사실은 그는 노벨문학상 후보에 여러번 올랐다고 한다.

2) 이를 이해하기 위해 체코역사에서 체코작가의 역할을 일변할 필요가 있다. 밀란 쿤데라는 1967년 6월 27-29일 작가연맹 총회에서 이와 같이 언급하였다. "벌써 일세기 전에 프란티세크 팔라츠키(František Palacký)는 이렇게 썼다. '민족국가가 사라지게 하는 대신 다시 민족국가에 활력을 불러일으키고 그 고상한 이상을 실현시키게 한 것은 체코작가들이란 것은 잘 알려진 사실이다." 나라의 존재에 책임이 있는 사람은 체코작가들이며 이는 오늘날에도

해당된다. 체코역사는 체코작가들에 의해 창조된 민족문학에 의해서 깊이 영향을 받았다. 19세기 체코민족 부흥시대에 소수의 체코작가들은 민족부흥의 테마를 그들 작품들의 주 모티프로 다루었다. 19세기말 체코에서는 민족부흥 운동은 예술, 문학 그리고 정치적 사상을 지배했다. 이는 체코민족 부흥운동이 체코작가들의 작품들에 의해서 크게 영향을 받았다는 것을 의미한다. 약 일세기 동안 체코문학은 체코에서 대중들로 하여금 정치적인 독립의 새로운 시대를 위해 준비하도록 하였다. 20세기 초 체코작가들은 그들의 조상들의 전통을 이어받았다. 위에서 언급했듯이 19세기 체코민족의 부흥은 그들의 민족 문화에 근거하고 있다. 왜냐하면 민족을 결정한 것은 바로 민족어였기 때문이다. 보다 더 세계적이고 더 국제적인 유럽 문화에서 민족주의 문화의 아이디어가 이데올로기적으로 덜 의미심장하게 된 것과는 대조적으로 체코 민족주의자들은 이데올로기적으로 더욱 민족문화를 조장하였던 것은 아이러니다. 역사의 흐름이 체코작가들에게 큰 기회를 제공하였고 그들은 그것을 감사와 열정으로 받아들였다. 그들은 표준적인 민족어의 전달자였고 민족의식의 보호자였다. 1918년 체코슬로바키아 공화국의 선언에 의해 민족국가의 이상이 현실화 되었을 때 작가들의 정치적 중요성은 축소되었다. 그러나 그들은 이러한 지위를 버리고 싶어 하지 않았다. 왜냐하면 그들은 이러한 것에 습관이 되었고 그것이 그들의 민족적인 권리라고 간주했기 때문이다. 이러한 태도는 특히 고난의 시대에 더 강했고, 그들은 조국이 위협에 빠졌을 때 그들의 사회적인 역할을 자랑스러워했다. Milan Kundera, June 27-9, 1967, http://www.pwf.cz/rubriky/projects/1968/ Milan Kundera's speech made at the fourth congress of the Czechoslovak writers Union 897.html

3) Karel Čapek, Sloupkový ambit, (P.: CS, 1957), 251-2. B. Bradbrook, 1998, 72 에서 재인용.

4) Karel Čapek, 1959, 118.

5) Karel Čapek, 1992, 343.

6) Viktor Kudělka, 1987, 134.

7) Karel Čapek, 1959, 118.

8) Ivan Klíma, 2002, 227.

9) Ferdinand Petroutka, 1998, Hrst vzpomínek, Nadace Čapkova Strž, 10.

10) B. Bradbrook, 1998, 72.

11) Ivan Klíma, 2002, 222.

12) Karel Čapek, 1992, 366 Každý děláte něco obráceného, a pak mi řeknete, to jsou veliké úkoly, maminko, tomu ty ani nemůžeš rozumět. Jeden z vás bude něco stavět, a druhý to bude bourat; a mně řeknete, to jsou ohromné věci, mami, to my musíme dělat, i kdyby nás to mělo život stát! Život! Vám se to mluví! Sám zemřít, to by každý uměl; ale ztratit muže nebo syna, to byste teprve viděli, co to je, - to byste viděli -?

13) www.mlp.cz/karelČapek/O umění a kultuře III, 689 (Komu ve hře straníte? Vyúsťuje tento osudový konflikt v Matce v nějaké řešení?)

14) Čapek, Karel, 1986, 795, Komu ve hře straníte? Vyúsťuje tento osudový konflikt v Matce v nějaké řešení? Dramatikovým úkolem není řešit nebo naznačovat cestu. Pojal jsem všechny osoby hry jako lidi ušlechtilé, kteří jdou za svým přesvědčením. Oba elementy - mužský a ženský - nenacházejí a ani nemohou najít vyrovnání ani souladu: matka prostě nepochopí, třebaže se smiřuje; nepochopí a nesouhlasí, že ti, které miluje, mají právo jít na smrt a za svou věcí.

Těžiště ženského stanoviska vidím v matáině větě; "Jít na smrt, to by uměl každý, ale někoho ztratit..."

Pokud svět vypadá tak jako nyní, nelze tento konflikt ani vyjádřit ani řešit. Je prostě tady..

15) www.mlp.cz/karelČapek/O umění a kultuře III, 689.

16) B. Bradbrook, 1998, 70.

17) 그리스 신화에 나오는 일곱 명의 아들과 일곱 명의 딸을 잃어버린 니오베 (Niobe)가 슬픔에 젖어 돌로 변했다는 전설 이래 서양의 문학, 예술 테마로 많이 등장한다.

18) 다른 극작가들, 예를들면 얀 바르토스(Jan Bartos)가 드라마 『사랑하는 사

람들』(Milenci, 1921)과 『무대에서의 반란』(Vzbouzeni na jevisti, 1924)도 차페크 이전에 무대 위에서 산자와 사자의 대화방법을 시도한 적이 있다.

Kudělka, Viktor, 1987, Ibid, 137에서 재인용

19) W. E. Harkins, 1962, 151.

20) Karel Čapek, 1992, 343, Karel Čapek, 1990, Toward the Radical Center, The Reader, ed. Peter Kussi, Catbird Press, 1990, 329.

21) www.mlp.cz/karelČapek/Matka. s. 6 Toni: To přece musíš poznat sám, kdo to je....to Neznámá.

    Peter: Ty myslíš.....smrt, víd'Toni? (Vrací mu papír.)

        Tomi" Tak proč se ptáš, když to víš?

        Petr" S jenom divím proč tak vzýváš smrt. Takový kluk jako ty!

        Kornel (čistí na psacím stole pušku.) Právě proto, že je ještě kluk, člověče. Toni má světabol. Krásná Neznámá dej pokoj!

        Já nevím, co je na smrti tak krásného, leda.

    Petr: leda že je to smrt za něco, ne

22) www.mlp.cz/karelČapek/Matka, 38 Otec: To se mi nelíbí, Petře, Naši proti našim - máte to nejak popletené, mládenci. - Tak tys dělal vyzvědače, Petříčku?

    Petr: Ne, tati. Já jsem jenom psal do novin.

    Otec: Nelži, Petře. Za to by tě vojáci nezastřelili. My jsme popravovali jenom špióny nebo zrádce.

    Jiří: Dnes jsou jiné časy, tantínku.

    Otec: Zdá se. Máte asi nějaká nová pravidla hry, hoši.

23) Viktor Kudělka, 1987, 138.

24) Karel Čapek, 1992, 366.

25) B. Bradbrook, 1998, 74.

26) www.mlp.cz/karelČapek/Matka. s. 60 STARÝ PÁN: Nic, dceruško, nic; já jen, abys věděla, co je život. Víš, když ty ses měla narodit, ··· tak to tvou maminku mohlo stát život. Já jsem klečel u ní a ··· nu, hrozně jsem se styděl,

víš? Říkal jsem si ⋯ tak tady má žena dává všechno v sázku, aby se narodilo dítě, - a co já? - Tak vidíš, v tom je cena života: že se za něj platí ⋯ třeba i životem. To je taky ⋯ ženská záležitost, holčičko. A to máš tak se vším, rozumíš? Kdyby se za vlast neplatilo životem ⋯ kdyby se za čest, za pravdu, za svobodu neplatilo životem, neměly by tu ohromnou, tu strašnou cenu, víš? Jen ho nech jít, toho svého synka. Je to tak ⋯ v pořádku.

27) Ivan Klíma, 2002, 222.

28) Karel Čapek, 1992, 355. Pšš, už se nehádejte a hybaj odtud! Já to tu musím dát po vás do pořádku, vy mužská holoto!

KORNEL: My ti pomůžeme, mami.

MATKA: Vy byste mi tak pomohli! Co vy víte, co je pořádek!

KORNEL: Dát věci tam, kde byly.

PETR: Dát věci tam, kde mají být.

MATKA: Ba ne. Dát věci tam, kde jim je dobře; ale tomu vy nerozumíte. Tak alou, dvojčata, jděte mi odtud!

29) www.mlp.cz/karelČapek/Matka s. 56-57(검색일 2014.1.12.) PETR: A vy s vašimi kanóny, člověče. Ty byly horší.

KORNEL: Nevěř tomu. Snad jsme se měli klidně dívat, jak rozvracíte národ, ne? Pěkně děkuju, to by to dopadlo! Zaplať pánbůh, že jsme před vaším rozkladem zachránili aspoň jádro naší armá dy!

PETR: A my jsme chválabohu aspoň naučili bojovat lid. Ještě budete rádi, že si zvykl umírat!

KORNEL: Ale poslouchat ne.

PETR: Ne, vás už asi poslouchat nebude. Uvidíš po válce!

KORNEL: To víš, po válce bude někdo mít pokdy na vaše nesmyslné utopie!

PETR: Bude! Zrovna bude! Holenku, jak jednou ozbrojíš lid. To se teprve ukáže, k čemu bude tahle válka dobrá!

KORNEL: Petře, vyjde-li někdo z téhle války vítězně, bude to je nom

národ. Silný, ukázněný, sebevědomý národ. Za to té válce žehnám. Za
to, že udělá konec všemu tomu hloupému žvanění o novém a lepším
řádu světa -

MATKA: Děti, děti, vy jste se ještě nepřestali hádat? Že se nestydíte, vy
dvojčata: oba jste na to padli, a ještě toho nemáte dost?

30) Viktor Kudělka, 1987, 139에서 재인용. 차페크의 희곡을 평가절하 하던 요
셉 트라게르(Josef Trager)는 반면에 『하얀 역병』을 위대한 진전이라고 높
게 평가하였다. 그는 특별히 이 희곡의 대화, 단순한 언어와 주인공들 묘사
를 찬양하였다. 그는 또한 『하얀 역병』에서 차페크는 산문보다 희곡에서
테마들이 보다 더 효과적이라고 지적했다.

《참 고 문 헌》

1차 문헌

Čapek, Karel (1997) Apocryphal Tales. Norma Comrada, trans. Catbird Press, North Haven, CT.

_____ (1994) Cross Roads. Norma Comrada, trans. Catbird Press, North Haven, CT.

_____ (1983) Dramata, Loupežník, R.U.R., Věc Makropulos, Bílá nemoc, Matka, Československý spisovatel, Praha.

_____ (1984, 2010) Jak se co dělá, Olympia, Praha

_____ (1947) Kniha Apokryfů, Československý spisovatel, Praha.

_____ (2000) Kniha Apokryfů, s ilustracemi Hedviky Vilgusové, Primus.

_____ (1971) Listy Olze, Ceskoloverský spisovatel, Praha

_____ (1931) Marsyas čili Na okraj literatury (1919-1931), Praha

_____ (1984) Obyčejný život, www.mlp.cz/KarelČapek.

_____ (1925) "O sobě" Rozpravy Aventina, I (Sept.)

_____ (1984) O umění a kultuře I, Československý spisovatel, Praha.

_____ (1986) O umění a kultuře III, Československý spisovatel, Praha.

_____ (1978) Povídky z jedné kapsy a Povídky z druhé kapsy. Československý spisovatel, Praha.

_____ (1959) Poznámky o tvorbě, Československý spisovatel, Praha.

_____ (1992) Spisy VII, Hordubal, Povětroň, Obyčejný život, Československý spisovatel, Praha.

_____ (1984) Spisy VIII, Hordubal, Povětroň, Obyčejný život, Československý spisovatel, Praha.

_____ (1995) Talks With T.G. Masaryk. Michael Henry Heim, trans. Catbird Press, North Haven, CT.

_____ (1990) Three Novels, trans., M.& R. Weathherall, Catbird Press, North

Haven, CT.

Čapek, The Brothers, (1970) R.U.R. and The Insect Play, Oxford University Press, London.

카렐 차페크, (2012) 『곤충극장』, 김선형 역, 열린책들

카렐 차페크, (2010) 『도롱뇽과의 전쟁』, 김선형 역, 열린책들

카렐 차페크, (2002) 『로봇』, 김희숙 역, 길출판사.

카렐 차페크, (2010) 『로숨의 유니버설 로봇』, 조현진 역, 리젬

카렐 차페크, (2012) 『별똥별』, 김규진 역, 지식을 만드는 지식

카렐 차페크, (2002) 『원예가의 열두 달』, 요셉 차페크 그림, 홍유선 역, 맑은소리

카렐 차페크, (1998) 『유성』, 김규진 역, 리브로

카렐 차페크, (1998) 『평범한 인생』, 송순섭 역, 리브로

카렐 차페크, (1998) 『호르두발』, 권재일 역, 리브로

카렐 차페크, (2013) 『호르두발』, 권재일 역, 지식을 만드는 지식

카렐 차페크, (1995) 『단지 조금 이상한 사람들』, 홍성영 역, 민음사

카렐 차페크 외, (2011) 『체코 단편소설 걸작선』, 김규진 외 역, 행복한책읽기

2차 문헌

Bond, Helen (1998) Pontius Pilate in History and Interpretation. Cambridge UP, New York.

Bradbrook, Bohuslava (1998) Karel Čapek: In Pursuit of Truth, Tolerance, and Trust. Sussex Academic Press, Brighton.

Branžovský, Josef, (1963) Karel Čapek, světový názor a umění, Nakladatelství politické literatury, Praha.

Buriánek, František (1978) Karel Čapek, Melantrich, Praha.

_____ (1988) Karel Čapek, Československý spisovatel, Praha.

Čapková, Helena (1986) Moji milí bratři, Československý spisovatel, Praha.

Čapek, Josef (1947) Rozpomínky, Brno.

Černý, Václav (1937) Karel Čapek, Fr. Borový, Praha.

Černý, Václav (1992) Tvorba a osobnost, Odeon. Praha.

Dobossy Laszlo, (1962) Karel Čapek, Budapest.

Doležel, Lubomír, (1973) Narrative Modes in Czech Literature, University of Toronto Press, Toronto

Eagle, Herbert (1992) "Čapek and Zamiatin-Versions of Dystopia? in On Karel Čapek, Edited by Makin, M., & others, Michigan slavic materials, Ann Arbor.

Gibian, George (1959) "Karel Čapek's Apocrypha and Franz Kafka's Parables." American Slavic and East European Review 18.2: 238-247.

Harkins, Williams (1962) Karel Čapek, Columbia Univ. Press.

Hester, Jordan Thacker, "Karel Čapek, Author of the Apocryphal Tales: A Study of Genre and the Čapekian" North Carolina State University

Holý, Jiří, (1983) "Čapkovy výpravy za člověkem" in Karel Capek, Dramata, Loupežník, R.U.R. Věc Makropulos, Bílá nemoc, Československý spisovatel, Praha,

Holý, Jiří, (1992) "Divadlo světa v hrách Karla Čapka", in: Čapek, Karel: Dramata (ed. E. Macek). Československý spisovatel, Praha

Janoušek, Pavel, (1992) Studie o dramatu, Ústav pro českou a světovou literaturu, Praha.

Klíma, Ivan (1965) Karel Čapek, Československý spisovatel, Praha.

_____ (2002) Karel Čapek: Life and Work. Norma Comrada, trans. Catbird Press, North Haven, CT.

_____ (2001) Velký věk chce mít též velké mordy, život a dílo Karla Čapka, Nakladatelství Akademie, Praha.

Konrád, Edmond (1957) Nač vzpomenu.

Kožmín, Zdeněk (1989) Zvětšeniny ze stylu bratří Čapků, Nakladatelství Blok, Brno.

Kudělka, Viktor, (1987) Boje o Karla Čapka, Acadenia, Praha.

Kussi, Peter (1990) ed. Toward the Radical Center: A Karel Čapek Reader,

Catbird Press, Highland Park, NJ.

Makin, M. & Toman, J., (1992) On Karel Čapek, Michigan Slavic Publication, Ann Arbor.

Matuška Alexander, (1963) Člověk proti zkáze (pokus o Karla Čapka), Československý spisovatel, Praha.

Mukařovský, J., (1948) "Významová výstavba a kompoziční osnova epiky Karla Čapka", Kapitoly z české poetiky II, Svoboda, Praha.

Nikolskij, Sergej, (1978) Fantastika a satira v díle Karla Čapka, Československý spisovatel, Praha.

Novák, Arne (1976) Czech Literature. Michigan Slavic Publications, Ann Arbor, MI.

Peroutka, Ferdinand (1998) Hrst vzpomínek o Karlu Čapkovi Ferdinand Peroutka, Dobříš Nadace Čapkova Strž.

Smith, Horatio (1947) Columbia Dictionary of Modern European Literature, Columbia University Press, New York

Steiner, Peter (2000) The Deserts of Bohemia: Czech Fiction and its Social Context. Cornell UP, Ithaca, NY.

Šalda, F.X. (1939) Kritické glosy k nové poesii české, Melantrich, Praha.

Ševčuk V. I. (1958) Karel Čapek (Antifasisticka dila), Kiev.

Volikova, B. (1997) A Feminist's Semiotic Odyssey Through Czech Literature, Edwin Mellen Press, Lewiston.

Všetička, František (1999) Dílna Bratří Čapků, Votobia, Olomouc.

Závada, Vilém (1931) "Hovory s Karlem Čapkem", Rozpravy Aventina, 7 (Oct., 1931)

Lidové noviny (1922) No. 301 June 18.

김규진, (2003) 『체코현대문학론』, 월인
김규진, (2008) "카렐 차펙의 철학소설『유성』의 분석", 『동유럽연구』, 제21권
＿＿＿＿ (2009) "차펙의 소설『호르두발』에 나타난 주제, 기법과 형식의 문제",

『외국문학연구』, 제 33호

_____ (2010) "차펙 형제의 희곡『곤충의 생활』분석", 『동유럽연구』, 제24권 별쇄본

_____ (2011) "차펙의 소설『도롱뇽과의 전쟁』연구", 『세계문학비교연구』, 제 36집

정양모 역주 (1990) 『마태복음서』, 분도출판사.

http://ko.wikipedia.org/wiki 바라바.

http://repository.lib.ncsu.edu/ir/bitstream/1840.16/2327/1/etd.pdf.

http://www.enotes.com/short-story-criticism/Čapek-karel

http://www.litencyc.com/php/stopics.php?rec=true&UID=557,

http://www.anglistik.uni-freiburg.de/intranet/englishbasics/Consciousness01.htm

http://web2.mlp.cz/koweb/00/03/34/75/81/rur.pdf

http://www.czech-language.cz/translations/rur.html

http://www.adherents.com/people/pc/Karel_Capek.html

http://www.odaha.com/tomas-odaha/recenze/cetba/uryvky/karel-capek-bila-nemoc

http://www.answers.com/topic/the-insect-play-play-7

http://capek.misto.cz/filozofie.html

http://www.mlp.cz/koweb/00/02/76/07/82/vec_makropulos.html

www.mlp.cz/karelcapek/matka